Martha Grimes · Das Mädchen ohne Namen

MARTHA GRIMES

DAS MÄDCHEN OHNE NAMEN

Roman

Deutsch von Cornelia C. Walter

GOLDMANN VERLAG

Die Originalausgabe erschien unter dem Titel
»Biting the Moon« bei Henry Holt, New York

Umwelthinweis:
Dieses Buch und der Schutzumschlag
wurden auf chlorfrei gebleichtem Papier gedruckt.
Die Einschrumpffolie (zum Schutz vor Verschmutzung)
ist aus umweltfreundlicher und recyclingfähiger PE-Folie.

1. Auflage

Satz: Uhl + Massopust, Aalen
Druck und Bindung: GGP Media, Pößneck
Printed in Germany
ISBN 3-442-30813-5
www.goldmann-verlag.de

Dieses Buch ist allen Organisationen und Menschen gewidmet, die sich selbstlos und unermüdlich für den Schutz der Tiere und die Verbesserung ihrer Lebensbedingungen einsetzen.

Ein Hund, verhungert vor dem Haus,
Sagt seines Herrn Ruin voraus.

William Blake

PROLOG

Das Haar des Mädchens war weiß unter dem Schal, der inzwischen schneebedeckt war, und auf ihren Augenbrauen lag feiner Raureif. Ihr Mund war so fühllos, dass sie unfähig war zu sprechen, selbst wenn jemand da gewesen wäre, mit dem sie hätte sprechen können. Sie trug die Schneeschuhe, die sie in der Hütte gefunden hatte, sämtliche Utensilien – Schmerzmittel, Verbandszeug und alles, was sie eventuell zum Versorgen einer Wunde brauchte – hatte sie mitgebracht.

Ob Fallensteller Schneeschuhe trugen, überlegte sie. Wahrscheinlich nicht. Ein Trapper würde sich jedenfalls nicht der unangenehmen Aufgabe unterziehen, bei starkem Schneefall nach draußen zu gehen, um seine Fallen nachzusehen. In New Mexico war es zwar gesetzlich vorgeschrieben, dass die Fallen alle sechsunddreißig Stunden kontrolliert wurden, doch wer hielt sich schon daran? Ein einmal gefangenes Tier blieb in der Falle.

Der Schnee fiel langsam in dicken Flocken. Die Luft war schneegeschwängert und so grau, dass die fernen Berggipfel der Jemez Mountains kaum zu sehen waren. Sie entfernte sich nie sehr weit von der Hütte, denn in diesen Bergen konnten Spuren und Wege blitzschnell durch einen Schneesturm verweht werden. Und die für die Kojoten aufgestellten Fallen waren schwer auszumachen.

Diesmal ahnte sie die Stelle, bevor sie sie sah. Sie blieb stehen, um zu horchen, vernahm jedoch nur das sanfte Rieseln des Schnees und, als sie sich wieder bewegte, das leise Zischen ihrer

Schneeschuhe, die über die harte Schneekruste am Rand der Bäume glitten – ausladende Gelbkiefern, die die Sonne verdeckten.

Wenn sie die letzte Falle, an der sie vorübergekommen war, als Anhaltspunkt nahm, müsste in der Nähe eigentlich wieder eine stehen, und zwar knapp vier Meter weiter. Sie fand sie. Am aufgewühlten Erdreich um die Falle herum erkannte sie, wie sehr der Kojote um seine Freiheit gekämpft hatte, und mit welcher Verzweiflung. Ein Lauf war unten fast durchgenagt. Während sie ihren Rucksack herunterzerrte, fand sie einen Druckpunkt am Bein und presste den Daumen darauf, damit die Blutung aufhörte. Mit der anderen Hand und den Zähnen gelang es ihr, einen Streifen weißes Verbandszeug abzureißen, mit dem sie das Bein umwickelte. Sie hatte immer etwas Nylonschnur bei sich, mit der sie dem Tier manchmal wie eine Art Maulkorb das Maul zuband. Doch nach einem Blick auf diesen Kojoten stellte sie fest, dass er wohl kaum zusätzlich gebändigt zu werden brauchte. Sie beeilte sich – noch eine Stunde im Freien, und der Kojote wäre tot.

Er blickte sie an. Die grünen Augen schwelten wie aschebedecktes Feuer. Sie wischte ihm den Schnee vom Fell, doch bildeten die stetig fallenden Flocken fast sofort wieder eine neue Schicht. Rasch wischte sie die auch wieder ab, packte dann die Decke aus und legte sie über ihn. Aus dem Rucksack zog sie die Spritze und die schwache Codein-Mischung. Diese Flüssigkeit zog sie in die Spritze auf, schob den Kolben hoch, um die restliche Luft herauszudrücken und steckte dem Kojoten die Nadel in die Flanke.

Andi beobachtete seine Augen. Dort konnte sie ein langsames Blinzeln der Erleichterung erkennen, als die Benommenheit einsetzte. Mit dem Schmerzmittel bekam sie den Kojoten leichter auf den Schlitten.

Als sie zum ersten Mal eine von diesen Fußangelfallen gesehen hatte, war sie neben den Kojoten hingekniet und hatte nach Kräften versucht, die Falle von seinem Fuß zu winden, es aber nicht geschafft. Der Kojote damals war wie dieser hier ruhig und unterwürfig gewesen. Er hatte versucht, ihr die eingeklemmte Pfote hinzuschieben, als wollte er sie bitten, doch etwas zu tun. Sie hatte noch einmal versucht, die Falle auseinander zu ziehen und frustriert geweint, während ihr die Tränen im Gesicht fast festfroren. Dann gebot sie sich aufzuhören. Sie wusste, wenn sie den Kojoten nicht aus der Falle bekam, würde sie ihn erschießen müssen. Sie hatte die Halbautomatik schon aus dem Segeltuchfutteral gezogen und sich hinter den Kojoten gestellt, der den Kopf so weit wie möglich verrenkte, um sie sehen zu können. Er sollte die Waffe nicht sehen, die sie nun zitternd hob. Als sie versuchte, den Abzug zu betätigen, zitterte sie wie unter Fieberkrämpfen. Sie machte sich noch einmal an der Falle zu schaffen, legte die Waffe wieder hin. Es musste gehen, der Trapper bekam sie schließlich auch auf. Wenn er es konnte, schaffte sie es auch. Sie brauchte dazu jene Kraft, zu der man nur fähig ist, wenn man alles hergibt. Sie machte die Augen zu, um ihre ganze Kraft zu bündeln. Als sie sie diesmal aufzuzwängen versuchte, gab die Falle nach.

Wie beim letzten Mal wusch sie den Lauf des Kojoten nun mit Schnee ab, was den Schmerz zusätzlich betäubte. Sie machte sich Sorgen wegen der offenen Wunde. Auf einer ihrer seltenen Fahrten in die Stadt hatte sie einen Tierarzt aufgesucht und sich erkundigt, ob die Tiere draußen in der Wildnis von diesen Stahlklammerfallen keine Infektionen bekämen. Und was man auf die Wunde geben konnte.

»Am besten Eiswürfel.«

Eiswürfel. »Dann weiß ich ja Bescheid, wenn wieder mal ein Kojote in meiner Küche auftaucht.« Daraufhin war sie gegangen.

Der Kojote, betäubt und halb erfroren, leistete keinerlei Widerstand. Hart wie ein Eisklotz fühlte er sich an, als sie ihn vom blutigen Boden auf den Schlitten zog. Nachdem sie erst ihren Kompass überprüft und festgestellt hatte, dass sie die Zielrichtung korrigieren musste, begann sie zu ziehen. Es ging nicht besonders schwer, obwohl der Schlitten kleiner als der Kojote war. Während sie den Schlitten zog, versuchte sie sich in die Lage des Tieres zu versetzen, das in eine dieser höllischen Fallen geraten war. Wie wenn man sich die Finger in der Autotür einklemmt, so fühlte es sich wohl an. Man hat die Finger in der Autotür und bekommt sie nicht mehr heraus. Und sieht unter all dem Schmerz auch noch jemanden mit erhobenem Revolver auf einen zukommen. Wieder erzitterte sie, wie von einem Schüttelfrost gepackt.

Sie konnte das Alter der Tiere nicht besonders gut einschätzen, doch dieser Kojote sah noch recht jung aus. Welpen wurden schnell groß, und so war dieser hier vielleicht erst ein Jahr alt, möglicherweise zwei. Erst zwei Jahre auf dieser Erde und schon hatte er erfahren müssen, dass das Leben eine wahrhaftige Hölle ist.

Es hatte aufgehört zu schneien. Die Sonne kam wieder hervor, färbte den Schnee rosarot und warf zwischen den Bäumen lange Schatten. Einen Schattenwald. Der Gedanke gefiel ihr, es gebe eine parallele Schattenwelt, von einem heiligen Kojoten oder Wolf beherrscht, die Tore von Furcht erregenden Wölfen bewacht. Sie hatte davon gelesen, von diesen Riesenwölfen. Falls so eine parallele Welt existierte, war es vielleicht der Kojotenhimmel. Wo die Kojotenhölle sich befand, war ja ziemlich offensichtlich.

Am Eingang der Höhle, die sie benutzte, ließ sie den Kojoten liegen, um das kleine Feuer neu anzufachen, das sie beim Weggehen hatte weiterschwelen lassen. Erstaunlich, wie gut so eine

Höhle die Hitze speichern konnte. Es musste an der Form liegen. Und eine Höhle gab es immer.

Nachdem sie ein Feuerchen in Gang gebracht hatte, nahm sie die Decke ab und breitete sie nah genug an den Kohlen auf dem Erdboden aus, damit sich der Kojote aufwärmen konnte, ohne sich zu verbrennen, falls er ein Bein ausstreckte. Sie zog ihn vom Schlitten. Dan legte sie sich auf ihr ausgerolltes Bettzeug. In den nächsten paar Wochen würde sie wohl in die Stadt müssen, um Nachschub zu holen. Lebensmittel. Medikamente. Lebensmittel waren einfach zu bekommen, Schmerzmittel nicht. Irgendwann würden sie sie erwischen, zwangsläufig. Sie ging höchst ungern in die Stadt, obwohl es nur eine Kleinstadt war. Man konnte kaum atmen, es war bedrückend. Sie fühlte sich wie asthmakrank, ihr war, als würde ihr Brustkorb eingedrückt, sich nach innen zusammenziehen. Es gab viel zu viele Leute, trotzdem war es lange nicht so schlimm wie anderswo, wo sie schon gewesen war.

Einschlafen durfte sie nicht, das wäre zu gefährlich. Sie konnte sich nicht vorstellen, als Mensch bei Kojoten allzu beliebt zu sein, und der hier konnte jeden Moment aufwachen. Sie befahl sich, nur ja nicht einzuschlafen – und schlief ein.

Als sie aufwachte, war sie wie üblich erst ganz verwirrt. Wo war sie? Und dann kam wieder das, was sie aufgeweckt hatte, ein Geheul, das sich anhörte wie von einem zehn- bis zwanzigköpfigen Rudel, wahrscheinlich waren es aber bloß drei. Kojoten und Wölfe verfügten über die erstaunliche Fähigkeit, mit ein paar Stimmen wie ein ganzer Chor zu klingen. Ihre Stimmen waren wie Tonleitern – ein paar Stufen hinauf, ein paar hinunter und wieder hinauf, in einem seltsamen synkopischen Rhythmus, der sich für andere wie Kakophonie anhören mochte, ihr aber als Harmonie erschien.

Sie warf einen raschen Blick auf die Decke auf dem Boden. Das

Feuer war fast aus und der Kojote weg. Dann war die Verletzung also vielleicht doch nicht so schlimm gewesen. Sie rollte sich auf den Bauch und sah die Blutstropfen auf dem Höhlenboden. Gebückt, denn die Höhlendecke war zum Aufrechtstehen zu niedrig, schlurfte sie zum Eingang hinüber. Es war immer noch hell, doch das bläuliche Licht ging allmählich in Dunkelheit über. Sie kniete sich am Höhleneingang hin und erblickte – in etwa dreißig Metern Entfernung, den eben aufgegangenen Mond im Rücken – die Kojoten, die am Bergkamm aufgereiht standen, saßen oder auch lagerten und gemeinsam heulten. Gern hätte sie sich eingeredet, sie brächten ihr ein Ständchen, doch so romantisch angehaucht war sie nicht. Das Geräusch machte sie ganz glücklich, und sie wünschte, sie könnte ihren Kojoten heraushören (wie schnell Menschen sich als Besitzer fühlten!), was natürlich nicht ging. Ihrer sah genauso aus wie die anderen. Wunderschön leuchtete ihr Fell im Dämmerlicht, grau und fein wie Asche.

Als sie sich tief hinunterbeugte, um durch die Höhlenöffnung zu kommen, bemerkte sie zu ihren Füßen die aufgewirbelte, staubige Erde. Kojotenspuren. Und mehr als eine, mehr als die, die ihr einzelner Kojote beim Verlassen der Höhle hinterlassen hätte. Wie viele waren hier gewesen und hatten sie ungestört schlafen lassen?

Falls überhaupt einmal Leute hier heraufkamen, dann nur wenige zum Skifahren im Winter, und die nahmen die Bergbahn, die sie zum Sandia Crest hinaufbrachte. Im Frühling und Sommer war es etwas anderes, dann benutzten sie die Wanderwege – den La-Luz-Pfad und den Embudo. So hatte sie auch die Hütte entdeckt, abseits von einem kleinen Weg, den man kaum sah und der außerhalb des Wildreservats lag. Die Hütte, offensichtlich genutzt, jedoch zeitweilig unbewohnt, war ein Geschenk des Himmels gewesen. Wo sie hin sollte, wenn die Besitzer zurückkamen, wusste sie nicht. An diese Berghänge schmiegten sich, weiter unten und außerhalb des Naturschutzgebiets, ein paar einstöckige Häuschen und Hütten: in kleinen Waldungen versteckt und außer Sichtweite konnten sie einem fast entgehen. In den vier Monaten, die sie nun schon hier oben wohnte, war sie noch keinem Menschen begegnet. Das behagte ihr jedoch. Sie interessierte sich nicht für andere Leute.

Die verschneiten Berge im Dämmerlicht zogen sie magisch an. Sie genoss es, die dünne Luft einzuatmen und sich zu überlegen, ob sie noch weiter hinaufsteigen sollte. So kalt und rein war die Luft, dass sie ihr gleichsam in die Lungen zu stechen schien. In dieser Höhe konnte man auch viel klarer denken. Nachts lag sie im Bett und dachte darüber nach: wie es möglich war, mit dieser Hütte eine solche Verbundenheit zu fühlen, allein zu leben und nie eine Menschenseele zu sehen. Die meiste Zeit war sie einsam. Aber auch die Einsamkeit war anders. Sie war glatt geschliffen wie eine Klippenwand, und sie wusste genau, wohin sie ihre Füße Halt suchend setzen musste.

Sie war erst etwa sechzehn oder siebzehn. Wenigstens war dies das Alter, das sie bei einem Blick in den einzigen Spiegel in der Hütte, der über dem Waschbecken hing, für sich festgesetzt hatte. Ihr Alter gehörte zu den Dingen, die sie nicht mehr genau wusste. Nicht Eitelkeit lockte sie vor den Spiegel, sondern der Wunsch, sich wieder zu erinnern.

Jeden Tag überprüfte sie die Fallen – sicher öfter als der Trapper. Sie war ihm noch nie begegnet – oder ihnen, vielleicht waren es ja mehrere. Es war natürlich illegal, da es sich bei dieser Bergregion größtenteils um ein Naturschutzgebiet handelte. Kein Jagen, kein Schießen, kein Fallenstellen. Das Wort »illegal« reichte aber noch nicht aus, um gewisse Leute davon abzuhalten.

Höchstens achtzehn, hatte sie dann festgestellt. Wohl eher jünger. Unter ihren Sachen war kein Führerschein gewesen … natürlich nicht, sonst wüsste sie ja etwas über sich: ihren Namen, ihr Alter, woher sie kam. Alles, was sie hatte, war ein unbestimmter Bezug zu Idaho und die Initialen auf ihrem Rucksack: *A.O.*

Nachts lag sie, die Hände hinter dem Kopf verschränkt, im Bett und beobachtete die kompliziert gewundenen Schatten, die die Zweige des kahlen Oleaster vor dem Fenster warfen.

Sie machte sich alle möglichen Gedanken, ganz gleich, ob sie nun vernünftig waren oder nicht. Wie schon so oft ging sie wieder die Namen mit *A* durch, die ihr einfielen. *Agnes.* Den hatte sie noch vergessen. *Arabella.* Auch einer, aber unwahrscheinlich. Dann noch eher *Ann* oder *Alice.* Und dann, während sie an jenem schicksalhaften Spätnachmittag am Straßenrand ausruhte, hatte sie es in ihrem Tourenführer gelesen. Im schräg einfallenden Sonnenlicht, das den Fels in zwei Hälften zerschnitt, hatte sie es gesehen. Nicht direkt »gesehen«, denn es war im Text des Tourenführers versteckt. Wie keine der Anns und Alices war es ihr ins Auge gesprungen:

S.A.N.D.I.A.

Sandia Crest. Es war in dem Text über das Gebirge verborgen. Das gefiel ihr sehr, und wenn sie recht überlegte, schien es zu stimmen: A.N.D.I. *Andi.* Das war der Name, den sie sich gegeben hatte.

Im Morgengrauen ging sie hinaus, um wieder nach den Fallen zu sehen. Drei waren es, nordwestlich von der Hütte in jeweils sechs Metern Abstand in Zickzacklinie quer über einen Bergkamm aufgestellt. Wenigstens hatte es inzwischen aufgehört zu schneien. Der mit Decken und Rucksack schwer beladene rote Schlitten hinterließ eine tiefe, deutliche Spur im weichen Schnee. Der Rucksack war voll mit Medikamenten und Verbandszeug, ihren Sandwiches und einer Thermoskanne Tee. Sie nahm immer etwas zu essen mit, denn man konnte nie wissen, wann ein Sturm aufkommen und die Gegend selbst mit Schneeschuhen unpassierbar machen würde. Oder falls sie sich verirrte. Darüber machte sie sich eigentlich keine Gedanken, nachdem sie seit drei Monaten nun schon die gleiche Route nahm. Doch die Landkarte, die sie sich beim ersten Mal gezeichnet hatte, nahm sie immer noch mit. Es war schlau gewesen, die Bäume und Felsformationen einzuzeichnen – alles, was als Markierung dienen konnte, als Anhaltspunkte für den Rückweg. Im Schnee, wo alles trügerisch gleich aussah, würde sie die eine Kieferngruppe womöglich nicht von der anderen unterscheiden können.

Als Erstes stattete sie der Höhle einen Besuch ab (sie betrachtete sie gern als »ihre« Höhle), um ein Feuer herzurichten. Nachdem das getan war und die Flammen angefacht waren, machte sie sich auf zur Inspektion. In den ersten beiden Fallen war nichts (sie musste die frischen Schneeschichten erst wegwischen), doch als sie sich der dritten näherte, hörte sie ein Geräusch, ein gedämpftes *Jip*, das sich mehrmals wiederholte. Schneeüberhäuft versuchte der flinke Fuchswelpe, den Kopf oben zu halten. Um den Welpen und die Falle herum waren Spuren und aufgewühlter Schnee. Die Mutter war vermutlich ganz in der Nähe.

Sie schaufelte den Schnee beiseite und legte die Hände an die beiden Fallenhälften an der Stelle, wo der Vorderlauf des jungen Fuchses eingeklemmt war. Dabei fragte sie sich, ob das Junge oder seine Mutter an dem Bein herumgebissen hatte, um es zu befreien. Von der Füchsin sah sie immer noch nichts.

Mehr mit Konzentration als mit Kraft gelang es ihr, die Falle aufzudrücken und den Welpen zu befreien, der sich verdattert schüttelte, aber nicht wegzulaufen versuchte. Sie wickelte ihn in die Decke und legte ihn auf den Schlitten, gab ihm aber keine Betäubungsspritze, denn sie hatte Bedenken wegen der richtigen Dosis für ein so junges Tier.

Während sie den Schlitten voranzog, ging gerade die Sonne auf. Der Wind legte sich etwas, so dass sie nur noch das Reiben der durch die rötlich leuchtende Stille gleitenden Kufen und ihre eigenen Schritte hörte, wenn ihre Füße die Schneekruste zerknackten, die von der Sonne wie mit einer rosa Zellophanschicht überzogen wurde. Rechts von sich glaubte sie einen bewegten Schatten zu erkennen und spähte durch die Bäume in die Richtung, sah jedoch nichts. Der Schatten würde ihr sicher folgen.

In der Höhle begutachtete sie den verletzten Vorderlauf des jungen Fuchses. Nachdem sie ihn von Blut und Schmutz gesäubert hatte, stellte sie fest, dass es nicht so schlimm war, wie es ausgesehen hatte. Vielleicht hatte der Schnee geholfen. Sie schnitt einen Verbandsstreifen zurecht, mit dem sie das Bein umwickelte, während der Welpe sie still ansah. Er gähnte. Ab und zu warf sie einen Blick zum Höhleneingang hinüber, um zu sehen, ob die Füchsin da war. Sie wusste, dass sie in der Nähe war.

Nachdem sie den Welpen wieder in die Decke gewickelt und am Feuer zurechtgelegt hatte, breitete sie den Schlafsack aus (den sie für den Fall, dass sie einige Zeit in der Höhle verbringen würde, zum Sitzen oder Liegen mitgebracht hatte) und legte die darin eingewickelte Pistole auf den Boden. Die hatte sie ebenfalls immer dabei, immer in der Hoffnung, sie nicht benutzen zu müssen.

Die Waffe hatte sie kurz vor dem Verlassen der Bed-&-Breakfast-Pension gefunden, in ein paar alte Lumpen im Kofferraum des Camaro vergraben: Pistole, Magazin, Munition, sogar ein Halfter aus schwarzem Netzstoff. Sie konnte sich nicht vorstellen, dass außer einem Gesetzeshüter jemand einen Halfter brauchte. Sie hatte keine Ahnung von Handfeuerwaffen gehabt – bis damals jedenfalls nicht. Diese hier hatte sie immer voller Respekt behandelt, nicht vor ihrem Zweck – nämlich zu töten –, sondern vor ihrer Macht. Sie hatte die Waffe und Munition gehabt, aber nichts über den Umgang damit gewusst, bis sie in der Hütte auf einen alten Leitfaden über Handfeuerwaffen gestoßen war. Und nach dem einen Mal, als sie geglaubt hatte, jemand wäre in der Hütte gewesen, während sie draußen die Fallen kontrollierte – kleine Gegenstände waren verschoben, ein leichter Moschusgeruch hing in der Luft, vielleicht Duftwasser, überlagert von Tabakgeruch –, sagte sie sich, sie müsste schießen lernen.

Sie hatte keine Ahnung, wie er sie finden und bis zur Hütte hatte verfolgen können. Vielleicht hatte sie es sich bloß eingebildet, doch hatte sie Todesängste ausgestanden und die ganze Nacht nicht schlafen können.

Morgens hatte sie die Pistole aus den leinenen Geschirrtüchern geholt und behutsam auf den Tisch gelegt. Dann hatte sie die beiden Magazine hervorgekramt, die sie in den CD-Halter gesteckt hatte. Schließlich hatte sie die Schachtel mit der Munition aus einer Packung Frühstücksflocken geholt, alles sorgfältig auf dem Tisch ausgebreitet und es genau inspiziert.

Bei der Waffe handelte es sich um eine Smith & Wesson, wie auf dem Schaft stand, mit Neun-Millimeter-Munition, also der Größe, die sie bei einer Patrone erwartete, ohne recht zu wissen, wie sie darauf kam. Im Magazin steckten versetzt aufgereiht die Patronen. Sie blätterte in dem Buch herum, ohne das vor ihr liegende Modell zu finden, fand jedoch ein paar andere, die ihm ungefähr ähnlich sahen. Zwischen Buch und Pistole hin und her blickend (einer Halbautomatik, wie sich herausstellte), berührte sie jedes Teil mehrmals, um es sich genau zu merken: Rohr, Zug, Sicherung, Schlaghebel. Und natürlich der Abzug. Dann die Munition, die Patrone: Zündbolzen, Hülse, Kugel. Obwohl kein Magazin drin und die Waffe folglich ungeladen war, hob sie sie vorsichtig hoch und betätigte ein paar Mal den Abzug. Der Abzug schien Widerstand zu bieten, und sie musste kräftig ziehen.

Das Buch setzte natürlich voraus, dass man sich mit Feuerwaffen etwas auskannte, und bot daher keine grundlegende Anleitung, lediglich das, was sie aus dem Text ableiten konnte. Sie erfuhr, dass in einer Halbautomatik zwölf Patronen waren oder vierzehn, falls die Patronen »versetzt aufgereiht« waren. Sie besah sich die Unterseite eines Magazins und schloss daraus, dass die Patronen hier versetzt angeordnet waren. In einer einzigen Salve ließen sich also vierzehn Schuss abfeuern. Vierzehn ohne nachzuladen. Dann konnte man das erste Magazin herausziehen und innerhalb von Sekunden ein neues hineinschieben, wahrscheinlich in *einer* Sekunde, falls das eigene Leben davon abhing. Weil ihres nicht davon abhing, passte sie das Magazin nicht mit einem »flotten Schub« in den Pistolengriff ein, sondern schob es langsam hinein. In der Zeit, die sie brauchte, um das Magazin hineinzukriegen, sah sie sich schon mehrmals vor ihrem Angreifer auf den blutgetränkten Boden sinken.

Nun, dann musste sie eben üben. Sie konnte sich eine Zielscheibe basteln, einen schwarzen Zielpunkt auf etwas malen und Schießübungen machen.

Dies hatte sie mehrmals gemacht und dabei aufgepasst, keine Munition zu verschwenden – ihr Vorrat war schließlich begrenzt. Sie stopfte sich Watte in die Ohren und wickelte einen Schal zu einem breiten Band um den Kopf, damit die Watte an Ort und Stelle blieb. Sie hielt die Arme gerade ausgestreckt und versuchte, die Hände so zu positionieren, wie sie es bei den Bullen im Fernsehen gesehen hatte (wieso sie sich daran erinnerte, aber nicht an ihren eigenen Namen, war ihr allerdings schleierhaft). Als sie das erste Mal die Sicherung mit dem Daumen nach unten gehalten, gezielt und abgefeuert hatte, war sie vom Rückstoß zu Boden geschleudert worden.

Im Verlauf mehrerer Wochen hatte sie sich verbessert, war sicherer geworden und hatte sogar ein paar Mal ins Schwarze getroffen. Ihr Ziel war jedoch, ein Gefühl für das Schießen zu bekommen. Der Akt an sich sollte ihr weniger fremd vorkommen. Zwar würde sie nie besonders gut damit umgehen können, bloß etwas vertrauter.

Vertrautheit konnte ihre Angst vor der Smith & Wesson jedoch nicht vermindern. Oft betrachtete sie die Waffe wie eine Art Sinnbild, das da vor ihr auf der weißen Porzellantischplatte lag: hart wie das Herz eines Trappers, kalt wie der Tod und schwarz wie die Sünde.

Das Mädchen

1

An der Autobahn ein paar Meilen von der Stadt und ein ganzes Stück von dem Laden entfernt, in dem sie immer Nachschub holte, wurde Andi von einer Frau mit perlgrauem Haar und schwer beringten Fingern mitgenommen. Während Andi die Ringe abzählte, hielt ihr die Frau einen Vortrag über die Gefahren des Trampens und meinte, sie könne sich glücklich schätzen, dass ausgerechnet sie vorbeigekommen sei. Schließlich könne einem Mädchen alles Mögliche passieren.

Neun Ringe zählte Andi, hauptsächlich Silber und Türkis, jedoch glaubte sie, auf der anderen Lenkradseite noch einen Rubin und einen Smaragd aufblitzen zu sehen. Die Frau erzählte weiter, was einem jungen Mädchen alles Schlimmes zustoßen könnte – oder im Grunde eigentlich jedem, der nicht vorsichtig war. Für Andi klang es so, als genieße die Fahrerin es geradezu, das Verbrechensregister zu erkunden, das sich ereignen konnte, wenn man in fremder Leute Auto stieg. Ob ihre Eltern eigentlich wüssten, dass sie trampte? Die, sagte die Frau, würden sich bestimmt furchtbar aufregen.

Höflich pflichtete Andi ihr bei. »Ja, Madam.« Weil sie fand, mehr zur Unterhaltung beitragen zu müssen als *Nein, Madam* und *Ja, Madam,* erzählte sie der Frau etwas von einer imaginären Tante und dass sie die Einzige in der ganzen Familie sei, die diese Tante leiden konnte. Und wieso eigentlich nicht? Schließlich sei sie die Einzige, die die Tante je besuchte. Diese Tante hatte Andi gesagt, wenn sie dereinst verschied (Andi vermied es peinlich, von »Tod« zu sprechen), würde sie Andi ihren gesamten Schmuck vermachen. Ihre Tante liebte Ringe.

Das Tröstliche daran, sich an nichts zu erinnern, hatte Andi festgestellt, war die Freiheit, alles erfinden zu können. Sie bevölkerte ihr Leben mit Tanten, Onkeln, Eltern, Hunden und Katzen. »Olivier« war ihr Familienname. Darauf war sie durch das *O.* auf ihrem Rucksack gekommen, nachdem sie eine Liste von möglichen Namen mit *O* abgeklappert hatte. Jeden Tag schmückte sie ihre Olivier-Geschichte ein bisschen weiter aus. Es gab eine schwarze Katze namens Ink und einen Hund namens Jules. Eine kranke Tante hatte es noch nicht gegeben, die hatte sie in dem Augenblick erfunden.

Doch während sie diese Geschichte frei erfinden konnte, wusste sie, dass es eine schreckliche Freiheit war, denn nichts und niemand war darin fest verankert. All diese Wesen waren ihrer Phantasie entsprungen. Sie konnten überall sein. Und nirgends. Sie ließ betrübt den Kopf hängen.

Die Fahrerin, deren Name Foster war, Mrs. Foster, quittierte Andis Aufmerksamkeiten gegenüber ihrer bettlägerigen Tante mit gelegentlichem zustimmendem Zungenschnalzen. Dann lenkte sie das Gespräch auf sich selbst, während sie in Santa Fe rechts auf den Paseo de Peralta abbog, und plapperte drauflos über ihre gesellschaftliche Stellung, bis sie zu der Kreuzung kamen, an der Andi abgesetzt werden wollte. Mrs. Foster meinte, sie habe die Unterhaltung mit ihr sehr genossen. »Man trifft nicht oft Teenager mit einem so ausgeprägten Familiensinn.«

Es war Viertel vor sechs. Die Apotheke machte um sechs zu, und sie wollte erst kurz vor Ladenschluss hinein. Vor ein paar Wochen hatte es sich zufällig so ergeben, als sie ebenfalls gerade zumachten. Sie hatte vor zwei anderen Kunden in der Schlange gestanden und ihre Tube Zahnpasta bezahlt. Danach war sie am Zeitschriftenständer stehen geblieben, den sie zuvor gar nicht bemerkt hatte, weil er von hohen Regalen mit Seife und Shampoo verdeckt gewesen war. Das Flimmern des Neonlichts hatte sie vage wahrgenommen, als sie in die Lektüre einer Zeitschrift vertieft dastand. Im hinteren Teil des Ladens waren die Lichter ausgegangen, ebenso in den Mittelgängen. Jemand hatte den Laden zugemacht.

Bei jenem ersten Besuch hatte sie den Apotheker in seiner weißen Jacke bei der Arbeit in seinem winzigen Raum beobachtet, in der etwas erhöhten Kabine, von der aus er wie ein Leuchtturmwächter den Laden überblicken konnte. Er war es gewesen, der damals abgeschlossen hatte. Er hatte wohl angenommen, dass sie mit den anderen Kunden hinausgegangen war. Durch die Regalreihen hindurch hatte sie ihn quer durch den Laden nach vorn gehen sehen, wo er einige weitere Lichtschalter betätigt haben musste, denn danach waren die Neonlichter im vorderen Teil des Raumes ebenfalls ausgegangen. Alle bis auf die Lämpchen, die das große Spiegelglasfenster und die Auslagen beleuchteten.

Als er wieder nach hinten kam, war sie in die Hocke gegangen, damit er sie nicht sehen konnte. Eine Tür ging auf und fiel mit dumpfem Knall wieder zu. Dann war alles still. Er war wohl zur Hintertür hinausgegangen, vielleicht zu einem hinten geparkten Auto. Sie wartete eine Weile ab und fragte sich dabei, wieso sie das alles eigentlich machte. Als sie einen Motor anspringen hörte, wartete sie auf dem Boden sitzend noch etwas ab und horchte, bis das Motorengeräusch in der Ferne verebbte.

Schließlich war sie aufgestanden und sich plötzlich unangenehm der Tatsache bewusst geworden, dass sie allein war und ihr Bleiben sicher etwas Illegales darstellte. Vorsichtig ging sie vom Zeitschriftenständer an den Regalen mit Hautcremes und Haarfärbemitteln vorbei, vorbei an den Filmen und Taschenlampen, wo sie ein handtellergroßes Exemplar entwendete.

Sie ging die drei Stufen zur Apothekerkabine hinauf, zu dem

Hochsitz im Glaskasten. Er kam ihr schrecklich exponiert vor, vielleicht um den Kunden die Gewissheit zu geben, dass der Apotheker nichts tat, was nicht öffentlich begutachtet werden durfte. Der schmale Lichtstrahl der Taschenlampe fuhr suchend über die Regale. Da fiel ihr ein, wonach sie suchte – blitzartig erinnerte sie sich wieder: ein Schmerzmittel. In flüssiger Form, damit es injiziert werden konnte. Und eine Spritze. Die war vermutlich leicht zu finden, dachte sie, das Betäubungsmittel dagegen schon schwerer. Einige kannte sie beim Namen, mehr wusste sie nicht darüber. Vor ihr war ein Wandschrank mit einem Metallriegel und Schloss, auf dessen Glasregalen mehrere Flaschen mit Verschlusskappen und Stöpseln standen. Mit der Taschenlampe suchte sie das Regal unter dem Schrank ab, in der Annahme, der Schlüssel wäre vielleicht dort versteckt. Aber wahrscheinlich bewahrte der Apotheker sämtliche Schlüssel an einem Bund auf, den er immer bei sich trug. Sie ging in dem kleinen Raum umher, die Taschenlampe auf kupferfarbene Röhrchen und weiße Tiegel gerichtet. Liebe Güte, hier war genug Percodan und Valium, um ganz Santa Fe in einen Glücksrausch zu versetzen.

Neben dem Behälter mit Percodan befand sich eine zähe Flüssigkeit in einer Flasche mit der Aufschrift MORPHIN. Sie war klein genug, um in einer der Gesäßtaschen ihrer Jeans Platz zu finden, aber groß genug, um die Tasche auszubeulen. Die folgende kurze Suche in ein paar Schubladen förderte Einwegspritzen zu Tage, von denen sie einige mitnahm.

Dieser erste Besuch hatte sich vor drei Monaten abgespielt. Seither war sie ein weiteres Mal dort gewesen, hatte zuvor aber eine Tierarztpraxis aufgesucht, um sich Informationen zu beschaffen. Dem Tierarzt hatte sie erzählt, sie hätte einen alten Hund (namens Jules, Jules wurde zu diesem Zweck spontan erfunden), der Arthritis in der Hüfte hätte und wahrscheinlich operiert werden müsste. Davor hätte sie Angst (sagte sie dem Tierarzt), davor, dass es ihm schrecklich wehtun würde.

Der Arzt sagte ihr, dagegen gäbe es ja Tabletten.

Tabletten nimmt Jules aber nicht. Ich hab – wir haben (besser, es sah so aus, als stünde bei diesem Unterfangen ein ganzer Haushalt voller Erwachsener fest hinter ihr und Jules) *versucht, ihm Tabletten zu geben, aber das ist schlicht unmöglich. Gibt es denn nichts Flüssiges? Irgendein Zeug, das man spritzen kann?*

Subkutan, meinst du?

Sie hatte bejaht und sich gefragt, was das wohl hieß.

Das ist aber nichts für Amateure.

Na, dann gibt's aber eine Menge Amateure, die es trotzdem tun.

Wir reden hier doch wohl nicht von Junkies. Die Augenbraue hob sich. *Oder doch?*

Ihr, wenngleich ehrlicher, Seufzer war übertrieben. *Nein, ich mein doch nur, bei ungeschulten Spritzenbenutzern gibt's eine erschreckend hohe Trefferquote.*

Dem Tierarzt hatten die Mundwinkel gezuckt, als bemühte er sich, ein Lachen zu unterdrücken und merkte nicht, dass sie vom Thema Jules abgekommen waren.

Meine Mutter ist Krankenschwester. Sie kann eine richtige Spritze setzen.

Wenn sie Krankenschwester ist, kann sie doch auch Tabletten verabreichen.

Nein, kann sie nicht, sie hat nämlich Arthritis in den Händen und kann Jules nicht das Maul so aufhalten, wie man muss – so etwa. Hier verdrehte sie die Hand, um zu zeigen, wie viel Kraft man brauchte, um Jules das Maul aufzuhalten.

Was für ein Hund ist es denn?

Im Wartezimmer hatte sie kleine und große Hunde gesehen,

darunter einen, der so groß wie ein Panter aussah. *So wie der große da draußen.*

Der Rottweiler?

Ja. Wissen Sie, ich verlang ja gar nicht, dass Sie mir was geben, ich will mich bloß informieren. Und von Informationen allein kann ich ja keinen Schuss reinjagen, oder?

Da dies allerdings stimmte, zeigte ihr der Tierarzt, was er zum Betäuben benutzte und was er zur eventuellen Schmerzstillung während der Heilung hernahm.

Sie hatte sich überschwänglich bedankt. Als sie die Tierarztpraxis verließ, war sie von Jules Existenz so überzeugt, dass er Teil ihrer Familie Olivier wurde. Oft musste sie sich gewaltsam aus dem Traum wachrütteln, den sie sich da zusammengereimt hatte.

Der zweite Besuch in der Apotheke war weitaus produktiver gewesen. Sie hatte eine Weile gebraucht, mit der Taschenlampe zu suchen – diesmal hatte sie ihre eigene dabei, die einen Halogenstrahler hatte und stärker war, gleichzeitig das Licht aber nicht verteilte, sondern den dünnen Lichtstrahl auf das konzentrierte, was sie sehen wollte.

Zum Glück war das Codein nicht eingeschlossen. Es befand sich in speziell abgefüllten Fläschchen, in die man anscheinend die Spritzennadel steckte, um die Flüssigkeit herauszuziehen. Sie überlegte, wie viele davon sie unbesorgt nehmen konnte – wahrscheinlich gar keine, weil der Apotheker seinen Bestand bestimmt sorgfältig registriert hatte. Trotzdem – wenn sie drei oder vier herausnahm, würde er nicht gleich Verdacht schöpfen (es waren mindestens dreißig bis vierzig Fläschchen vorhanden). Vielleicht dauerte es eine Weile, bis er merkte, dass sie fehlten.

Nun war sie also zum dritten Mal hier. Sie staunte, wie einfach es war, »einzubrechen«. Wäre sie eine echte Diebin gewesen, könnte sie diesen Trick vielleicht in den Läden der halben Stadt anwenden.

Er hatte anscheinend eine neue Lieferung hereinbekommen, denn diesmal standen etwa doppelt so viele Flaschen mit dem Medikament da. Sie hatte festgestellt, dass ein viertel Fläschchen durchaus genügte, um den Schmerz zu stillen, damit sich das Tier entspannen und sogar schlafen konnte. Weil sie natürlich Angst vor einer tödlichen Dosis hatte, hatte sie die unterschiedlichen Stärken an sich selbst ausprobiert (in der Hoffnung, nicht süchtig zu werden) und davon ausgehend die Dosis reduziert. Ein Tier brauchte vermutlich weniger als ein Mensch. Wenigstens, sagte sie sich, wäre so ein Tod dem langsamen, quälenden Sterben in einer Schlagfalle vorzuziehen.

Sie steckte noch drei Flaschen in die Außentasche ihres Rucksacks und wollte gerade die Kabine verlassen, als die Neondeckenbeleuchtung direkt über ihr flackernd anging. *O Gott,* dachte sie. *Er ist noch mal zurückgekommen.* Sie hielt sich die Hand über die Augen und blinzelte in die Scheibe, doch mit dem Licht direkt über ihr war die Apotheke umso dunkler. Das Einzige, was sie ausmachen konnte, waren die hoch aufragenden Regale und die Schaufensterfläche vorn mit der eigenen Beleuchtung. Sonst konnte sie nichts sehen, niemanden erkennen.

2

Das Mädchen in der Apothekerkabine hätte auch auf einer hell erleuchteten Bühne im Rampenlicht stehen können, während sie versuchte, über die dunkle Bühne in ein Publikum zu blicken, das sie nicht erkennen konnte. Dieser Anblick wurde dadurch noch verstärkt, dass die kleine Apotheke auf einer erhöhten Plattform stand. Innen an der Eingangstür befand sich ein Schalterbrett, mit dem sämtliche Lichter betätigt werden konnten, und einen von diesen Schaltern hatte Mary angeknipst und die Kabine in Licht getaucht.

Mary stand neben der Getränketheke und überlegte, wer dieses blonde Mädchen wohl war. Vermutlich eine Junkie. Wer sonst sollte hier einbrechen und geradewegs auf den kleinen Raum zusteuern, in dem Pillen und Bromide in bernsteingelbe Tuben und dunkle Fläschchen abgefüllt wurden? Dort hinten gab es jede Menge Stoff, reichlich Schmerzmittel auf Codein-Basis, Valium, Demerol, Percodan. Ein Paradies für Drogensüchtige.

Der wahre Grund dafür, dass Mary wie angewurzelt stehen blieb, den Schrei unterdrückt hatte, der ihr im Hals saß – *Wer bist du? Was machst du denn da?* –, war jedoch die Tatsache, dass sie beim Anblick des Mädchens Gespenster zu sehen glaubte, denn die andere sah wie Marys tote Schwester aus. Sie sah ihr dermaßen ähnlich, dass Mary eine Sekunde lang ganz schwindlig wurde bei der Hoffnung, Angelas Tod sei ein schrecklicher Irrtum gewesen, die Leiche falsch identifiziert worden, es sei gar nicht Angie gewesen, die sie beerdigt hatten und sie sei wie durch ein Wunder zurückgekehrt.

Mary schlug sich diese Gedanken schnell aus dem Kopf. Während sie diese Person betrachtet hatte, ohne dass die sie sehen konnte (ein seltsames Vergnügen, fand Mary), hatte es natürlich nur einen Augenblick gedauert, bis Mary ihren Irrtum erkannte. Zwischen den beiden gab es zu viele Unterschiede, unbegreiflich viele eigentlich, und dass Mary dieses Mädchen für Angie gehalten hatte, war nur ihr Wunschtraum gewesen. Das und das lange, helle Haar und die zerbrechlich wirkenden Wangenknochen.

Sie schaltete die restlichen Oberlichter an und ging auf den hinteren Teil der Apotheke zu, während gleichzeitig das Mädchen aus der Kabine hervortrat. Mary sah, dass sie viel blonder als Angie und viel jünger war. Außerdem hätte Angie niemals Jeans und ein altes Hemd angezogen. Sie hatte immer lose, weite

Kleider getragen. Mary bemühte sich, einen gebieterischen Ton anzuschlagen. »Was machst du hier? Hast du Tranquilizer gesucht, Valium und so was?«

Das Mädchen schüttelte bedächtig den Kopf. »Ich bin nicht drogensüchtig.«

Allerdings ließ sie sich dadurch nicht darüber aus, *was* sie war. Offenbar erachtete sie es nicht für notwendig, sich zu erklären. Das gefiel Mary irgendwie, aber sie wollte es sich nicht anmerken lassen. »Was hast du dann gesucht?«

»Schmerzmittel.« Sie hielt ein Fläschchen hoch. »Das hier.«

Mary blickte verständnislos. »Für was denn? Wo du doch angeblich nicht süchtig bist.«

Das Mädchen senkte den Blick und (so kam es Mary vor) »modifizierte« ihren Gesichtsausdruck. Oder »arrangierte« ihn anders, wahrscheinlich zur Untermauerung irgendeiner Lüge, die sie ihr nun gleich auftischen würde. Das kannte Mary schon, sie machte es selbst oft. Sie wartete ab, ihr eigenes Gesicht blieb ausdruckslos.

»Ich habe eine sehr kranke Tante –«

»O *bitte.*«

»Wer bist du überhaupt?«

»Ich heiße Mary Dark Hope. Ich arbeite hier. Der Laden gehörte früher meiner Kusine, sie heißt Schell. Er heißt noch immer Schell's Apotheke. Jetzt gehört sie Dr. Rodriguez.« Moment mal! Wieso beantwortete *sie* eigentlich hier die Fragen? »Und wie heißt *du*?«

»Andi.« Sie schien erneut zu überlegen, während ihre Augen über den Raum schweiften und die Luft durchkämmten, als wollte sie etwas zu Tage fördern. »Olivier«, fügte sie hinzu.

»Hm, freut mich. Aber wozu brauchst du so nötig Schmerzmittel, dass du einbrichst und sie stehlen musst? Doch nicht für deine kranke Tante.«

»Für Kojoten, Füchse, Rotluchse – was eben in die Schlagfallen gerät.« Sie zwinkerte ein paarmal, ihre Wimpern waren zart wie die Blütenblätter von Löwenzahn. »Da draußen.« Sie deutete mit einer Kopfbewegung hin.

Mary war verblüfft. Es musste die Wahrheit sein, denn für eine Lüge klang es einfach viel zu ausgefallen. Sie wusste nicht, was sie sagen sollte. Sie sah nach hinten zur Getränketheke. »Willst du eine Eiskrem-Soda? Oder einen Milkshake? Ich wollte mir gerade einen machen. Dr. Rodriguez hat mir erlaubt, hier reinzukommen, so oft ich will.«

Höchst erleichtert und mit einem strahlenden Lächeln sagte Andi: »So was hatte ich schon lange nicht mehr.«

»Na, komm, das gibt's dort drüben.«

Andi folgte ihr den Gang entlang bis zur Getränketheke und ließ sich auf einem der Barhocker nieder. »Mit Schoko«, sagte sie und strich sich eine silberblonde Haarsträhne hinters Ohr.

Mary nahm zwei geriffelte Gläser heraus und begann, in dem Behälter mit hart gefrorener Eiskrem zu graben. Sie hatte den Kopf so tief hineingesteckt, dass ihre Stimme bei der Frage widerhallte. »Wohnst du in der Stadt oder außerhalb?« Sie richtete sich wieder auf. »Ich muss mal kurz warten, das Eis ist hart wie Beton.«

Andi hatte sich über der Theke gelehnt, um den Fortgang der Ereignisse oder dessen Gegenteil zu beobachten. Sie sah enttäuscht aus. Eigentlich, dachte Mary, sieht sie eher aus, als ob sie Hunger hätte. Fast ein bisschen verkniffen. »Ich könnte jetzt ein Sandwich vertragen. Die Sodas können wir ja zum Nachtisch essen.« Sie hatte überhaupt keinen Hunger. Ihr war, als hätte sie gerade eine ganze Wanne voll Polenta mit Hühnchen und Posole gegessen, eine von diesen schweren Mahlzeiten, die Rosella so gern kochte. Doch nun machte sie den Kühlschrank unter der Theke auf und holte etwas Käse heraus. »Willst du mit Käse oder

Schinken oder – mit Hühnchen? Hier sind auch ein paar Scheiben Hühnerfleisch.«

»Käse wäre ganz toll, danke.«

Mary machte sich an die Zubereitung der Sandwiches mit Mayonnaise und wundervollem Nussbrot – sie würde wahrscheinlich ein bisschen mitessen, damit es für Andi nicht so aussah, als sei sie eine Almosenempfängerin. Sie wiederholte ihre Frage. »Wohnst du in Santa Fe oder außerhalb?«

»Außerhalb, könnte man sagen.«

Mary hob den Blick und fand die Antwort irgendwie vage. »Also in Tesuque oder wo?«

»Äh, nein, ich mein, wirklich außerhalb.«

»Machst du Camping?« Mary hatte das eine Sandwich fertig geschichtet und schnitt es in der Mitte durch.

»So ähnlich. Danke!« Andi betrachtete das Sandwich, als wäre es statt mit Mayonnaise bestrichen mit Perlen belegt.

»Aha, so was Ähnliches wie Camping?« Mary legte eine Käsescheibe auf eine Scheibe Brot und klappte sie zusammen. Sie nahm einen kleinen Bissen. Andi verzehrte ihr Sandwich so bedächtig, als wollte sie möglichst lange etwas davon haben. »Und da siehst du dann die Kojoten?«

Andi schwieg und kaute nachdenklich. Erst als sie das Sandwich halb aufgegessen hatte, sagte sie etwas. »Eigentlich ist es eher so eine Art Campingtour durch die Berge und so. Ich studiere sozusagen … Fallenstellen.«

An der zaghaften Art, in der sie das Wort aussprach, merkte Mary, dass es nicht stimmte. Doch sie widersprach ihr nicht. Sie hasste es selbst, wenn andere auf ihren ausweichenden Antworten herumritten. Während sie sich wieder daran machte, in der steinharten Eiskrem zu graben, sagte sie: »Ich hasse diese Fallen. Ich hab mal Fotos von einem grauen Wolf gesehen, der sich in so einem Ding das Bein eingeklemmt hatte.« In Wirklichkeit hatte sie nur einen kurzen Blick auf das Foto geworfen und dann schnell weggeguckt. Sie dachte an Sunny. Wie ihr wohl zumute wäre – oder eher, wie *Sunny* wohl zumute wäre –, wenn er mit der Pfote in eine Falle geraten würde? »Das ist wie diese Folterkammern, die es früher in Burgverliesen gab. Genauso sieht das aus. Wie ein eiserner Rachen.« Plötzlich begriff Mary, dass Andi versucht hatte, die Tiere zu befreien. Nicht bloß eins, auf das sie zufällig gestoßen war, sondern viele. Und dass sie Ausschau hielt nach Tieren in Not. Sie starrte Andi fassungslos an, die die Rinde ihres Sandwiches verzehrte und nichts sagte, nur nickte.

Mary trat einen Schritt zurück, verlegen, wie vor den Kopf gestoßen. Für dieses Mädchen waren diese Rettungsaktionen so wichtig gewesen, dass sie bereit war, eine Straftat zu begehen, um sich Medikamente zu beschaffen. Wer war sie? Woher kam sie?

»Hm, das Brot ist ja lecker. Kann ich noch eine Scheibe haben?«

»Klar. Wir haben auch Butter, wenn du willst.« Als Andi nickte, holte Mary die Butter heraus und schnitt eine dicke Scheibe Brot ab. »Es ist von Cloud Cliff.«

»Cloud Cliff?« Andi lächelte. »Ja, es muss ja von irgendwoher mit so einem Namen kommen.«

»So heißt die Bäckerei.« Sie schob das Brot auf einen Teller und stellte ihn auf die Theke. »Bist du mit dem Auto in der Stadt?«

Andi kaute das Brot und schüttelte den Kopf. »Ich hab kein Auto.«

»Wie alt bist du denn? Du siehst aus wie mindestens siebzehn.«

Andi zögerte und erwiderte dann: »Ja, siebzehn.«

»Ich bin – vierzehn«, sagte Mary. Na ja, in ein paar Wochen jedenfalls.

»Gut. Dann sind wir ja praktisch gleich alt.«

Das fand Mary so ziemlich das Großzügigste, was sie sich vorstellen konnte: dass ihr ein älteres Mädchen ein oder zwei Jahre mehr zugestand. Keins von den älteren Mädchen, die sie kannte, hätte ihr drei ganze Jahre geschenkt. Im Gegenteil: die Sechzehnjährigen genossen es geradezu, alle herumzukommandieren, die auch nur einen Tag jünger waren. »Ich hab gerade überlegt«, sagte sie, »wenn man jung ist, findet man Ältersein ganz toll, und wenn man älter ist, will man gern für jung gehalten werden. Schon komisch, das mit dem Alter.«

»Dann ist es eben nicht so wichtig, dann bedeutet es eigentlich nichts. Hmmm, Schokoladensauce!«

»*Heiße* Schokoladensauce!« Mary verteilte die Sauce über der Eiskrem. »Ich dachte, wir könnten vielleicht statt Sodas einen Eisbecher essen.« Sie stellte Andi ein Schälchen hin.

Andi strich die Schokosauce über dem Eis glatt. »Ich hab schon ewig kein Eis mit heißer Schokosauce mehr gegessen, seit – ich weiß gar nicht mehr.«

Mary überlegte, wieso Andis sowieso schon fast durchscheinende Haut bei diesen Worten noch viel blasser wurde. Der Eisbecher mit heißer Schokosauce konnte es nicht sein, der sie aus der Fassung brachte. Mary sagte nichts, und sie aßen schweigend.

Dann fragte Mary: »Wo hast du mit deiner Campingtour denn angefangen? Und wohin fährst du von hier aus? Ich mein, du fährst ja wahrscheinlich an verschiedene Orte. Und wer begleitet dich?«

Andi schien nachzudenken. »Ich bin hauptsächlich auf mich gestellt, könnte man sagen. Ich wollte so was einfach mal ausprobieren. Gelegentlich find ich eine unbewohnte Hütte. Du kannst dir nicht vorstellen, wie viele unbewohnte Hütten es gibt!« Als ob es das Überraschendste an ihrem Auftauchen hier wäre. »Oder« – sie zuckte lässig die Achseln – »Höhlen.«

Mary sagte es zwar nicht, aber für sie hörte sich so eine Reise an wie das reinste Paradies. Sich vorzustellen, dass man die ganz allein machen durfte. Beim Anblick der tiefen Röte, die sich über Andis Gesicht und Hals ausbreitete, musste Mary allerdings glauben, sie schämte sich dafür – es sei ihre Schuld, dass sie in Höhlen und leeren Hütten schlafen musste. Das Gefühl kannte Mary: wenn man das nicht hatte, was die meisten Leute für selbstverständlich hielten – materielle Dinge –, dann stimmte was nicht mit einem: dann war man entweder ein Faulpelz, ein Penner oder ein Flittchen. Man erntete nicht mal Mitleid, sondern nur Verachtung. Irgendwas Schändliches musste an einem Menschen sein, dem es sogar an den grundlegendsten Dingen fehlte. Einem Zuhause. Eltern.

»Hast du sie freibekommen, die Kojoten?«

Andi nickte. »Den ersten aber beinahe nicht, ich hatte Angst, ich müsste ihn erschießen.«

Marys Löffel verharrte in der Luft. »Erschießen? Soll das heißen, du hast eine *Waffe*?«

Andi errötete erneut und nickte. »Die hab ich … äh … gefunden.«

»Wo?«

»Die hat jemand liegen lassen. In einer unbewohnten Hütte.«

So schlagfertig, wie sie es sagte, musste es eine Lüge sein. Mary überlegte, ob Andi womöglich noch mehr log als sie selbst. Schwer zu glauben. Doch sie würde die Lüge nicht hinterfragen – Lügen waren etwas sehr Persönliches –, so gern sie auch die wahre Herkunft der Waffe erfahren hätte. Stattdessen fragte sie: »Bist du wirklich in die Stadt gekommen, um dir diese Medikamente zu besorgen?«

Andi schleckte die Schokosauce von der Unterseite des Löffels und nickte. Dann sah sie Mary ängstlich an und fragte: »Muss ich die jetzt zurückstellen? Ich bezahl sie dir – ich mein, dem Apotheker.«

Mary beruhigte sie sofort. »Nein. Nimm sie ruhig mit. Falls er danach fragt, denk ich mir irgendwas aus.«

»Ich will aber nicht, dass du meinetwegen Ärger kriegst.«

»Keine Sorge. Wie kriegst du eigentlich das Schmerzmittel in den Kojoten rein?«

»Mit einer Spritze.«

»Du stichst den mit einer *Nadel*? Aber … gehen die denn nicht auf dich los? Und stürzen sich knurrend auf dich und so?«

Eine Weile sagte Andi gar nichts. Dann ließ sie ihren Löffel klappernd in das leere Schälchen fallen und erwiderte: »Nein.«

Wieder hatte sie diesen merkwürdigen Gesichtsausdruck, als schämte sie sich für irgendwas. Nach reiflicher Überlegung sagte Mary: »Weißt du was, wenn du heut Abend nicht gleich wieder zurückmusst, könntest du doch mit zu mir nach Hause kommen. Und übernachten. Rosella hätte nichts dagegen. Das ist die Haushälterin. Wir sind nur zu zweit.«

Andi musterte sie aufmerksam. Es war, als suchte sie Marys Gesicht danach ab, ob sie Witze machte. »Wirklich?«

»Klar. Ich wohn ein Stück außerhalb von Tesuque, ungefähr acht Meilen, und wenn ich sie anrufe, holt Rosella mich ab.«

Andi wirkte unendlich erleichtert, so als hätte Mary ihr soeben eine schwere Last von den Schultern genommen. Sie willigte ein, sehr gern würde sie die Nacht in einem richtigen Haus verbringen.

Rosella hieß eigentlich Rosella Ortiz und war Zuni-Indianerin, die sich seit Marys Ankunft in New Mexico und besonders nach dem Tod ihrer Schwester Angela um sie kümmerte. Marys Eltern waren ebenfalls tot. Die Hopes waren beim Absturz ihrer Cessna über den Rockies ums Leben gekommen. Rosella stellte Andi natürlich eine Menge Fragen, wenn auch keine unfreundlichen. Die Fragen wurden nicht direkt beantwortet, obwohl sie durchaus diesen Eindruck vermittelten. Mary stellte fest, dass Andi diese Kunst sogar noch besser beherrschte als sie selbst. Rosella war jedenfalls glücklich, dass Mary »eine kleine Freundin« gefunden hatte.

»Gut. Es ist gut, dass du eine kleine Freundin hast.«

Als Rosella nicht hersah, wechselten Mary und Andi vielsagende Blicke. *Eine kleine Freundin.*

Später in ihrem Zimmer schüttelte Mary den Kopf. »Ist das denn zu fassen? Man könnte meinen, wir wären Puppen oder junge Katzen. Da hast du einen Schlafanzug. Das Bad ist da drüben.« Sie deutete auf den Flur hinaus.

Andi ging ins Badezimmer. Mary zog sich aus und blieb am Fenster stehen und sah hinaus. Sie hatte das Licht ausgemacht, um draußen so weit wie möglich sehen zu können. Sie hielt nach Sunny Ausschau. Er war schon oft weggewesen, manchmal wochenlang, kam aber immer wieder zurück, weshalb sie sich keine großen Sorgen machte. Das Mondlicht lag wie ein heller See über der Wüste. Sie war froh, dass sie in Tesuque wohnten und nicht in der Stadt. Hier draußen fühlte sie sich weniger eingeengt von den unsinnigen Erwartungen der Erwachsenen.

Sie dachte über Andi nach. Sie war fest davon überzeugt, dass Andi von zu Hause abgehauen war. Da war sie sich ziemlich sicher. Sie brannte natürlich vor Neugier, würde aber nicht nachfragen.

Während sie am Fenster stand und darüber nachdachte, kam Andi wieder aus dem Bad. Unentwegt strich sie über ihren Schlafanzug und betrachtete sich entzückt, als hätte sie eine Krönungsrobe an. »Ich hab schon so lang keinen Schlafanzug mehr getragen.«

Mary fragte nicht nach, worin sie denn dann geschlafen hätte. Wahrscheinlich in der Unterwäsche.

Sie schlüpften in das große, breite Bett, in dem beide bequem

Platz hatten, ohne sich in die Quere zu kommen. Mary stieß einen wohligen Seufzer aus. Das Zimmer war vom Mond schwach erhellt.

Andi sagte: »Richtig dunkel wird es eigentlich nie. Seltsam. Mitten in der Nacht ist es manchmal fast wie bei Dämmerlicht. So ist es jedenfalls nicht in …« Stirnrunzelnd blickte sie ins schummrige Licht. Wo? Sie räusperte sich. Was stand auf dem Nummernschild des Camaro? Idaho. »… in Boise.«

Na, also, dachte Mary. Boise! Dazu fiel ihr aber rein gar nichts ein. »Ich war noch in keinem anderen Bundesstaat außer hier und in New York.«

»Da hast du nichts verpasst.« Andi gähnte.

»Weißt du schon, wo du von hier aus hinfährst? Ich mein, nicht dass du von hier verschwinden sollst, aber du bist ja anscheinend bloß auf der Durchreise.« Mary versuchte es so zu formulieren, dass es nicht aufdringlich klang oder nach einer Erklärung verlangte.

Eine Zeit lang herrschte bedeutungsschweres Schweigen, wie mit unausgesprochenen Konflikten beladen. »Stimmt«, meinte Andi. »Ich bin auf der Suche nach jemandem.«

Mary drehte den Kopf auf dem Kissen herum. Das überraschte sie. »Wirklich? Wen?«

Wieder herrschte Schweigen, das Andi mit ihrer Antwort durchbrach. »Ich weiß seinen Namen nicht.«

Mary wartete ab, was noch kam. Doch es kam nichts mehr. Sie rollte sich auf ihre Seite hinüber, machte die Augen aber nicht zu.

Auf dem Rücken liegend starrte Andi auf das Blattmuster, das der Mond an die Zimmerdecke gemalt hatte. Nach langem Schweigen sagte sie: »Erinnerst du dich, wie du nach den Kojoten gefragt hast, ob sie knurren und einen anspringen?« Als Mary nickte, fuhr sie fort: »Das ist echt schrecklich. Sie haben solche furchtbaren Schmerzen und quälen sich, und ... *sehen* dich doch an, als hofften sie, du könntest ihnen helfen. Dabei machen sie kaum einen Mucks. Es ist, als wüssten sie, dass sie sterben müssen. Sie akzeptieren es einfach.«

Ein paar Augenblicke schwiegen beide, den Blick zur Decke gerichtet.

»Ich hab einen Hund, Mischling zwischen Hund und Kojote. Sunny. Der ist aber gerade irgendwo unterwegs. Genauer gesagt ist er ... äh, eigentlich mehr Kojote als Hund.« Mary wandte sich erwartungsvoll zu Andi hinüber, um zu sehen, wie sie es aufnehmen würde. »Die *absolute, reine Wahrheit* ist: er ist tatsächlich ein Kojote. Das sag ich aber keinem. Du weißt ja, wie die Leute über Kojoten denken. Halten sie für unnützes Viehzeug.«

»Irgendwo hab ich mal gelesen, dass die Rancher sie Feiglinge nennen, gelbbäuchige Feiglinge. Weil sie so unterwürfig sind, wenn sie in der Falle sitzen.«

»Du hörst dich an, als wärst du viel mit ihnen zusammen gewesen.«

Andi nickte im Dunkeln. »In den letzten drei Monaten hab ich ungefähr zwei Dutzend gefunden.«

Mary stützte sich auf den Ellbogen und starrte Andi ins Gesicht. »Soll das heißen, du reist schon seit drei Monaten allein in der Gegend rum?« Sie spürte, wie Neid sie überkam. Für Mary ging Unabhängigkeit über alles, Loyalität vielleicht ausgenommen.

Andi schien ihr Abenteuer aber gar nicht so ungewöhnlich zu finden. »Eigentlich seit vier Monaten. Ende Januar hab ich angefangen. Bin allerdings nicht direkt rumgereist. Eher an einem Ort geblieben. Also wusste ich mit der Zeit, wo die Fallen standen. Es verfängt sich auch anderes darin, weißt du.« Sie sagte es auf eine Art, als bedürfe bloß der letzte Teil ihrer Geschichte einer Erklärung.

»Aber wo hast du die vier Monate denn ganz allein gewohnt?«

»In einer Hütte in den Bergen. In den Sandias.«

Darüber war Mary noch mehr verblüfft als über das Herumreisen. »Gehört die Hütte deiner Familie?«

Andi schwieg einen Augenblick. »Nein.« Sie wurde nachdenklich. »Ich könnte dir erzählen, was passiert ist, es ist aber eine lange Geschichte.«

Mary konnte sich nichts denken, was sie lieber hören würde. Sie nickte zustimmend und rollte sich auf die Seite, um Andis langer Geschichte zu lauschen.

Daddy

3

Woran sie sich – als Einziges – noch erinnerte, war, dass sie in einem unbekannten Haus auf dem Bett aufwachte, in einem Zimmer, das sie sich nicht entsinnen konnte, betreten zu haben. Und sie erinnerte sich, dass sie dalag und ihr der Schweiss in eisigen Tropfen auf der Haut perlte.

Abgesehen von ihr selbst war das Zimmer nun leer. Doch sie wusste, dass jemand hier gewesen war – ein Mann, der Jacke nach, die über die Rückenlehne eines türkisblau gestrichenen Stuhls drapiert war, der Uhr mit breitem Band und dem silbernen Armband mit schweren Kettengliedern, einem Männerarmband. Die Sachen lagen zusammen mit einigen Münzen auf dem Nachttisch. Sie betrachtete alles, so gut sie konnte, ohne den Körper zu bewegen, nur den Kopf. Sie hatte Angst, sich zu rühren, denn sie kam sich vor wie aus Glas, zerbrechlich und durchsichtig. Sie hielt die Handfläche gegen das Licht im Fenster, um zu sehen, ob sie überhaupt aus Fleisch und Blut war, und legte sie dann wieder zu der anderen auf ihren Bauch.

Wenn sie es schaffte, sich gleichmäßig und gemessen zu bewegen, überlegte sie, gelang es ihr vielleicht aufzustehen. Obwohl es sich anfühlte, als sei nichts gebrochen, tat ihr doch alles weh, wie nach schwerer Feldarbeit, als hätte sie von frühmorgens bis spätabends einen alten Pflug geführt, der von einem Pferd gezogen wurde, und ein Feld umgepflügt.

Langsam erhob sie sich vom Bett. Voller Erleichterung stellte sie fest, dass sie wenigstens vollständig bekleidet war. Sie begann im Zimmer umherzugehen und nach Anhaltspunkten zu suchen. Es war ein freundlicher Raum – hell und heimelig. Wer auch immer sein Besitzer war, behandelte ihn jedenfalls pfleglich. In der Ecke stand ein Adobe-Ofen, und ein paar Wandbehänge zeigten bunte Szenen, die offensichtlich der hiesigen Umgebung nachempfunden waren. Auf dem Frisiertisch aus Kiefernholz sah sie ein Kärtchen mit der Aufschrift: WIR WÄREN IHNEN DANKBAR, WENN SIE IHR ZIMMER BIS 11 UHR VORMITTAGS RÄUMEN, DAMIT WIR ES FÜR DEN NÄCHSTEN GAST HERRICHTEN KÖNNEN.

Dann war sie also ein »Gast«. Das passte ihr irgendwie ganz gut. Sie gehörte nicht hierher, oder jedenfalls nur als Gast. Doch soweit sie sich erinnern konnte, gehörte sie überhaupt nirgendwohin. Sie konnte sich an nichts erinnern, was vor diesem Morgen lag. Sie konnte sich nicht an ihren Namen erinnern. Einen Augenblick lang starrte sie aus dem Fenster auf die dunklen Berge in der Ferne. Sie verspürte eine gewisse Verbundenheit mit dem leeren Land, mit den fernen Bergen.

Aufmerksam inspizierte sie das Zimmer mit den hellen Adobeziegel-Wänden, der alten schwarzen Kommode, dem Körbchen mit Trockenblumen und den winzigen Seifen und Miniaturfläschchen mit Shampoo und Badeöl im grellfarbig gekachelten Badezimmer. Sie nahm zwei angebrochene Fläschchen in die Hand und schnupperte daran in der Hoffnung, der Duft würde ihrem Gedächtnis auf die Sprünge helfen.

Den möglicherweise aufschlussreichsten Gegenstand hob sie sich bis zuletzt auf: einen Rucksack, der vermutlich ihr gehörte, denn in einer Ecke waren Blumen aufgestickt. Auf der Klappe standen die Initialen *A.O.* Sie schloss die Augen und ging in Gedanken eine Liste von Namen durch, die mit *A* anfingen, in der Hoffnung, dass ihr Gedächtnis sich vielleicht an dem richtigen festmachen würde: *Alice, Ann, Angela, Amy, Alison.* Bei keinem ging ihr ein Licht auf. Das *O* war natürlich hoffnungslos, für Nachnamen gab es einfach zu viele Möglichkeiten.

Der Rucksackinhalt war beruhigend: Jeans, ein paar weiße T-Shirts, Socken, Schlüpfer, BH. Einige Toilettenartikel: Sonnenschutzmittel, Lippenstift, Shampoo, Heftpflaster. Ein Paar Sandalen. Sie war barfuß, bestimmt hatte sie noch andere Schuhe gehabt. Sie tastete unter dem Bett herum und fand die Turnschuhe.

Anita, Annette, Alexis, Abigail. Sie zog die Beine an, bettete ihr Kinn auf die Knie und versuchte, nicht zu weinen. Wenn sie ein »Gast« war, musste es auch einen »Gastgeber« geben. Sie würde sich wohl auf die Suche nach ihm oder ihr machen müssen.

»Guten Morgen! Hast du ausgeschlafen? Hast du Hunger? Sicher, wenn du gestern nicht mal zu Abend gegessen hast. Dein Daddy musste geschäftlich in die Stadt und sagte, in ein paar Stunden sei er wieder da, und ich soll dafür sorgen, dass du was isst.«

Diese morgendliche Begrüßung enthielt dermaßen viele Informationen, die erst noch verarbeitet werden mussten, dass sie sich, um Zeit zu gewinnen, erst mal nur die Stirn gerieben hatte. Daddy? Das bezweifelte sie doch sehr. Ein paar Stunden? Ab wann? »Entschuldigung, aber ich hab irgendwie Kopfschmerzen.« Sie standen draußen vor der Küche, und die Besitzerin oder Köchin trug einen dieser Handschuhe, mit denen man Töpfe aus dem Ofen nimmt. Sie war vermutlich in den Vierzigern, etwas untersetzt und eigentlich ziemlich hübsch.

»Möchtest du eine Aspirin, Kindchen? Ach, ich bin übrigens Mrs. Orr, Patsy Orr. Meinem Mann und mir gehört die Pension. Wir haben erst kürzlich richtig eröffnet.«

Sie lächelte. Es war gut, dass diese Frau gleichermaßen mütterlich und ziemlich geschwätzig war. Mrs. Orr hatte zwar noch nicht ihren Namen gesagt, doch wieso sollte der Name, der dieser Frau bei ihrer und »Daddys« Ankunft genannt worden war, echt sein? »Danke.« Sie folgte Patsy Orr in die Küche. Das Frühstück duftete unwiderstehlich. Und sie war tatsächlich hungrig. Ausgehungert traf es eigentlich eher. Patsy Orr reichte ihr ein Glas Saft und zwei Aspirintabletten, die sie dankbar hinunterschluckte und überlegte, wo sich wohl das Gästebuch befand. Es gab doch bestimmt eine Art Anmelderegister.

Bedächtig trank sie den Orangensaft, hielt die Augen geschlossen und dachte angestrengt nach. Wie viel war von den »paar Stunden« bis zu seiner Rückkehr noch übrig? Wer dieser »Daddy« auch sein mochte, sicher hatte er dieser liebenswerten Dame einen Haufen Lügen aufgetischt, höchstwahrscheinlich durchmischt mit ein paar unverfänglichen Wahrheiten, die beide aber nur schwer voneinander zu unterscheiden waren. Der köstliche Geruch kam aus dem Ofen, als Mrs. Orr die Backofentür öffnete und hineinspähte …

»Um wie viel Uhr ist er denn weggefahren? Äh, mein Dad, mein ich.« Es verwunderte sie, dass sie es so leichthin aussprechen, sich so gut verstellen konnte. Woher war sie sich so sicher, dass dieser Mann, wer auch immer er sein mochte, *nicht* ihr Vater war? Ganz einfach: wenn er es gewesen wäre, hätte sie wohl kaum diesen Gedächtnisverlust gehabt. Wäre er es, dann wäre sie in einem Krankenhausbett aufgewacht.

»Ach, das ist noch nicht lang her. So um halb zehn etwa.«

Andi sah auf ihre Uhr, froh, dass sie eine hatte. »Jetzt ist es kurz nach zehn … zwei Stunden, hat er gesagt?«

Patsy Orr hatte ein Blech mit Maisbrot herausgezogen und prüfte mit einem Fingerdruck in der Mitte, ob es fertig war. »Genau. Er hätte Termine um zehn und um elf, sagte er. Das ist jetzt aber durch. Blaumaisbrot, mein Spezialrezept. Meinen Gästen scheint mein Frühstück zu schmecken. Na ja, ich sag immer, wenn man eine Bed-&-Breakfast-Pension betreibt, ist das ja wohl das Mindeste, oder? Möchtest du mal probieren? Ich hab auch noch *frijatas* und *huevos rancheros* da, falls dir das lieber ist. Oder beides.« Patsy Orr lächelte über beide Backen, ein Inbild von Gastfreundlichkeit.

Sie erwiderte das Lächeln und überlegte. Wieso sagte sie dieser netten Frau nicht einfach ... aber was sollte sie ihr denn sagen? Oder wieso ging sie nicht zur Polizei? Selbst wenn ihre Geschichte sich zu kurios anhörte, müssten die zumindest eine Suchaktion einleiten. Es musste doch Eltern oder Angehörige geben, die sie *vermissten.*

Sie unterließ es, weil ihr irgendetwas in ihr sagte, dass er sich herausreden würde. Sie wusste es, obwohl sie sich nicht erinnern konnte, wie er aussah, wer er war. Man brauchte sich bloß anzusehen, wie er Mrs. Orr davon überzeugt hatte, es sei schon in Ordnung, dass er sich mit seiner Tochter (einer halbwüchsigen Tochter?) ein Zimmer teilte. Sie wüsste wirklich gern, was für Lügen er Mrs. Orr aufgetischt hatte.

»– siehst ihm aber gar nicht ähnlich. Du bist so blond, eher ein heller Typ.« Patsy Orr war recht gesprächig. »Na ja, vielleicht kommst du auf deine Mutter raus.«

»Das sagen sie immer. Die finden, dass Dad« – sie räusperte sich – »ziemlich gut aussieht.«

»Ziemlich? Na, das ist ja wohl leicht untertrieben.« Patsy Orr lachte und wurde ein wenig rot. »Was dagegen, wenn ich mich auf ein Tässchen Kaffee zu dir setze, während du isst?«

»Bitte.« Sie wollte so viel wie möglich herauskriegen. Trotzdem behielt sie vorsichtshalber immer die Uhr im Auge: zwölf nach zehn. »Hat er gesagt, was das für ein Termin ist?«

»Nein. Bloß dass er vor zwölf Uhr mittags wieder da ist. Das Zimmer muss zwar um elf geräumt werden, mach dir da aber mal keine Sorgen.«

»Hmmm, das Frühstück riecht aber lecker.« Sie atmete anerkennend ein. »Ist er mit dem Wagen weg?«, fragte sie.

Patsy Orr schnitt das Brot in Quadrate zurecht. »Nein, ich glaub nicht. Er braucht irgendein Ersatzteil, das er anscheinend in einer Werkstatt in der Stadt besorgen kann. Ich hab ihm gesagt, dass man auch bequem zu Fuß ins Zentrum kommt. Er hatte einen Stadtplan dabei.«

Ins Zentrum von welcher Stadt? Sie konnte sich nicht erinnern, irgendwo eine Adresse gesehen zu haben. »Ich würde gern was essen.« Während Patsy Orr Teller holte und Topfdeckel hob, sagte sie: »Das ist hier eine schöne Gegend. Obwohl ich noch nicht viel gesehen hab. Aber bei Sonnenaufgang hab ich aus dem Fenster geschaut. Die Berge da drüben –« Sie hielt abwartend inne.

»Die Sandias? Ja. Das ist aber bloß *ein* Gebirgszug. Stimmt, die Landschaft hier ist wirklich schön. Wahrscheinlich kommen deshalb so viele Touristen her. Drum sind wir auch von Los Angeles hierher gezogen, mein Mann und ich. Wir werden zwar allmählich alt, haben's aber noch mal gewagt.« Sie setzte wieder dieses breite, flache Lächeln auf und ließ die Eier auf den Teller mit dem Maisbrot gleiten.

Sie wagte es ebenfalls. »Es ist jedenfalls viel schöner als da, wo wir herkommen.« *Bitte, sag's mir.*

Daraufhin sah die Frau sie erstaunt an. »Findest du wirklich? Das wundert mich aber. Idaho – oder sagte er Colorado? – ist doch landschaftlich unschlagbar.« Mrs. Orr wartete lächelnd auf Zustimmung.

»Ja, die sind beide schön, nicht?«

»Aber woher seid ihr denn genau? – Ach, jetzt fällt's mir wieder ein. Ihr seid *aus* Idaho, *kommt* aber grade von Colorado. So ist es. Ihr seid rumgereist. So, Frühstück ist fertig. Komm.« Patsy Orr ging ihr voraus ins Esszimmer.

Seufzend nahm sie vor blank geputztem Kristall und Schnittblumen Platz. Wenn es sich um Idaho handelte, dann wahrscheinlich um irgendein kleines Städtchen. »Manchen Leuten gefällt's vielleicht, aber ich find es ziemlich öde.«

»Na, aber da kann man doch wunderbar Ski fahren und dann die schönen Flüsse und Berge.« Patsy Orr zuckte die Achseln. »Ich könnte mir denken, das gefällt jungen Leuten.«

Sie nahm die Gabel in die Hand und warf ihr ein dankbares, aufrichtiges Lächeln zu. »Ich fahr aber nicht Ski.«

4

Vielleicht war sie interessant gewesen. Sie versuchte sich zu erinnern, was für ein Mädchen sie war – oder gewesen war. Dabei war ihr bewusst, dass sie kostbare Zeit vergeudete, während sie in dieser Casita auf dem Bett saß und die Berge betrachtete. Sie fühlte sich von den Bergen magisch angezogen, ohne dass sie wusste warum.

Es war noch nicht einmal elf Uhr, und falls es stimmte, was er Patsy Orr über seine Termine gesagt hatte, wäre er in ungefähr einer Stunde wieder zurück. Lieber Gott, warum ging er so ein Risiko ein? Solange er weg war, hätte sie es leicht jemandem sagen können, hätte Patsy Orr um Hilfe bitten, zur Polizei gehen, sich zum Arzt, ins Krankenhaus bringen lassen können – irgendwas. Wieso nahm er an, sie würde dableiben? Warum lief sie nicht einfach weg? Warum *war* sie nicht einfach weggelaufen?

Sie versuchte nachzudenken, wie sie in Idaho gewesen war, falls sie tatsächlich aus Idaho kam. Sie war vielleicht interessant gewesen, ein interessanter Mensch. Doch dann fragte sie sich, wieso sie ausgerechnet interessant hätte sein wollen anstatt beliebt oder schön oder einfach intelligent. *Annette, Arleen.* Wieso fiel es ihr nicht mehr ein? Nachdem sie in ihre Daunenjacke geschlüpft war, rückte sie sich den Rucksack etwas bequemer zurecht. Weil die leichte Thermodecke nicht ganz in den Rucksack passte, hatte sie sie in den Schlafsack eingerollt. Sie nahm sie heraus und sah sich suchend im Zimmer um. Sonst noch was? Die Seife und die Fläschchen aus dem Bad hatte sie schon eingepackt, dazu einen Waschlappen und ein Handtuch.

Seine Jacke hing über der Rückenlehne des Stuhls. Sie nahm sie, obwohl es sie dabei schauderte. Irgendwann würde die Polizei oder sonst wer ihm anhand eines persönlichen Gegenstands auf die Spur kommen. Sie überlegte, ob sie noch eine zusätzliche Jacke brauchte. (Auf dem kurzen Stück von der Casita zum Haupthaus war es recht kalt gewesen.) Schlimmstenfalls könnte sie die ja unter dem Parka tragen.

Es müsste wohl wirklich der »schlimmste« Fall eintreten, denn die Vorstellung, etwas anzuziehen, was ihm gehörte ... Sie würde drüber hinwegkommen; sie war ja schon über vieles hinweggekommen, über den Teil, den sie nicht ändern konnte. Wenn er sie entführt hatte, dann hatte er sie eben entführt. Wenn er sie vergewaltigt hatte, hatte er sie eben vergewaltigt. Bei dem Gedanken trat ihr der kalte Schweiß auf die Stirn, sie wischte ihn weg. *Daran kannst du nun mal nichts ändern,* sagte sie sich.

Sie könnte Mrs. Orr aber bitten, ihr einen Arzt zu rufen. Doch warum? Dann müsste sie hier bleiben, bis er zurückkam, und dann würde er sich – sie alle beide – vermutlich herausreden. Aus dem, was passiert war, was auch immer es sein mochte. Sie hatte das Gefühl, nur so eine dumpfe Ahnung, dass dieser Mann es schaffte, sich aus allem herauszureden.

Der Rucksack, bepackt mit Decke und zusammengerolltem Schlafsack, wäre ganz schön viel zu tragen, doch je nachdem, konnte sie sich später immer noch einiger Sachen entledigen. Sie war froh, dass sie gegessen hatte, denn es musste vielleicht einige

Zeit vorhalten. In ihrem Rucksack hatte sie einen zerknitterten Zehndollarschein gefunden. Damit würde sie nicht weit kommen.

Beim Zusammenlegen der Jacke fühlte sie etwas in einer Innentasche, die in das Seidenfutter eingenäht war. Sie griff hinein und zog mehrere Geldscheine hervor. Erst dachte sie, es wären Eindollarscheine, dann sah sie genauer hin. Obenauf lag ein Eindollarschein, darunter aber lauter Hunderter. Sechs Stück. Sechs Hundertdollarnoten! Sie konnte sich nicht entsinnen, jemals einen Hundertdollarschein gesehen zu haben – aber schließlich konnte sie sich ja auch sonst an nicht viel erinnern! Lachend drückte sie das Geld an die Brust.

Die Decke über die Schulter geworfen, verließ sie das Zimmer und ging wieder zum Haupthaus hinüber.

Patsy Orr war nirgends zu sehen. Nur die ins Leere tickende Standuhr war zu hören. Das Gästebuch lag zugeklappt auf dem Schreibtisch. Sie schlug es auf und sah das gestrige Datum eingeschrieben. *C. R. Crick mit Tochter.* Kein Name, nur »Tochter.« *C. R.* Sie runzelte die Stirn, denn irgendetwas kam ihr bekannt vor. Ob das *R* für Robert stand? Bobby. Sie zitterte. War das der Name, den er ihr gegenüber benutzt hatte? Bobby Crick. Es war wie ein heller Splitter, ein winziges Bruchstück, das sich durch eine Ritze zeigte. Sie verschloss die Augen davor und dachte an den Nachnahmen – Crick –, doch die Erinnerung war wie abgestumpft. Es war bestimmt sowieso nicht sein richtiger Name. Als Adresse war Idaho City in Idaho angegeben. Ihr Blick glitt suchend über die Schreibtischfläche, ob vielleicht irgendwelche Briefe angekommen waren, entdeckte aber nichts. Sie blätterte im Gästebuch zurück, und dort stand es: MI CASA SU CASA, SANTA FE, NEW MEXICO. Santa Fe. Sie hätte sich eigentlich gewünscht, es unter anderen Umständen kennen zu lernen.

Auf dem Bücherregal im Empfangsraum standen zahlreiche

Reiseführer. Sie schnappte sich den über New Mexico, warf die Decke wieder über die Schulter und ging.

Auf dem kleinen kiesbedeckten Parkplatz standen drei Autos unter dem Laubbaldachin, den die überhängenden Zweige einer mächtigen Eiche bildeten. Das eine war ein teuer aussehender Toyota mit Vierradantrieb, das andere ein ziemlich lädierter Kombi mit einem Kennzeichen von New Mexico, der vermutlich den Orrs gehörte, das dritte ein Camaro. Der Toyota war so neu, dass er bestimmt noch kein Ersatzteil gebraucht hätte. Also musste es der Camaro sein. Das Auto trug Nummernschilder von Idaho. War er wirklich aus Idaho? Vielleicht musste er so zwanghaft lügen wie manche Menschen trinken mussten; vielleicht verstand man das unter dem Begriff »pathologisch«. Also einer, überlegte sie, der es genoss, sich das Leben ganz spontan zu erfinden. Und sie fragte sich, aus welcher separaten Quelle in ihrem Kopf, einer von Gedächtnisverlust unberührten Quelle, sie solche Bruchstücke an Informationen zu Tage förderte.

Sie probierte an den Wagentüren: verschlossen. Als sie die Hände wie ein Schild über die Augen hielt, um hineinzuspähen, sah sie nichts, das eine Antwort oder zumindest einen Hinweis auf das geben könnte, was geschehen war. Nichts half ihrem Gedächtnis auf die Sprünge. Sie sah ein paar Taschenbücher, deren Titel sie jedoch nicht erkennen konnte, eine Coladose, die in einem herausziehbaren Halter steckte, und einige herumliegende Landkarten und Zeitungen. Sie ging hinten herum an den Kofferraum, falls – was unwahrscheinlich war – er vielleicht vergessen hatte, ihn abzuschließen. Überrascht stellte sie fest, dass sich einer der kleineren, überhängenden Zweige in dem Spalt verfangen hatte. Er musste in dem Moment, als der Kofferraum zuging, heruntergeweht und dort eingeklemmt worden sein.

Sie fasste unter den Türgriff, drückte den Knopf und zog den Griff hoch, sodass der Kofferraumdeckel aufging. Außer ein paar alten Zeitungen und einem Bündel fett- und ölverschmierter Lappen enthielt der Kofferraum nichts. Die Stirn an den Rand des Kofferraumdeckels gelegt, musterte sie den Haufen einen Augenblick, bevor sie hineingriff und ein Bündel herauszog. Dafür, dass es nur Stoff war, wog es viel zu schwer. Die Lappen waren um irgendetwas herumgewickelt.

Ihr stockte der Atem. Es war eine Waffe, eine Pistole. SMITH & WESSON stand auf dem Lauf, dazu eine Nummer. Sie war nicht geladen, so viel konnte sie zumindest erkennen. Trotzdem ging sie äußert behutsam damit um, denn irgendwie hatte sie das Gefühl, dass Waffen ein Eigenleben besaßen, sich bei bloßer Berührung selbstständig machen und trotz fehlender Ladung nach Belieben losgehen konnten. Sie wickelte sie wieder in die Lappen ein, legte das Bündel auf der hinteren Stoßstange ab und suchte weiter. Irgendwo musste auch noch Munition sein. Nicht weit von der Stelle, an der die Waffe versteckt gewesen war, lag ein weiches schwarzes Etui, das aussah, als sei eine Kamera drin. Als sie es öffnete, sah sie zwei mit Patronen bestückte Metallbehälter – so genannte »Magazine«, vermutete sie. Beim weiteren Herumtasten stieß sie auf eine mehr als halb volle Patronenschachtel. Sie nahm die Pistole, die Magazine und die Extramunition mit in die Casita.

Es war gar nicht so ermüdend oder schwer, wie sie geglaubt hatte. Ab und zu blieb sie stehen, um das Gewicht auf dem Rücken zu verlagern und einen Schluck Wasser aus der Plastikflasche zu trinken, der sportlichen Ausführung mit Halteriemen, die ihr eine Zeit lang als Feldflasche dienen würde. Im Allsup's an der Tankstelle, wo sie die Flasche gekauft hatte, hatte sie auch ein paar abgepackte Sandwiches, Bonbons, einen Apfel und ein Päckchen Studentenfutter erstanden. Das Studentenfutter gab ihr einen raschen Energieschub.

Es war halb eins. Sie war anderthalb Stunden gelaufen. Inzwischen war er sicher zurückgekehrt, hatte ihr Verschwinden bemerkt und nach ihr zu suchen begonnen. Es wäre einfacher gewesen, per Anhalter bis zum Highway zu fahren, doch wollte sie solche Straßen lieber meiden. »Daddy« schien ihr der Highway-Typ zu sein. Womöglich würde er den Highway entlanggebraust kommen und sie mit ausgestrecktem Daumen dastehen sehen. Sie würde sich zwar an die kleinen Schotterstraßen halten, doch hier konnte man sich auf fast jeder Straße schutzlos ausgeliefert fühlen. Meilenweit erstreckten sie sich gespenstisch leer und gleißend. Entfernungen ließen sich schwer abschätzen, denn das Licht war so durchscheinend, dass einem alles viel näher vorkam, als es tatsächlich war. Ihr kam es jedenfalls so vor, als ob die vor ihr liegenden Berge immer weiter zurückwichen, je mehr sie sich ihnen näherte.

Dorthin wollte sie. Sie würde den ganzen Tag brauchen und vielleicht fast die ganze Nacht, um zu den Bergen zu gelangen, doch das machte nichts. Weg zu sein, frei zu sein – wenigstens so frei, wie man sein kann, wenn einen jemand suchte. Und dann dachte sie: Aber irgendjemand außer ihm musste doch nach ihr suchen. Ihre Eltern doch sicher.

Plötzlich blieb sie stehen: ach Gott, wieso hatte sie in der ganzen Zeit, in der sie in der Bed-&-Breakfast-Pension allein auf dem Zimmer gewesen war, eigentlich den Fernseher nicht eingeschaltet? Sie hätte vielleicht eine Nachrichtensendung sehen und etwas über sich erfahren können. Wenn sie schon so schlau gewesen war, Patsy Orr auszuhorchen, wieso war sie dann nicht auf die Idee mit dem Fernseher gekommen?

Vielleicht hatte sie aber gar nicht wissen wollen, wer nach ihr suchte. Oder dass niemand nach ihr suchte. Vielleicht hätte ihr das auch nicht viel besser gefallen als dieser C. R. Crick.

Auf dieser Straße kam keiner. Sie lief weiter, machte einmal

Halt, um das Thunfisch-Sandwich zu verzehren und, weil sie danach immer noch Hunger hatte, auch noch die Hälfte des synthetisch aussehenden Käsesandwichs. Sie hatte gar nicht gewusst, dass es so gut schmecken konnte, so gut, dass es ein ganzes Spektrum an Geschmacksrichtungen und Hungergefühlen in ihr zu erwecken schien, von deren Existenz sie gar nichts geahnt hatte. Verhungern müsste sie sicher nicht, denn an dem alten Highway (zu dem diese Schotterstraße mehr oder weniger parallel verlief) kamen noch mindestens eine Tankstelle und vielleicht ein Kaufladen. Sonst stünden hier nämlich nicht so viele Häuser.

Relativ gesehen waren es eigentlich gar nicht so viele. Jedes Haus befand sich auf einem großen Stück Land. Falls sich herausstellte, dass es nirgendwo am Highway Lebensmittel zu kaufen gab, würde sie eben zu einem von diesen Häusern gehen. Besser, sie plante voraus, was sie tun würde, solange sie noch von Sandwiches und Schokoriegeln satt war, statt abzuwarten, bis sie Heißhunger verspürte. Panik war keine gute Verhandlungsposition.

Sie legte wieder eine kurze Pause ein, um sich auf einen flachen Felsen zu setzen, der so vollkommen glatt und rein aussah, als warte er nur auf eine ermattete Reisende. Es kam ihr so vor – ein schöner Gedanke –, als machte die Natur ihr Platz und lud sie ein, während die von den Menschen gemachte Welt sie hinausgeworfen hatte.

Sie lehnte sich zurück, fühlte die Sonne auf ihr Gesicht brennen und hielt sich den Arm vor die Augen. Sie würde von der blendenden Sonne noch ganz verrückt werden, wie die alten Bergleute. Die Hand schützend über den Augen, blickte sie in Richtung Westen, wo die Sonne sich immer noch mit roher Gewalt am Himmel hielt, sich aber schon näher zum Horizont hinunter bewegte. Für eine Wintersonne war sie recht kräftig. Man konnte den Schnee, der sich auf den Sandias im Süden abzeichnete, und die östlich gelegene Bergkette sehen. Jemez, hieß sie so? Im Tourenführer waren so viele aufgelistet. Vor einem Schneesturm hatte sie allerdings Angst. Wie sollte sie den überstehen, wenn sie zum Warmhalten bloß einen Schlafsack und eine dünne Decke dabei hatte?

Ach, vergiss es, vergiss es, eben warst du noch so gut drauf, fast glücklich hast du dich gefühlt, bevor du an den Schnee gedacht hast. Vergiss es. Egal, was du tust, jetzt kommt es sowieso nicht mehr drauf an.

Eine knappe Stunde später sah sie weit vor sich auf der anderen Straßenseite etwas, das wie eine Tankstelle aussah, vielleicht sogar mit Laden, wenn man von den dort geparkten Autos ausging. Sie rückte den Rucksack und die Schlafsackrolle zurecht, wobei sie irgendwie das Gefühl hatte, die Pistole sei schwerer geworden, und ging los in Richtung Westen.

5

Es war eine Tankstelle mit einem ziemlich großen Laden dabei: Lebensmittel, Imbisstheke, verschiedenste Haushaltswaren und sogar T-Shirts und Baseballmützen. Und Spirituosen. Sie schloss kurz die Augen, um sich von der Kühle des dunklen Innenraums überströmen zu lassen.

Vom Stapel auf einem Regal nahm sie sich eine Mütze aus steifem Stoff mit seitlichen Netzeinsätzen und hinten einem Gummizug. Sie probierte sie auf und klappte den Schild hoch. Ein bisschen zu groß, würde ihren Zweck aber erfüllen. Das leuchtende Blau gefiel ihr. Auf der Vorderseite über dem Schirm war ein roter Hahn, und sie fragte sich, was er bedeutete.

Anschließend ging sie zur Imbisstheke und bestellte sich ein Sandwich mit Aufschnitt und Käse und eines mit Schinken. Das erste, ein Baguette-Sandwich, würde bestimmt für zwei Mahlzeiten reichen. Sie bat den jungen Mann, der es zubereitete, es ihr in drei Teile zu zerschneiden. Er tat es lächelnd, und als er ihr das Paket hinüberreichte, war das Papier schon ganz feucht vom Öl. Sie nahm sich einen Sechserpack Orangensaft aus der Kühlbox und aus dem Tiefkühlschrank eine Dose gefrorene Limonade. Dann holte sie sich aus der Kühlbox noch eine Packung Milch. Wenn sie alles in das zusammengerollte Bettzeug klemmte, würde die gefrorene Limonade die übrigen Sachen zumindest eine Weile kühlen. Sie überlegte, ob sie noch einen Pack Cola mitnehmen sollte, wusste aber, dass sie so etwas Schweres nicht tragen konnte und ließ sich nur eine gekühlte Dose aus dem Getränkeautomaten heraus.

Der Laden hatte freundlicherweise drei Tische mit Stühlen aufgestellt, wo sie jetzt erst ihre Einkäufe und dann sich selbst absetzte. Wie gut sich der Stuhl anfühlte – ein ganz einfacher, schlichter Holzstuhl, der sich ihrem Körper aber besser anzupassen schien als je ein Stuhl zuvor.

Da der Stuhl direkt vor der Imbisstheke stand, konnte sie den jungen Mann sehen, der dort die Sandwiches fabrizierte. Sie hatte beobachtet, wie er ihres bereitet hatte, die einzelnen Schichten sorgfältig aufgeschichtet, den Kopfsalat genau bemessen und die Tomate so zurechtgeschnitten hatte, dass sie nicht die ganze Scheibe auf einmal abbiss. Obwohl seine Hände in durchsichtigen Plastikhandschuhen steckten, konnte sie sehen, dass sie geschickt und anmutig waren wie die eines Künstlers oder Chirurgen. Sie hielt den Blick auf die Finger geheftet, die das Sandwich herstellten, nicht (wie ihr jetzt klar wurde), weil sie Hunger hatte, sondern damit sie ihm nicht ins Gesicht sah. Er sah einfach viel zu gut aus. Das Gefühl überwältigte sie. Er sah einfach *zu* gut aus. Zu gut für was, wusste sie nicht. Wahrscheinlich zu gut für ein Mädchen, das ihn einmal sehen würde und dann nie wieder.

Sie spürte eine Sehnsucht in sich hochsteigen, so überwältigend, so bedrängend, dass es ihr beim Schlucken den Hals zuschnürte und sie zu ersticken glaubte. Dann legte es sich wieder, und sie konnte ihr Sandwich weiteressen – nur war ihr inzwischen der Appetit vergangen. Sie machte die Augen zu und dachte, *So wird es von jetzt an wohl sein*. Nichts würde mehr zwischen ihr und ihren Gefühlen stehen. Selbsttäuschung würde schwierig werden, weil von ihrem Selbst nicht mehr viel übrig war, das sich täuschen ließe.

Aber das wäre ja vielleicht auch ganz gut. Es brauchte sie nicht zu bekümmern, die Verrücktheit, sich in den Sandwich-Macher zu verlieben. Sie bräuchte es vor ihren Freundinnen weder zu erklären noch zu rechtfertigen. Sie sah zur Theke hinüber, wo er gerade lächelnd einen Kunden bediente. O ja, er sah zu gut aus für sie, für ein Mädchen, das ihm nie wieder begegnen würde. Für ein Mädchen, das in die Berge gehen würde. Er war Teil einer Welt, die sie hinter sich lassen würde. Das tat ihr sehr Leid und versetzte ihr einen schrecklichen Stich. Sie blieb eine Weile sitzen und starrte ins Leere, dann sammelte sie ihre Sachen ein.

Sie brachte sie hinüber zu einer Frau mit dichtem schwarzem Haar, die gerade die Preise für die Einkäufe eines anderen Kunden in die alte metallene Registrierkasse eintippte. Die Frau wandte sich zu ihr und fragte: »Wär' das dann alles?« Auf ihr Nicken hin zog die Frau eine gebrauchte Tüte aus einem ganzen Stapel gebrauchter Tüten – hier bewahrte man ja wirklich alles auf –, überlegte es sich aber dann anders und zerrte eine andere hervor. Mit dem dunklen Schopf knapp zu dem Rucksack hinüberdeutend, sagte sie: »Du scheinst ja dein ganzes Leben da auf dem Buckel rumzuschleppen, *cara.*«

Sie hatte ein breites, flaches, freundliches Gesicht. Wahrscheinlich gehörte der Laden ihr oder sie war die Geschäftsführerin, denn in ihren Worten und Gesten lag eine gewisse Autorität. Sie sah zu, wie ihr die Frau Sandwiches und Getränke in die andere Tüte packte, eine kleinere, glänzend weiße mit türkisblauem Zickzackmuster und einem riesengroßen gelben Smiley-Gesicht. »Ja, das ist ein Haufen Zeug zu tragen«, sagte sie und musste beim Anblick des Smiley-Gesichts selbst lächeln.

»Wo soll's denn hingehen?«

»Das Touristenprogramm – Camping, Wandern und so«, gab sie aalglatt zurück und hielt wie zum Beweis, dass sie eine echte Touristin war, den Tourenführer hoch. Die Frau nickte und nahm das Geld in Empfang. »Ich dachte, ich schau mir mal die Sandias an.«

»Das ist aber noch ein ganz schönes Stück.« Die Frau sah sie skeptisch an und schüttelte den Kopf.

»Ja, klar, dafür braucht man ein Auto. Ich werd da vorn abgeholt.« Dies ging ihr so glatt und so überzeugend über die Lippen, dass die Frau nicht nachfragte, wer sie »da vorn« denn abholte. »Ich sollte mich hier bloß ein bisschen schlau machen. Sie wissen schon, Landkarten und so.« Wieder hielt sie das Buch in die Höhe. »Da steht aber nicht viel drin. Wissen Sie vielleicht, wie man am besten in die Berge kommt?«

»In die Sandias? Hm, es gibt eine Zahnradbahn bis zum Sandia Peak, aber« – sie runzelte nachdenklich die Stirn – »ich weiß gar nicht, ob die zurzeit in Betrieb ist. He, Andy!«, rief die Inhaberin zur Sandwichtheke hinüber.

»Ja, was ist?«, kam es zurück.

»Weißt du, ob die Zahnradbahn fährt?« Mit ausladender Geste winkte die Frau ihn an die Kasse herüber. Und dann stand er da. Andy. Sie hielt den Kopf gesenkt und tat so, als würde sie im Tourenführer blättern.

»Nein, ich glaub nicht, aber der Skilift.«

Er stand so dicht neben ihr, dass sie seinen weichen, warmen Atem spüren konnte.

»Willst du zum Skilaufen rauf?«

Sie schob ihr Haar aus dem Gesicht. Es sollte nicht so aussehen, als verstecke sie sich dahinter. Fest entschlossen, sich den Tatsachen zu stellen, zwang sie sich, ihm ins Gesicht zu sehen. »Ja.«

Er lächelte. Er *strahlte* geradezu. »Du Glückliche. Ich komm kaum dazu.«

Sie wusste, dass sie puterrot angelaufen war, und versuchte dem mit einem möglichst lässigen Tonfall entgegenzuwirken. Und mit einem Schulterzucken. »Ich auch nicht. Ich bin nicht besonders gut.«

Er sah sie immer noch auf diese klare, direkte Art an, als hätte er sich noch nie im Leben befangen oder gehemmt gefühlt. In seinen Augen, die sie erst einfach für grau gehalten hatte, waren kleine Splitter von Grün und Gold in der Iris.

»Es gibt aber doch einen markierten Weg?«

»Klar, jede Menge. Willst du etwa wandern? Mitten im tiefen Winter?«

»Na ja, das werden wir sehen, wenn wir dort sind.«

»Es ist total beliebt bei Wanderern. Kennst du die Wege? Ach, ich bin blöd« – dabei wurde er tatsächlich rot, wodurch ihr ihre Röte weniger auffällig vorkam – »du warst ja noch nie dort. Der beliebteste Wanderweg ist La Luz, wenn du bis Sandia Crest rauf willst.« Er überlegte. »South Crest Trail ist gut. Der beginnt in den Canyon Estates, das ist so eine Art Wohngebiet.«

»Wie kommt man denn da hin?«

Andrew legte den Kopf ein wenig in den Nacken und blinzelte an die Decke, als könnte er dort die besternten Pfade erkennen. »Dazu müsstest du an der Ausfahrt Tijeras von der I-40 runter – du bist doch mit dem Auto unterwegs, oder?«

»Meine Familie holt mich ab.« Sie hatte gar nicht gewusst, dass sie so schlagfertig sein konnte.

Er nickte und sah stirnrunzelnd auf ihre Schuhe hinunter. »Die sehen ja recht stabil aus, mit guter Knöchelstütze. Du solltest mal die Leute sehen, die hier mit Reeboks auftauchen. Sogar in Sandalen hab ich sie schon gesehen.«

Sie lachten beide, die Inhaberin ebenfalls, bevor sie sich wieder der Kundschaft zuwandte, diesmal einer Frau mit Kleinkind.

»Was für Karten hast du denn dabei?«

Mit einem Achselzucken griff sie in ihren Rucksack, der ihr an einem Riemen über der Schulter hing. »Bloß die hier.« Sie gab sie ihm.

Er begutachtete die Karten und schüttelte den Kopf. »Du brauchst eine Topo von dem Gebirge. Warte mal.«

Die Frau mit dem Baby war gegangen, und solange er es nicht hören konnte, ergriff sie die Gelegenheit, zu der Inhaberin zu sagen: »Er ist wirklich nett, oder?«

»Andrew? So ein netter Kerl, der netteste, den ich bisher hatte. Der Laden gehört mir, und man kriegt ja nicht leicht junge Leute für hier draußen.«

»Arbeitet er das ganze Jahr über hier?«

»Nein, er geht ja aufs College. St. Johns, kennst du das? Schlauer Kopf.« Sie tippte sich an die Stirn und nickte. »Und in seiner Freizeit arbeitet er.«

»Ist er –« Sie brach ihre Frage ab, denn er kam mit einer halb aufgefalteten Karte auf sie zu.

»Hier ist das Richtige für dich, eine Geländekarte, auf der alles eingezeichnet ist. Schau mal, hier ist der La Luz Trail und dort der Faulty Trail, das ist vielleicht der beste für euch, der fängt direkt in Canyon Estates an – oder kurz dahinter. Nach einer Weile könnt ihr von dem runter und einen von den kleineren Wegen bis zum Sandia Peak hoch nehmen. Zu einem von den Gipfeln. Es gibt nämlich zwei, den Nord– und den Südgipfel. Ein paar von den Quellen am Faulty entlang sind eingezeichnet. Und Schutzhütten und das alles. Falls ihr die Bergbahn nehmt, also, da schlagt ihr einen ganz anderen Weg ein, da fahrt ihr am besten die Tramway Road entlang. Hast du einen Regenumhang und so was mit?« Er machte ein besorgtes Gesicht. »Du willst doch hoffentlich nicht bis ganz rauf, jetzt im Winter. Mit dem Wetter ist es immer so eine Sache, aber besonders im Winter gilt Vorsicht.«

Dass er so besorgt um ihre richtige Ausstattung war, rührte Andi fast zu Tränen. Sie hatte tatsächlich keinen Umhang oder sonstigen Regenschutz dabei, sagte es ihm aber nicht. »Ich glaub, ich hab alles, was ich brauche.«

Er sah immer noch besorgt drein. »Es gibt nämlich keine Campingplätze in den Sandias, weißt du. Es ist ein Naturschutzgebiet.«

Sie nickte. »Wir bleiben auch gar nicht lang. Aber, halt, ich kann doch nicht einfach deine Karte mitnehmen –«

»Klar. Wenn du wieder vorbeikommst, kannst du sie mir ja zurückbringen.« Da war wieder dieses Lächeln, dieses strahlende Lächeln.

Sie wollte es erwidern, doch ihre Mundwinkel verzogen sich nach unten, und sie musste sich sehr zusammennehmen, um nicht in Tränen auszubrechen. Mit gesenktem Blick stopfte sie die Karten umständlich in den Rucksack. Zögernd wandte sie sich zu ihren Einkäufen in der Smiley-Tüte auf dem Ladentisch um.

»Soll ich dir helfen?« Er griff nach der Tüte. Doch bevor er sie nehmen konnte, hatte sie sie schon vom Ladentisch gezerrt. »Danke, aber ich hab's gar nicht so weit.«

»Ihr ganzes Leben schleppt sie auf dem Buckel rum, hab ich zu ihr gesagt«, meinte die Inhaberin, sichtlich zufrieden über ihre Bemerkung.

»Na ja«, sagte sie und wandte sich zum Gehen, nachdem sie keine Ausrede mehr hatte, weiter zu verweilen.

»War mein Sandwich okay?«, fragte er.

Sie sah ihn an und wunderte sich selbst über ihre Antwort: »Du solltest einen Laden aufmachen und ihn Sandwich-Paradies nennen.« Sie wandte den Blick ab. »Also dann.«

Sie war zur Tür hinaus und quer über die weite Fläche mit den Zapfsäulen, bevor sie den Atem endlich ausstieß. Zwei Pickup-Fahrer tankten gerade. Ihr flüchtiger Blick streifte die Männer, die beide in ihre Richtung sahen. Der eine lächelte, der andere nickte und tippte mit dem Finger an die breite Krempe seines Huts. Der eine war vermutlich in den Dreißigern, der andere schon alt. Der mit dem Hut, der Alte, sah nach einem Indianer aus, mit dem schwarzen Zopf, der ihm über den Rücken hing, und dem braunen, kräftigen Gesicht. Der Jüngere hatte sehr dunkles Haar und war fast so attraktiv wie Andrew im Laden drinnen. Er stand an seinen Truck gelehnt, die Ladefläche war leer, und ließ die Zapfsäule für sich arbeiten. Der Indianer hatte sich über seine Zapfsäule gebeugt und kniff die Augen zusammen, um den angezeigten Betrag besser erkennen zu können.

Das alles sah sie im Vorübergehen. Die Trucks fuhren in verschiedene Richtungen davon, beide trugen Kennzeichen von New Mexico. Sie lächelte verhalten zurück.

Dann begann sie den Highway entlangzugehen und vergaß, dass eine Hauptstraße, selbst eine schwächer befahrene wie diese, auch Gefahren barg. Sie überquerte die leere Straße und weinte. So, rief sie sich dabei in Erinnerung, würde es von nun an sein.

Trost suchend hielt sie den Blick auf die Berge gerichtet, die dunkelblau, grau und violett wie ein japanischer Druck in der Ferne standen. Sie wischte sich beim Gehen die Tränen weg.

Sie war etwa fünfzehn bis zwanzig Minuten unterwegs gewesen, als ein Pickup-Truck zum Schneckentempo verlangsamte und der Fahrer fragte, ob sie mitfahren wolle.

Vorhin hätte sie noch abgelehnt. Inzwischen war sie aber nicht nur niedergeschlagen, sondern auch schrecklich müde. »Danke«, sagte sie, und als er herüberlangte, um ihr die Beifahrertür aufzumachen, stellte sie fest, dass es der Mann von vorhin war, der jüngere, gut aussehende. Seine Augen – vorhin war es von weitem nicht zu sehen gewesen – waren unglaublich blau.

»Was soll ich damit machen? Hinten drauflegen?« Sie hatte die Schlafsackrolle herausgezogen und entledigte sich nun des Rucksacks. Als sie sah, dass er aussteigen wollte, sagte sie: »Nein, es geht schon, ich mach das.« Sorgfältig verstaute sie die Sachen auf der Ladefläche, zusammen mit der Smiley-Tüte. Als sie saß und die Tür zu war, bedankte sie sich noch einmal. Er lächelte. Meine Güte, heute liefen ihr anscheinend lauter attraktive Männer über den Weg!

»Wohin soll's denn gehen?«

Obwohl sie die Frage leid war, deutete sie mit dem Kopf in die Richtung. »Da rauf.«

Er blinzelte durch die Windschutzscheibe. »In die Berge, meinst du?«

»Genau. Die Sandias. Auf den Sandia Peak rauf.« Mittlerweile hatte sie das Gefühl, sich in diesem kleinen Gebiet im Südwesten schon recht gut auszukennen. »Zum Skilaufen.« Als sie ihn prüfend ansah, ob er es bezweifelte, und feststellte, dass er es nicht tat – sondern bloß wieder lächelte –, entspannte sie sich.

»Ich fahr gern Ski«, sagte er. »Komm allerdings nicht oft dazu. Warst du schon mal in Telluride? Tolles Skigebiet.« Als sie kopfschüttelnd verneinte, fuhr er fort: »Herrliche Gegend! Ich selber bin auf dem Weg nach Albuquerque, Silver City.«

Aus seinem verwaschenen blauen Hemd zog er eine Packung Zigaretten, Marke Merits, und bot ihr eine an. Andi war nicht abgeneigt – soweit sie sich entsinnen konnte, hatte sie noch nie geraucht. Wäre sie Raucherin gewesen, hätte sie sicher längst

Sehnsucht nach einer Zigarette verspürt. Weil sie nervös und traurig war (vermutlich die Gründe dafür, dass Leute überhaupt rauchten), nahm sie jetzt aber dankend an.

Er zündete sie ihr mit einem flachen goldenen Feuerzeug an, dann steckte er sich selbst eine an. Sie hielt die Zigarette unbeholfen und vorsichtig, dann nahm sie einen tiefen Zug. Nicht viel, bloß ein bisschen, und trotzdem ... Sie hustete und hustete, durch den scharfen, beißenden Geschmack, das Brennen in Hals und Nase, zog es ihr den Kopf in Richtung Schoß.

Er klopfte ihr ein paarmal auf den Rücken, ohne dass es viel half. »Bist nicht dran gewöhnt?«

Ihr Kopf kam wieder hoch, sie wischte sich die Tränen aus den Augen. »Ich hab vergessen, wie viel Spass es macht.«

Sein herzhaftes Lachen wurde zu einem leisen Kichern. »Schon länger nicht mehr geraucht, was?«

»Ich versuch gerade damit aufzuhören. Seit über einem Jahr hab ich's nicht mehr probiert. Da vergisst man, wie es ist.«

»Mann, das sind doch bloß Merits.« Er verzog das Gesicht und drückte seine aus. »Kein Nikotin, kein Geschmack.«

»Trotzdem.« Sie zuckte die Achseln.

Es folgten die unvermeidlichen Fragen: woher sie kam, wo sie wohnte, wo sie zur Schule ging und so weiter und so weiter. Sie verlagerte sich auf ihre lässig dahingesagten Lügen, rauchte ihre Zigarette weiter und überlegte, wie man sich so was überhaupt erst angewöhnen konnte. Als sie seine rauen, aber gut gepflegten Hände auf dem Lenkrad betrachtete, wurde ihr irgendwie unwohl. Er zog wieder das goldene Feuerzeug hervor, um sich noch eine geschmacklose Zigarette anzuzünden. Er erzählte vom Osten des Landes, dass er ihn hasste und deswegen hierher gezogen war. Seit seiner Kindheit habe er das Leben in freier Natur geliebt, die Berge und Flüsse. Sein Daddy habe eine Fischerhütte gehabt. Sein Daddy habe für sein Leben gern gefischt.

Bei seinen Worten zuckte sie zusammen und wandte den Blick aus dem Beifahrerfenster. Daddy.

Auf dieser Straße herrschte wenig Verkehr. Nur wenige Autos überholten sie, und hinter ihnen fuhr nur eines. Während sie die Berge immer näher kommen sah, überlegte sie, dass es richtig gewesen war, die Mitfahrgelegenheit anzunehmen. Sie hätte es nie so weit geschafft, nicht einmal bis morgen Abend. Jetzt konnte sie die großen Straßen verlassen, sich von den Städten fern halten. Weg, einfach nur weg in die Berge.

Der Pickup hinter ihnen überholte sie. Als sie aus dem Fahrerfenster sah, erkannte sie den alten Indianer. Er drehte sich um, der Indianer mit dem großen Hut, und machte ihr irgendein Zeichen.

»Wieso hat er das gemacht?«

»Was? Wer?«

»Der Mann in dem anderen Truck. Sie wissen schon, der vorhin an der Tankstelle war –« Irgendetwas ließ sie innehalten, eine warnende Pause. Wovor? Sie sprach weiter. »Er sah indianisch aus.«

»Na, das ist hier in der Gegend doch kaum ungewöhnlich. Was hat er gemacht?«

»Äh, nichts. Er hat bloß so ein Zeichen gemacht.«

»Der steht auf dich.«

»Quatsch«, entgegnete sie und fror plötzlich wieder. Die Geste war irgendwie seltsam gewesen. War er vielleicht eine Art Schamane oder wie das hieß?

»Mich hat er jedenfalls nicht angeschaut, Schätzchen.« Er lachte. »Ich weiß gar nicht genau, wo du hin willst. Ich mein, wo ich dich absetzen soll?«

»Geht die hier zur I-40? Wissen Sie, wo die Ausfahrt Tijeras ist?«

»Schon, aber ich lass dich doch nicht an irgendeiner Autobahnausfahrt raus. Also, wo willst du von dort aus hin?«

Andrew hatte ihr die Sache beträchtlich erleichtert, indem er sie an seinem reichen Schatz an Informationen hatte teilhaben lassen. Selbstsicher erwiderte sie: »Nach Canyon Estates. Sie müssen mich aber nicht ganz hinbringen. Ich mein, die Route 40 liegt doch bestimmt nicht auf Ihrem Weg.«

»Eigentlich nicht. Na ja, ein paar Meilen mehr machen mir auch nichts aus. Ich hab's nicht so eilig.« Er sah sie fragend an. »Und dann? Du willst doch wohl heute Abend nicht mehr zum Sandia Crest rauf?«

»O nein, ich treff mich mit meinen Leuten, da, wo der markierte Weg anfängt. Mit meinem Vater und meinen Brüdern.« Weshalb ihr Vater und ihre Brüder es für richtig hielten, dass sie per Anhalter zum Treffpunkt fuhr, war eine Frage, die er hoffentlich nicht stellte.

Richtig. »Kein Problem, das finden wir schon.« Er fing leise an zu pfeifen. »Wie wär's mit Musik?« Er fummelte kurz am Radio herum, zuerst kam nur Rauschen, dann ein Sender mit Countrymusic.

Er fand die Wohnsiedlung und den Parkplatz und half ihr, ihre Sachen von der Ladefläche herunterzuholen. Dann meinte er, er würde solange warten, bis ihre Leute auftauchten.

Das konnte sie natürlich nicht zulassen. Sie fand es allerdings nett von ihm, dass er zögerte, sie sich selbst zu überlassen. Sie sagte: »Mein Bruder hat gesagt, ich soll einfach auf dem Parkplatz auf sie warten.« Eine bescheuerte Anweisung, die Nachfragen geradezu provozierte. Sie machte es sich allmählich recht bequem und wurde leichtsinnig mit ihrer Lügerei.

Er blies sich in die Hände, er trug keine Handschuhe. »Ihr wollt doch wohl heute Abend keinen Fußmarsch mehr machen, oder? Es ist schon fast dunkel. Na ja, jedenfalls dämmerig.«

Sie sah zu ihm hoch, hinter ihm leuchtete das Licht der ersten benden Sonne hellrot an der Westseite der Berge. Sie war es allmählich leid, immer Antworten zu erfinden. Überhaupt – er stellte viel zu viele Fragen. Vermutlich hatte er gern ein bisschen Gesellschaft, was sie durchaus verstehen konnte. Sie sagte: »Ach, die haben bestimmt irgendein Hotel oder Motel aufgetan, wo wir übernachten.« Aber wieso, dachte sie, wieso hatten sie sich dann nicht dort mit ihr verabredet?

Wenigstens kam er nicht auf diese Frage, sondern stand einfach da und blickte zu den Bergen hinauf. Als sie das zusammengerollte Bettzeug gerade wieder festzurren wollte, hielt sie inne, weil ihr einfiel, dass ihre Brüder sie ja abholten, und dann müsste sie ihr Gepäck ja nicht mehr auf die Schulter laden. Also stellte sie es neben der Smiley-Tüte auf dem Boden ab und schüttelte ihm zum Abschied die Hand.

Er öffnete die Fahrertür und sprang wieder in den Wagen. »Wie gesagt, ich geh gern Ski fahren. Vielleicht sehen wir uns ja mal auf der Piste.« Er zwinkerte ihr lächelnd zu.

»Vielleicht«, sagte sie und hob zum Abschied die Hand.

Er ließ den Motor an und fuhr davon. Da fiel ihr plötzlich ein, dass sie nicht einmal seinen Namen wusste.

Sie setzte sich auf die Schlafsackrolle und tat so, als wartete sie auf jemanden, bis sein Truck außer Sichtweite war.

6

Sie hatte den Parkplatz verlassen und war eine Zeit lang am so genannten Faulty Trail entlanggewandert. Dann blieb sie stehen und blickte zu den steilen Wänden des Canyon links von ihr, zu den mit Pinien und Gelbkiefern bestandenen Hängen hinunter und betrachtete den Sonnenuntergang. Eine gerade Linie karminroten Lichts verschwamm und verbreiterte sich zu einer schmelzenden Wolkenbank aus Violett, Blau und Rosa. Sie schien der Landschaft die Farbe zu entziehen – das Ocker der kahlen, karamellfarbenen Bergausläufer – und sie mit einem silbrigen Glanz zu überziehen, während die Eiskruste auf dem Schnee wie ein rosa gefärbter Spiegel hell leuchtete. Sie hätte noch lange zusehen können, doch nun würde es immer kühler werden, und sie machte sich besser wieder auf den Weg.

Sie zog den Kompass hervor, nicht um zu sehen, in welche Richtung sie laufen musste – Ost und West waren ihr jetzt egal –, sondern um sich konkret zu beweisen, dass sie einen bestimmten Weg zurückgelegt hatte und nicht wie Samenfäden in der Luft davonschwebte. Nach etwa jeder Viertelstunde Fußmarsch schien die Temperatur um weitere fünf Grad zu sinken. Die Luft wurde zusehends dünner, sie konnte ihre Reinheit förmlich riechen. Sie holte wieder Andrews Karte hervor. Den markierten Weg, der zum Sandia Peak hinaufführte, hatte sie verpasst und war nun zu erschöpft, umzukehren und ihn zu suchen. Weil der Weg, auf dem sie sich befand, gut ausgeschildert und gepflegt war, beschloss sie, hier weiterzugehen. Auf den Gipfel konnte sie ja morgen noch steigen.

Als sie zu einer grasbewachsenen Böschung gelangte, die seltsamerweise grün und nicht hart gefroren war, setzte sie den Rucksack ab und ließ sich an den Stamm einer Kiefer gelehnt nieder. Über eine Stunde war sie nun schon bergauf gewandert. Dankbar lehnte sie den Kopf zurück und schloss die Augen. In dieser Gegend brach die Nacht rasch herein, fiel wie ein dichter Vorhang. Trotzdem war es wegen des fast unirdisch anmutenden Mondlichts nie vollkommen finster.

Das Wasser in ihrer Flasche war fast aufgebraucht. In der Nähe befand sich eine Quelle, hatte sie auf einem Schild gelesen. Momentan war sie jedoch zu müde aufzustehen. Sie beschloss, sich einfach hier schlafen zu legen, und rollte ihren Schlafsack aus. Dann holte sie das eingepackte Baguette-Sandwich hervor und verspeiste es zu zwei Dritteln. Während sie aß, sank ihr der Kopf immer wieder herunter und sie fiel einige Minuten in Schlaf. Ihre Träume waren bruchstückhaft, wie zerbrochene Flügel von Bildern. Gleich schüttelte sie sich wieder wach. In der Hand auf dem Knie lag immer noch das Sandwich. Überrascht dachte sie, auch wenn sie sich nicht mehr an ihr Leben erinnern konnte, war es doch gut verschlossen in ihrem Unbewussten immer noch da. Bei dem Gedanken fühlte sie sich schon besser. Wenigstens wusste sie, ihr altes Selbst war in der Nähe. Es war, als ob jemand hinter einem Schaufenster lauerte und gespannt darauf wartete, dass sie auftauchte. Sie aß das Sandwich vollends auf, kroch umständlich in ihren Schlafsack und zog den Reißverschluss zu, wie man eine Tür hinter sich abschließen würde.

Von ihrer Position aus glaubte sie, durch eine Lücke in den Zweigen eine verwitterte Holzwand sehen zu können. Rasch stand sie auf und ging ein Stück zurück auf einen Nebenpfad, der von dem erschlossenen Weg abzweigte. Sie folgte ihm bis zu einem weiteren, der eher einer Vertiefung im Erdboden ähnelte als einem Wanderweg. Sie gelangte zu einer Lichtung, auf der still und friedlich eine kleine Hütte zwischen den Bäumen stand, unbewohnt (da war sie sich sicher). Doch wie kam jemand dazu, in dieser Wildnis eine Hütte zu bauen? Es war doch ein Naturschutzgebiet, hatte Andrew gesagt, und konnte kaum als Privatgrundstück gelten. Vielleicht lag es aber knapp außerhalb der Grenzlinie und in der Nähe eines anderen Wohngebiets in den Ausläufern des Gebirges. Wahrscheinlich. Oder vielleicht gehörte die Hütte einem Ranger.

Neben der Hüttentür war säuberlich Holz aufgestapelt, und um die Ecke standen mehrere Fässer. Sie warf einen Blick hinein. Wasser. Es mussten Regentonnen sein. *Brüll mir nicht in meine*

Regentonne / Und steig mir nicht auf mein... – Bruchstücke eines Liedes fielen ihr plötzlich ein, um gleich wieder zu verschwinden, wie die Kindheit. Jemand sang in ihrer Erinnerung.

Sie ging zur Tür und rechnete fest damit, dass sie verschlossen war. Ein Drehen am Türknopf, und sie ging auf. Sie stand in einem geräumigen, blitzsauberen und ordentlichen Raum. Gegenüber der Tür in der Ecke standen Stockbetten und eine große Kommode. In der Mitte des Raumes befand sich ein rechteckiger Tisch aus Kiefernholz mit lauter ungleichen Stühlen. Über dem Tisch hing an einem Flaschenzug eine Öllampe von der Decke.

Offenbar gab es auch fließendes Wasser, denn ein altes gusseisernes Spülbecken war mit einem abgeschossenen Blümchenstoff verkleidet, und hinter einem Vorhang aus dem gleichen Stoff befand sich eine Toilette. Badewanne oder Dusche gab es nicht, aber vielleicht dienten die Tonnen zum Sammeln von Regenwasser, mit dem dann irgendeine Art von Wanne gefüllt werden konnte. Neben dem Spülbecken stand ein schwarzer holzbefeuerter Herd – dafür also die draußen aufgeschichteten Scheite und das Anzündholz. Der Ofen hatte eine ebene Oberfläche mit zwei runden Einsätzen, die wie kleine Gullydeckel aussahen. Darauf wurde wohl gekocht. Das ganze Essen kochten sie über einem Holzfeuer! Einfach unglaublich!

Sie überlegte, wer »sie« wohl waren.

Irgendwo in der Nähe musste eine Straße sein, obwohl sie keine sehen konnte. Wozu der Besitzer diese Hütte wohl benutzte? Als Jagdhütte? Als Sommerhäuschen? Hinter der Verkleidung am Spülbecken standen Töpfe und Pfannen, und auf der hölzernen Anrichte waren Schnappgläser mit Bohnen, Reis und anderen Getreidesorten aufgereiht. Es gab auch Suppendosen, eine große Dose Pfirsiche und kleine Büchsen mit Sardinen und Anchovis. Sie konnte es kaum glauben: ein schützendes Dach, Wärme, Essen.

In die Wand waren Holzzapfen genagelt, an denen Drahtkleiderbügel hingen. Sie klapperten im Wind, der durch die offene Tür kam, sodass es sich anhörte wie winzige Glockenspiele. Drinnen war es kalt, so kalt wie draußen. Aber wenn sie erst mal Feuer gemacht hätte, ließe sich die Kälte vertreiben. Sie stand da, die Arme um sich gelegt, nicht wegen der Kälte, sondern vor lauter Freude über ihr unverhofftes Glück. Bestimmt waren irgendwo Streichhölzer, es fehlte ja sonst an nichts.

Bis auf den an ein Kissen gehefteten Zettel mit der Aufschrift *Willkommen*.

7

»Ich hab die Hütte unheimlich gern sauber gemacht«, sagte sie jetzt zu Mary. »In einem Schrank war ein Desinfektionsmittel, das hab ich in meinen Eimer geschüttet und auf den Boden geklatscht und bin mit der Bürste runter und hab tüchtig geschrubbt. Ich *liebe* diese Hütte.«

»Ich bring's nicht mal fertig, Geschirr abzuwaschen«, entgegnete Mary, die in Gedanken bei anderen Einzelheiten von Andis Geschichte war, aus denen sie nicht recht schlau wurde.

»Es würde dir aber nichts ausmachen, wenn du bloß ein Glas und einen Blechteller samt Tasse abspülen müsstest.« Andi beobachtete die zarten Schatten, die der Baum vor dem Fenster an die Zimmerdecke malte. Sie gähnte. »Es wird bestimmt bald hell. Ich schlaf jetzt. Gute Nacht.«

»Nacht«, sagte Mary, die sich daraufhin auf ihre Seite wälzte und beobachtete, wie das gespenstische Mondlicht allmählich der blauen Morgendämmerung wich. Ganz weit draußen am

Horizont ergoss sich ein Streifen flüssigen Lichts über die Sangre-de-Cristos-Berge. Sie dachte an den Mann, der Andi in seinem Pick-up mitgenommen hatte. Warum hatte er so lang gebraucht, bis er sie aufgegabelt hatte?

Mary war sich sicher, dass die Frage auch Andi im Kopf herumging.

8

»Ich finde, du solltest bleiben«, sagte Mary am darauf folgenden Morgen.

»Bleiben? Du meinst, hier?«

Mary nickte. »Warum nicht? Rosella mag dich echt gern. Du hast sie ja gehört beim Frühstück.«

Und ob sie sie gehört hatte! *Das ist aber mal ein nettes Mädchen, von der kannst du vielleicht paar Manieren lernen* – so war es beim Frühstück in einer Tour gegangen. Rosella war so, seit Angela gestorben war. Sie machte sich Sorgen, dass Mary ohne eine große Schwester als Vorbild schlicht und einfach verkommen würde.

Andi beugte sich hinunter, um eine Hand voll Erde aufzuheben, die sie nun durch die Finger rieseln ließ. Sie saßen etwas abseits vom Haus auf einem breiten, flachen Felsen. »Das ist nett von dir, aber ich kann nicht –«

Mary fiel ihr ins Wort. »Was ist, wenn er dich wieder findet und du allein bist?«

»Inzwischen hat er die Suche bestimmt aufgegeben. Es ist ja schon über vier Monate her.« Ihr Ton klang unsicherer als das Gesagte.

»Du würdest ihn aber nicht wieder erkennen, oder?«

»Ich kenn den Wagen.«

»Wie kommst du drauf, dass er den fährt?«

Andi hob einen mit Grünspan überzogenen Stein auf. Sie drehte ihn in der Hand herum, ohne zu antworten.

»Ich will dir ja keinen Schreck einjagen«, sagte Mary, »aber der Kerl, der dich mitgenommen hat –«

»Was ist mit dem?« Andi sah Mary fragend an.

An ihrem Gesichtsausdruck konnte Mary erkennen, dass sie gedanklich fast den Sprung zu Marys Schlussfolgerungen gemacht hatte. »Du sagtest, du wärst einige Zeit gelaufen, als sein Truck angefahren kam. Aber selbst wenn man die Zeit abrechnet, die er an der Tankstelle zum Zahlen brauchte, wieso hat es dann so lang gedauert, bis er dich eingeholt hatte?«

»Vielleicht hat er sich im Laden noch unterhalten«, versuchte Andi es abzutun.

Hier musste Mary ihr Recht geben – schon möglich.

»Da ist aber noch was anderes –«

Mary war sich sicher, dass auch Andi Verdacht geschöpft hatte. »Ja, was denn?«

»Erinnerst du dich an den Indianer?«

»Klar. Der dir beim Überholen ein Zeichen gemacht hat. Und dass dir nicht ganz wohl dabei war.«

»Ja. Ich glaub aber nicht, dass mir deswegen nicht wohl war. Sondern wegen der Richtung, in die er fuhr.«

Mary sah sie verständnislos an. »Was willst du damit sagen?«

»An der Tankstelle. Normalerweise fährt man an die Zapfsäulen doch in Fahrtrichtung ran, also aus der Richtung, aus der man kommt.« Mary nickte. »Das Auto von dem Indianer zeigte nach Süden, in Richtung Albuquerque. Er kam von Norden. Aber der Truck von dem Mann, der mich mitgenommen hat, stand in entgegengesetzter Richtung. Wieso fuhr er dann später in die gleiche Richtung wie der Indianer?«

»Weil er schon vorhatte, dich mitzunehmen? Weil er es genau darauf abgesehen hatte?«

Andi wurde blasser. Sie nickte. »Trotzdem, wenn er's war, wieso hat er mir dann nicht eins über den Schädel gegeben und mich mitgenommen? Und wenn er weiß, wo ich bin – oder besser – war, nämlich dort oben auf der Hütte, wieso schnappt er sich mich dann nicht?« Andi senkte das Kinn auf die Knie und tat so, als würde sie den grünen Stein begutachten. Sie konnte nur mühsam die Tränen zurückhalten. Weil sie an die Zeiten dachte, in denen sie befürchtet hatte, er hätte genau das getan. Daddy.

9

Es war das eine Mal, als sie in die Hütte zurückgekehrt war, nachdem es ihr endlich gelungen war, ein Kaninchen aus einer Schlingenfalle zu befreien. Als sie es gefunden hatte, hatte das Tier sich tot gestellt. Endlich befreit, war es erstaunlich schnell in großen Sätzen davongesprungen. Es war ein Schneehase gewesen, dessen Weiß mit dem Schnee verschmolz, je weiter er sich entfernte. Die Natur war so erfindungsreich.

Andi wusste, wo die Fallen standen. Sie hatte sich ihre Standorte genau angesehen und sie gesucht, nachdem sie einmal beinahe in eine der Schlingenfallen geraten war. Wo eine war, mussten auch andere sein, und im Laufe der Wochen und Monate hatte sie Dutzende von diesen Dingern ausfindig gemacht.

Zuerst hatte sie so eine Schlingenfalle unschädlich gemacht, dann aber ähnlich wie bei den Schlagfallen festgestellt, dass sie sie einfach durch eine neue ersetzten. Oder den Standort änderten, was bedeutete, dass sie danach nicht mehr wusste, wo sie war. Also ließ sie sie ungestellt stehen. Die Trapper würden annehmen, das Tier sei entkommen.

Sie kehrte durch den Wald zur Hütte zurück und wünschte, der Hase wäre ihr nicht aus den Händen entwischt, weil er nämlich eine Blutspur hinterließ. Sie hätte ihn vielleicht verarzten können.

Sie schlenderte gemächlich zur Hütte zurück und zog vor dem Eingang ihre Schneeschuhe aus. Sobald sie drinnen war, würde sie sich eine Tasse Tee machen. Tee, hatte sie inzwischen festgestellt, war auf eine Art beruhigend, wie Kaffee es nie sein konnte.

Sie war gerade dabei, noch etwas Holz hereinzuholen, blieb dann aber plötzlich stehen. Sie wirbelte herum, als hätte sie jemanden hinter sich gespürt, doch es war offenbar nur die Nachwirkung einer fremden Anwesenheit im Raum. Jemand war in der Hütte gewesen, ohne jedoch etwas zu berühren. Die Kiefernzapfen, die sie gesammelt hatte, lagen immer noch mitten auf dem Tisch, ihr Tagebuch war an seinem Platz auf dem Bett. (Der Gedanke, jemand hätte in ihrem Tagebuch gelesen, trieb ihr die Röte ins Gesicht.) Ein Anflug von Tabakgeruch lag in der Luft, Zigarren- oder Zigarettenrauch, sie war sich nicht sicher. Den Blechtopf in der Hand, in dem sie Wasser heiß machen wollte, stand sie da und starrte ins Leere. Es war, als hätte irgendetwas seinen Stempel in der Luft hinterlassen.

Das war das erste Mal gewesen. Es hatte noch ein zweites Mal gegeben, erst vor kurzem, als sie in der Höhle eingeschlafen war und nach dem Aufwachen bemerkt hatte, dass der Kojote verschwunden war. Danach war sie wie gewohnt zur Hütte zurückgegangen. Diesmal hatte sie genau gespürt, dass die Gegenstände verschoben worden waren, wenn auch fast unmerklich. Die Bücher, das Wasserglas mit dem kleinen winterharten Wildblumensträußchen. Es war, als hätte die Hand, die sie hochgehoben hatte, um sie zu lesen oder an ihnen zu riechen, den Versuch gemacht, sie genauso wieder hinzustellen, aber ohne Erfolg.

Kurz darauf hatte Andi angefangen, sich im Zielschießen zu üben.

Irgendwo hatte sie gelesen oder gehört (und sich gefragt, ob diese Erinnerung vielleicht ein Vorbote anderer Erinnerungsfetzen war), dass die Fähigkeit, sich auf ein Ziel zu konzentrieren, den guten Schützen ausmachte. Zielrichtung und Entschlossenheit. Konzentration. Andi glaubte, diese Fähigkeiten zu besitzen, denn um sie herum gab es nichts, was sie ablenken konnte, nichts von alldem, was ein Mädchen in ihrem Alter normalerweise hatte: Freundinnen, Kino, Verabredungen, Fernsehen, Schule. Sie hatte Bücher, das war alles, und auch davon nicht viele: einige Thriller (hier war anscheinend jemand ein großer Elmore-Leonard-Fan) und ein paar andere Bücher über Jagen und Schießen, was sie nicht überraschte. Sich auf ein Ziel zu konzentrieren fiel ihr nicht schwer.

Außerdem gab es ein Buch über Handfeuerwaffen – ihre Beschreibung und Handhabung. Nach der ersten Begegnung mit der Smith & Wesson und trotz ihrer Furcht vor dem Ding hatte sie es ein paarmal hervorgeholt und auf der Lichtung damit geschossen, um zu sehen, wie es sich anfühlte. Respekt einflößend fühlte es sich an und beängstigend, aber nicht so beängstigend wie das Gefühl, allein und auf etwaige Besucher unvorbereitet zu sein. Das erste Mal hatte der Rückstoß sie umgeworfen. Danach hatte sie mehrere Zielscheiben aufgestellt, auf braune Papiertüten gemalte schwarze Punkte. (Das halbe Dutzend Extratüten hatte sie der Verkäuferin im Laden abgeschwatzt.) Die Zielscheibe heftete sie an einen hohen Baum und trat bei jeder Übungsstunde ein paar Schritte weiter zurück. Es entstand wilder Kugelhagel, wenn sie versuchte, gleich sechs oder sieben Mal hintereinander abzufeuern. Es dürfte eigentlich nicht schwer sein, mit so einer Waffe ins Schwarze zu treffen, doch erforderte es natürlich ein gutes Auge und eine ruhige Hand. Sie wollte nicht zu den Olympischen Spielen damit, es ging ihr eher darum, das Gewicht der Waffe in der Hand zu wiegen und sich daran zu gewöhnen. Auch wollte sie sie schnell greifen und abfeuern können. Das Buch war ihr dabei eine große Hilfe.

Sie wurde zusehends besser und gewann immer mehr Selbstvertrauen. Abends verwahrte sie die Pistole unter ihrem Bett. Tagsüber ließ sie sie in ein Geschirrtuch eingewickelt in der Tüte mit dem gelben Smiley-Gesicht, zusammen mit ein paar Elmore-Leonard-Romanen in Taschenbuchausgabe. Wieso, fragte sie sich, hatte ihr das Schicksal keinen sympathischen Gangster wie Chili Palmer beschert?

10

»Keine Ahnung, wieso er mich noch gesucht hat. Ich weiß auch nicht, wie er die Hütte gefunden hat«, sagte Andi.

»Du hast sie doch auch gefunden.«

»Ja, aber ich hab nicht danach *gesucht.*«

»Falls es ›Daddy‹ war, wusste er, dass du ihm mit den angeblichen Brüdern was vorgelogen hast. Er wusste, dass du allein warst. Kann es sein, dass er dir noch in der Nacht gefolgt ist?«

Andi schüttelte den Kopf. »Wieso sollte er?« Sie hob die Hände an die Schläfen und zog sich an den Haaren, als wollte sie ihren Kopf aufzwingen. »Wenn er mich wieder schnappen wollte, hätte er's ja tun können, als ich in seinen Truck gestiegen bin.«

»Der spielt anscheinend gern Spielchen.«

Stumm blieben sie sitzen und sahen zu den Bergen hinüber.

Schließlich sagte Andi: »Es gibt nur eine Möglichkeit, ihn davon abzuhalten, mich zu suchen.«

»Was? Wie denn?« Beim Anblick von Andis Gesichtsausdruck war Mary froh, ihre Freundin zu sein und nicht ihre Feindin.

»*Ihn* zu suchen.«

11

Mary starrte sie fassungslos an.

»Du könntest mitkommen«, sagte Andi.

»Mitkommen – *wohin*? Du weißt seinen Namen nicht, und du weißt auch nicht, ob er der Fahrer des Pickup war. Mrs. Orr sagte lediglich, er hätte gut ausgesehen. Du weißt nicht, wo er ist. Der könnte überall sein!« Mary schaufelte eine Hand voll sandige Erde auf und ließ sie durch ihre Finger rieseln. Sie saß auf ihrem Lieblingsfelsen, flach und glatt und (redete sie sich gern ein) von ihr in diese Form gebracht. Sie genoss es, rücklings darauf zu liegen und das Blut in den Kopf steigen zu lassen.

»Idaho.«

»Ist ja toll! Der ganze Staat Idaho. Und wir zwei fahren einfach los nach Idaho? Das hat der dieser Bed-&-Breakfast-Tante doch wahrscheinlich alles vorgeflunkert. Wieso soll er ihr erzählen, wo er herkommt?«

»Weil er vielleicht musste. Es stand doch auf den Nummernschildern an dem Camaro.«

»Und was ist mit dem Truck? Hatte der etwa Nummernschilder von Idaho?«

»Nein, New Mexico, aber ich möchte wetten, das war gar nicht seiner. Den hätte er sich ja von einem Bekannten in Santa Fe borgen können, als seiner nicht ansprang.«

»Moment mal … das sind ja eine Menge Vermutungen.« Wie von einem Schuss getroffen, ließ sich Mary rückwärts auf den Felsen fallen. »Vielleicht war der Camaro gestohlen.« Sie setzte sich wieder auf und verspürte das angenehme Gefühl, wie ihr das Blut wieder aus dem Kopf strömte. »Hast du daran schon mal gedacht?«

»Es wäre nicht besonders schlau, erst jemanden zu kidnappen und dann auch noch das Auto zu stehlen, in dem man denjenigen wegschafft.«

»Okay, selbst wenn du – oder ihr beide – aus Idaho seid, kannst du doch unmöglich den ganzen Bundesstaat abklappern.«

»Aus Idaho Falls.«

»Bloß weil er der Frau das erzählt hat?«

»Wer sucht sich Kleinstädte aus, wenn er lügen will? Wenn du lügst, suchst du dir doch was Offensichtlicheres, Bekannteres aus. Und es ging auch noch um andere Orte … Cripple Creek – liegt das in New Mexico?«

»In Colorado. Glaub ich jedenfalls.« Mary seufzte genervt. »Es ist alles so theoretisch. Wenn du Daddy nicht mal wiedererkennst –«

»Du hattest doch die Idee, er könnte der Mann in dem Pickup sein. Wenn er's ist, erkenn ich ihn sicher wieder.«

»Hm, wenn wir ihn nicht *haben*, kannst du ihn auch nicht wiedererkennen.«

»Vergiss nicht – es gibt noch einen Grund, nach Idaho und Colorado zu fahren. Kann doch sein, dass *ich* von dort bin, nicht er. Und wenn, erkennt *mich* vielleicht jemand wieder.«

Dem konnte Mary nichts entgegensetzen. Sie sagte: »Ich finde trotzdem, du solltest zur Polizei gehen.«

Andi schüttelte den Kopf. »Das würde nichts nützen. Es ist jetzt so lange her – über vier Monate. Selbst wenn sie mir glauben, ist die Spur schon zu kalt.«

Sie schwiegen wieder beide. Schließlich meinte Mary: »Ich hab einen Freund, der kann ganz toll Probleme lösen. Er ist Wissenschaftler und erforscht Komplexität.«

»Was?«

»Komplexität. Das ist so – eine besondere Theorie. Wie Chaostheorie ...« Mary ließ den Satz im Raum stehen, da sie weder das eine noch das andere so recht begriff. »Na, komm.« Sie stand auf und wischte sich den Staub vom Hosenboden.

»Wohin?«

»In die Stadt. Er arbeitet am so genannten Santa Fe Institute. Dort sind lauter Wissenschaftler. Die sitzen den ganzen Tag rum und denken. Ne echt entspannende Tätigkeit.«

12

Das Santa Fe Institute befand sich, von einer niedrigen Adobemauer umgeben, an der Landstraße, die zum Skigebiet hinaufführte. Die Aussicht war zwar wunderschön, doch nahm ihr Freund sich, meinte Mary, wohl nicht oft die Zeit, sie zu genießen.

Nils Anders' Büro war ein spärlich möblierter Raum am unteren Ende des Hauptkorridors. Was dem Raum an Wärme und Behaglichkeit fehlte, bot Nils Anders selbst. Er brachte ihnen zwei Stühle und fragte, ob sie Cola oder etwas anderes trinken wollten. Sie lehnten dankend ab.

Mary Dark Hope staunte immer, dass Dr. Anders Zeit fand, sich mit jemandem in ihrem Alter zu unterhalten. Doch das tat er. Und schien es sogar zu genießen. »Ich stelle Ihnen jetzt eine Aufgabe«, sagte sie, »und Sie sollen sie lösen und mir die Schlussfolgerung mitteilen. Wenn Sie können. Natürlich nur, wenn Sie Zeit haben«, fügte sie rasch hinzu.

»O, ihr Kleingläubigen. Schieß los.« Dr. Anders deutete mit Daumen und Zeigefinger einen Revolver an.

Mary räusperte sich. Andi sagte nichts und hielt den Blick auf Dr. Anders' Schreibtisch geheftet. »Sagen wir mal, Sie wurden gekidnappt –«

Seine Augenbrauen schossen in die Höhe. »Das ist in der Tat eine schwere Prämisse.«

»Ach, lassen Sie mich doch erst mal erzählen, okay? Ohne Unterbrechung.«

Nils nickte. »Entschuldigung.«

»Sie wurden also gekidnappt. Vor vier Monaten. Dann wachen Sie in einer Bed-&-Breakfast-Pension auf –«

Nils hob Einhalt gebietend die Hand, Handfläche nach außen. »Moment mal, fehlen da zwischen *gekidnappt* und *aufwachen* nicht noch ein paar Details?«

»Nein, gibt's nicht. Sie leiden nämlich unter Gedächtnisverlust.«

»Außer dass ich gekidnappt wurde? Liebe Güte.«

»Hören Sie jetzt *bitte* auf, mich zu unterbrechen.« Genervt oder nicht, eins musste sie Dr. Anders lassen: bisher hatte er keinen einzigen, auch noch so kurzen Blick zu Andi hinübergeworfen. Sie saß ihm gegenüber, vollkommen still, reglos wie ein Mond am wolkenlosen Himmel. »In dieser Pension gibt der Mann – nennen wir ihn ›Daddy‹, weil er sich der Inhaberin gegenüber dafür ausgegeben hat« – Nils machte den Mund auf und beim Anblick von Marys Miene gleich wieder zu – »dieser Mann redet der Inhaberin also ein, dieses … äh, diese Person, dieses Mädchen sei seine Tochter. Er behauptet, sie seien aus Idaho Falls.«

Nils Anders hatte aufgehört zu lächeln. Er sah ernst und angespannt drein.

»Als sie aufwacht, ist sie allein im Zimmer. Sie hätte gar nicht gewusst, dass da noch jemand war, wenn nicht seine Sachen da wären, die über den Stuhl geworfene Jacke zum Beispiel. Die Inhaberin teilt ihr mit, ›Daddy‹ sei in die Stadt gefahren und käme bald wieder zurück. Sie denkt sich also, möglichst schnell weg hier. Ach ja, er fährt übrigens einen Camaro.« Mary merkte zusehends, dass das, was sie sagte, sich eher nach einer wahren Begebenheit anhörte als nach einem hypothetischen Fall. Sie verstummte.

»Ist das alles?« Auf Marys Nicken hin fragte er: »Und – ist sie abgehauen?« Mary nickte erneut. »Und zur Polizei gegangen?«, fragte er.

»Nein.«

»Warum nicht?«

Mary zuckte die Achseln und warf Andi einen Blick zu, die unbeteiligt aus dem Fenster sah. »Sie wollte keinen Wust von Fragen beantworten. Und sie *wusste* ja gar nicht, was wirklich passiert war. Nicht vergessen: Sie hatte ihr Gedächtnis verloren.«

Anders überlegte einen Augenblick. »Woher wusste sie aber, dass er's nicht war?« Er runzelte nachdenklich die Stirn.

»Dass er *was* nicht war?«

»Ihr Vater. ›Daddy‹. Woher weiß sie, dass er nicht ihr richtiger Vater ist?«

Andis Blick fuhr zu ihm herüber. Sie starrte ihn an. Mary war verblüfft. »Ihr *richtiger* Vater?«

»Warum nicht?«

»Nein«, sagte Andi heftig.

Ohne mit der Wimper zu zucken, fragte Nils: »Warum?« Der Blick, mit dem er sie ansah, war neugierig und nachdenklich, als betrachtete er einen seiner eigenen Lehrsätze.

»Weil er's nicht war. Weil er's nicht ist.«

Nils schaukelte seinen Stuhl nach hinten auf die zwei zerbrechlichen Beine. »Die Inhaberin konnte der Kerl aber davon überzeugen. Hättest du nicht Verdacht geschöpft, wenn ein Mann mit einem hübschen jungen Mädchen – einem *schlafenden* Mädchen – in deine Pension kommt, sich für ihren Vater ausgibt und ein Doppelzimmer verlangt?«

Andi hatte den Blick abgewandt. Mary nickte. »Auf jeden Fall.«

»Dann hat dieser Kerl bestimmt eine Menge Charme. Er muss wirklich sehr überzeugend daherkommen.« Er sah Andi wieder an. »Warum bist du nicht zur Polizei gegangen?«

Andi zuckte die Achseln. »Ich wollte keine Fragen beantworten müssen.«

»Auch wenn du dir denken kannst, dass er nach dir sucht? Dass du in Gefahr sein würdest?«

»Ich bin irgendwo hingegangen, wo ich dachte, da findet er mich nie.«

»Und jetzt, glaubst du, hat er dich gefunden.«

Sie gab keine Antwort.

»Andi, ich kann ja verstehen, wieso du keinen Haufen Fragen beantworten wolltest. Aber wie findest du jetzt nach Hause, wenn du nicht weißt, wo zu Hause ist?«

Mary warf einen raschen Blick auf Anders. Er hätte so leicht sagen können: Und deine Eltern? Meinst du nicht, sie sind schon ganz krank vor Sorgen? Einer der Gründe, weshalb Mary ihm vertraute, war, dass er nicht jede Gelegenheit beim Schopfe packte, einem ein schlechtes Gewissen einzujagen.

»Ich glaube aber doch, dass ich es weiß.«

»Aha. Dann erinnerst du dich also doch an etwas –«

Sie schüttelte den Kopf. »Nein, ich erinnere mich nicht direkt. Ich versteh bloß nicht, wieso er sich für seine Lüge einen kleinen Ort in Idaho – oder Colorado – aussucht.«

Nils Anders verschränkte die Arme und schien ins Leere zu starren. Das (wusste Mary) bedeutete, dass er nachdachte. »Ich kann mich nicht entsinnen, in der Zeitung von einem derartigen Fall gelesen zu haben. Wartet mal.« Er zog das Telefon zu sich her und tippte eine Nummer ein. Er brauchte nicht lange zu warten. Er bat die Person am anderen Ende, einen gewissen Sergeant Oñate sprechen zu dürfen.

»Jack? Hier Nils Anders. Hören Sie, ich hab eine Frage. Könnten Sie mal die Vermisstenlisten für Idaho und Colorado durchsehen? … Den Namen weiß ich nicht, aber sie ist etwa siebzehn, sehr blond« – er beugte sich nach vorne und heftete den Blick auf Andi – »graugrüne Augen, bemerkenswert hübsch.« Nils lächelte Andi zu, die sich verlegen abwandte. »Geben Sie mir's dann durch, ja? Es war vor etwa vier Monaten, so etwa Ende Januar … Danke … Was? Ach, ein paar Bekannte von mir, die gerade in Santa Fe sind und meinten, die Tochter von einem ihrer Freunde in Idaho Falls oder da in der Gegend … Ja … Danke.« Er legte auf und sagte: »Er meldet sich.«

Mary griff sich an die Stirn. »Wieso sind *wir* eigentlich nicht darauf gekommen?« Sie sah fragend zu Andi hinüber.

»Weil *wir* nicht von dem Standpunkt aus denken, Informationen *von* der Polizei zu bekommen, sondern nur, *denen* Informationen zu geben. Dann bleibt aber immer noch die Möglichkeit … ich meine, selbst wenn er sagt, von so einem Fall sei nichts bekannt. Vielleicht wurde es nur nicht gemeldet.«

»Wieso denn *nicht*?«

Nils zuckte die Achseln. »Leute tun manchmal komische Dinge. Und wir wissen auch zu wenig, um irgendwelche Schlussfolgerungen zu ziehen. Trotzdem, wenn Oñate sagt, die Polizei weiß nichts von einer Vermissten, auf die diese Beschreibung zutrifft, dann hat der Kerl höchstwahrscheinlich gelogen. Schau mal, Andi« – bei diesen Worten beugte er sich zu ihr – »du solltest es wirklich jemandem erzählen. Die Belastung ist zu schwer für dich allein.«

»Ich hab's ja jemand gesagt. Ihr« – Andi deutete zu Mary hinüber. »Dir hab ich's erzählt.«

Nils Anders seufzte. »Ja, okay. Im Januar bist du abgehauen. Wo warst du denn die ganze Zeit?«

»In den Bergen. In den Sandias. Ich hab eine leere Hütte entdeckt und einfach dort gewohnt. Es gefällt mir.«

Anders runzelte skeptisch die Stirn. »Mein Gott. Es war ein harter Winter. Wie bist du an Heizöl gekommen? Ganz zu schweigen von Lebensmitteln.«

»Die unbekannten Besitzer hatten vor dem Eingang Holz gestapelt. Und es gab jede Menge Trockennahrung, Bohnen und so. Zwanzig, dreißig Meilen von dort kenne ich einen Laden, und wenn ich Nachschub brauche, fahr ich per Anhalter hin und hol mir was. Geld hab ich ja. Das hab ich mir aus seiner Jacke genommen, die er im Zimmer gelassen hatte. Ich kann es den Leuten, denen die Hütte gehört, auch nachzahlen.«

»Mir geht's hier nicht um die Rückerstattung an die Besitzer, sondern um dich. Du bist genauso wild entschlossen wie die da.« Er nickte zu Mary hinüber.

Mary scherte sich nicht darum, ob es als Kritik gedacht war, sondern nahm es als Kompliment. »Sie hat ein paar Dutzend Kojoten, einen Fuchswelpen und ein Kaninchen gerettet. Die in der Falle steckten.«

Andi senkte verlegen den Blick.

Anders musterte Andi nachdenklich. »In Schlagfallen?«

Andi nickte wortlos.

»Na ja. Sie hat Kojoten befreit. Tiere wie Sunny.« Er sah Mary herausfordernd an.

Dauernd legte er sich mit ihr wegen Sunnys Reinrassigkeit an. »Okay, Sunny ist ein Mischling. Oder haben Sie schon mal einen zahmen Kojoten gesehen?« Sie beantwortete ihre Frage selbst. »Nein.«

»Wer behauptet denn, Sunny sei zahm?«

Mary verdrehte genervt die Augen, als plötzlich das Telefon klingelte. Nils griff schwungvoll nach dem Hörer, sagte »Hallo« und lauschte dann aufmerksam. »Okay, danke.« Er legte den Hörer auf und teilte ihnen mit: »Jack Oñate – einer von unseren hiesigen Polizisten – meint, soweit er herausfinden konnte, wurde weder in Idaho noch in Colorado ein Mädchen als vermisst gemeldet.«

Andi lächelte etwas unsicher. »Dann hab ich mich wohl geirrt. Ich werd gar nicht vermisst.«

»Vielleicht nicht in *Idaho*. Vielleicht wurdest du auch nur nicht als vermisst *gemeldet*.«

»Aber wie kann das denn sein?«, fragte Mary.

»Es kann sich doch auch anders abgespielt haben. Sagen wir zum Beispiel, Andis Eltern sind verreist – nach Europa vielleicht – und haben sie allein gelassen. Und Leute, die sie normalerweise oft sehen, nehmen vielleicht an, sie sei mit ihren Eltern gefahren. Was ist mit der Inhaberin der Bed-&-Breakfast-Pension?«

»Was soll mit der sein?«

»Meinst du nicht, die könnte dir Auskunft geben?«

»Hat sie doch schon.«

»Ich bezweifle, dass sie dir alles gesagt hat, was sie weiß. Damit will ich nicht sagen, dass sie dir absichtlich Informationen vorenthalten hat, aber sie hat sich nicht besonders bemüht, sich an alles zu erinnern. Er muss sie ziemlich lang bequatscht haben, um sie so zu beeindrucken. Vielleicht ist er ein Mensch, der die Gefahr genießt. Der darauf abfährt, zu sehen, wie viel er sich leisten kann, bevor er erwischt wird.«

Andi sah Mary auffordernd an. »Wir sollten noch mal mit ihr reden.«

Nils hob abwehrend die Hand. »Halt, Andi. Ich bin der Meinung, *keine* von euch beiden sollte auch nur irgendwas unternehmen – was ist los?« Er sah Andi fragend an, die aufgestanden war und gehen wollte.

Sie sagte: »Ich hab's geschafft, vor ihm abzuhauen und in die Berge zu gehen, ich hab mich vier Monate lang ganz allein durchgeschlagen. Und Sie führen sich jetzt auf, wie wenn – bloß weil ich erst« – sie hielt inne – »siebzehn bin, wie wenn Sie dächten, ich könnte nicht mal allein aufs Klo gehen? Trotzdem, vielen Dank. Ich weiß, Sie meinen's ja bloß gut.«

Mary starrte ihr überrascht hinterher. Vom leeren Türrahmen wanderte ihr Blick wieder zu Nils Anders.

Der sagte: »Ihr zwei müsst euch ja prächtig verstehen.«

13

Wieder fuhr ein Auto vorüber, wirbelte dunkles und helles Haar hoch und wehte es ihnen über Mund und Augen.

»Ich weiß gar nicht, wieso ich nicht gleich drauf gekommen bin«, sagte Andi und schwenkte die Hand mit dem ausgestreckten Daumen zurück. Das nächste Auto war ein rostbefleckter Oldsmobile, voll beladen mit sieben oder acht Indianern. Alle winkten.

»Noch mal zu dem Bed & Breakfast zu gehen? Na, ich schon. Du wolltest es bestimmt lieber vergessen, stimmt's?«

Die Hände in den Taschen ihrer Lederjacken vergraben – Andi hatte sich von Mary ein paar Sachen geliehen –, trotteten sie die Straße zwischen dem Stadtzentrum von Santa Fe und dem Skigebiet entlang und machten nur ein paar Mal den etwas halbherzigen Versuch, ein Auto anzuhalten. Das Santa Fe Institute lag nicht sehr weit vom Zentrum entfernt.

»Vielleicht hatte ich Angst davor«, sagte Andi und stieß ein Steinchen an ihrem Fuß weg.

Mary lächelte. »Das bezweifle ich.«

»Oder vielleicht wollte ich, dass mich jemand begleitet.« Andi lächelte sie an.

Es war einer der seltenen Augenblicke in Mary Dark Hopes Leben, in denen sie sich wirklich gebraucht fühlte. Ein Gefühl der Dankbarkeit überströmte sie.

Mary überlegte, wie viele von diesen Etablissements sich wohl MI CASA SU CASA nannten. Ob der Name tatsächlich Übernachtungsgäste anzog? Das kleine Anwesen, bestehend aus einem Haupthaus und mehreren Casitas, alle in Adobe-Bauweise, lagen über das hektargroße Grundstück verstreut, verborgen hinter dichten Laubbäumen und breiten Büschen.

Andi schlug vor, hinten herum an die Tür zu gehen, die in die Küche und ins Speisezimmer führte. Sie nahm an, dass Patsy Orr wahrscheinlich dort war, und hatte Recht. Die Frau in der Küche, die gerade Lebensmittel aus einer der zwei großen Supermarkttüten auspackte, sah zur Tür hinüber. Erst setzte sie ein Lächeln auf, ein einnehmendes Lächeln, hinter dem sie ihre kleinen Alltagsärgernisse verbarg. Als sie jedoch Andi erblickte, trat sie unwillkürlich einen Schritt zurück in die Küche. Ihre Hand flog an ihr Gesicht, als sie ausrief: »Ach, du meine Güte! *Du* bist es!«

»Hallo, Mrs. Orr. Ich bin hier, um Ihnen ein paar Fragen zu stellen.«

Trotz der zartfühlenden Anrede jagte die Gegenwart des verschwundenen Mädchens, das hier im Durchgang zwischen dem Haupthaus und den Casitas stand, Patsy Orr einen gewaltigen Schrecken ein. Sie begegnete ihm, indem sie selbst zu fragen anfing. »Was ist denn mit dir passiert, um Himmels willen? Wo um alles in der Welt *warst* du denn?«

»Ich hab gecampt. Dürfen wir reinkommen?«

Patsy Orr nickte, hielt aber Abstand. Mary konnte sich nicht denken, weshalb sie so nervös war, außer sie hatte vielleicht doch geahnt, dass etwas nicht stimmte, den Gedanken aber verworfen.

»Wo ist *er* denn hin?«, wollte Andi wissen.

»Na, nach Idaho, denk ich. Nach Hause. Er wurde fuchsteufelswild, als er sah, dass du weg warst. Wie der sich aufführte – na, ich hab richtig Angst gekriegt, kann ich dir sagen. *Getobt* hat der. Als er in eure Casita ging und dann wissen wollte, wo du steckst, musste ich natürlich sagen, ich wüsste es nicht. Er sagte, deine Sachen seien weg, und wurde immer wütender, so nach dem Motto, ich hätte ja auf dich aufpassen können. Ich konnte bloß sagen, ich hätte dir Frühstück serviert, und da war anscheinend alles in Ordnung gewesen. Meine Güte, ich wusste überhaupt nicht, was ich tun sollte, mein Mann war nicht da und überhaupt. Ich will dir was sagen, *ich* war drauf und dran, die Polizei zu rufen, so wie sich dein Vater aufgeführt hat. Völlig ausgerastet ist der«, wiederholte sie, als suchte sie immer bessere und stärkere Ausdrücke, um sein merkwürdiges Verhalten zu beschreiben. »Das wollte er aber nicht zulassen – also, dass ich die Polizei rief. Ich dachte schon, der macht mir das Telefon kaputt, so wie der mir's aus der Hand riss.« Patsy Orr wischte sich mit dem Handrücken über die Stirn, als fände der Kampf hier an Ort und Stelle statt. »Ich muss schon sagen, dein Vater kann ganz schön gewalttätig –«

»Er ist nicht mein Vater.«

Es war, wie wenn man jemanden im Eis einbrechen sieht: erst ein scharfes Knacken, dann der eiskalte Sturz. Patsy Orrs Mund mahlte fühllos, als versuchte sie mit ihren vom Eis verschlossenen Lippen verständliche Worte zu bilden, wäre aber dazu nicht in der Lage. Wie nach einem tätlichen Angriff trat sie einige Schritte zurück.

Mary wunderte sich, dass Andi es dieser Frau erzählte. Mit

Andi hatte sich inzwischen eine komplette Wandlung vollzogen: ihr Ton, ihre Haltung, ihr Gesichtsausdruck. Sie sah hart und unnachgiebig aus wie die Felsformationen, die sie auf der Herfahrt passiert hatten, und ebenso unverrückbar.

Mit offenem Mund sah Patsy Orr ratlos von einer zur anderen. Mary wurde bewusst, dass sie in ihren schwarzen Cordjeans und den schwarzen Lederjacken durchaus bedrohlich wirken konnten, jedenfalls für Mrs. Orr. Mary verspürte einen Adrenalinstoß, der sie hellwach werden ließ.

Patsy Orrs Rückwärtsschritt und ihr verängstigter Blick verdankten sich jedoch nicht nur der Gegenwart dieser beiden schwarz gekleideten Teenager, sondern auch der Erkenntnis, dass sie selbst Schuld auf sich geladen hatte. Sie hätte wissen müssen, was gespielt wurde, als dieser »Vater« ein Zimmer verlangt hatte. Es würde Mary nicht wundern, wenn die Frau *tatsächlich* irgendwo ganz tief im Inneren etwas geahnt hätte, es aber nicht hatte wissen wollen. Vielleicht weil »Daddy« so reizend gewesen war und sie ihre Pension erst kürzlich eröffnet hatte. Sie hatte es aufs Geld abgesehen. Dazu kam wohl auch die Angst vor einer möglichen Konfrontation, die alle Erwachsenen plagte, denen Mary je begegnet war. Erwachsene vom Schlage einer Mrs. Orr wollten keinen »Ärger«. Wollten ihn nicht zur Kenntnis nehmen, nicht darüber nachdenken, nichts davon wissen. Und für so jemanden hieß das eben, sich tagaus, tagein ständig zu verleugnen. Es war, als wäre diesen Leuten alles Wilde, Ungezähmte ausgetrieben worden.

Mit jedem Ticken der Standuhr schien sich die Luft im Raum regelrecht aufzuladen. Denn Andi war quasi der Ärger in Person. Das wusste Mrs. Orr, sosehr sie auch zu leugnen versuchte, dass sich irgendetwas Ungewöhnliches ereignet hatte. »Aber das ist doch –« *unmöglich*, wollte sie eigentlich sagen und konnte es doch nicht. Dann fasste sie sich erneut und fragte:

»Aber wieso hast du denn beim Frühstück nichts gesagt? Du hast da gesessen und gegessen und nichts gesagt.« Nervös holte sie Gläser und Dosen aus den Einkaufstüten und schob sie in den Küchenschrank über der Anrichte.

Andi war weit davon entfernt, diese Schuldzuweisung zu akzeptieren und bohrte nach: »Hat er gesagt, er fährt zurück nach Idaho?«

Patsy Orrs Kopf bewegte sich in etwas nervösen Zuckungen, als könnte sie sich nicht recht entscheiden, ob sie ihn schütteln sollte oder nicht. »Äh – ich glaub schon. Ja, das hat er gesagt.«

Mit absolut ruhiger, fester Stimme sagte Andi: »Aber wie konnte er das, wo doch seine Tochter angeblich spurlos verschwunden war?«

»Ach, nachdem er sich abgeregt und noch mal nachgedacht hatte, meinte er, er hätte ganz vergessen, dass du ja eine Freundin besuchen wolltest.«

»Und das haben Sie geglaubt?«

Patsy Orr errötete bis an die Haarwurzeln. Sie blieb die Antwort schuldig.

»Wo? Wo war denn diese Freundin?«

»Keine Ahnung. Also, wirklich« – das Achselzucken, die abwinkende Hand waren Gesten der Zerstreutheit – »es ist doch schon so lange her.«

»Ja, ich weiß. Aber für mich ist es sehr wichtig. Versuchen Sie, sich wenn möglich an *alles* zu erinnern, Mrs. Orr.«

Patsy nickte, sichtlich erleichtert über den Umschwung auf einen versöhnlicheren Ton, war aber immer noch verstört.

»Fangen Sie mit seinem Aussehen an.«

Wieder wirkte sie überrascht. »Wie er aussah? Aber du warst doch – bei ihm.« Mrs. Orr wurde rot.

Andi verlor allmählich die Geduld. »Sagen Sie mir einfach, wie er aussah.«

Patsy Orr war vor Andi ein paar Schritte zurückgewichen und dabei an einen Stuhl gestoßen. Sie tastete hinter sich, ohne den Blick von Andi abzuwenden.

»Er war, na, so etwa mittelgroß, vielleicht einsfünfundsiebzig, einsachtundsiebzig. Auf mich wirkte er groß, ich bin ja klein. Mittelkräftig gebaut. Sonnengebräunt und recht muskulös. Und dunkelhaarig war er. Du weißt doch noch, wie ich sagte, deine Haarfarbe sei ganz anders?«

Andi nickte. »Was hat er noch gesagt?«

Patsy Orr stellte ein Glas Himbeermarmelade ins Regal. »Er sagte, er mache gern Freizeitsport draußen in der Natur. Jagen und solche Sachen. Wenn man Jagen als Freizeitsport bezeichnen kann.« Ihr Blick war missbilligend, als sei sie inzwischen bereit, alles zu missbilligen. »Er erzählte mir ein paar witzige Geschichten übers Jagen und Fischen. Wirklich sehr unterhaltsam. Man könnte fast sagen, er war – na ja, *charmant*.« Ein unfreiwilliges Lächeln glitt über Patsy Orrs Lippen, und sie wurde tiefrot, wie um den beschämenden Grund für ihren mangelnden Argwohn einzugestehen.

»Das würden Sie vielleicht sagen.« Andi warf ihr ein schräges, bitteres Lächeln zu. »Ich nicht. Ins Gästebuch hat er Idaho Falls geschrieben. Hat er darüber was gesagt?«

»Er sagte, es sei kein besonders aufregender Ort: ein Provinzkaff hat er es genannt. Nur so im Spaß. Er war ein ziemlicher Spaßvogel.«

»Kann ich mir denken. Und weiter?«

»Er würde aber nicht – *ihr* würdet aber nicht direkt im Stadtzentrum wohnen, sondern außerhalb. Er hätte ein eigenes Geschäft, irgendwas mit Booten, glaub ich. Er sagte, er fährt Leute mit Booten raus.«

Andi runzelte nachdenklich die Stirn.

»So als Tourenführer, glaub ich.«

»In der Nähe von Idaho Falls, sagte er?«

Patsy Orr legte die Finger an die Schläfen wie eine Art Medium, das die Seelen der Toten heraufbeschwört. »Ich kann mich ehrlich gesagt nicht mehr daran … Er sagte was von Flüssen, in denen er gern angelte. Einer davon war der Rio Grande, der Snake River, glaub ich, ein anderer. Und noch einer … ach, wie hieß der noch gleich?«

Es entstand eine Pause, während Andi diese Informationen zu verarbeiten schien. Dann sagte sie: »Was hatte er in Santa Fe zu schaffen?«

»Also, das weiß ich jetzt wirklich nicht, Liebes. Darüber hat er kein Wort verloren.«

Andi starrte sie unverwandt an. Sie stand einfach da, die Hände in den Taschen der Lederjacke vergraben, träge blinzelnd wie eine Katze und starrte Patsy Orr an. Ihr Blick hatte nichts Feindseliges, er war nur interessiert, neugierig. Sie sah vielleicht gar nicht die Frau vor ihr, sondern betrachtete ihre eigene Seelenlandschaft.

Die Stille war fast genauso verstörend wie Andis etwas bedrohliches Gebaren von vorhin. Dann sagte sie: »Er sagte was von ein paar anderen Orten, durch die er – oder wir – auf der Fahrt hierher gekommen waren. Er hätte nicht die ganze Strecke von Idaho bis Santa Fe ohne einen Halt zurücklegen können.«

»Ich … ich hab dir, glaub ich, gesagt, dass er was von Cripple Creek erzählte. Dort gibt's jetzt eine Menge Casinos. Ich hatte den starken Eindruck, dass er gern spielte. So kam er mir vor. Wie ein Glücksritter.« Sie lächelte, als nähme sie an, es hätte auf die beiden genauso gewirkt.

»Das ist der Ort in Colorado, von dem ich dir schon erzählt hab«, wandte sich Mary an Andi. Es kam ihr seltsam vor, das Patsy Orr ihrerseits keine Fragen stellte. Doch dann dachte sie, nein, sicher würde sie über Andi und »Daddy« nichts wissen wollen. Es war ein Thema, von dem sie lieber Abstand hielt.

»Ach!«, rief Patsy Orr plötzlich aus. Und wieder: »Ach! Das war's.« Sie hielt eine Dose hoch, auf der in Silber und Rot stand: Red River Sockeye Salmon.

»Red River?«

»Der liegt auch in Colorado«, sagte Mary.

»Nein, nein, Liebes. Salmon. Lachs. Ein Fluss in Idaho heißt genauso – den hat er jedenfalls erwähnt. Daran hab ich versucht mich zu erinnern. Und der Ort, der heißt ebenfalls Salmon.«

»Was hat er darüber gesagt?«

Sie stellte die Dose hin und hielt die Handfläche darüber. »Also ... so genau weiß ich's auch nicht mehr. Als Adresse hat er zwar Idaho Falls angegeben, aber irgendwie nahm ich an, einer von euch sei vielleicht von woanders her gewesen. Aus Boise oder Salmon vielleicht.« Sie zuckte die Achseln. »Oder sogar von irgendwo in Colorado.«

»Colorado«, sagte Andi mit einem Seufzer. Das Spektrum an Orten, von dem sie gehofft hatte, dass es sich eingeengt hatte, war wieder breiter geworden. Etwas abrupt bedankte sie sich bei Mrs. Orr und meinte, sie müssten nun gehen. Da sie sich nicht gesetzt hatten, brauchten sie auch nicht aufzustehen. Sie dankten ihr noch einmal und gingen.

»Wie lang will Rosella denn wegbleiben?«

Mary zuckte die Achseln. »Zehn Tage glaub ich, vielleicht auch noch läng –« Auf dem Gehweg blieb sie plötzlich stehen und sah Andi skeptisch an. »Du willst damit doch hoffentlich nicht das sagen, was ich glaube, dass du damit sagen willst.«

»Du sagtest doch, der Wagen gehört dir.«

»Meiner Schwester hat er gehört. Vergiss es, ich hab keinen Führerschein.«

»Du bist die ganze Strecke bis nach Mesa Verde gefahren, hast du gesagt.«

»Da bin ich hingefahren, weil ich es wollte. Weil ich das Gefühl hatte, ich muss, es war einer von Angelas Lieblingsplätzen. Wir sind früher dauernd dorthin gefahren.«

Andi begann rückwärts zu laufen, um Marys Gesicht im Blick behalten zu können, als könnte sie durch Anstarren ihre Zustimmung erzwingen. »Du sagtest doch, nach Mesa Verde seien es über dreihundert Meilen. Wie viel weiter kann es dann bis nach Idaho sein?«

»Noch mal ein- bis zweitausend.«

»Ach, hör auf, du weißt doch, dass das nicht stimmt. Pass auf: wenn du nicht fahren willst, fahr ich eben. Ich bin über sechzehn.«

»Du hast aber auch keinen Führerschein.«

»Ich hab ihn bloß nicht dabei.«

Mary verdrehte genervt die Augen. »Ach ja, sicher. Du kannst wahrscheinlich nicht mal fahren.« Mary war klar, dass dies ein schwacher Einwand war. Wenn Andi über sechzehn war, konnte sie ja wohl auch Auto fahren. Schließlich war das der einzige Grund dafür, überhaupt sechzehn zu werden.

»Es gibt nur eine Art, das rauszufinden.«

»Dr. Anders hat Recht. Du solltest gar nicht frei rumlaufen dürfen.«

Entschlossen sagte Andi: »Ich werde ihn finden, Mary. Irgendwie werd ich ihn finden und ihn zwingen, dass er mir sagt, was passiert ist.«

Als sich wieder ein Auto näherte, streckte Mary den Daumen raus.

»Wenn du nicht mitkommst, fahr ich eben per Anhalter.«

»Bis ganz nach Idaho?«

»Bis ganz nach Idaho.«

14

Je länger sie darüber nachdachte, desto lieber wollte Mary mitfahren. Der Gedanke an eine solche Reise war aufregend – sie musste nur noch den Mumm aufbringen. (Andis Mumm reichte zwar für mehrere, trotzdem war das Ganze ein ziemliches Wagnis.)

An jenem Abend redeten sie wieder im Bett. Andi beschrieb ihre imaginäre Familie. »Sie – ich meine wir – heißen Olivier. Ich hab zwei Brüder. Der jüngere heißt Marcus, der ist zwei Jahre älter als ich. Dann ist da noch ein viel älterer« – sie machte eine Pause – »Swan. Swan Olivier.«

Mary musterte sie skeptisch. »Swan? So einen Namen hab ich noch nie gehört.«

Andi lächelte selbstzufrieden. »Klingt ausländisch, hm?«

»Hmm, hmm.« Mary gähnte. »Hast du denn keine Schwestern?«

»Doch. Sue. Sie arbeitet für wohltätige Zwecke. Einen Hund haben wir auch. Der heißt Jules und schaut uns gern beim Federballspielen zu, damit er den Federbällen hinterherrennen kann. Wenn einer über den Zaun fällt, holt er ihn.«

Dann diskutierten sie noch eine Weile weiter über die Familie Olivier, wobei beide das Leben der einzelnen Familienmitglieder noch zusätzlich ausschmückten. Dass Marcus gern malte und Swan Klavierspieler war. Und dass Jules neben dem aufgespannten Netz saß und sein Kopf hin und her ging, hin und her, während er zusah, wie der Federball von einer Seite zur anderen flog. Sie türmten immer mehr Details aufeinander und hörten erst auf, als die vagen und luftigen Umrisse der Oliviers zusammenzubrechen drohten.

Nach kurzem Schweigen sagte Mary: »Für diese Reise brauchen wir aber Geld. Viel Geld.«

»Ich hab noch fast dreihundert Dollar.«

»Wir brauchen aber mehr. Wir sind ja ein paar Tage weg. Wir müssen Benzin und Essen und Hotels bezahlen. Ich werd zur Bank gehen und was von meinem eigenen Geld holen müssen. Das macht mir nichts, es ist bloß manchmal schwierig, den Bankangestellten zu überzeugen, dass ich es brauche.« Aber wann hatte sie es zum letzten Mal gebraucht? Seit Monaten nicht, denn über das hinaus, war ihr der Vormund monatlich für Essen, Kleidung und Taschengeld schickte, brauchte sie nichts. Rosellas Gehalt bezahlte er ihr direkt vom Treuhandkonto.

»Ich zahl's dir auch wieder zurück.«

Mary runzelte die Stirn. Andi tat so, als wäre es bereits beschlossene Sache. Dabei war Mary nicht so sicher, ob es ihr behagte, dass sie so selbstverständlich in die Geschichte einbezogen wurde. »Ich werd mal drüber nachdenken.«

»Okay.«

Mary blieb also nichts anderes übrig, als darüber nachzudenken. Sie hätte viel lieber darüber gestritten. Die Hände hinter dem Kopf verschränkt, lag sie da.

»Ich kann ja mit dir auf die Bank gehen«, sagte Andi.

»Nein. Du würdest ihm noch weismachen, ich bräuchte eine dreifache Bypass-Operation. Gute Nacht.« Mary rollte sich auf ihre Seite hinüber und betrachtete das bleiche Nachtlicht vorm Fenster. Sie konnte die kleinen Kaktusblüten erkennen, die Umrisse der Felsen. Vielleicht, überlegte sie, sah es so auf dem Mond aus. Schlaftrunken dachte sie an endlose Fahrten durch diese Landschaft. Idaho. *Idaho.* Lautlos formte sie das Wort. Bestimmt ist es indianisch, dachte sie.

15

Während sie dasaßen und ihre Blaumais-Pfannkuchen verzehrten, sagte Rosella: »Tomkins Auto ist kaputt. Ich dachte, wir könnten vielleicht in die Stadt fahren, und Tomkin kann uns dann in unserem Auto wieder zurückbringen.« Sie wendete einen Pfannkuchen.

»Aber wie kommt Tomkin dann wieder zurück?« Tomkin war Rosellas Freund und hätte sie eigentlich heute Morgen abholen sollen. Eine Fahrt in die Stadt war genau das, was Mary wollte. Sie wechselte einen Blick mit Andi.

»Der? Ach, der hat doch jede Menge Freunde mit Autos.« Rosella ließ wieder einen Pfannkuchen auf Marys Teller klatschen. »Lass *du* dich bloß nicht beim Autofahren erwischen, Miss. Ich weiß, wozu du fähig bist, glaub bloß nicht, ich weiß es nicht.«

»*Ich*? Wo denkst du hin, ich bin doch erst *vierzehn*!«

Rosella brummte verärgert. »Wenn's dir in den Kram passt, bist du erst vierzehn. Ansonsten bist du hundertvierzehn.«

Mary goss eine üppige Ladung Sirup über ihren Pfannkuchen. »Andi kann Auto fahren. Ganz legal.« Mary sah über den Tisch zu ihr hinüber. Andi warf Rosella ein geradezu *strahlendes* Lächeln zu.

Rosella musterte sie höchst misstrauisch. »Wer sagt das?«

»Rosella, ich bin siebzehn. Kennst du *irgendjemand*, der bis dahin nicht Auto fahren gelernt hat?«

»Ja, ne ganze Menge. Die Zuni sind nicht der Meinung, dass der Sinn des Lebens nur aus Autofahren besteht.«

Dies ignorierte Andi. »Auto fahren lernen ist wie getauft werden, es ist wie ein Vision Quest, die Suche nach einer Vision.«

Erstaunt hob Rosella die Augenbrauen über ihrer Kaffeetasse. »Was weißt *du* denn von Vision Quests, eh?«

Andi setzte zu einer langen Beschreibung an, von der das wenigste Hand und Fuß hatte und das meiste ein so leichtfertig herumgeschmissenes Sammelsurium an Details war, dass es schwer fiel, Tatsache von Phantasieprodukt zu trennen. Es folgte eine detaillierte Beschreibung von adlerfedergeschmücktem Kopfputz und Sommersonnenwende, »wenn ihr euch trefft zum Kok... Kokok... na ja, es klingt wie Coca-Cola – und sich alle als Schildkröten verkleiden.« Mary staunte nicht schlecht, wie frech Andi versuchte, Rosella das alles auf die Nase zu binden.

»Coca-Cola? Du meinst wohl Kok'okshi? Du bist ja – wie nennt sich das? – du bist ja eine wahre Quelle der Desinformation.« Trotzdem schien Rosella beeindruckt, dass eine Nicht-Indianerin sich so im Detail mit der Sache beschäftigte, ob es nun stimmte oder nicht. Mary merkte es an der Art, wie sie Andi zuhörte. Schließlich meinte Rosella: »Zunächst mal sind Vision Quest und Taufe nicht dasselbe, sondern völlig verschiedene Dinge. Bei einem Vision Quest geht's nicht darum, frei von Sünde zu werden, sondern die eigenen geistigen Kräfte zu stärken. Und wie kommst du eigentlich darauf, dass sich alle als Schildkröten verkleiden? So was Verrücktes hab ich ja schon lang nicht mehr gehört. Das sind die Ahnen, die in *Gestalt* von Schildkröten ins Pueblo zurückkehren. Das ist doch kein Halloween, Miss. Woher hast du dieses verrückte Zeug überhaupt?«

Andi überlegte einen Augenblick. »Von einem Seher.«

»Was für einem Seher denn? Du meinst wohl von einem Schamanen? Wo willst du denn dem begegnet sein?«

Andi zuckte die Achseln. »Der saß neben seinem Geländewagen am Straßenrand. Wir sind einfach so ins Gespräch gekommen. Er sagte, ich soll mal eins machen. So ein Vision Quest.«

Mary schüttelte ungläubig den Kopf. Für Andi konnte es anscheinend nie tief schürfend genug sein, sie machte immer weiter. Sie war im Stande, alle drei tagelang in diese komplizierte Sage zu verstricken, in dieses Gespinst aus lauter falschem Schwindel.

Eins musste Rosella zugeben: als Geschichtenerzählerin konnte Andi es mit jeder Zuni aufnehmen.

16

»Wir brauchen Straßenkarten«, sagte Andi, nachdem Rosella und Tomkin mit einem Freund von Tomkin weggefahren waren. Sie hatten Rosella überzeugen können, dass sie sich nicht zu sorgen brauchte, dass Andi durchaus im Stande war, nach Santa Fe und wieder zurück zu fahren, falls sie etwas brauchten. Andi hatte es so grandios verstanden, auf Rosella und Tomkin einzureden, dass sie beinahe alle drei von ihren Fahrkünsten überzeugt hatte – inklusive Mary –, bis dieser plötzlich klar wurde, dass *sie* ja den Wagen nach Tesuque zurücksteuern musste.

Mary war auf der Bank gewesen und hatte es ebenso grandios verstanden, den Bankangestellten – einen freundlichen Mann, der früher Angelas Vormund und jetzt der von Mary war – davon zu überzeugen, dass sie ein paar hundert Dollar für eine Reise benötigte. »Fünfhundert sollten eigentlich reichen.« Es war schließlich ihr Geld, das Erbe ihrer Eltern. Vermutlich wäre es besser gewesen, ab und zu um kleine Beträge zu bitten und für einen derartigen Notfall etwas anzusparen.

Es fiel ihr schwer, dieses Unternehmen als Notfall zu betrachten, besonders nachdem sie ein paar Landkarten gekauft hatten. Mary bekam einen leichten Schreck, als sie plötzlich feststellte, dass sie – jedenfalls soweit sie sich entsinnen konnte – New Mexico noch nie verlassen hatte, von einem Ausflug nach Mesa

Verde in Colorado mal abgesehen. Weil ein Onkel hier gewohnt hatte, war sie vor Jahren mit Angela hierher gezogen. Er war der einzige Verwandte gewesen, der Bruder ihrer Mutter, und inzwischen auch schon tot.

Idaho. Ganz oben neben Wyoming und Montana. Meine Güte, das waren ja Meilen über Meilen! Die freudige Aufregung mischte sich mit der Angst, diese ganze Strecke fahren zu müssen. Sie schüttelte sich aus einer Art Trance wach, in die sie beim Starren auf Grenzlinien und Highways und Ortsnamen verfallen war.

»Hier ist es«, sagte Andi und ließ den Finger so heftig auf die Karte niedersausen, dass sie Idaho fast in zwei Hälften gerissen hätte. »Idaho Falls. Und hier liegt Salmon.«

Sie standen ziemlich lange in Betrachtung des winzigen schwarzen Punkts versunken, als könnte das Städtchen plötzlich wie ein Pilz aus der Straßenkarte emporschießen, während seine Bewohner in Läden, Schulen und winzigen Häusern weiter ihren alltäglichen Geschäften nachgingen.

Diese Riesenstrecke, dachte Mary. Diese riesige Strecke. *Ohne* Führerschein. Sie hatte sich nie für besonders ängstlich gehalten, doch jetzt, beim Anblick von Andis entschlossenem Gesicht, die in ein Buch vertieft dastand, fühlte Mary, wie ihre eigene Entschlossenheit schwächer wurde und wie einer von diesen fernen, gewundenen Flüssen, diesen schwarzen, schlingernden Linien langsam versickerte.

In ihren Adern spürte sie Wasser, kein Blut. Sie hob den Blick von der Karte zu Andi. »Nimm dich vor ihr bloß in Acht, die ist raffiniert. Wie ein Kojote.« Bei den Worten hatte Rosella sich ein Lächeln allerdings nicht verkneifen können. Raffiniertheit war also vielleicht doch nicht bloß schlecht.

Unter dem Buch, das sie gerade las, hielt Andi noch zwei weitere Taschenbücher in der Hand. Als Mary auf sie zukam, klappte sie es lächelnd zu. »Die kauf ich, darin geht's um Idaho und Colorado. Komm, wir gehen nach Hause. Mal sehen, ob ich Auto fahren kann.«

»*Das* kann ja heiter werden.« Doch freute sich Mary insgeheim, dass Andi es schon als ihr Zuhause betrachtete. »Wir sollten vielleicht in Tesuque noch anhalten und Isabel besuchen.«

Mary war immer der Ansicht gewesen, das Isabel Woodlawns Wunsch, den Romanfiguren von Jane Austen zu gleichen, in einer ungewollten Richtung in Erfüllung gegangen war. Sie war eine von diesen umständlichen, hohlen, hysterischen Gestalten, die der Heldin an sich nichts Böses wollten und am Ende ebendies bewirkten.

Isabel Woodlawn kam an die Tür, beladen mit Problemen und Unwägbarkeiten, die sie nie im Leben bewältigen konnte, selbst wenn sie, wie die Katze auf ihrem Arm, neun davon hätte. Isabel war auf eine unfertige Art hübsch, so als hätte sie nicht lange genug darauf gewartet, dass die Hand des Schicksals (oder Gottes oder der Dame am Kosmetikstand) die letzten Pinselstriche an die Vollendung jener Illusion legte, dass der Augenabstand breiter, der Nasenschwung kecker oder die Wangenknochen höher wären. Heute trug sie wieder einmal einen ihrer langen Röcke mit den tief angesetzten Volants und eine ihrer locker fallenden Blusen und hatte sich einen Schal um den Kopf geschlungen, der ihr hinten lang über den Rücken fiel. Sooft sie den Kopf drehte, klimperten klobige Silberohrringe.

Mary stellte ihr Andi vor, und Isabel stellte ihre Katze Cranky vor. Die Katze war so furchtbar verzogen, dass sie sich von ihrem Frauchen wie ein über die Schulter geworfenes Pelzstück in der Stadt spazieren tragen ließ. Mary ließ Isabel gern in loco parentis fungieren, eine Redewendung, die Mary in Bezug auf Isabel einfach hinreißend fand. Mary hatte nie begreifen können, wie

Rosella, die an sich über einen gesunden Menschenverstand verfügte, Isabel für eine geeignete Sorgeberechtigte halten konnte. Vielleicht hatte es damit zu tun, dass Isabel so schnell und so weitschweifend redete, dass man meinte, dieses Wortgewitter besäße Ziel und Zweck, dabei waren die Wörter einfach nur ein Pfeilregen, der überall landete, nur nicht im Ziel.

Wenn sie Isabels (von dieser so genannte) »ranchita« betrat, musste sie jedes Mal lächeln. Isabel hatte sicher jeden Bildband studiert, der je über den Einrichtungsstil dieser Gegend veröffentlicht worden war. Es war alles da. Das Adobehaus, die *kiva* in einer Ecke der Küche, die hölzernen Deckenbalken, die am Dachsparren aufgereihten Lämpchen. Im Wohnzimmer nahmen Mary und Andi in Sesseln Platz, die mit grellen Zickzackmusterstoffen bedeckt waren, während Isabel sich neben der erhöhten Herdstelle auf ein Sitzkissen niederließ.

Kein Mensch käme auf die Idee, dass Isabel ursprünglich aus New Mexico stammte. Sie war aus Südkalifornien und passte sich wie so viele Kalifornier dem neuen Ambiente von Kopf bis Fuß an.

Mary fand sie wirklich sagenhaft, diese Frauen, die hierher zogen und etwas annahmen, was sie offenbar für einen spirituelleren Lebensstil hielten. Mary fragte sich, wieso sie meinten, dazu gehörten lockere Kleidung, langes Haar und wenig oder gar kein Make-up. Dabei bekamen sie nur eine Lederhaut, weil sie die Cremes und Emulsionen verachteten, mit denen sie sich in ihrem kalifornischen Leben beschmiert hatten. Sie schienen auch Seife und Wasser zu verschmähen, offensichtlich in der Annahme, Säubern und Eincremen wären Teil eines Schönheitsdiktats, von dem sie sich in Beverly Hills und Marin County hatten tyrannisieren lassen.

Diese Illusion zu nähren war natürlich kostspielig: die reine Baumwolle, die üppig bestickten Oberteile, der Silber- und Türkisschmuck, die echten Kirman-Teppiche – und die perlenbestickte Weste, die Isabel heute trug. Es machte Mary ganz fertig, dass diese Frauen »zurück zur Natur« wollten, und zwar in einer der geistig anspruchsvollsten Städte des Landes. Das war es tatsächlich, was sie anzog, bloß dass sie sich anscheinend nicht darüber im Klaren waren.

»Ist Rosella in ihr Pueblo gegangen?«, erkundigte sich Isabel etwas aufgekratzt. An Andi gewandt sagte sie: »Rosella ist nämlich Indianerin.« Andis Lächeln und Nicken hatten Isabel offenbar ermutigt, sich noch weiter gedanklich darüber auszulassen. »Sie ist – warte, nicht verraten – eine *Zuni*«, sagte Isabel. »Es gibt da nämlich ein Festival, und wenn Rosella in ihr Pueblo geht, kümmere ich mich um Mary – ich mein, na ja, Mary ist zwar kein Baby mehr, oder, aber Rosella ist einfach wohler dabei, wenn jemand bei ihr ist, falls was passieren sollte?« Isabel hatte eine Art, Feststellungen in Fragen zu verwandeln, als sei sie sich ihrer Sache nicht ganz sicher. Sie fächelte sich mit der Hand Luft zu, als brächte allein der Gedanke sie schon zum Schwitzen. »Ich pass dann auf sie auf.«

Mit etwa der gleichen Wirkung wie der Mond, der über uns die Wacht hält, dachte Mary und sah zur Decke.

»Aber jetzt, wo du da bist, ein älteres Mädchen – wie alt bist du denn, mein Liebes?«

»Neunzehn«, antwortete Andi wie aus der Pistole geschossen, als könnte sie es kaum erwarten, diese Auskunft loszuwerden.

Mary überlegte, ob Andi vergessen hatte, dass sie Rosella etwas von siebzehn gesagt hatte.

»Na, wenn du da bist, braucht Mary mich ja sicher nicht als Aufpasserin.«

Wenn du wüsstest. »Ich fahr mit Andi ein bisschen rum, sie war ja noch nie im Südwesten. Morgen, dachte ich, könnten wir vielleicht nach Taos fahren. Sie will die Kirche besichtigen, du weißt schon, die in Ranchos de Taos.«

Isabels Stirn unter dem grellen Tuch kräuselte sich, während sie es sich durch den Kopf gehen ließ: nach Taos waren es sechzig Meilen. »Das ist aber doch ziemlich weit. Hm, ich weiß nicht…«

Andi sprach mit einer gewissen Autorität. »Wenn Sie deswegen besorgt sind, Mrs. Woodlawn, fahren wir natürlich nicht. Sie sollten aber wissen, dass ich sehr gut Auto fahre. In der Schule hab ich beim Fahrprüfungskurs einen Preis bekommen, und mein Dad lässt mich in schwierigen Situationen immer fahren, weil er sicher gehen möchte, dass ich mit einem Wagen umgehen kann. Ich hab den anderen Fahrern immer geholfen, wenn sie Probleme beim Reifenwechsel oder beim Batterieladen hatten und so. Ich weiß noch, einmal…«

Mary hatte die Hände hinter dem Kopf verschränkt und hörte zu, wie Andi ihr das Märchen vom Leben auf der Landstraße und ihren Großtaten auftischte. Isabel Woodlawn bekam allmählich einen ganz glasigen Blick, höchstwahrscheinlich der Effekt, den Andi beabsichtigt hatte. Nach ihren Fahrkünsten fing sie mit Kirchen an und wie interessant sie die fände. »Die eine will ich mir wirklich mal anschauen –«

»St. Francis of Assisi«, sagte Mary. »Es ist eigentlich eher eine Kapelle.«

»Ja. Und dann noch diese Kapelle etwas außerhalb von Santa Fe –«

»In Chimayo«, ergänzte Mary.

Isabel war begeistert. »O ja. Der Boden dort ist geheiligt, der ist berühmt für seine Heilkräfte.«

Nachdem sie stundenlang – so kam es ihnen jedenfalls vor – darüber geredet hatten, was für ein spiritueller Ort Santa Fe war, wie mystisch, wie berückend, wurde zur Abwechslung Marys Blick allmählich ganz glasig. Sie staunte, wie rasch Andi sich auf ihre jeweiligen Gesprächspartner einstellen konnte. Als klar war, dass Isabel überzeugt war, in Andi eine Freundin und Verbündete gefunden zu haben, meinte Mary, es sei Zeit zu gehen.

Zu Hause nach dem Abendessen meinte Andi später: »Vielleicht sollten wir ein Zelt mitnehmen und Campingausrüstung. Hast du so was?«

»Ich? Ich bin keine Camperin. Ich dachte, wir wollten in Motels übernachten und in Restaurants essen.« Darauf hatte Mary sich schon gefreut.

»Machen wir auch. Aber man kann nie wissen – vielleicht müssen wir irgendwohin, wo es keine Übernachtungsmöglichkeiten wie Motels oder so gibt.«

Mary überlegte einen Augenblick. »Angela hat auf ihre Fahrten nach Sedona immer ein Zelt mitgenommen. Ob sie es je benutzt hat, weiß ich nicht.«

Sie fanden das Zelt in einer Abstellkammer, zusammen mit anderen Sachen ihrer Schwester: lange, geblümte Kleider, die Angela immer so gern getragen hatte, Kisten mit Büchern, Türkisschmuck – alles Dinge, die Mary an etwas erinnerten, woran sie nicht erinnert werden wollte. Sie war froh, dass Andi sich nicht für Klamotten interessierte. Überrascht stellte sie fest, dass Andi ungefähr die gleiche Größe hatte wie ihre tote Schwester.

Konzentriert versuchte Andi herauszufinden, wie das Zelt funktionierte. Es war ziemlich klein. »Ich müsste mir ganz genau ansehen, wie man es aufstellt. Trotzdem, es kann nicht schaden, wenn wir es mit ein paar Decken einfach in den Kofferraum schmeißen.«

Mary hoffte, sie würden sie nicht benutzen müssen. Die Idee zu zelten hatte ihr noch nie recht behagt. Andi schien dagegen zu allem bereit. Mary fragte: »Was ist mit den Sachen, die du in der Hütte gelassen hast?«

»Das meiste nehm ich jedes Mal mit, wenn ich weggehe. Man kann ja nie wissen, wer vielleicht dort ist, wenn ich zurückkomme. Ich hab nur meinen Rucksack und das hier.« Sie hielt die Smiley-Tüte in die Höhe.

Obwohl Mary bereits mehrmals Gelegenheit gehabt hatte, in die Tüte zu schauen, hatte sie es noch nicht getan.

Als ob Mary danach gefragt hätte, sagte Andi: »Ein paar Krimis von Elmore Leonard, einige T-Shirts und Unterwäsche.«

»Wir sollten uns überlegen, was für Kleider wir mitnehmen. Ich mein, damit wir uns für älter ausgeben können.«

»Ich *bin* älter«, sagte Andi.

Wie ärgerlich. Doch Mary hatte gleich eine Antwort parat. »Ob du's bist, ist doch egal, wenn *ich* die bin, die fährt.«

Das ignorierte Andi geflissentlich oder hörte es einfach nicht. Sie betrachtete einige Röcke und ein Kleid, die etwas einsam an einem Holzhaken neben der Tür hingen. Sie griff nach dem Saum und breitete den Rock des geblümten Kleides aus.

Mary sah ihn traurig an. »Das gehörte meiner Schwester.«

»Oh, entschuldige.« Andi ließ den Saum fallen. »Ich dachte nur, das sitzt recht locker. Das könnte mir passen, aber wenn du's nicht –«

»Na los, probier's an. Aber zuerst wird geschminkt.« Mary gestand – auch sich selbst – höchst ungern ein, dass sie nicht bloß ein praktisches Interesse daran hatte: Sie fand es einfach toll, sich zu verkleiden. Sie deutete auf einen alten Eichentisch, über dem ein großer Spiegel an der Wand hing, ein weiterer bodenlanger lehnte daneben.

Am Tisch drüben zog Mary die mittlere Schublade auf und raffte Lippenstifte, Puderdosen, Lidschatten und Lidstifte zusammen – ein gutes Dutzend Schminkutensilien. »Angela hat ganz schön viel Make-up gebraucht, um ihren natürlichen Look hinzukriegen.« Mary schraubte einen knallroten Lippenstift hoch, trug ihn auf und trat zurück, um ihr Werk zu begutachten.

»Das ist die falsche Farbe. Du siehst aus wie Spider Woman.« Andi suchte ihr einen anderen aus. »Probier mal den.«

Mary wischte sich den roten Lippenstift ab und trug den neuen auf, einen Roséton mit Goldschimmer, eine richtige Sonnenuntergangsfarbe. Sie nickte zufrieden. »Der ist es.«

Dann experimentierten sie mit Puderstrichen und Rouge, mit Grundierungsschichten und Lidschattenbürstchen, kicherten und schubsten sich gegenseitig weg, um den Platz vor dem Spiegel zu ergattern. Während sie Andi sanft herumschob, überlegte Mary, wieso eine von ihnen eigentlich nicht den anderen Spiegel benutzte. Wahrscheinlich genossen sie es einfach alle beide, wollten Strich für Strich – Lippenstift, Lidstift, Puderrouge – entdecken, wie ähnlich sie sich waren.

Andi nahm das Kleid vom Haken neben der Tür. »Bin gleich wieder da.«

Solange sie weg war, kramte Mary in einer anderen Schachtel, die die britische Polizei mit ein paar Sachen zurückgeschickt hatte, und fand Angelas Führerschein. Es bestand durchaus eine gewisse Ähnlichkeit, und genaue Übereinstimmung konnte man ja nicht verlangen. Als sie Andi kommen hörte, stand Mary auf und ging zur Tür.

Beim Anblick des Kleides gingen ihr die Augen auf. Am anderen Ende des Korridors sah Andi von weitem wie Angela aus. Sie war groß, und sie war schön. Von einer bleichen, etwas ausgehungert blassen, beinahe durchscheinenden Schönheit, sodass Mary sich an die seltsamen Visionen erinnert fühlte, in denen ihr Angela durch die wabernde Wüstenhitze entgegengekommen war.

»Weißt du was, du siehst aus wie sie«, sagte Mary und streckte ihr den Führerschein hin. »Hier ist dein Führerschein, jetzt hast du's amtlich.«

Andi nahm ihn und betrachtete ihn etwas argwöhnisch. »Wir haben die gleiche Haarfarbe und fast die gleiche Augenfarbe.« Sie strich behutsam über das Plastikkärtchen. »Vielleicht könnten wir ganz früh morgens losfahren, wenn auf der Straße noch nicht so viel los ist. Dann könnte ich noch ein bisschen üben. Ich glaub, ich krieg den Dreh schon raus.«

Wer allerdings den Dreh herauskriegte, waren die, die ihr nicht in die Quere kamen, zum Beispiel die Präriehundfamilie und die Jugendlichen auf ihren Fahrrädern, die schnell davonflitzten.

Andi zog sich das Kleid wieder über den Kopf und sagte: »Meinst du, Sunny kommt allein zurecht?«

»Na klar. Der ist sowieso die meiste Zeit weg. Der ist nicht auf Menschen angewiesen, der braucht mich eigentlich gar nicht.« Inzwischen hatte Mary gemerkt, dass *sie* gebraucht wurde. Die ganze Zeit hatte sie Andi barsche Befehle erteilt und aufgeheult, wenn diese den Wagen gegen den Randstein fuhr, und sich gefragt, wie um alles in der Welt sie es bis nach Idaho schaffen sollten – und gleichzeitig war in ihr etwas erwacht, das Bewusstsein, dass sie wichtig war, dass ihre Anwesenheit nötig war. Ohne sie konnte Andi die Reise nicht machen. Auto, Geld, Fahrkünste – das meiste stellte Mary zur Verfügung. Doch da war noch etwas anderes, eine Art Abhängigkeit oder Bedürftigkeit bei Andi, die Mary nicht gewöhnt war, bei anderen Menschen hervorzurufen.

Andi nahm die Straßenkarten und breitete sie sorgfältig auf dem Fußboden aus, wobei sie sich bemühte, die große Idaho-Karte ganz genau an die mit den anderen Staaten, die sie passieren würden, anzulegen: Colorado, vielleicht Utah und ganz bestimmt Wyoming. Sie zeichneten eine Route durch den Norden von New Mexico ein, dann einen Umweg (behauptete Mary), um nach Cripple Creek zu gelangen (worauf Andi bestand), dann eine Kehrtwendung zum Südwestrand von Colorado, eine Ecke von Utah und ein großes Stück Wyoming.

Mary blickte zusehends skeptischer drein. »Meine Güte, ist das aber weit. Das kann ja eine Woche dauern, bis wir dort sind und wieder zurück.« Sie seufzte, denn sie sah sie schon die ganze Strecke zurücklegen und Andi Kühe und Schafe hinter ihren Zäunen aufscheuchen. Sie staunte, mit welcher Zuversicht Andi über diese bekloppte Reise redete. »Wo genau liegen eigentlich Idaho Falls und Salmon?«, fragte sie. »Sind die nah beieinander? Hoffentlich im östlichen Teil des Staates, damit wir nicht ganz quer durchfahren müssen.«

Andis Kinn ruhte auf ihrem angewinkelten Knie. »Also, ich finde, wir sollten zuerst nach Salmon fahren, weil es nämlich viel kleiner ist. Wenn wir dort nichts rausfinden, wenn er dort nicht ist, können wir's auf dem Rückweg ja in Idaho Falls versuchen. Da ist es.« Sie deutete auf einen Punkt. »Salmon. Was meinst du?«

Mary musste ihr zustimmen. Jemanden in einer kleinen Stadt zu suchen, war leichter als in einer großen Stadt. Obgleich sie das Gefühl hatte, dass in keiner von beiden große Hoffnung bestand, ihn zu finden. Das sagte sie aber nicht. Die Reise musste jedenfalls gemacht werden. Wenn Mary nicht mitfuhr, würde Andi das tun, was sie bereits angekündigt hatte – allein fahren.

»Wetten, wir schaffen es an einem Tag bis nach Cheyenne oder Laramie«, sagte Andi. »Wenn wir uns abwechseln, können wir noch weiter fahren.«

»Sehr beruhigend«, seufzte Mary.

17

Route 67 war an sich schon keine leicht zu befahrende Landstraße, und Andis Fahrkünste waren nicht die besten. Sie hatten sich allerdings insoweit schon verbessert, als die Gangschaltung keine größeren Höllenqualen mehr erleiden musste. Schließlich fuhren (Mary fand eher, *tauchten*) sie mit Karacho in Cripple Creek ein. Bevor Mary ihr zuschreien konnte, aufs Brems-, nicht aufs Kupplungspedal zu treten, kam das Auto ruckartig zum Stehen. Immerhin war Andi noch eingefallen, dass der Wagen überhaupt Bremsen *besaß*.

Sie war aber offenbar der Ansicht, ihre Sache gar nicht so schlecht gemacht zu haben. Die Arme über dem Lenkrad, beugte sie sich nach vorn und suchte die Straße ab, musterte die Gebäude auf beiden Seiten der Straße. CRIPPLE CREEK: LADEN- UND GESCHÄFTSBEREICH, hatte vorhin auf dem Schild gestanden.

»Furchtbar ruhig hier«, sagte Andi. »Schau mal, dort drüben ist ein Diner. Wetten, da hängt der ganze Ort rum.«

»Alle sechshundert Einwohner«, erwiderte Mary, stieg aus und knallte die Autotür zu. Sie ging ein Stück voraus und drehte sich dann um. »He, was ist? Kommst du nicht mit?«

Andis Stimme ertönte aus dem Wageninnern. »Moment noch.«

Sie sammelte vermutlich die Karten ein. Andi liebte Straßenkarten. Gestern Abend hatte sie stundenlang darüber gebrütet. Mary überlegte: ob Andi sich dabei vorstellte, wie eine Feuerlinie einen Pfad einbrannte, wie man das so oft in alten Westernfilmen sah, ob sie sie für vergilbte Landkarten hielt, in die lodernde Flammen einen Pfad gesengt hatten? Sie blickte die Straße entlang.

Obwohl sie die romantischen alten Namen auf der Fahrt hierher lässig abgetan hatte, war sie eigenartig berührt von dieser einzigen breiten Straße in Cripple Creek: breit genug für Postkutschen oder eine Bande Revolverhelden. Sie konnte sich unschwer die neuen Schilder und Gebäudefassaden wegdenken und die alten hervortreten lassen. An der Ecke dort gegenüber hätte SALOON stehen, das daneben der Kaufladen sein können. Das heutige Gold Rush Hotel war vermutlich schon vor hundert Jahren ein Hotel gewesen, vielleicht sogar mit demselben Namen. Sie stellte sich vor, wie Cowboys in Staubwolken gehüllt dahergeritten kamen und ihre Pferde an den schwarzen Eisenpfosten festbanden, während ihre Sporen beim Gehen leise klirrten.

Mary wusste, dass es nicht gut war, in der Vergangenheit zu verharren, selbst wenn es nicht ihre eigene Vergangenheit war. Sonst befiele sie wieder dieses Gefühl von Verlorenheit, und das war gefährlich. Wenn sie zu lange darüber nachdachte, blieb sie bestimmt darin stecken, saß fest und wurde niedergedrückt. Die Vergangenheit war wie Treibsand. Sie musste an Dr. Anders denken, der sich den lieben langen Tag hauptsächlich damit beschäftigte, im Santa Fe Institute über das Phänomen ZEIT nachzudenken – in Großbuchstaben. Tiefe ZEIT war ein Konzept, das sie nicht begriff. Sie überlegte, ob es wohl bedeutete, dass es auch so etwas wie Tiefe VERGANGENHEIT gab. Die Ruhe, die hier herrschte, diese unendliche Stille, von der sie wusste, dass sie nur vorübergehend war, vermittelte ihr das Gefühl, wenn sie die Augen zumachte, würde Cripple Creek in der Zeit, die sie brauchte, um sie wieder aufzumachen, verschwinden.

»Ich hab Hunger, du nicht?«, sagte Andi plötzlich hinter ihr.

Mary fuhr erschrocken zusammen. »Schleich dich nicht so ran. Ja. Komm, wir gehen in den Diner.«

Sie gingen den kurzen Fußweg entlang.

Am einen Thekenende saßen neun oder zehn Einheimische, die andere Hälfte war für Mary und Andi frei. Fast schien es, als ob man von ihnen erwartete, am gegenüberliegenden Thekenende Hof zu halten – Sonderbesuch aus dem Wunderland. Aufmerksam studierten sie die Speisekarte – obwohl das in einem Diner eigentlich nicht nötig war, einer der Vorteile derartiger Etablissements –, während die Einheimischen ihrerseits die beiden aufmerksam studierten.

Die Bedienung – es gab bloß eine – riss sich von Kaffee und Plausch mit den Gästen los, schnappte sich unterwegs die Kaffeekanne von der Warmhalteplatte und kam zu Mary und Andi herüber. Ihr Gesicht wirkte teilnahmslos, als sei sie schon daran gewöhnt, unbekannte junge Mädchen an ihrer Theke sitzen zu sehen.

»Wie wär's mit Kaffee, Mädels?« Auf ihr Nicken hin schnippte sie flink Tassen auf Untertassen und schenkte ein. Das alles geschah in einer einzigen fließenden Bewegung.

Andi sagte: »Ich nehm ein Spiegelei und die kleine Portion Pfannkuchen.« Sie lächelte. Der Bedienung war nicht anzumerken, ob sie sie wiedererkannte. Die Einheimischen starrten die beiden zwar neugierig an, doch wer in einer Stadt mit lediglich sechshundert Einwohnern lebte, stürzte sich wohl begierig auf jede kleine Abwechslung. Die meisten aßen einfach weiter, wobei einige der Männer ihre Gabeln in den geballten Fäusten hielten und das Tagesgericht regelrecht in sich hineinschaufelten: warmes Roastbeef-Sandwich mit Kartoffelbrei. Es sah gut aus, aber Mary war eher nach Frühstück als nach Mittagessen. Sie bestellte sich Arme Ritter.

Mary fand den Gedanken, vier Monate nachdem Andi *vielleicht* mit »Daddy« hier gewesen war, wieder herzukommen und zu glauben, sie könnte wiedererkannt werden, ziemlich abwegig. Außer Daddy hatte etwas wirklich Erinnerungswürdiges getan. Zum Beispiel mit hohem Einsatz beim Poker gewonnen?

»Entschuldigung«, rief Andi der davoneilenden Bedienung nach. »Entschuldigung –«

Die Bedienung wandte sich um und kam zu ihnen zurück.

»Ich bin auf der Suche nach meiner Schwester.«

»Wie war das?« Die Bedienung musterte sie erstaunt.

»Meine Schwester. Sie war vor ein paar Monaten hier, glaub ich jedenfalls, und jetzt such ich sie schon die ganze Zeit. Sie wurde – sie … ist verschwunden.«

Die Bedienung sah Andi mitfühlend an. »Das ist aber schlimm, Schätzchen. Aber wenn's schon 'ne Weile her ist, glaub ich nicht, dass sich noch jemand dran erinnert. Wie sah deine Schwester denn aus?«

»So wie ich. Man könnte meinen, wir wären Zwillinge, sind wir aber nicht.«

Die Bedienung – Rosie, wie auf dem Schildchen an ihrer Bluse stand – studierte Andis Gesicht, als könnte sie in dessen Flächen und Schatten das ungefähre Abbild eines anderen Mädchens sehen, das ihr einmal über den Weg gelaufen war. Sie hielt die gläserne Kaffeekanne hoch und schüttelte den Kopf. »Nein. Ich glaub nicht, Schätzchen.«

Davon ließ sich Andi aber nicht beirren. »Sie war mit meinem Onkel unterwegs. An den erinnert sich vielleicht jemand. Er hat dunkle Haare und ganz blaue Augen. Und er ist Spieler.«

Rosie grinste. »Da unterscheidet er sich aber nicht sehr von den meisten, die hier durchkommen.« Dann bot sie an: »Wenn du willst, frag ich mal kurz hier rum.« Andi nickte und bedankte sich, und die Bedienung ging ans andere Thekenende, gab die Frühstücksbestellung durch und wandte sich dann an die dort sitzenden Anwesenden.

Jetzt hatten die aber guten Grund herzustarren, was sie auch ausgiebig taten. Sie wirkten verblüfft. Keiner erinnerte sich an ein Mädchen, das dieser Beschreibung entsprach und dem Mädchen am anderen Ende der Theke ähnelte.

»Ich an eurer Stelle«, meinte einer der Männer, der eine Baseballmütze trug, »würd's mal gegenüber in einem der Casinos versuchen. Vielleicht wissen die was.« Er hob seinen Kaffeebecher wie zum Gruß und nahm einen Schluck.

Dass keiner diese verloren gegangene Schwester gesehen hatte, hielt sie jedoch nicht davon ab, über sie zu reden, und als ein alter Mann sich erkundigte, wann ungefähr sie in Cripple Creek gewesen sein sollte, gab Andi eine ausweichende Antwort. Mary staunte: bei dem ganzen Geschwafel über die schwer greifbare »Schwester« fand es keiner seltsam, dass Andi erst jetzt nach ihr suchte. Wieso war sie nicht Stunden oder wenigstens Tage, nachdem ihre Schwester vermisst worden war, nach Cripple Creek gekommen? Aber danach fragte keiner. Vermutlich, dachte Mary, weil sie sich auf dieses neue Thema eingeschossen hatten und sich nicht davon abbringen lassen wollten.

Ein Mann, den alle Jethro nannten, stand von seinem Barhocker auf und setzte sich zu ihnen herüber. Er trank seinen mitgebrachten Kaffee, während er aus einem Päckchen in seiner ausgebeulten Brusttasche eine Zigarette fischte. Er sagte: »So 'n Kerl is' hier durchgekommen, auf den die Beschreibung passt, muss so vor drei, vier Monaten gewesen sein. Hat beim Pokern ganz schön abgeräumt, weiß ich noch, im Casino drüben. Hat 'ne hübsche Stange Geld gewonnen, mein lieber Mann!«

»Hatte er jemand bei sich?«

»Soviel ich weiß, nich.« Jethro schob einen Priem Kautabak aus einer Backentasche in die andere. »Dieser Mann, Jake hieß er. Nachnamen hat er nich gesagt.« Sein Blick war missbilligend.

»Hört sich an, als wär er Ihnen verdächtig vorgekommen«, sagte Andi. »Stimmt das?«

»Hmm, na ja…« Er schob die Mütze hoch, kratzte sich am Kopf und rückte die Mütze wieder zurecht. »Vielleicht kommen mir Männer einfach verdächtig vor, wenn sie zu gut aussehen. Wahrscheinlich, weil ich selber nich dazugehör.« Jethro zwinkerte ihr lächelnd zu. »Damit will ich jetzt aber nichts gegen deine Verwandtschaft sagen.«

»Onkel Jake war schon immer das schwarze Schaf in der Familie.« Andi lächelte ihn an. »Hat er gesagt, woher er kommt?«

Wieso kam eigentlich *Andi* keinem hier verdächtig vor, wenn sie so fragte?, überlegte Mary.

Doch Jethro sagte bloß: »Nein, soviel ich weiß, nich.«

»Vielleicht aus Idaho?«

Jethro kniff die Augen zusammen und sah aus, als würde er scharf nachdenken. »Kann schon sein. Ja, ich glaub, das war's.« Er schnalzte mit den Fingern. »Das war's, na klar doch.«

Mary aß ihre Armen Ritter und fragte sich erneut, wieso Daddy eine so leicht verfolgbare Spur hinterließ, trotz der erfundenen Namen. Sie nahm an, dass *Jake* ebenso aus der Luft gegriffen war wie *C. R. Crick*.

»Mel Read weiß vielleicht was … He, wofür steht eigentlich ›Mel‹?«, rief Jethro ans andere Ende der Theke hinunter. »Mel is doch sonst kein Frauenname.«

»Wahrscheinlich Melissa.«

»Nein, das isses nich – Priscilla«, sagte die Frau, neben der Jethro vorhin gesessen hatte. Sie hatte einen merkwürdigen, etwas verwirrten Blick, wahrscheinlich wegen ihres Schielauges.

»In Priscilla is doch kein *M*.«

»Ihr irrt euch alle beide, sie heißt nämlich Melody«, sagte der Mann mit der umgekehrt aufgesetzten Baseballmütze.

»Melody? Melody? Na, aber warum nennt sie sich dann nich so?«

»Bin ich doch nich schuld dran, wie sie sich nennt. Aber Melody Read heißt sie und damit basta.«

Das ging einige Minuten so, und Mary war heilfroh, dass sie nicht in Cripple Creek wohnte, wo aus der Frage, für welchen Namen Mel nun wohl der Spitzname sein könnte, eine hitzige

Debatte entstand. Immerhin einigte man sich darauf, dass sie im Silver Spur arbeitete.

»Um diese Tageszeit wird sie aber nich da sein«, teilte ihnen Jethro mit.

Bei der Frage, wo sie wohnte, hagelte es erneut Widersprüche. Andi und Mary bezahlten ihre Rechnungen und empfahlen sich, während drinnen weitergestritten wurde.

Solange Andi die Karten auf dem Vordersitz verstaute, stand Mary da und starrte ins Leere. »Andi.« Andi drehte sich zu ihr um. »Jethro hat das Creek in Cripple Creek wie *Crick* ausgesprochen: Cripple Crick.«

Andi sah sie verblüfft an. Dann schien ihr Gesicht sich zu erhellen wie der Mond, der hinter einer Wolke hervorkommt. Sie sprachen es beide gleichzeitig aus:

»*C. R. Crick!*«

Und dann fingen sie beide an zu lachen, lehnten sich aneinander und konnten sich vor Lachen kaum halten.

18

Sie hieß weder Melody noch Melissa noch Priscilla. Mel Read sagte ihnen, sie hieße ganz einfach Mel, obwohl sie keine Ahnung hatte, weshalb ihre Eltern ihr diesen Namen gegeben hatten. Sie mochte ihn nicht, er klang wie ein Männername, doch sie hatte sich noch nicht dazu aufraffen können, zum Notar zu gehen und ihn ändern zu lassen.

Sie trug ein dunkles Kleid, das in der Taille mit einem Gürtel aus dem gleichen Stoff zusammengezurrt war. Mary konnte sich denken, dass Mel bestimmt stolz auf ihre schmale Taille war, doch war diese zusammengezurrte Taille für ihre Figur im Ganzen nicht sehr schmeichelhaft, die dadurch an eine Coca-Cola-Flasche erinnerte. Mel saß an ihrem Tisch – dem Blackjack-Tisch –, wo sie die Pause offenbar gerade mit ihrer gewohnten Tätigkeit verbrachte, nämlich mit dem fächerförmigen Ausbreiten und wieder Einsammeln der Spielkarten. Ihre Hände waren flink und geschickt.

Trotz des Jobs, bei dem sie ständig mit vielen Leuten zusammenkam, schien Mel geradezu nach Gesellschaft zu fiebern, denn sie forderte die beiden auf, sich zu setzen und einen Kaffee zu trinken. »Außer ihr hättet gern einen Drink?«

Während sie einstimmig ablehnten, freute Mary sich insgeheim über das Angebot. Nein, sie trinken keinen Alkohol, hatte Andi gesagt. Mary glaubte, die Gründe für ihre Ablehnung nicht näher erläutern zu müssen.

»Also, was kann ich tun für euch Mädels?«

Ihr Akzent hörte sich eher nach Appalachen an als nach dem Westen. Ihre Aussprache war allgemein etwas härter und klang ziemlich genau so, wie die Leute im Diner drüben gesprochen hatten. Wie Jethro, der *Crick* statt *Creek* gesagt hatte.

»Es geht um meinen Onkel, Onkel Jake.«

Mel mischte ihre Spielkarten und hob die sorgfältig gezupften, wie gemalt aussehenden Augenbrauen. »Sollte ich den kennen? Heißt das, er war am Blackjacktisch? Na ja, hier kommen eine Menge Kerle durch. Wär ziemlich schwer, sich die alle zu merken.« Sie legte die Karten schwungvoll zu einer Patience aus. »Außer sie kassieren groß ab.«

»Er war im Januar hier. Er ist etwa mittelgroß, dunkelhaarig und hat blaue Augen. *Sehr* blaue Augen. Strahlend blau. Er hat auch groß abkassiert – glaub ich. Hab ich zumindest gehört von – seinen Freunden.«

Andi wollte nicht sagen, dass sie es erst vorhin im Diner erfahren hatte, nahm Mary an.

Die ganze Zeit hatte Mel sehr gesittet ihren Kaugummi gekaut und hörte nun damit auf. Ähnlich flink wie ihre Finger die Karten vom Stoß geschnippt hatten, huschte ihr Blick im Casino umher. »Jetzt fällt's mir wieder ein, natürlich.« Sie lachte. »Es kommt nicht oft vor, dass einer den Austeiler schlägt« – sie zielte mit dem Daumen auf ihre Brust – »aber der hat's geschafft. Ein paar Hundert, wenn ich mich recht entsinne.« Sie knallte einen Herzbuben auf eine Kreuzdame und sagte eine Zeit lang nichts. Den Blick auf Andi gerichtet, sagte sie dann in nicht unfreundlichem Ton: »Ich frag mich aber … ach, schon gut. Der war nämlich ganz schön raffiniert.« Sie schüttelte leicht den Kopf, in ihrem Ton schwang fast so etwas wie Bewunderung mit. Sie nahm die Karten wieder zur Hand, sah Andi und Mary nacheinander an und teilte aus.

Ihre Augen waren rauchig grün. Mel war nicht direkt hübsch, sah aber interessant aus, und das war besser als hübsch, fand Mary. Noch besser war beides, wie bei Andi. Mary warf einen kurzen, prüfenden Blick auf ihr Ebenbild in einer der verspiegelten Säulen. Sah sie interessant aus? Ja, das lag aber wahrscheinlich an dem schwarzen Hut. Es war ihr Lieblingsstück: ein Cowboyhut mit gebogener Krempe, das schmale Lederband am Hals mit einem silbernen Wolfskopf zusammengehalten wie bei einem Bolo-Schlips. Ganz in Schwarz gekleidet – schwarze Cordhosen, schwarzes Satinhemd, dazu dieser Hut –, sah sie doch ein wenig bedrohlich aus. Mary nahm eine Pose an, um noch bedrohlicher zu wirken. Sie lümmelte sich in ihren Sessel und fuhr mit den Fingern an der Vorderseite der geschwungenen schwarzen Filzkrempe entlang. Andis Worte waren ihr entgangen, doch nun hörte sie:

»… er schummelt.«

Mel kicherte. »Das überrascht mich eigentlich nicht, meine Liebe.«

Es überraschte aber Mary, die sich sofort stocksteif hinsetzte.

»Allerdings«, fuhr Andi fort, »tun Sie das ja wohl auch.«

Für einen kurzen Moment konnte Mary in Mels Blick helle, harte Nadelstiche wie Leuchtfeuer im Nebel aufblitzen sehen. Doch löste sich das Licht blitzartig wieder auf, und Mel warf den Kopf zurück und lachte schallend. »Wow!«, sagte sie, während sie sich die tränenden Augen mit einem Papiertaschentuch betupfte und weiter die Karten auslegte. »Also, wie kommst du denn *darauf*?«

»Wegen der ganzen Spiegel zum Beispiel.«

Mel blickte über die Schulter, als wäre sie überrascht, hinter ihrem Rücken eine verspiegelte Säule zu sehen. Da hinter Mary und Andi eine ähnliche Säule stand, entstand ein seltsamer Effekt, eine scheinbar unendliche Verdoppelung von Bildern vorn und hinten. War jemand wirklich so dumm, sich vor einen Spiegel zu setzen?

»Sie haben da einen Straight-Flush«, fuhr Andi fort. »Alles Kreuz.«

»*Ich* teile hier aus, Süße, es wär also nicht besonders schlau von mir, mein Blatt zu zeigen.«

»Von jemand anderes auch nicht. Hören Sie, mir egal, wie es funktioniert, ich mach mir einfach nur Sorgen um Onkel Jake. Der ist 'ne richtige Spielernatur. Er ist das, was man einen zwanghaften Spieler nennt –«

»Ja, ja, da wär er hier nicht der Erste.«

»– manchmal ist er wochen-, ja monatelang verschwunden. Dann macht sich meine Mum wahnsinnige Sorgen. Sie ist seine Schwester.«

»Sollte sich deine Mum nicht eher Sorgen machen, ob du auch schön zur Schule gehst?«

Die Frage erschien Mary geradezu lächerlich. Mel war in der Welt des Glücksspiels zu Hause. Dass zwei junge Mädchen sich auf die Suche nach einer Spielernatur gemacht hatten, schien sie offenbar lange nicht so seltsam zu finden wie die Frage, wieso sie nicht in der Schule waren.

»Wir haben die Abschlussprüfung schon hinter uns«, sagte Andi schlagfertig.

Für das *wir* hätte Mary sie am liebsten umarmt, verzog jedoch keine Miene und bedachte Mel mit einem – wie sie hoffte, eisigen Blick. Die tat das Ganze jedoch nur schulterzuckend ab.

»Es geht doch *darum*«, sagte Andi, »wir suchen unseren Onkel.«

»Jetzt erst? Das ist doch schon Monate her.«

»Ich sag doch, das ist bei ihm nichts Ungewöhnliches. Einmal war er ein ganzes Jahr verschwunden.«

Mel teilte für sich und ihre unsichtbaren Gegner wieder Karten aus. Dabei schnippte sie jede Karte höchst geschickt und ließ sie elegant heruntersegeln. Tolle Handgelenksarbeit, dachte Mary.

»Na ja, ich weiß auch nicht, wie ich dir helfen kann.«

Andi beugte sich über den grünen Filzflanell zu ihr hinüber. »Versuchen Sie einfach, sich vorzustellen, wie er hier saß. Wenn Sie sich an ihn erinnern, wissen Sie bestimmt noch ungefähr, was er sagte. Sie haben doch ein tolles Gedächtnis.«

Mel schnippte dem abwesenden Spieler wieder eine Karte zu und zog die Augenbrauen hoch. »Woher willst du das wissen?«

Andi wurde allmählich sauer und ungeduldig. »Na, Sie können sich doch auch jede Karte bei jedem Spieler merken.«

Mel starrte sie fragend an und fing an zu lachen. Mit einem scharlachroten Fingernagel kratzte sie sich an der Kopfhaut und steckte den Bleistift wieder in ihre hoch aufgetürmte Lockenpracht. »Du meinst, wohin er von Cripple Creek aus gefahren ist? Das hat er glaub ich nicht gesagt.«

»Oder woher er kam.«

»Ach du meine Güte, das weißt du doch besser.«

»Ich mein nicht von zu Hause, sondern bevor er nach Cripple Creek kam.«

Mel legte die Karten aus der Hand und schüttelte sich eine Winstons aus der Packung. »Ich weiß noch, dass er dauernd was von Booten schwafelte. Er hatte was für Boote übrig – Kanus, Kajaks, Motorboote und so. Sagte, er hätte vor –« Ihr Gedächtnis schien Schwerstarbeit zu leisten: sie hatte die Augen zugekniffen, die Stirn in Falten gelegt. »Ich erinnere mich, dass er sagte, er wollte den Rio Grande runterfahren … dann gab's Streit mit ein paar anderen – na ja, freundschaftlich. Es ging um die Frage, welches der beste Fluss ist. Einer von hier aus Colorado meinte, der Colorado River, ein anderer fand, der Rio Grande.« Mel zuckte gleichgültig die Achseln. »Wasser ist Wasser.«

»Und wo meinte er?«

»Wo meinte er was?«

»Wo der beste Fluss ist.«

Mel lachte lautlos und schüttelte den Kopf. »Du fragst aber auch Sachen.« Sie stapelte die Spielkarten aufeinander und mischte mehrmals. »Der Snake River?« Sie hielt inne, schien die Karte in ihrer Hand genau zu studieren. »Der Salmon? Ich hab nie davon gehört. Irgendwo in –«

»Idaho.« Andi strich unwirsch ihr Haar zurück und wandte sich an Mary. »Gehen wir.«

Es kam so plötzlich, dass Mel ihr Full House in der Luft verharren ließ. »Ihr wollt gehen?«

»Wir haben eine lange Fahrt vor uns«, sagte Andi. »Danke für Ihre Hilfe.«

Draußen vor dem Casino blieb Mary stehen und fragte: »Musst du eigentlich nie – *überlegen*?«

»Was denn?«

»Ach, schon gut.«

»Komm, wir gehen zum Auto. Wir müssen die Karten studieren.«

Die Karten, die Karten. Mary seufzte.

»Da liegt Laramie.« Mary deutete mit dem Finger darauf.

»Hmm, hmm.« Andi schätzte die Entfernungen ab. »Wenn wir uns abwechseln, könnten wir es bis Idaho schaffen. Das sind noch vier bis fünf Stunden.«

»Ja, und bis Laramie sind es noch mal gute fünf Stunden. Das heißt also insgesamt zehn Stunden.«

Andi lächelte. »Ach, hör auf, nach Cripple Creek haben wir's doch auch geschafft, oder?«

Mit knapper Not, dachte Mary und ließ sich auf den Fahrersitz fallen.

19

Andi stimmte auf Marys Drängen hin zu, in Wyoming zu übernachten, egal wo, Hauptsache in Wyoming. Bis sie Denver hinter sich hätten, wären sie bereits zehn Stunden unterwegs gewesen, behauptete Mary.

»Stimmt gar nicht. In Cripple Creek haben wir zwei Stunden Pause gemacht«, wandte Andi ein.

»Pause? Das nennst du eine Pause? Wo uns der Bulle um ein Haar ins Gefängnis gesteckt hätte?«

Andi rutschte auf dem Beifahrersitz nach unten und stützte sich mit den Füßen am Armaturenbrett ab. Sie gähnte. »Das ist eine Riesenübertreibung.«

Der Polizist, der sich über das Fahrerfenster gebeugt hatte (Gott sei Dank stand der Wagen noch geparkt da), zweifelte an ihrer Berechtigung, »in einem Kraftfahrzeug« herumzugondeln. »Kann ich mal eure Führerscheine sehen, Mädels?«

So flott, wie Mel die Spielkarten ausgeteilt hatte, händigte Andi ihm Angela Hopes Führerschein aus. Dort stand New Mexico, die Nummernschilder lauteten auf New Mexico. Alles in Ordnung. »Hier steht, Sie sind achtundzwanzig.« Er kratzte sich an der Stelle am Schädel, wo der Schweiß durch das Hutband gedrungen war. »Sehen gar nicht so aus.«

Andi strahlte ihn an. »Das sagen alle. Hoffentlich auch noch, wenn ich mal vierzig bin.«

Der Polizist hatte nichts weiter einzuwenden, versetzte dem Wagen einen Klaps und wünschte ihnen schöne Reise, wohin auch immer.

Mary wollte eigentlich Halt machen, sie hatte genug vom Fahren, wollte sich aber nicht beschweren, denn dann würde Andi bloß anbieten, das Steuer zu übernehmen. Andi im Wachzustand machte sie nervös, ganz im Gegensatz zu Andi im Dämmerzustand. Manchmal hatte Mary den Eindruck, ihre profanen Bitten um Aufmerksamkeit – einspurige Brücken, Leitplanken, Überholverbotsschilder, absolutes Parkverbot – würden von Andi überhaupt nicht registriert, jedenfalls nicht so wie die klaren, weißen Sterne, der zerklüftete Mond und die eisengrauen Schatten der Rocky Mountains.

Sie hatten Laramie hinter sich gelassen, ebenso die Interstate (auf Andis Anregung hin, damit sie durch den Nationalpark fahren konnte) und befanden sich gerade auf dem Weg nach Rawlins (*zurück* auf die Interstate, auf Marys Anregung hin), als Mary plötzlich nachdrücklich darauf bestand, nicht noch in derselben Nacht bis nach Idaho zu fahren. Das würden sie sicher nicht schaffen. »Sicher« war auch so ein Wort, das in Andis Vokabular fehlte, ein Ausdruck, der nur zu ihrer persönlichen Frustration erfunden worden war. Nun weigerte sich Mary schlichtweg, auch nur ein Stück weiterzufahren. Zur Bekräftigung bog sie in eine Verkehrsbucht ab und blieb stehen.

»Also, was mich betrifft, schlafen wir hier.« Sie rutschte in ihrem Sitz nach unten und rechnete fest damit, nicht ernst genommen zu werden.

Wurde sie aber natürlich. Andi stieg aus und begutachtete die Umgebung. Dann steckte sie den Kopf durchs Fenster herein. »Wir können das Zelt aufschlagen.«

»Was? Man kann doch nicht einfach irgendwo im Nationalpark zelten. Dazu muss man auf einen Campingplatz.«

»Und wo ist einer?«

»Weiß *ich* doch nicht. Ich bin zum ersten Mal hier.«

Beim Aussteigen wurde ihr bewusst, wie bedrohlich der Wald im Medicine Bow Nationalpark vor ihnen aufragte. Zum ersten Mal spürte Mary tatsächlich die Macht des Ausdrucks *bedrohlich aufragen*. Unbezähmbar, unkontrollierbar. Sie bekam unwillkürlich eine Gänsehaut. Der Mond war voll und frostig, und in der silbrigen Finsternis wirkten die Bäume vor den Rockies fast scherenschnittartig. Es war genau die Sorte von Dunkelheit, durch die Tieraugen wie Goldpfeile funkeln könnten.

Hinten war Andi pfeifend damit beschäftigt, das Zelt aus dem Kofferraum zu zerren.

Mary rief: »Das ist hier kein Zeltplatz!«

»Wir wissen aber auch nicht, wo einer ist«, gab Andi zurück. »Also, was soll's?«

»Ich kann direkt *fühlen*, wie uns die Rangers im Nacken sitzen.« Trotzdem half Mary, das Zelt herauszuziehen und es ein paar Meter von der Straße entfernt auf eine kleine Lichtung zu tragen.

Sie lösten die Riemen, und Andi betrachtete den ausgebreiteten Segeltuchstoff. »Und wie stellen wir es jetzt auf?«

»Keine Ahnung, Pocahontas, ich hab so was noch nie gemacht.

Meine Schwester hat es immer auf ihre Reisen nach Sedona mitgenommen.«

»Wir brauchen wahrscheinlich bloß ein bisschen gesunden Menschenverstand.«

»Dann haben wir ein Problem.«

Sie entrollten es, legten es auf die Erde, betrachteten es. Zum Aufstellen war es bestimmt zu sperrig. »Na ja, wir haben ja noch unsere Schlafsäcke«, meinte Andi. »Es ist doch eine gute Unterlage.«

Weil ihnen nichts Besseres einfiel, breiteten sie das Zelt aus und legten ihre Schlafsäcke darauf.

»Ich hab Hunger«, sagte Andi. »Wir hätten bei der Rastanlage anhalten sollen.«

Mary holte die braune Papiertüte mit dem Obst und die Thermoskanne mit Tee hervor. »Haben wir aber nicht. Da, nimm einen Pfirsich.«

Andi ließ sich rückwärts auf ihren Schlafsack fallen. »Ich kann kein Obst mehr sehen.«

Mary verzehrte eine Banane und legte sich dann ebenfalls hin. Gemeinsam blickten sie hinauf an den dunklen Himmel. »Die Milchstraße ist unsere nächste Galaxie und doch tausend Lichtjahre entfernt. Hab ich jedenfalls gehört.« Als Andi nichts sagte, fuhr sie fort: »Ich frage mich, was für Tiere wohl da draußen sind.« Sie dachte an Grizzlybären.

»Kojoten. Wölfe«, meinte Andi nach ausgiebigem Gähnen.

»Wölfe doch nicht. In Wyoming gibt's doch keine Wölfe, jedenfalls nicht *mehr*.«

»Im Yellowstone-Park schon, dort haben sie sie wieder angesiedelt.«

Mary überlegte, woher Andi das wusste, Andi, deren Erinnerung vielleicht zusammen mit den Wölfen untergegangen war. Sie fragte nach.

»Das hab ich auf der Hütte gelesen. Dort hatte ich ja jede Menge Zeit zum Lesen, und die Besitzer hatten einen Haufen Bücher und Zeitschriften wie den *National Geographic*. Schon seit Jahren werden die Wölfe und Kojoten von der Regierung vergiftet. Das nennt sich dann ›*Überwachung des Wildbestandes*‹.«

Sie blieben lange still und sahen zum Himmel hinauf. Die Stille schwebte über ihnen wie ein undurchdringlicher Baldachin.

»Die sind so klug, die Kojoten«, sagte Mary. »Weißt du, was ich glaube?« Keine Antwort. Andi schlief vielleicht schon. Mary fand das nicht weiter schlimm, dann würde sie eben zu den Sternen weiterreden. »Also, ich glaub, sie sind vielleicht eine höhere Gattung, eine höhere Lebensform. Und nicht wir. Schau mal, immer ist die Gehirngröße maßgebend. Ich frag mich, warum? Geht's nicht eher darum, ob man gute Instinkte hat? Weißt du, dass ein Kojote merkt, ob jemand eine Knarre dabei hat? Er braucht sie gar nicht zu sehen. Hat Tomkin mir erzählt. Die *wissen* das einfach. Wir nicht, außer wir sehen die Knarre. Allerdings –«

Marys Blick suchte das silberne Sternengeflecht ab, als könnte ihr irgendetwas dort oben helfen, ihre Gedanken zu erläutern. »Allerdings gibt es ein paar Menschen, die Dinge fast genauso gut erspüren können wie Kojoten und Wölfe. Dr. Anders, der kann dir was über dich erzählen, ohne dass du was sagst. Manchmal denke ich, er kann meine Gefühle fühlen. Es tut gut, so jemanden zu kennen.« Es war sogar mehr als das. Manchmal wünschte sie sich, sie wäre älter. Schon den Gedanken fand Mary beunruhigend, ganz zu schweigen davon, ihn auszusprechen. Sie kam auf das Thema Kojoten zurück. »Tomkin nennt Sunny immer ›Blauer Kojote‹, obwohl ich ihm gesagt hab, dass Sunny ein Hund ist, was er aber nicht ist. Er hat aber bestimmt ein paar

Hundegene. Als ich ihn gefunden hab, war er noch ein Welpe. Gottes Hund, vielleicht. So nennt man die Kojoten: Gottes Hunde oder manchmal auch Songhunde. Wegen ihres Geheuls. Sie haben zehn oder elf verschiedene Heularten mit unterschiedlichen Bedeutungen. ›Den Mond anbeißen‹ – so nennen es die Zuni, sagte Tomkin. Kennst du diese Glückwunschkarten mit den Kojoten vor dem Mond drauf? Die sehen doch aus, als würden sie ein Stück rausbeißen, stimmt's? Die sind dem Mond wahrscheinlich näher, als wir es je sein werden.« Mary lächelte in die Dunkelheit hinaus. Sie hätte gern gewusst, ob ihre Zähne weiß blitzten, wie bei Tomkin. Sie fühlte sich überhaupt nicht müde.

Als Andis Atem leise stockte, wandte Mary sich zu ihr um. Andi schnarchte.

Wie konnte sie nur so tief schlafen? Trotz allem, was passiert war – und was vermutlich noch passieren *würde* –, schlief sie wie ein kleines Kind. Wogegen Mary sporadisch und unruhig schlief und bei der kleinsten Störung aufwachte. Es war, als hätte Andis schreckliches Erlebnis ihrem Leben eine Zielrichtung gegeben. Die meisten Mädchen wären aus lauter Angst vor dem Geschehenen wie gelähmt gewesen, nicht aber Andi. Es war, als hätte sie ihre geschundenen Einzelteile zusammengesammelt und wäre nun wie ein Pfeil auf ein Ziel gerichtet, das keine von beiden sehen konnte. Dann aber – befürchtete Mary – würde sie über das Ziel hinausschießen und außer Sichtweite landen.

Und doch hatte Mary, die nicht vergewaltigt worden war, das Gefühl, als sei ihr Leben ein Gewirr von widersprüchlichen Bedürfnissen. Ihre Schwester Angela hatte immer von »Zentrieren« gesprochen, die »eigene Mitte« zu finden. Mary hatte das Gefühl, überhaupt keine Mitte zu haben. Sie war wie die Buchstaben beim Scrabble über den Tisch verstreut, Buchstaben, die sie nicht so zusammensetzen konnte, dass etwas Vernünftiges dabei herauskam. Andi dagegen hatte das Spiel gemeistert. Wie magnetisch voneinander angezogen, flossen die Buchstaben zueinander hin.

Mary war neidisch auf diese Zielstrebigkeit, diese Entschlossenheit. Sich nie vom Weg abbringen lassen, nie vor Hindernissen zurückschrecken, sich nie beirren lassen. Andi hatte keine Zweifel an ihrem Tun, wogegen Mary nichts als Zweifel hatte. Andi hatte vielleicht Zweifel, ob ihr etwas gelingen würde – was auch immer Gelingen für sie bedeutete –, aber keine Zweifel daran, *ob* sie es tun sollte.

Als ein Windstoß ihr Gesicht abkühlte, zog Mary die Vorderseite ihres Schlafsacks bis unters Kinn hoch. Die Luft fühlte sich klar und eisig und scharfkantig wie Glas an. Der Mond verhüllte alles mit einem weißen Schleier: Bäume, Wüste, die fernen Berge, sie beide. Sie glaubte ein Heulen zu hören, doch das war wahrscheinlich nur Einbildung. Unter dieser Hülle schlief sie ein.

20

Kurz nach Anbruch der Morgendämmerung lag Mary in der tiefen Stille des Waldes, ließ sie in sich hineinsickern, atmete sie mit der frostkalten Luft ein. Es war eine andere Stille als in der Wüste, sie wog schwerer, verlangsamte die Bewegungen. Eines konnte Mary wirklich gut: die Stille aushalten. Sie konnte gut mit sich allein sein, ganz auf sich gestellt, und schätzte sich glücklich darum. Wenn Sunny (der alte »Blaue Kojote«) aufwachte, dann immer schnell, als reagierte er auf ein leises Geräusch, das für ihr Ohr zu schwach oder im Ton zu hoch war. Überrascht stellte sie fest, dass sie die Nacht ohne plötzliches

Aufwachen und überlebensnotwendiges Wachbleiben verbracht hatte, denn im Wald wimmelte es bestimmt von Tieren. Vielleicht kam er ihr deshalb so schwer vor: beladen mit Tiergedanken.

Sie sah hinüber. Andi lag nicht in ihrem Schlafsack. Das überraschte sie aber nicht: vermutlich suchte sie den Wald nach Fallen und Fußschlingen ab. In Nationalparks war Jagen zwar verboten, was manche Leute aber nicht davon abhielt.

Sie fuhr hastig herum, als sie Andis Stimme hörte. »Komm hierher!« Es war eher ein scharfes Wispern als ein Ruf. Andi war aus der etwas entfernt stehenden Baumgruppe hervorgetreten. Mary stand auf.

Durchs Unterholz beobachteten sie einen Mann, der so vornübergebeugt stand, dass seine fetten Hinterbacken die Sicht darauf verdeckten, womit er sich zu schaffen machte. Neben ihm lagen Tannenzapfen und abgestorbene Zweige aufgehäuft, als wollte er ein Feuer herrichten. Als er sich bewegte, sah Mary, wie sein Arm etwas aus einem Loch herauszog.

Um sie herauszukriegen, benutzte er Stacheldraht. Zwei Kojotenwelpen lagen schon tot neben ihm auf der Erde. Ihr Kläffen war verstummt. Der, den er gerade herauszog, war nur ganz schwach zu vernehmen.

»Da ham wir dich, du kleines Arschloch«, sagte der Mann und schmiss ihn etwas abseits von seinen Grubengefährten zu Boden.

»Der hat eine Knarre dabei«, flüsterte Andi. »Bleib hier.« Lautlos rannte sie auf den Wagen zu.

Als Mary ein Schwirren hörte und hochblickte, sah sie, wie ein Hubschrauber seinen Schatten über den Wald warf, dann bemerkte sie den großen Kojoten – möglicherweise die Mutter – auf einem Bergkamm über der kleinen Lichtung. Der Dicke, der das Flugzeug ebenfalls hörte, warf sich zu Boden, als die Hubschrauberbesatzung das Areal mit einem Kugelhagel überzog. Das silberne Fell der Kojotin schien in der Schießpulverwolke, die durch die Salve entstanden war, gleichsam zu qualmen und verschwand aus dem Blickfeld.

»Verdammte Idioten!«, schrie der Dicke in den Himmel. »Hier unten sind nich bloß *Kojoten*!«

Mary war vor Zorn wie erstarrt. Und vor Angst, als Andi zurückgerannt kam, eine Pistole in der Hand. »Mein Gott!«, flüsterte Mary aufgeregt. »Woher hast du denn –?« Aber hatte sie es nicht geahnt? Die Smiley-Tüte musste doch mehr enthalten als T-Shirts und ein Elmore-Leonard-Buch.

Andi bedeutete ihr, still zu sein. Sie legte die blau-schwarze Waffe auf den Boden und flüsterte: »Leg dich hin, krümm dich zusammen. Stöhn ein bisschen!«

Nach diesen knappen Befehlen stürzte Andi – ähnlich wie der Kojote – auf die Lichtung und schrie: »Mister! Mister!«

Er wirbelte herum und griff wieder nach seiner Waffe, die er gerade in sein Halfter zurückgesteckt hatte. »Wo kommst'n du her? Was willst'n, Mädel?«

»Meine Schwester! Die haben meine Schwester angeschossen aus dem Hubschrauber, der hier grade drübergeflogen ist. Überall ist Blut! O bitte, kommen Sie, helfen Sie mir!«

»Aus dem Hubschrauber? Mein Gott, wo is sie denn?«

»Hier drüben, schnell!«

Zum Schnellsein war er zu fett und vermutlich auch noch Raucher. Er keuchte und schnaufte beim Laufen.

Mary lag mit angezogenen Beinen auf der Seite und hatte die Arme fest um sich geschlungen. Sie stöhnte.

»Wo hat's dich erwischt, in drei Teufels Namen? Was habt ihr überhaupt hier verloren? Ich seh gar kein Blut, hier, lass mich mal –« Als er versuchte, ihr die Arme vom Oberkörper zu lösen, schrie Mary nur laut auf.

»Au, das tut weh!«

Andi tat hysterisch. »Tun Sie doch was!«, kreischte sie händeringend.

Er beugte sich etwas tiefer, um den Arm unter Marys Schulter schieben zu können, und in dem Moment beugte sich Andi schnell hinunter. Blitzschnell hatte sie die Lasche an seinem Halfter hochgezerrt und ihm den Revolver herausgerissen. Sie schleuderte ihn in die Bäume.

»Was? Was soll'n das? He, Mädel, hast du 'n Knall?«, schrie er, während seine Hand an das Revolverhalfter fuhr.

Steifbeinig und mit ausgestreckten Armen hielt Andi die Smith & Wesson auf ihn gerichtet. »Zurück da.«

»Verdammt, was soll'n das? Ich bin von der Regierung, Fräuleinchen! Ich bin beim ADC. Leg dich nich mit der Regierung der Vereinigten Staaten an! Das is ... äh, das is doch ...«

»Verrat«, versetzte Andi. »Schmeißen Sie Ihren Ausweis rüber, aber Vorsicht, nehmen Sie ihn ganz langsam raus.«

Fast geziert, den kleinen Finger abgespreizt, öffnete er seine Brusttasche mit Daumen und Zeigefinger und zog ein schwarzes Etui hervor.

»Schmeißen Sie's ihr rüber.« Andi deutete mit einer Kopfbewegung zu Mary hinüber.

Mary fing es, öffnete es. »Er ist tatsächlich Regierungsbeauftragter. ADC steht hier.« Mary runzelte die Stirn. »Robert ›Bob‹ Stuck heißt er. Arbeitet also anscheinend echt für die Regierung.«

»Na, und ob! Ihr steckt ganz schön in der Scheiße, Mädels. Wenn ihr mir jetzt aber meine Waffe zurückgebt –«

Andi lächelte. »Kaum. Wofür steht eigentlich ADC? Vermutlich für das, was die Regierung *animal control* nennt. So, und jetzt stellen Sie sich an den Baum da. Mary, hol das Seil und den Draht, den er vorhin hatte – nein, warte. Schmeißen Sie ihr die Handschuhe rüber.«

»He, Kleine, du hörst wohl nich hin? Du hast's hier mit der verdammten US-Regierung zu tun.«

Andi reagierte nur insofern, als sie die Waffe von ihm weg auf den Baum richtete. Ihr Gesicht war ausdruckslos.

Er stolperte rückwärts und stieß mit einem dumpfen Knall gegen den Baum.

»Die Handschuhe rüberschmeißen, hab ich gesagt.«

Er riss sie sich herunter und schleuderte sie zu Boden. Mary ging hinüber und hob sie auf.

»*Aufknüpfen* wer'n sie euch, wenn ihr einen *Regierungsbeamten* verscheißert.«

Mary kletterte über die modrigen Baumstämme und wollte gerade die Drahtrolle aufheben, als sie das Junge sah, das bisher reglos dagelegen hatte. Es lebte noch. Nachdem sie die Handschuhe übergestreift hatte, löste sie behutsam das Drahtstück, das um seinen Brustkorb gewickelt war. Sie zog ihr graues Sweatshirt aus weicher Baumwolle aus und hob das Kojotenjunge langsam und vorsichtig gerade so weit hoch, dass sie ihm das Hemd unterschieben konnte. Dann wickelte sie es ihm um den Körper, das Gesichtchen ließ sie frei. Seine Augen, die die Farbe von rauchgrauem Kristall hatten, glänzten. Mary legte ihm die Hand auf den Kopf und murmelte ein paar sinnlose tröstende Worte. Hoffentlich begriff das Tier, dass ihm jetzt jemand helfen wollte. Sie packte den Draht und das Seil und kletterte wieder über die Stämme zurück.

Bob Stuck starrte sie fassungslos an. »Jetzt aber *Moment* mal. Ihr wollt mich doch wohl nich mit dem Scheißzeug hier festbinden. Kommt gar nich in die Tüte.« Der Schweiß lief ihm in Strömen.

»Machst du's? Oder soll ich?«, fragte Andi. »Eine von uns muss die Knarre auf ihn gerichtet halten.«

»Ich bind ihn fest«, sagte Mary und ging langsam auf den Regierungsbeamten zu.

Er stutzte, schrie dann: »Ich soll mich von zwei Rotzgören fesseln lassen? *Das fehlt noch!*« Er trat einen Schritt vom Baum beiseite. »Mich fesselt hier kei –«

Die staubige Erde zu seinen Füßen explodierte. Der Schuss kam so laut und unerwartet, dass Bob mit offenem Mund gegen den Baum taumelte.

»Ach ja?« Andis Stimme war so kalt und reglos wie die Waffe. »Bind ihn fest, Mary.«

Vorsichtig wickelte Mary den Draht zuerst um die untere Körperhälfte und begann dann um den Beamten herumzugehen. Von den spitzen Stacheln gestochen, stieß er einen wütenden Schrei aus.

Andi sagte: »Ruhig ein bisschen lockerer. Aber nicht so locker, dass der Draht Spielraum hat. Nur so, dass er gerade noch die Haut berührt.«

Als sie den Stacheldraht und das Seil aufgebraucht hatte, trat Mary zurück und ging zu Andi hinüber, die sich nun an Bob Stuck wandte: »Ich an Ihrer Stelle würde lieber nicht versuchen, mich zu befreien. Sonst tun Sie sich womöglich noch was.« Die Pistole hielt sie immer noch starr auf ihn gerichtet.

»Jetzt hört mal zu –«

»Mir scheint, Sie sind derjenige, der hier zuhört, Bob.« Zu Mary sagte sie: »In meinem Rucksack ist Verbandszeug. Meinst du, es blutet nicht so schlimm, dass wir es verbinden können?«

»Ich weiß nicht.« Mary betrachtete den kleinen Körper und fing fast an zu weinen.

»Das Zeug ist in einer braunen Papiertüte.«

»Okay.« Mary rannte zum Wagen hinüber.

Bob spuckte verächtlich aus. »Ach, dacht ich's mir doch – von den Scheißtierschützern seid ihr.«

»Hör auf zu denken, Bob. Zum Denken bist du nicht gemacht.« Als er einen Satz machen wollte, ritzten ihn die Stacheln in die Haut und er stieß einen gellenden Schrei aus. »Wir haben doch gesagt, du sollst dich nicht rühren, he?«

»Du kannst mich doch nich erschießen, Mädel!«

Andi seufzte theatralisch. »Ach, man hätte dich gleich bei der Geburt von deinem Elend erlösen sollen, Bob.« Sie zuckte gleichgültig die Achseln. »Aber wie konnte deine arme Mummy denn ahnen, was aus dir mal wird?«

Mit vor Wut und Angst gepresster Stimme schrie Bob: »Ihr zwei wandert ins Kittchen, das is' euch ja wohl klar? Ins Gefängnis. Das hier verstößt gegen *Bundes*gesetz, jawohl. Ich bin Regierungsbeamter, Fräuleinchen!«

»Ich kann's kaum erwarten, meinen Leuten zu erzählen, wo ihre Steuergelder landen. Die werden sich aber freuen.«

Mary kam mit der Papiertüte.

Unfähig, in seiner Stacheldrahthülle um sich zu schlagen, blieb ihm nur, immer wieder dasselbe zu sagen. Zu brüllen. Zu heulen.

»Gut.« Andi ließ die Waffe sinken. »Der läuft uns nicht weg. Wenn er bloß aufhören würde zu quatschen.« Sie erhob die Stimme. »Ich finde, ich sollte ihn wegen seinem Gequatsche erschießen, was meinst du?« Andi hielt die Waffe hoch, zielte.

Die Bewegung war so flink und geübt, dass Mary Angst bekam.

Bob jedenfalls bekam es mit der Angst. »Jetzt aber langsam!« Er kreischte vor Schmerz, als der Draht sich in seine Haut bohrte.

Kopfschüttelnd legte Andi die Waffe auf einem Baumstumpf ab.

Dann beugten sie sich gemeinsam über das Kojotenjunge. Blut sickerte bereits durch den Stoff. Mary fror ohne ihr Sweatshirt; erst jetzt fiel ihr auf, wie kalt es war. »Es ist furchtbar zugerichtet«, sagte sie.

Andi nickte. Sie sah zu der gut getarnten Grube hinüber. »Schau mal da.« Sie deutete mit dem Kopf hin.

Knapp über dem Rand des Loches konnte Mary zwei Augenpaare erkennen. »Er hat Gott sei Dank nicht alle erwischt.«

»Deshalb hat er das Feuer vorbereitet. He, Bob«, rief Andi, »dir sind mindestens drei oder vier Kojoten durch die Lappen gegangen.«

Er rief ein paar unverständliche Wörter zurück, verfluchte die beiden bis in alle Ewigkeit.

Andi fuhr über das weiche Fell des Kojotenbabys. »Ich werd's erschießen müssen, Mary.«

»O *Scheiße.*« Mary stand auf und stampfte wütend herum. »Verdammte Scheiße!«

Andi hob die Waffe auf. »Es tut mir so Leid. Es ist aber zu schlimm verletzt und –« Sie sprach den Satz nicht zu Ende und hob die Waffe, die jedoch in der Luft zu verharren schien. Andis Hände senkten die Waffe, konnten sie offenbar aber nicht loslassen. Einen Augenblick lang stand sie wie erstarrt. Ihr Kopf fiel vornüber, ihre Arme hingen seitlich herunter. »Ich kann nicht.« In ihrer Stimme klang bittere Scham.

Mary ging zu ihr hinüber und legte ihr die Hand auf die Schulter. »Schon gut. Ist ja gut. Ich tu's, Andi.«

Andis Finger lösten sich, und sie gab die Pistole frei. Dann ging sie ein Stück beiseite, hielt sich die Ohren zu und begann im Kreis zu gehen. Dabei murmelte sie irgendetwas vor sich hin.

Obwohl der Welpe im Sterben lag und bestimmt qualvolle Schmerzen hatte, waren seine Augen, mit denen er Marys Bewegungen folgte, klar und neugierig, als wollte er fragen, ob sie vielleicht einen Weg aus diesem Schlamassel finden könnte, irgendeine Lösung. Mary zitterten die Hände. Es gelang ihr, die Waffe zu umklammern. Einen Augenblick lang verharrte sie reglos und beobachtete Andi, die stehen geblieben war und nun das Gesicht himmelwärts gerichtet dastand, die Hände auf die Ohren gepresst, den Mund geöffnet. Mary hörte kein Geräusch, nicht von Andi, nicht von Bob, von keinem Lebewesen im Wald. So musste es im Krieg sein – flehende Verwundete, die Fuchslöcher der Soldaten, die langen Flüchtlingsschlangen, diese Zeitungsbilder von dahintrottenden Alten, weinenden Kindern, die aus ihren Häusern vertrieben, geschlagen worden waren und im Marschieren oder Fallen sahen, was sie jetzt sah – jenes letzte Stückchen Horizont, jene letzte Waldgrenze. Als sie die Waffe schließlich hob und schoss (und die Augen dabei nicht zumachte, denn sie musste sehen, was sie tat), wurden Himmel und Wald von der Explosion zerrissen, als wäre die Zerstörung unaufhaltsam, als hätte der Schuss die ganze Welt mit sich gerissen.

21

Lange Zeit fuhren sie schweigend.

Ein bedeutungsschweres Schweigen, dachte Mary. Sie sagte: »Wie kommt es, dass ich mich schuldig fühle?«

Eine Weile antwortete Andi nicht. Sie hatte das Gesicht abgewandt und schaute aus dem Beifahrerfenster. Schließlich sagte sie: »Ich weiß nicht, vielleicht sind wir es ja.«

Da wusste Mary, dass sich Andi genauso fühlte.

Sie hatten seinen Revolver ein paar quälende Meter von ihm entfernt liegen und ihn selbst an den Baumstamm gefesselt gelassen, wo er vor Wut schnaubte, unfähig, an dem Draht zu ziehen oder zu drehen, der ihn bei allzu vehementen Versuchen zerschneiden würde.

Kurz vor der Grenze zu Idaho lenkte Mary den Wagen zu einem der Notfalltelefone am Straßenrand.

Andi, die ihre Stimme viel besser verstellen konnte als Mary (sie sollte Schauspielerin werden, fand Mary), tätigte den Anruf bei der Polizei.

Mit der für die Südstaaten typischen schleppenden Aussprache sagte sie zu der Polizistin am anderen Ende der Leitung: »In Medicine Bow is 'n fetter, gewissenloser Beamter der US-Regierung an einen Baum gefesselt. Falls Sie hinfahren und ihn loseisen wollen – was ich nich empfehle, aber kann ja sein –, bringen Sie am besten 'nen Seitenschneider mit.« Schweigen. »Nein, Madam, ich werd Ihnen meinen Namen nicht sagen, aber wenn Sie mir gut zuhören, sag ich Ihnen, wo er is.« Andi beschrieb es ihr. »Und falls Sie das hier für einen Scherz halten, muss ich Sie enttäuschen. Er heißt Stuck und is ein total fetter, dämlicher Sumbitch.« Andi lächelte den Hörer an. »Aber das sind sie ja alle, nich?« Sie knallte den Hörer auf und ging zum Auto zurück.

»›Sumbitch‹? Du meinst wohl *son of a bitch.* Im Süden sprechen sie das aber nicht ›sumbitch‹ aus.«

Andi sah sie an. Mary saß wieder am Steuer. »Aber sicher.«

»Nein, tun sie nicht. Das sagt man eher in – ich weiß auch nicht, in den Bergen oder so.«

»Nein, stimmt nicht.«

»Doch.«

Sie fuhren eine Weile, während sie sich darüber stritten, in welcher Gegend man *sumbitch* sagte, und versuchten, nicht daran zu denken, bei welcher Tätigkeit sie den fetten Beamten, welcher ein solcher war, ertappt hatten.

22

Es dauerte fast drei Stunden, bis sie Little America erreicht hatten und von dort auf die Route 30 fuhren. Nach etwa zehn Meilen erblickten sie eine Reihe von Gebäuden – wie sich bald herausstellte, handelte es sich um ein einziges, lang gestrecktes Gebäude mit einem seltsam unebenen Dach. Dort gab es eine Tankstelle, einen Kaufladen, ein Souvenirgeschäft und ein Café. Andi fuhr (auf Marys Drängen hin langsam), bog dann von der Straße ab und parkte den Wagen vor dem Café. Sie stiegen aus – Andi mit den Landkarten, die sie mit hineinnehmen wollte.

Das Roadrunner Restaurant (so hieß es) war fast menschenleer, allerdings war es schon fast drei Uhr nachmittags, zum Mittagessen also recht spät. An einem der vorderen Tische saßen zwei Lastwagenfahrer – nahm Mary automatisch an und schalt sich dafür, Männer mit Tätowierungen und kräftigen Unterarmen (vom vielen Fahren und Kistenheben) von vornherein in eine bestimmte Schublade zu stecken.

Andi fragte die Bedienung, ob sie vielleicht eine von den großen Sitzecken haben könnten, sie wolle nämlich ihre Straßenkarten konsultieren. Darlene (stand auf ihrem Namensschild) meinte, kein Problem, und brachte eilfertig die Speisekarten. Sie fragte, ob sie lieber Raucher oder Nichtraucher hätten, und Mary sagte, Nichtraucher. Sie fand es allerdings ziemlich komisch, weil der Raum so klein war, dass es sich nicht vermeiden ließ, den Rauch der anderen Gäste ins Gesicht geblasen zu kriegen. Die Lastwagenfahrer, die beide rauchten, saßen bloß zwei Tische weiter.

Die Auswahl auf der Speisekarte war riesengroß und hätte sicher jeden zufrieden gestellt: Hausmannskost, vegetarisch, koscher, New Yorker Küche. Da kein Koch in der Lage wäre, sich diese Gerichte alle auszudenken, nahm Mary an, dass sie tiefgefroren waren und dann einfach in die Mikrowelle gesteckt wurden: Hummer Thermidor, Bengalischer Krabben-Curry, Krustentiere à la Normandie – lauter solche Sachen. Eine seltsame Speisekarte für diese abgelegene Gegend, wo es bloß diese Tankstelle mit den beiden Zapfsäulen gab, den Kaufladen und die Wohnsiedlung mit den Flachdachhäusern, wo sich die Wüste bis ans Gebirge erstreckte – und hier die ausgefallenen Speisen des Roadrunner Restaurants. Sie konnte sich nicht vorstellen, mit wem sie hier ein Geschäft machten.

»Was ist eigentlich Regenbogenforelle à la Dusseldorf?«, wollte Andi wissen. »Ist das ein deutsches Gericht oder was?«

Darlene schüttelte den Kopf. »Das ist die Spezialität des Küchenchefs. Der heißt nämlich Dusseldorf. Ich weiß, es klingt deutsch, er ist aber hier aus der Gegend. Es ist wirklich gut.

Mary sagte: »Er muss ja eine Menge Spezialitäten draufhaben. Hier stehen viele Dusseldorf-Gerichte.«

»Hmm, hmm. Die sind alle echt gut.« Darlene verlagerte ihr Gewicht auf den anderen Fuß, Schreibblock und Bleistift in Habachtstellung. Sie schien über ihre Fragen nicht verärgert, sondern freute sich offensichtlich über Gesellschaft. Die Lastwagenfahrer, jeder mit einem Zahnstocher im Mund, schickten sich an zu gehen.

»Heißt er mit Vornamen Hiram?«

»Der Küchenchef?«

»Hier steht« – Mary deutete darauf – »Hirams Warmer Kartoffelsalat.«

»Nein, Hiram ist jemand ganz anderes, bloß ein Freund. Der Chef heißt Herb. Der Kartoffelsalat ist eins von seinen besten Gerichten.«

Andi fragte: »Und wie ist die Regenbogenforelle zubereitet?«

»Die wird in einer Panade gewendet und sautiert. Sozusagen gebraten.« Sie lächelte die beiden an, als wollte sie sagen, Na, wie findet ihr das!

Andi blinzelte. »Ich will Ihrem Koch ja nicht zu nahe treten, aber –«

»*Chef*«, wurde sie von Darlene freundlich verbessert. »Er hasst es, wenn man ihn *Koch* nennt oder die Leute seine Kreationen als *Kochen* bezeichnen.«

»Oh, Entschuldigung.« Andi überlegte einen Augenblick. »Ich wollte bloß sagen, so werden die ganz oft gecheft. Was ist also das Besondere an Chef Dusseldorfs Regenbogenforelle?«

Darlene schürzte die Lippen, als wollte sie eine Katze oder einen Hund küssen. »Die Kräuter und Gewürze in seiner Panade. Das ist seine Spezialmischung.« Sie sah Andi argwöhnisch an. »Das Wort *gecheft* gibt's doch gar nicht, oder? Du hast *gecheft* gesagt.«

»Sie meinen, ob es ein Verb namens *chefen* gibt?«, sagte Mary. »Nein, gibt es nicht. Das Wort gibt's gar nicht. Das hat Andi nur gesagt, weil der Chef das Wort *kochen* nicht mag.«

Darlene winkte lachend ab. »Ach, du meine Güte, ich wollte doch nicht – ihr sollt bloß zu *ihm* nicht Koch sagen.«

Andi blies genervt die Backen auf und warf noch einen Blick auf die Speisekarte. »Also, am besten sagen Sie uns, welches Gericht der Chef am besten findet.«

Mary nickte. »Gute Idee.«

Darlene wurde ganz aufgeregt. »Na, vielleicht den Hummer, oder nein, die Forelle …« Sie schien zu glauben, man habe sie zur Ehrenrettung aufgerufen. »Vielleicht den Lammbraten …« Sie runzelte die Stirn. »Wisst ihr was, ich geh kurz nach hinten und lass *ihn* was vorschlagen, ja?« Sie lächelte.

»Ja, warum nicht?«

Erleichtert ging Darlene in die Küche.

Mary sah auf die Speisekarte. »Okay, ich wette, er sagt, Hackbraten mit Kartoffelbrei.«

»Aber was ist mit all den Dusseldorf-Gerichten? Würde er nicht eher eins von seinen Spezialgerichten sagen? Ich frag mich, wer Hiram ist.«

Mary schüttelte den Kopf. »Glaubst du etwa, der macht das Zeug alles *selber?* Dazu müsste man ja die gesamte Hotelfachschule von Santa Fe aufbieten, um diese Speisekarte durchzuackern.«

»Wie wär's mit dem Warmen Roastbeef-Sandwich mit Bratensoße?«

»Eine gute Wahl. Bestimmt sagt er das, oder vielleicht das Hähnchensteak.«

»Chili, was ist mit Chili? Jeder denkt doch, er hätte das beste Chili-Rezept.«

Mary nickte. »Oder Hähnchenauflauf?« Sie sah Darlene zurückkommen.

»Er meint, Schinken mit glasierten Süßkartoffeln.«

Mary und Andi lächelten. »Beinah«, sagte Mary.

Auf Andis fragenden Blick hin nickte Mary. »Wir nehmen den Schinken«, sagte Andi. »Und Pepsi light, wenn Sie haben.«

Darlene sah betrübt drein. »Wir haben bloß Cola light.«

»Okay.«

Als Darlene mit der Bestellung abgerauscht war, breitete Andi eine von den Landkarten aus, erfreut darüber, dass sie nun den gesamten Staat Idaho betrachten konnte, ohne dass der von Wyoming rücksichtslos vom Tisch gedrängt wurde. »Hier sind wir, direkt über der Grenze.« Sie deutete darauf. Als Darlene mit der Cola kam, fragte Andi: »Wie weit ist es von hier nach Salmon? Mit dem Auto, mein ich.«

»Nach Salmon? Na ja, so etwa vier, fünf Stunden. Wollt ihr da hin?«

Beide nickten und nippten an ihren Getränken.

»Hinter Pocatello fahrt ihr auf die 26. So kommt ihr am besten hin. Salmon ist echt beliebt. Wir kriegen hier im Sommer viele Leute, die zum Rafting nach Salmon wollen. Auf Wildwassertour. Ich weiß gar nicht, ob sie die so früh im Jahr schon anbieten. Ich hätte gedacht, dass der Fluss jetzt für Kanus und Schlauchboote noch zu hoch ist. Also, *mich* kriegt ihr in kein Kajak oder wie die mickrigen Dinger mit der Spitze dran heißen.« Plötzlich hörte Darlene auf zu reden und fing an zu singen: »›Let's take a kayak to Quincy or Nyack –‹«

Sie waren überrascht, was für eine helle, klare und hübsche Stimme sie hatte.

Doch dann hielt sie verlegen inne. »Erinnert ihr euch? Ach, Mist. Ihr seid ja noch viel zu jung, ihr könnt es ja gar nicht gehört haben. Einer von Franks Songs.« Sie blickte sie aus Augen an, die farblos wie Wasser waren. »Damit mein ich Frank Sinatra.«

»Darlene«, sagte Andi, »Sie können ja echt gut singen. Findest du nicht, Mary?« Mary nickte zustimmend. »Singen Sie ruhig weiter. Ich find den Text richtig schön.«

»Ach« – Darlene wischte ihr Haar mit dem Unterarm aus der Stirn – »Das war nur so zum Spaß.«

»Nein, nein, los! Wir sind doch unter uns. Na, los.« Andi machte eine aufmunternde Geste.

Als wären sie feucht, strich Darlene mit den Händen über ihr Kleid und errötete. Dann richtete sie sich auf und sang fast wie ein Kind bei einer Schulaufführung:

»Let's take a boat to Bermuda,
Let's take a trip to St. Paul,
Let's take a kayak
To Quincy or Nyack,
Let's get away from it all«

Und während sie von Wohnwagen und Niagara-Fällen sang, wechselten Andi und Mary erstaunte Blicke. *Was hatte sie hier als Kellnerin zu suchen?* Als das Lied zu Ende war, applaudierten sie. Darlene seufzte, als wären alle froh, dass es vorbei war.

Mary sagte: »Wenn der alte Wilde Westen wiederkäme, könnten Sie Sängerin im Saloon sein.«

»Wirklich, Darlene«, meinte Andi, »Sie sollten auf der Bühne oder im Film auftreten. Sie sind besser als viele Profis, die ich schon gehört hab.«

Darlene hatte Flecken im Gesicht und war ganz erhitzt vor Verlegenheit und Freude. Sie bedankte sich und eilte wieder in die Küche.

»Ich glaub, sie weiß gar nicht, dass sie gut ist«, sagte Mary. »Und hier – total hinterm Mond. Stell dir doch mal vor – so viel Talent, vergeudet an die Wüste.«

Andis Gesicht wirkte blass und durchscheinend. Nach einer Weile sagte sie: »›Vergeudet seine Süße an die Wüstenluft.‹ Das ist aus einem Gedicht.«

»Für jemand mit Gedächtnisschwund hast du ein beachtliches Erinnerungsvermögen. Stimmt was nicht? Du siehst – irgendwie gespenstisch aus.«

»Ich fühl mich so … *verloren.*« Andi presste eine Hand gegen die Brust, die Finger gespreizt. Sie atmete angestrengt.

Mary glaubte erst, sie wäre krank. »Verloren?«

»Hattest du noch nie das Gefühl, dass sich jemand hereingeschlichen und dir etwas Kostbares gestohlen hat?«

Bevor Mary etwas sagen konnte (sie wusste gar nicht, was), stellte Darlene ihnen ihr Schinkengericht hin. Abwartend blieb sie stehen und beobachtete die beiden wie eine Mutter, die auf ein Kompliment wartete. Beide bestätigten ihr, das Essen sei wirklich gut. Mary nahm an, dass es auch stimmte, sie war bloß so hungrig, dass sie gar nicht so genau auf den Geschmack achtete.

Es handle sich um Schinken aus Virginia, verriet ihnen Darlene. Schinken aus dem fernen Virginia.

Mary fragte sich, wieso Schinken aus Virginia besser sein sollte als Schinken aus Idaho, New York oder North Dakota, war aber zu beschäftigt mit Essen und sparte sich die Frage.

Als Darlene sich endlich hinter die Theke getrollt und einen Schluck Kaffee aus ihrem Henkelbecher genommen hatte, meinte Andi, sie rechne vielleicht damit, dass sie sie noch mal zum Singen aufforderten. Dann hörten sie auf zu reden und konzentrierten sich ganz auf ihr Essen, wobei Andi gelegentliche Blicke auf ihre Idaho-Karte warf.

»Wir können es heute Abend noch bis nach Salmon schaffen«, sagte sie.

»Kommt *nicht* in Frage. Es ist schon fast vier, und Darlene sagt, es dauert fünf Stunden. Sie unterschätzt es wahrscheinlich wie die meisten Leute, wenn sie einem eine bestimmte Strecke erklären.« Ob das stimmte?, fragte sich Mary. »Ich finde es weniger gut, so viel Zeit ununterbrochen mit Fahren zu verbringen.«

Andi zog ein Stück Brötchen durch eine kleine Pfütze Bratensoße. »Schau doch mal, wie viel Zeit wir mit *Nicht*-Fahren verbringen.

»Na, um ein Haar von einem Regierungsarsch erschossen zu werden betrachte ich nicht gerade als Ruhepause.«

»Dann müssen wir im Motel übernachten oder unser Zelt aufschlagen.«

»Wozu wir aber nicht in der Lage sind. Mann, wir sind ganz schöne Flaschen.« Mit einem matten Seufzer stützte sie den Kopf in die Hand. Dabei war Mary sich bewusst, dass ihr Seufzer nur gespielt war, wie die Show von Darlene. Sie fragte sich, was es wohl zum Nachtisch gab. Sie zog die Landkarte zu sich herüber und warf einen kurzen Blick darauf. »Der Salmon River sieht aus, als würde er fast parallel verlaufen mit diesem – nein, das ist ein anderer Fluss. Da gibt's ja 'ne Menge Flüsse. Hier ist der Snake. Und die ganze Flussebene des Snake River. Ich vermute mal, die überqueren wir, wenn wir auf der Fahrt nach – was hat sie gesagt?«

Den Kopf in die Hände gestützt, zog Andi die Karte zu sich herüber und betrachtete sie aufmerksam. »Schau dir das an, das ist ja wie im Märchen. Pass auf, was es in der Ebene des Snake River alles gibt: Lavadecken, Mondkrater, eine Eiskristallhöhle …«

»Hört sich an wie bei – wie heißt er gleich? Tolkien oder so jemand in der Richtung.« Es war nicht das erste Mal, dass Mary sich über Andis naive Begeisterung wunderte, obwohl sie vermutlich drei Jahre älter als Mary war, in dem Alter also drei Lichtjahre. »Ich will Nachtisch.«

Sie riefen Darlene herüber und baten sie, die Kuchenliste aufzusagen. Sie hatten sich auf Kuchen geeinigt, denn wenn sie nach der *gesamten* Dessertkarte fragten, säßen sie bestimmt in einer Stunde noch da.

Darlene empfahl ihnen wärmstens die Kokosvanillecremetorte. »Mein Lieblingskuchen«, fügte sie hinzu.

Andi meinte, den nehme sie, und Mary entschied sich für Apfelkuchen mit Vanilleeis.

Während Darlene die Kuchen aus dem Kühlregal nahm, kam der Koch, das Tagespensum offenbar erledigt, aus der Küche. Es waren keine anderen Gäste mehr gekommen. Er schenkte sich einen Becher Kaffee ein und steckte sich einen Zahnstocher in den Mund, bereit zum Plaudern.

Darlene brachte den Kuchen und wartete ab, bis sie probiert hatten. Nachdem sie einen Bissen von der Kokosvanillecreme gekostet hatte, schloss Andi verzückt die Augen. Das fand Mary zwar etwas übertrieben, inzwischen hatte sie jedoch gemerkt, dass Andi ziemlich zur Übertreibung neigte. Vielleicht tat sie so viel des Guten, um das Wenige an Vergangenheit, an das sie sich nicht erinnern konnte, wettzumachen. Mary begnügte sich mit der Bemerkung, ihr Apfelkuchen sei sehr gut. Darlene ging wieder zur Theke, schenkte sich noch einen Kaffee ein, zündete sich eine Zigarette an und sagte etwas zu dem Koch, woraufhin beide lachten.

Der Koch trug zwar eine weiße Kochmütze, hatte sie aber oben umgeknickt und etwas aus der Stirn geschoben, als hätte er für solchen Quatsch nicht viel übrig. Er stand an die Theke gelehnt und stützte sich mit der Hand, die nicht den Kaffeebecher hielt, etwas ab. Wie die Lastwagenfahrer vorhin, rollte er den Zahnstocher zwischen den Mundwinkeln hin und her.

»Na, wie hat euch der Schinken geschmeckt?«, rief er zu ihnen herüber.

Sie antworteten gleichzeitig: »Lecker« … »Echt gut.«

»Das is nämlich Schinken aus Virginia. Echt fein und zart.«

Mary musste wieder an die Schweine aus Virginia denken.

»Nich wie diese Viecher aus Texas oder gar Iowa. Die sind ja manchmal zäh wie 'n alter Stiefel.«

Zartheit und Geschmack wurden erneut gelobt.

»Darlene sagt, ihr Mädels seid auf'm Weg nach Salmon.« Der Koch hatte von Natur aus eine laute Stimme, und wenn er sie erhob, klang es fast wie Gebrüll. Er gehörte zu den Leuten, die sich aufführten, als wären um sie herum alle taub.

»Stimmt genau«, erwiderte Mary.

Andi leckte die Vanillecreme von ihrer Gabel. »Wir dachten, wir kommen vielleicht heute Abend noch hin –«

»Nein, dachten wir *nicht.*«

Der Koch brüllte es geradezu. »Heut *Abend* noch? Was habt ihr denn dabei, 'ne Batman-Karosse?« Er lachte schallend, hocherfreut über seinen eigenen Witz.

»Ich hab ihnen gesagt, es dauert fünf Stunden«, ließ sich Darlene, an die Kuchenregale gelehnt, vernehmen.

»Quatsch mit Soße«, meinte der Koch zu ihr gewandt, »*sechs* Stunden mindestens. In *fünf* schafft ihr's garantiert nich.«

Er hörte sich an wie einer von denen, die um jedes Detail feilschen und ihrem Gegner nie etwas zugestehen.

»Na, na«, wandte Darlene ein, »Idaho Falls ist bloß drei Stunden –«

»Idaho *Falls?* Du willst die Mädels durch Idaho *Falls* schicken?« Er machte eine unwirsche Handbewegung. »Also, Mädels, jetzt passt mal auf, ihr fahrt erst durch Pocatello, dann –«

Darlene ließ nicht locker. »Hab ich ihnen doch *gesagt,* natürlich hab ich gesagt, Pocatello.«

»Ja, also, *hinter* Pocatello, irgendwo dazwischen und Idaho Falls müssen sie abbiegen, weiß aber nich mehr genau, wo –« Er schlug auf die Thekenplatte. »Nein, jetzt weiß ich's wieder. In Blackfoot. Bei Blackfoot fahrt ihr von der Interstate runter und Richtung Nordosten nach Challis. Da is sowieso alles ausgeschildert: CHALLIS.« Er malte mit Daumen und Zeigefinger eine Hinweistafel in die Luft.

»Vielen Dank für Ihre Hilfe«, sagte Andi. »Ihnen beiden.«

»Fahrt aber bloß nich nach Idaho Falls rein.« Er klang streitsüchtig, als hätten sie ausdrücklich darauf bestanden, nach Idaho Falls zu fahren. »Und auch nicht auf die 28. Darlene wollte euch schon durch die Bitterroot und Beaverhead Mountains schicken.« Als hätte Darlene es drauf angelegt, ihre Reise um jeden Preis zu sabotieren. »Himmelarschundzwirn – oh, Verzeihung – wenn ihr so fahrt, seid ihr ja schon halb in Montana. Obwohl Montana auch 'ne Reise wert is. Habt ihr vor, nach Montana zu fahren? Also, Butte is wirklich ein schönes Städtchen –«

Jetzt, dachte Mary, war er zu einer imaginären Reise aufgebrochen, um mit ihnen allen gemeinsam durch Montana bis nach Kanada und von dort vielleicht geradewegs nach Alaska hinaufzufahren. Sie lächelte. Es machte Spaß, sich vorzustellen, wie sie alle vier dahinbrausten und sich über die beste Route stritten. *(»Let's take a boat to Bermuda. Let's take a trip to St. Paul.«)* Mary wurde plötzlich ganz traurig.

Andi sammelte ihre Landkarten ein und meinte, sie sollten jetzt aber losfahren. »Wir sind schon über eine Stunde hier«, flüsterte Andi, als wollte sie den Koch und die Kellnerin nicht verletzen, indem sie ihnen das Gefühl gab, ihr sei die Zeit mit ihnen zu schade. Sie winkte Darlene herüber.

»Lass mich nur schnell zusammenrechnen«, sagte Darlene, »ich bring's dir dann zur Kasse rüber.« Sie notierte sich etwas mit ihrem Bleistift, riss den Zettel von ihrem Rechnungsblöckchen ab und legte ihn auf den Tisch. »Mit der Route hat er wahrscheinlich Recht. Ich war erst einmal in Salmon oben, aber er war schon oft dort. War wirklich nett, mit euch zu reden.« Sie sah Andi und Mary nacheinander an. In ihren Augen und ihrer Stimme lag Wehmut.

Während sie an der Kasse zahlten (Darlene hätte auch am Tisch abkassieren können, hatte bei diesen Transaktionen aber offensichtlich ihr Ritual), beobachtete sie der Koch aufmerksam. Nicht, dass er der Kellnerin misstraut hätte, er wollte einfach mit dabei sein. »Hat euch der Kuchen geschmeckt?«

»Ich hab noch nie so eine gute Kokosvanillecreme gegessen«, lächelte Andi ihn an.

Als Mary nichts sagte, musterte er sie fragend. »Was? Oh, Entschuldigung, ja, äh, der war echt gut.« Obwohl für Mary ein Apfelkuchen wie der andere war, überlegte sie, was für ein besonderes Kompliment sie ihm machen könnte. »Der Teigboden war – wirklich mürbe!« Das war ein Küchenbegriff, den Rosella immer beim Teigbodenmachen benutzte. Es bedeutete *blätterig,* glaubte Mary. Sie war keine große Köchin, obwohl Rosella immer versuchte, sie fürs Kochen zu begeistern.

»Mein Geheimnis ist: Schweineschmalz statt Butter.« Er rollte zwinkernd den Zahnstocher im Mund herum.

Es klang irgendwie nicht sehr appetitanregend. Andi hatte ihr Wechselgeld eingesammelt und wuchtete den Rucksack über die Schulter. Unter ihrem Kuchenteller hatte sie bereits ein stattliches Trinkgeld für Darlene deponiert.

»Das Problem bei Butter ist, der Teig kann auseinander gehen und dann hat man einen zähen Boden.« Er zwinkerte weise und nickte.

»Das wusste ich gar nicht«, sagte Mary.

Andi stemmte ihren Rucksack höher auf den Rücken, bereit zum Gehen.

Darlene schaufelte das Wechselgeld aus der Kassenschublade. »Am besten nehmt ihr Herbs Route. Wenn er sich bei was auskennt außer Kochen, dann beim Salmon.« Sie knallte die Schublade zu und begann die Vierteldollarmünzen zu zählen. »Viel Glück, Mädels.«

Andi setzte ihren Rucksack wieder ab und starrte den Koch sprachlos an, als sähe sie ihn zum ersten Mal. »Meinen Sie etwa den Salmon River?«

»Vielleicht nich das *beste* Wildwasser in den Staaten, aber meine persönliche Nummer Eins«, sagte Herb. »Wer auf Wildwassersport steht, kommt am Salmon nich vorbei.« Er nahm den Putzlappen, den Darlene aus der Hand gelegt hatte, und begann die Theke abzuwischen. Er konnte schwer stillhalten.

Andi rutschte auf einen Barhocker. »Vielleicht nehmen wir doch noch eine Tasse Kaffee.« Sie sah Mary auffordernd an, die sich auf den Hocker neben ihr setzte, und lächelte Darlene an. »Wenn Sie nichts dagegen haben?«

»Ach, wo denkst du hin?« Erfreut stellte Darlene ihnen frische Tassen und Unterteller hin.

Nachdem er seine Thekenwischerei beendet hatte, warf Herb

sich den Putzlappen über die Schulter. »Gut, dass ich mein kleines Steckenpferd hab, hier gibt's ja sonst nich viel zu tun außer die Hügel anstarren oder im Reservat draußen mit den Rothäuten Bingo spielen – oh, Verzeihung, ich mein, mit unseren indianischen Mitbürgern.« Herb schlug die Augen zur Decke.

»Kennen Sie viele Leute in Salmon? Ich mein, wenn man viel Wildwassersport macht, lernt man sich ja wohl kennen.«

»Ja, na ja, in Salmon direkt nich, aber ich komm schon in Kontakt mit Leuten in der Branche.« Er musterte sie erstaunt. »Wieso? Habt Ihr Verwandte dort?«

»Ja, wir –«, begann Andi.

»Cousins«, sagte Mary gleichzeitig. »Die Breads.« Ihr Blick ruhte auf den Brotlaiben im Regal über den Gläsern. »Jim und Jerry Bread.« Sie spürte, wie ihr Hals bei der Lüge ganz heiß wurde. Wurde sie allmählich genauso schlimm wie Andi?

Er überlegte eine Weile. »Nein, an die kann ich mich nicht erinnern. Wo wohnen die denn ungefähr?«

»Äh, ich weiß nicht. Wir haben sie noch nie besucht.«

Andi lächelte. »Die wollen uns auf 'ne Raftingtour mitnehmen.«

»Habt ihr so was schon mal gemacht?«

Sie schüttelten die Köpfe.

Darlene lehnte zufrieden am Kuchenregal und genehmigte sich noch eine Zigarette. Rücksichtsvoll blies sie den Rauch in die andere Richtung. »Meine Güte, Herb, so oft, wie du schon in Salmon warst, hätte ich gedacht, du kennst jeden.«

»Also, jeden nich gerade«, gab Herb mit einem herzhaften Lachen zurück. »Aber die Veranstalter, die kenn ich schon.«

»Sie meinen, die die Bootstouren veranstalten?«

Er nickte. »Wir sagen *Floßtouren.* Wisst ihr was – da habt ihr den größten Spaß des Lebens vor euch. Weil ihr's noch nie gemacht habt, werden eure Cousins euch wahrscheinlich nich in die wildesten Stromschnellen mitnehmen. Aber ihr könnt euch ja hocharbeiten. Einmal hab ich Darlene rumgekriegt, dass sie mitfährt, und ihr hat's gefallen, stimmt's, Darlene?«

Darlene nickte. »Echt aufregend. Na, man braucht ja irgendwas, wenn man den ganzen Tag bloß hier rumhängt.«

Mary lächelte und überlegte wieder, was für eine Beziehung Herb und Darlene wohl genau miteinander hatten. »Wo kriegt man denn die beste Ausrüstung und so?«

»Oh, eure Cousins haben bestimmt 'ne Lieblingsfirma.«

Lügen ist ein ganz schön kniffliges Geschäft, dachte Mary. »Nein, die fahren gar nicht mit. Ich glaub, die haben es gar nicht so mit dem Rafting.«

Darlene stubste den Koch neckisch mit dem Ellenbogen. »Herb hat sogar ein Kajak.«

»Und ob. Zwei Jahre hab ich drauf gespart, hat sich aber gelohnt. Mann, und dann ab in die Schnellen um Hell's Canyon rum oder die Salmon Falls runtersausen - *juuuuhuuu!*« Er reckte die Faust in die Höhe.

»Hell's Canyon?«

»Das ist am Snake River, nicht am Salmon«, klärte Herb sie auf.

»Vielleicht haben Sie ja dort einen Freund von mir getroffen«, sagte Andi. »Der macht nämlich immer solche Fahrten und erzählt dauernd von Hell's Canyon. Er ist –«

»Schwer zu sagen, solche Fahrten machen ja viele. Das wird allmählich zu 'nem scheiß Touristenvergnügen – oh, Verzeihung, die Damen. Allerdings muss man aufpassen, von welcher Firma die Floßführer sind. In der Branche gibt's ne Menge Leute, die keine Ahnung haben. Viele sind grade mal frisch aus'm College und fahren Leute ins landesweit beste Wildwasser raus, der Salmon hat nämlich so ziemlich jeden Schwierigkeitsgrad zu bieten. Die sind dann nich so erfahren und gehn an die besten Stellen – oder die schlimmsten, je nachdem wie man's sieht.

Viele von denen wissen nich, wo schlimme Löcher sind oder Kehrwasser oder können die Schnellen nich richtig erkunden. Also rat ich euch, passt auf, von welcher Firma ihr euch den Salmon runterschippern lasst. Am zuverlässigsten is die Firma Wine. Harry Wine, also, wenn ihr *den persönlich* kriegen könnt, der is der Beste von allen.«

Mary konnte Andis schreckliche Frustration direkt spüren: Wie sollte sie nach einem Mann fragen, dessen Gesicht sie nicht vor sich sah und dessen Namen sie nicht wusste?

Andi hatte währenddessen ununterbrochen auf der Lippe herumgekaut. »Dieser Freund hat dunkle Haare, blaue Augen und ist etwa so groß wie Sie.«

Sie beschrieb den Fahrer des Pickup. Mary nahm an, er war der Einzige, den sie genau beschreiben konnte.

Herb brummte vor sich hin. »Na, kann schon sein, dass ich den gesehn hab. Gibt ja ne Menge Kerle, auf die die Beschreibung passt. Kommt da ein Lastwagen rein?«

Alle wandten den Kopf und sahen einen dicken Mann aus dem Führerhäuschen eines riesigen Lasters springen und aufs Café zusteuern.

»Gibt's noch was, Darlene?«

»Klar, wieso nicht?«, meinte sie gleichmütig.

Die Tür ging auf und der Fahrer kam herein, trat an den Tresen und setzte sich. Er wirkte erschöpft. Die vier musterten ihn, als sei er der Schauspieler mit der entscheidenden Rolle für den Ablauf ihres Stücks. Mary musste an den Film *Der versteinerte Wald* denken.

Er zog eine Speisekarte aus der Aluminiumklammer und sagte (mehr zu sich selbst als zu dem Koch oder der Kellnerin): »Na, was ham wir denn da?«

Alle schienen gespannt darauf zu warten, dass er den Rest seines Textes aufsagte.

»Wie wär's ganz einfach mit Schinken auf Roggenbrot – is ja noch zu früh fürs Abendessen – und ein Bud. Ham Sie Bier?«

»Sicher«, sagte Darlene. »Sagten Sie Bud?« Auf sein Nicken hin griff sie in den Kasten mit den alkoholfreien Getränken. »Kommt sofort.«

Der Koch musterte ihn, als hätte er hier noch nie einen Lastwagenfahrer gesehen, wie einen Exoten, einen Ausländer, ein Geschöpf von einem anderen Stern. Während er sich einen frischen Zahnstocher in den Mund schob, fragte er den Fahrer: »Was ham Sie denn geladen?« Er deutete mit dem Kopf in Richtung Parkplatz.

Der Fahrer legte eine scharfe Betonung auf die erste Silbe: »*Ze*-ment.« Alle sahen ihn immer noch erwartungsvoll an. Der Koch wollte gerade etwas sagen, überlegte es sich dann aber anders. Darlene machte ebenfalls den Mund auf zu einer Bemerkung, schloss ihn dann aber wieder.

Über Zement ließ sich nun mal nicht allzu viel sagen.

Der Koch schlurfte durch die Schwingtür in die Küche zurück. Darlene stellte dem Fahrer eine Flasche Bud und ein Glas hin. Das Glas ignorierend, nahm er die Flasche und trank einen tiefen Schluck. Darlene ging etwas unschlüssig zum Fenster hinüber und sah zu dem Laster hinaus wie zu einem neuen Faktor, der in eine Gleichung der Leere eingepasst werden musste.

Mary stellte sich neben sie. Der Laster war völlig weiß und erinnerte Mary an alte, abgefressene Knochen. Kein Warensymbol oder Firmenzeichen oder irgendetwas sonst wies auf den Herkunftsort oder das Ziel hin. Er stand riesig und geisterhaft da und verstärkte Marys Gefühl, sich in einem Schwebezustand zu befinden, wie ein Tropfen Öl in einem Wasserglas. Sie ging an die Tür und trat hinaus, in der Erwartung, das Land, der Horizont, der Highway würden ihren Realitätssinn wiederherstellen. Vergeblich. In welche Richtung sie auch blickte, abgesehen von den Autos, die sich leise die Interstate entlangbewegten, wurde ihre Sicht durch nichts behindert. In der Ferne schimmerten ein paar Wohnhäuser wie eine Fata Morgana in der Hitze. Die Einsamkeit, die sie spürte, schien von der Landschaft selbst hervorgebracht.

Darlenes Gesicht war vom Fenster verschwunden, und einen Augenblick später kam Andi mit beiden Rucksäcken bepackt heraus. Sie wollte fahren, meinte sie, und Mary war einverstanden. Bevor sie einstieg, öffnete Mary noch einmal die Fliegengittertür und verabschiedete sich von allen, selbst von dem Lastwagenfahrer.

Zwanzig Minuten später auf der Interstate wurden sie an einem abschüssigen Hang von dem skelettweißen Laster überholt, der mit der Hupe ein bisschen tutete und die Scheinwerfer ein bisschen tanzen ließ.

Mary fragte sich, wohin er mit dem ganzen Zement wohl fuhr.

23

Sie saßen, jede für sich, aufrecht in ihrem riesigen Bett und aßen mitgebrachte Pizza. Der Neon-Wasserfall des Riverside-Motels hinter Pocatello hatte sie angelockt. Als sie sich in dem Zimmer häuslich niedergelassen hatten und Pizza holen gingen, hatten sie den Fluss entdeckt und festgestellt, dass er auf dem Neonschild viel hübscher war.

Trotzdem war Mary froh, dass sie endlich in einem Motel abgestiegen waren. Es hatte nichts mit Andis Fahrkünsten zu tun – die sich im Laufe dieser Hunderte von Meilen kaum verbessert hatten –, sondern damit, dass sie beim Anblick eines Streifenwagens oder sonstigen Polizeiautos jedes Mal fürchtete, rechts heranfahren zu müssen. Andi behauptete, sie leide unter Verfolgungswahn, worauf Mary entgegnete, dazu hätte sie ja wohl allen Grund: Es *war* ein Regierungsbeauftragter gewesen, den sie mit Stacheldraht an einen Baum gefesselt hatten. Es *war* ein Hubschrauber gewesen, der da am Himmel gekreist war und dessen Pilot sie womöglich gesehen hatte.

»Du weißt doch gar nicht, ob der Hubschrauber überhaupt was mit dem alten Bob zu tun hatte, diesem angeblichen Regierungsbeauftragten.«

Mary biss wieder von ihrer Pizza ab. »Nein, das Gegenteil weiß ich aber auch nicht.« Sie durchbiss mehrere übereinander liegende Peperonischeiben und überlegte. »Angeblich? Du meinst, er war gar kein Regierungsbeauftragter?«

Andi zuckte die Achseln. »Mir wird ganz schummrig bei dem Gedanken, dass die U.S.-Regierung jemand für so was zahlt.«

Mary schüttelte den Kopf. Sie betrachtete das gewalttätige Geblödel in einem Fernsehtrickfilm, zappte zwischen den Sendern hin und her und blieb dann bei einer Nachrichtensendung hängen.

Beim Betrachten der Nachrichten meinte Andi: »Kannst du dich erinnern, ob du mich da mal gesehen hast? Ich mein, als Vermisste?«

Mary überlegte. Sie wollte nicht gern Nein sagen. »Ich kann mich einfach nicht mehr erinnern. Aber ich guck sowieso nicht viel fern und Rosella auch nicht. Nach mir kannst du also nicht gehen.« Es war furchtbar traurig. Hatte niemand nach Andi gesucht?

Andi trennte noch ein Stück Pizza von der restlichen Hälfte in der Schachtel ab und verspeiste es, dabei wippte sie mit den Zehen hin und her wie ein Metronom. »Die können uns wahrscheinlich nicht alle im Fernsehen bringen, uns Vermisste.«

»Was ist mit Milchpackungen? Du weißt schon, auf denen sie immer Fotos von Vermissten bringen.«

Andi hörte auf zu essen und musterte sie neugierig und hoffnungsvoll. »Glaubst du, du hast mich auf so einer gesehen?«

Wieder hätte Mary gern gelogen und Ja gesagt, begnügte sich jedoch mit: »Ich trink nicht so viel Milch.«

»Ach so.« Andi nickte resigniert.

Mary merkte, wie sie allmählich eindöste und schüttelte sich wieder wach. Sie sollte Andi eigentlich besser helfen können, denn sie zweifelte keinen Augenblick daran, dass Andi (wie sie selbst, als ihre Eltern gestorben waren) sich verloren vorkam. Andi wusste nicht einmal, ob ihre Eltern noch lebten. Oder ob sie noch Geschwister hatte. Oder in welcher Stadt sie wohnte und wie ihr Haus aussah. Nichts. Andi hatte keine Vergangenheit. Ihr war alles gestohlen worden. Mary merkte, wie sie wieder anfing zu dösen, dann aufwachte und sich zum ersten Mal fragte: Ist es tatsächlich passiert? Bis zu diesem Moment hatte sie den Wahrheitsgehalt von Andis Geschichte nie in Frage gestellt. Zwar glaubte sie nicht, dass sie erfunden war. Ganz bestimmt war Andi davon überzeugt, dass das, was sie behauptete, auch passiert war.

Doch dann fiel Mary (voller Erleichterung) wieder ein, dass es ja eine Zeugin gab, die alles bestätigen konnte: Patsy Orr. Patsy Orr konnte zwar nicht jedes Detail an Andis Geschichte bestätigen, die Echtheit von »Daddy« aber sicher bezeugen. Er war *tatsächlich* in die Pension zurückgekommen und ausgerastet, als er feststellte, dass sie weg war. Auf welche Weise hätte Andis Phantasie von diesen grundlegenden Tatsachen abweichen können? Dr. Anders hatte sich gefragt, ob »Daddy« *tatsächlich* ihr echter Vater war. Nein, konnte er gar nicht sein. Ein Vater hätte als Erstes die Polizei geholt oder (wie Andi gesagt hatte) sie in ein Krankenhaus gebracht. Außerdem hatte die Frau in Cripple Creek mit einem Mann Blackjack gespielt, der aussah wie der Fahrer des Pickup. Aber das war ein schwaches Glied in der Beweiskette. Trotzdem – falls »Daddy« existierte, bestand kein Grund, am Rest der Geschichte zu zweifeln. Die Geschichte schien manchmal schlicht absurd, manchmal auf grausige Weise real.

Andi bewegte sich, zwinkerte, bis sie wieder wach war. »Ich bin eingeschlafen. Wie lang hab ich geschlafen?«

»Vielleicht fünf Minuten. Reg dich doch deswegen nicht auf.«

Andi aß an dem Pizzastück weiter, das sie immer noch in der Hand hielt.

»Pass auf«, sagte Mary. »Wir können ja morgen früh nach Salmon –«

»Hmm, hmm.«

»Ich will ja nichts sagen, aber –«

Andi sah sie abwartend an.

»Was… was ist, wenn er dort nicht ist? Wenn wir ihn nicht finden? Was machen wir dann?«

Jetzt hatte Andi die Fernbedienung in der Hand und zappte wieder durch die Programme. »Weitersuchen.«

Es war zum Verzweifeln! »Andi, wenn du dir nicht sicher bist, wie er aussieht und seinen Namen nicht kennst, wie willst du ihn dann finden?«

Andi entschied sich für eine Krankenhaus-Serie. »Erinnerst du dich an den Pickup-Fahrer? Mel erinnert sich jedenfalls an ihn.«

»Du meinst, *irgendjemand* mit schwarzen Haaren und blauen Augen war an beiden Orten. Das muss nicht heißen, das es derselbe ist. Nach Cripple Creek kommen viele.«

»Inklusive C. R. Crick. Den hast du vergessen.« Andi legte den Rest des Pizzastücks in die Schachtel zurück, stand vom Bett auf und ging ins Bad. Mary hörte Wasser laufen und Andi fragen: »Hast du Lust auf einen Spaziergang?«

»Einen *Spaziergang?* Bist du nach der langen Fahrt denn nicht müde?«

Andi kam heraus und zog sich die Jeans hoch. »Drum will ich ja spazieren gehen. Wir haben zwölf Stunden gesessen. Wir können uns doch den Fluss angucken. Komm doch.«

Da es sich eher nach einer inständigen Bitte als nach einem Befehl anhörte, stand Mary auf und erklärte sich verdrossen bereit.

Der Fluss war ziemlich mickrig. Es musste sich um das untere Ende oder den oberen Anfang irgendeines Zustroms handeln, der sich in einen großen Fluss wie den Salmon oder den Snake ergoss. Oder vielleicht war es auch bloß ein toter Wasserlauf, in den die Leute leere Dosen und Plastikhüllen, Zigaretten und Hamburgerpackungen warfen.

Das alles schwamm an ihnen vorbei, während Andi und Mary mit verschränkten Armen hinter dem Motel standen und auf den Fluss sahen. Das Wasser plätscherte nicht über Steine, sondern tröpfelte mühsam dahin. Wenn Flüsse eine schäbige Seite hatten, dann war sie hier zu sehen.

Ein aufgeweichtes Zigarettenpäckchen schwamm vorbei. »Hier schmeisst jeder seinen Dreck rein«, sagte Mary.

Andy nickte. Eine Zeit lang standen sie da und sahen auf den schmalen Streifen Wasser, bevor Andi sagte: »Es ist wie ein Traum, nicht wahr? Erst zwei Tage, und schon sind wir in Idaho.«

Es wurde wieder still. Mary sagte: »Hast du den Film gesehen?«

»Welchen Film?«

»My Private Idaho.«

Erst antwortete Andi nicht. Nach einer Weile sagte sie leise, fast als schämte sie sich: »Weiß ich nicht.«

Mary hätte sich am liebsten die Zunge abgebissen. »Ach, hab ich ganz vergessen. Tut mir Leid.«

»Worum geht's darin?«

»Um zwei Jungs, die sich in Idaho begegnen. Der eine ist reich. Der andere hat Narkolepsie.«

Andi sah sie verständnislos an. »Was?«

»Narkolepsie. Der schläft andauernd ein. Sogar im Stehen schläft er einfach ein und sinkt zu Boden. Das ist so eine Art Krankheit.« Es war eine Art Krankheit, die sich Mary manchmal sehnlich wünschte, wenn Rosella ihr wieder mal die Leviten lesen wollte. »Der andere, der reiche, hat mich an den Prinz erinnert in –« Der Name fiel ihr nicht gleich ein. »In dem Shakespeare-Stück, einem von den historischen Stücken. An Shakespeare erinnerst du dich doch?«

»Na, klar«, entgegnete Andi verstimmt.

»Na, ich frag ja bloß, an *My Private Idaho* erinnerst du dich nämlich nicht.« Mary beobachtete eine zerdrückte Bierdose, die sich, ihres Budweisers entledigt, an einer Wurzel im Wasser verfangen hatte. Sie musste an den Lastwagenfahrer denken. »Ich frage mich, wieso du dich an manche Dinge erinnerst und an andere nicht.«

»Weiß ich auch nicht. Aus dem gleichen Grund, weshalb ich weiß, was Ski fahren ist und die Tiernamen kenne und Auto fahren kann. Keine Ahnung warum.«

Einen Kommentar zum Auto-fahren-Können verkniff sich Mary geflissentlich.

»Lest ihr in der Schule etwa Shakespeare?« Andi schien überrascht.

»Na, es ist immerhin die High School.« Sonst fühlte sich Mary wegen ihres Alters oder in welcher Schulklasse sie war eigentlich selten angegriffen. Wahrscheinlich war sie eifersüchtig auf Andi, weil die schon siebzehn oder achtzehn war. Herrje, wie kindisch, jemanden zu beneiden, der das durchgemacht hatte und sich an so wenig erinnern konnte. Sie grübelte noch ein

Weilchen, dann fiel ihr der Name plötzlich ein. »Prinz Hal! So wie der war der andere, der Reiche. Der hat mit Geld um sich geschmissen, ist in schlechte Gesellschaft geraten, war so eine Art Playboy. Sein Vater hat ihn zusammengestaucht und gesagt, er sei sehr enttäuscht von ihm und dächte gar nicht dran, so einem Luftikus alles zu vererben. Dabei merkte er nicht, dass der das alles aus einem ganz bestimmten Grund getan hat, genau wie Prinz Hal. Der Vater wollte ihn enterben. Klingt wie König Heinrich. Wie einer von diesen Heinrichs.«

»Und was war der Grund?«

Mary schüttelte den Kopf. »Keine Ahnung. Das kam, glaub ich, auch im Film nicht ganz klar raus.«

»Eine komische Geschichte. Einer, der immer einschläft, und der andere wie ein Prinz bei Shakespeare. Wirklich ein komisches Gespann.«

»Prinz *Hal.*« Mary ärgerte sich, dass Andi nicht genau aufpasste. Immerhin informierte Mary sie gerade über ihr Leben, oder nicht? Sozusagen. Nachdem sie den Film gesehen hatte, war Mary ziemlich lang in Keanu Reeves verknallt gewesen. Das würde sie aber keinem verraten. Sie fragte sich, ob Andi einen Freund hatte oder mehrere. Bestimmt, ein Mädchen mit ihrem Aussehen. Und darüber hinaus superschlau. Und sehr unabhängig. Ob sie das aber schon gewesen war, bevor ihr das alles passiert war? Schwer zu sagen. Jedenfalls mochten Jungs keine so unabhängigen Mädchen. Mit Klassenbesten wollten sie sich nicht abgeben. Bloß ein Junge, der selbst auch Klassenbester war, hätte es *vielleicht* toleriert, aber in ihrer Klasse kannte sie keine Schüler mit Supernoten. Momentan störte es sie nicht besonders, aber was war später? Wenn sie in der Abschlussklasse war? Oder nach der Abschlussprüfung? Was war dann? Vor anderen würde sie höchst ungern zugeben, dass sie sich darüber Sorgen machte. Über Keanu Reeves war sie relativ schnell hinweggekommen, da er sie nicht mit seiner körperlichen Gegenwart marterte.

Auf einmal schien Andi, die einfach so mit hinter dem Rücken verschränkten Armen dagestanden hatte, zu Boden zu sinken, und es war, als sähe Mary den Jungen mit Narkolepsie plötzlich einschlafen. Aber Andi weinte, die Arme um die hochgezogenen Beine verschränkt, die Stirn auf den Knien. Es war, als sähe man eine Statue weinen. Andi war so stark, dass sie gegen Tränen immer gefeit zu sein schien. Mary kniete sich neben sie und legte ihr den Arm um die Schultern.

Andi schluchzte. »Ich bin Niemand. Von Nirgendwo.«

Jemanden so reden zu hören, der ihr immer so ausgeglichen und pfeilgerade vorgekommen war, so direkt und unerschütterlich auf ein Ziel gerichtet, erstaunte Mary. »Hör mal zu«, sagte sie, »du kannst dich eben einfach nicht *erinnern*. Das gibt sich wieder, du wirst schon sehen.« Andis Haar hing ihr wirr über Arme und Rücken, und Mary raffte es wie einen Blumenstrauß zusammen und hielt es nach hinten, mit der anderen Hand strich sie es glatt. Es war immer eine so tröstliche Geste, wenn einem jemand über die Haare strich. Sie erinnerte sich vage, dass es bei ihr jemand gemacht hatte – ihre Mutter oder vielleicht ein Kindermädchen. Sie sagte: »Du erinnerst dich doch noch an eine ganze Menge Sachen: zum Beispiel an Tiere. Du wusstest, dass es ein Kojote war und was ein Regierungsbeauftragter ist. Du hast dich an Shakespeare erinnert. Und wie man Auto fährt.« An dem letzten Satz hätte sie sich fast verschluckt.

Andi, die nicht aufgeblickt und sich nicht bewegt hatte, weinte inzwischen nicht mehr, und Mary wusste, dass sie ihr zugehört hatte. Nach einer Weile hob sie ihr Gesicht und wischte sich mit den Händen darüber. Seufzend blickte sie zum Fluss hinunter. »Vielleicht wird das hier *unser* Idaho.«

»*Private* Idaho«, versetzte Mary. »Unser *Private* Idaho.«

24

Nach einem üppigen Frühstück in einem Restaurant in der Stadt saßen sie wieder im Wagen. Sie fuhren an Ranchhäusern und gepflegten Villen hinter großen Toren vorbei, die die Luft geradezu mit der Farbe von Geld zu tönen schienen. Mary, die am Steuer saß, entdeckte Namen wie »El Lobo«, »O.K.O. Ranch« und »Big Bear«. »Meine Güte«, sagte sie, »das sieht hier aber nach Reichtum aus!«

Sie war überrascht, als ihr Andi die Hand auf die Schulter legte und sagte, sie solle zurückfahren. »Zurückfahren? Wieso?«

»Der Hund? Hast du denn den Hund nicht gesehen?«

Mary legte den Rückwärtsgang ein und bog in eine kleine Verkehrsbucht ein, wo sie wenden konnte. Sie fuhren ein Stück zurück, bis Andi »Stopp« sagte. Mary steuerte den Wagen von der Straße weg auf eine grasbewachsene Bankette. Haus und Grundstück auf dieser Seite lagen hinter einer dicken Backsteinmauer mit einem schmiedeeisernen Eingangstor. Ein schwarzer Kasten mit Sprechanlage war anscheinend die einzige Möglichkeit, sich Zutritt zu verschaffen.

Der Hund war offenbar ein Labrador, dessen wunderschönes, schokoladenbraunes Fell sich über dem hervortretenden Brustkorb aber bedenklich spannte. Auf dem Boden auf der anderen Seite des Tores stand eine Schüssel mit Wasser, aber nichts zu fressen. Als der Hund sie näher kommen sah, rappelte er sich zum Sitzen auf und wedelte mit dem Schwanz. Um den Hals trug er ein schweres Halsband, das an einer schweren Leine befestigt war. Jetzt erst merkte Mary, dass es gar keine Leine war, sondern ein kurzes, in der Mauer verankertes Stück Kette. Kette und Halsband waren mit einem kleinen Schloss verbunden.

Erschrocken wandte Mary den Blick von seinem Brustkorb und mageren Rückgrat. Der Hund war offensichtlich am Verhungern. Aber noch schlimmer war, dass man den Hund offensichtlich mit Absicht verhungern ließ.

Andi kniete sich neben das Tor und streckte den Arm durch die Gitterstäbe. Als sie mit der Hand über sein Fell fuhr, klopfte der Hund rhythmisch mit dem Schwanz. Mary inspizierte das Kettenstück vom Halsband bis zur Mauer: knapp zwei Meter.

»Die Kette lässt sich nicht abmachen, Andi. Der arme Hund würde aber sowieso nicht durchs Tor passen, wenn du das im Sinn hattest.«

»Ich weiß. Dann müssen wir eben den Schlüssel beschaffen.«

»Was? Wie denn?«

»Lass mich mal überlegen.« Still blieb sie neben dem Hund sitzen, der seine Schnauze durch die Stäbe gesteckt hatte und versuchte, ihr Gesicht abzulecken. Das fand Mary an Tieren immer wieder so erstaunlich. Egal, wie schlecht man sie behandelte, sie waren trotzdem treu. Nicht alle vielleicht, aber die meisten. Der hier auf jeden Fall.

»Du hast doch den schwarzen Mantel dabei, oder? Kannst du den mal holen?«

Mary sah auf dem Rücksitz nach und fand ihn. »Hier. Wofür brauchst du den?«

»Für mich.« Andi zog den Mantel an, schnallte den Gürtel eng und begann ihre Jeans auszuziehen. »Damit seh ich zu jung aus, nicht offiziell genug. Hast du vielleicht ein Band da?«

»Nein. Was meinst du mit ›*offiziell*‹?«

»Gibt's denn nichts, womit ich mir die Haare zusammenbinden kann? Einen Schnürsenkel.« Sie fand ein Paar Schuhe mit Schnürsenkeln, zog einen heraus und band ihr Haar hinten zusammen.

Inzwischen hatte sich Mary hingekniet, um den Hund zu

streicheln. »Im Auto ist Hundefutter. Das hab ich immer dabei, für alle Fälle. Sollen wir ihm was geben?«

»Ja, aber bloß ein bisschen. Sein Magen verkrampft sich womöglich, bis er dran gewöhnt ist, dass was drin ist.« Andi hatte in ihrem Rucksack herumgekramt und ein Plastikdöschen mit Make-up gefunden. Sie saß im Wagen und trug Lidschatten auf. Dazu benutzte sie den Spiegel in der Sonnenblende.

Mary ging nach hinten zum Kofferraum, klappte ihn auf und holte die Tüte Science Diet hervor, Trockenfutter. Sie fand es irgendwie grausam, dem armen Geschöpf bloß ein bisschen zu geben. Doch sie gehorchte und sparte etwas für den zweiten Gang auf. Der Labrador fraß die Hand voll Brocken auf einmal auf und sah sie gleich wieder hoffnungsvoll an.

»Na, wie seh ich aus?«, wollte Andi wissen. »Wirke ich jetzt älter?«

Das Make-up hatte sie völlig verwandelt. Sie sah sechs Jahre älter aus, aber seltsamerweise auch wie ein Schatten ihrer selbst. Als hätten Lippenstift und Wimperntusche etwas weggenommen und ihr gleichzeitig eine künstliche Schönheit verliehen. Mary sagte: »Du siehst aus wie Mitte Zwanzig.«

Zufrieden trat Andi an die Sprechanlage und drückte auf den Knopf. Eine höchst abweisende Stimme ertönte vom anderen Ende, eine ziemlich heftige weibliche Stimme, die nach dem Begehr des Besuchers fragte und es offenkundig darauf anlegte, draußen vor dem Tor Stehende auch draußen stehen zu lassen.

»Ich bin vom Tierschutzverband. Ich komme wegen dem Hund.«

»Scheiße«, hörte Mary die Frau lautlos sagen, dann: »Ähm, mein Mann ist aber gerade nicht da.«

Das, dachte Mary, vereinfachte die Sache. Schwierig genug, die waghalsige Nummer mit einem der Hundebesitzer durchzuziehen, geschweige denn mit beiden.

»Ich weiß. Er sagte mir aber, Sie würden sich drum kümmern.«

Schweigen. Ein Seufzer. »Kommen Sie rein.« Der Summer ertönte. Das Tor ging langsam auf.

»Okay«, sagte Andi, »du bist jetzt meine Assistentin.«

Mary gab dem Labrador noch ein paar Bröckchen und sagte, sie wären gleich wieder zurück. Dann schwang sie sich auf den Beifahrersitz und Andi gab Gas. Der Wagen krängte gleichsam durch das inzwischen weit offen stehende Tor.

»Was willst du ihr denn sagen?«

»Dass sie uns den Hund geben soll.«

»Was? *Was?* Und selbst wenn sie's macht, was fangen wir dann mit ihm an?«

»Uns wird schon was einfallen«, sagte Andi.

Das Haus war groß und massig, viel größer, als es vom Tor aus gewirkt hatte. Mary war bloß froh, dass sie von keinem Butler empfangen wurden. Eine Frau in einem langweiligen grauen Kleid machte ihnen die Tür auf. Sie bot an, Andi den Mantel abzunehmen. Andi lehnte dankend ab, sie würden nicht lange bleiben.

Andi schien von einem Gemälde über dem Marmortisch in der Eingangshalle schwer beeindruckt. Für Mary war es bloß eins von diesen nichts sagenden Werken: Obstschale auf spitzenbesetztem Tischtuch. Auf dem Tisch unter dem Gemälde stand ein silbernes Tablett für Post und Visitenkarten. Gab es tatsächlich Leute, die so lebten?, fragte sich Mary. Es war wie eine Festung, die einen abschrecken sollte, sie zu betreten. Wie konnte man sich in so einem Domizil mit dem Rest der Welt verbunden fühlen? Ihre eigenen Eltern hatten reichlich Geld gehabt, weswegen es ihr und ihrer Schwester an nichts gefehlt hatte, und davon lebten sie und Rosella jetzt noch. Eigentlich hatte sie nie viel haben wollen. Doch sie hatten in Manhattan in einer großen

Wohnung gelebt und wenigstens den Türsteher und die Liftboys gekannt.

Die Dame im grauen Kleid bat sie, kurz zu warten, sie werde »Madame« ihre Ankunft melden. Während Andi das Gemälde betrachtete, überlegte Mary, wieso ihre Ankunft angekündigt werden musste, nachdem Andi vor kaum drei Minuten mit »Madame« gesprochen hatte. Die Stimme aus der Sprechanlage hatte jedenfalls nicht dieser grau gekleideten Person gehört. Na ja, so geht's eben zu bei reichen Leuten. Es gab Rituale, die befolgt werden mussten, Formalitäten, die zu beachten waren, damit man von einer Stufe zur nächsten gelangen konnte.

Die Frau, die sie hereingelassen hatte, war wieder da und bat sie mit ausgestrecktem Arm, ihr zu folgen.

Mary kam zu dem Schluss, dass es sich um die Haushälterin handelte.

Andi vertat keine Zeit damit, sich vorzustellen und sagte, es täte ihr Leid, so »hereinzuplatzen« und wenn »wir« den Hund einfach mitnehmen könnten, wären »wir« in fünf Minuten wieder verschwunden. »Tut uns Leid, dass unser Besuch so überraschend kommt, Mrs. Silverstone.«

Mrs. Silverstone? Wie um alles in der Welt kam sie denn darauf? Aber natürlich, die Briefe oder Visitenkarten oder beides. Mrs. Silverstone stand neben einem wunderschönen, champagnerfarbenen Sofa – einem von zwei identischen Exemplaren – und hielt sich an ihrem Drink fest, während Andi ihr die Hand hinstreckte. Mrs. Silverstone nahm den Drink einfach in die andere Hand. Sie hatte nicht die Absicht ihn abzustellen. An ihren Händen prangten schwere Ringe – Platin, Gold, Türkis und Brillanten. Sie bot ihnen nicht an, Platz zu nehmen, und blieb selbst auf ihren etwas unsicheren Füßen stehen. Das Whiskyglas in ihrer Hand enthielt etwa zwei Fingerbreit eines strohfarbenen harten Getränks. Denselben Farbton hatte ihr Haar, das sorgfältig so zurückgekämmt war, dass es ihr wie eine Krone auf dem Kopf saß. Ihr Gesicht unter dem Make-up und der gelangweilten Miene war ziemlich hübsch, doch fehlte ihm vermutlich seit jeher jene exakte Klarheit, die hohe Wangenknochen ihm verliehen hätten. Im Gegensatz zu dem Hund dort draußen fehlte es Mrs. Silverstones Gesicht an sichtbarer Knochenstruktur.

»Was soll denn das alles?« Ihre Stimme war gedehnt, melancholisch, während ihr Blick von Andi zu Mary glitt. »Du siehst mir aber nicht so aus, als wärst du schon alt genug zum Arbeiten.« Sie deutete mit einem Kopfnicken auf Mary.

»Sie ist noch in Ausbildung«, entgegnete Andi.

»Ach ja?«, sagte Mrs. Silverstone und hob sarkastisch die Augenbrauen. Sie stemmte die Hand in die Hüfte und trank die zwei Fingerbreit vollends aus. Ihr zweiteiliges blaues Kleid, das in der Taille klemmte und sich über den Hüften bauschte, war so altmodisch, dass es – wie die Hochfrisur – schon wieder eine gewisse Note besaß. Mrs. Silverstone verfügte über dieses festungsartige Haus, die Dame in Grau sowie zweifellos weitere Bedienstete, schaffte es aber nicht, sich aufrecht zu halten. »Ich hab ihm gesagt, früher oder später kommt jemand von euch.« Sie trat an ein Tischchen hinüber, das als kleine Getränkebar fungierte. »Einen Drink?« Sie erhob ihr Glas und klunkerte einladend mit den restlichen Eiswürfeln. Als Andi und Mary ablehnten, fuhr sie fort: »Hiermit verkünde ich, dass ich von den Anonymen Alkoholikern vier Pluspunkte gekriegt habe. Ich bin Alkoholikerin auf dem Wege der Genesung.« Sie hielt ihren frisch eingeschenkten Drink hoch. »Das da hilft mir bei der Genesung.«

Mary lächelte. Mrs. Silverstone gefiel ihr, trotz der Sache mit dem Hund. Mary konnte sich denken, dass die Frau womöglich sogar leisen Protest gegen die Art und Weise eingelegt hatte, in der ihr Mann mit dem Hund umsprang. Doch war der Protest vermutlich nur so stark wie ihr letzter Drink.

Andi erkundigte sich, wann Mr. Silverstone denn nach Hause käme. Vielleicht nie, war Mary erfreut zu hören.

»Wer weiß? Das lässt sich bei ihm nicht in Stunden oder sogar Tagen messen. Da heißt es eher: In welcher Woche wird er hier sein? In welchem Monat? Einmal war er fast ein Jahr lang weg, und keiner hat's gemerkt. Der Hund da unten – also, die Hundehütte ist abgebrannt. Ich muss zu meiner Schande gestehen, es war meine Schuld, ich hab eine Zigarettenkippe weggeschmissen und schon war's passiert. Jedenfalls beschloss er dann, ihn an der Auffahrt festzuketten. Die kleinen Rationen? Das ist sein Werk. Netter Kerl, was?«

Mary fragte: »Aber warum denn? Wieso will er den Hund aushungern?«

»Wieso? Weil er ein Scheißkerl ist. Wenn er kein *reicher* Scheißkerl wäre, wäre ich hier schon längst auf und davon. Aber nachdem er sowieso die meiste Zeit weg ist, ist es nicht so schlimm.« Sie ging auf das champagnerfarbene rohseidene Sofa zu und nahm eine silberne Dose von dem marmornen Beistelltischchen. »Zigarette?« Die schweren Armbänder glitten ihr am Handgelenk auf und ab, als sie erst die Dose, dann das Feuerzeug nahm.

»Na, ihr trinkt nicht, ihr raucht nicht. Lesen tut ihr wahrscheinlich auch noch. Er war früher mal Prediger, ob ihr's glaubt oder nicht. Hat seinen Anhängern mit Fegefeuer und Verdammnis gedroht. Stand auf der Bühne und brüllte und hatte diese Leute alle völlig in der Hand. Und ich kann hier nicht mal ein verdammtes Glas in der Hand halten.« Auf eines der beiden identischen Sofas deutend, sagte sie: »Na, los, Mädels, setzt euch. Ich krieg sonst nicht viel Gesellschaft.« Sie ließ sich behutsam auf dem zweiten Sofa nieder. »Also, passt auf. Ich hab ja versucht, mit dem Hund was zu machen. Ihr fragt euch sicher, wieso ich nicht einfach ans Telefon gegangen bin und den Tierschutzverband angerufen hab? Weil er es erfahren hätte, deshalb. Die Bediensteten – diese Mrs. Danvers, die euch reingelassen hat, der Chauffeur, die Köchin – die stehen doch alle bei ihm ›in Lohn und Brot‹, wenn ihr wisst, was ich meine. Seine Spione. Buck, mein Göttergatte, hat sogar die Telefone verwanzen lassen – nicht wegen mir oder was ich tun könnte, sondern weil's eine Menge Leute gibt, die es liebend gern sähen, dass er ein für alle Mal den Löffel abgibt. Ich hab ihm gesagt, eines Tages kommen sie und schließen ihm seinen kaputten Laden –«

Andi beugte sich gespannt vor. »Laden?«

Überrascht hob Mrs. Silverstone ihre wohlgepflegten Brauen. »Na, die Kämpfe natürlich.«

Als die beiden sie verständnislos anblickten, sagte sie: »Soll das heißen, ihr seid gar nicht wegen der verdammten *Hundekämpfe* hier?«

Sogar Andi fiel es schwer, sich zusammenzureißen. Also sprang Mary ein: »Doch, mehr oder weniger schon, aber besonders wegen dem Hund dort unten an Ihrem Tor. Soll das heißen, der Hofhund hat etwas mit dem Unternehmen Ihres Mannes zu tun?«

Mrs. Silverstone stieß ein kurzes bellendes Gelächter aus. »Na, ich hätte euch Mädels jetzt für so schlau gehalten, dass ihr euch das zusammenreimen könnt. Der Hund ist für die *Kämpfe*, Menschenskind. Das ist das Hobby von meinem Göttergatten.« Ihr Lächeln wurde breiter. »Und das habt ihr nicht gewusst, und jetzt hab ich die ganze Sache verraten. Das ist ja heiter. Aber ich werd's ihm natürlich nicht sagen, wenn ihr's ihm nicht sagt.«

Mary musterte sie ungläubig. Andis Gesicht glich einer starren Maske, einer Eisskulptur.

Mrs. Silverstone schüttelte den Kopf. »Schwer zu glauben, dass der Tierschutzverband von den Kämpfen nichts weiß. Bis das arme Vieh in den Ring kommt, weiß Buck, dass er verliert und setzt sein Geld auf den anderen Hund.«

»Er ist aber doch so dünn«, wandte Mary ein. »Wer ist denn so dumm, auf ihn zu wetten?«

Mrs. Silverstone stieß wieder ihr bellendes Gelächter aus. »So *dumm*? Bei den Typen, die auf solche Kämpfe stehen, gibt's für Dummheit keine Obergrenze, Schätzchen.« Sie sah zu Andi hinüber. »Wisst ihr was, für zwei Mädels, die beim Tierschutzverband arbeiten, habt ihr nicht gerade viel Ahnung.«

Andi und Mary wechselten einen Blick. Nach ein paar Sekunden Schweigen sagte Andi: »Tun wir gar nicht. Die Geschichte war bloß erfunden, damit Sie uns reinlassen.«

Mrs. Silverstone drückte ihre Zigarette aus und erhob sich. »Na, wie ich das wohl erraten hab?« Heftig zurrte sie das eng geschnittene Oberteil ihres Kleides zurecht, nahm ihr Glas und ging wieder an das Getränketischchen hinüber. Sie schenkte sich Scotch mit etwas Wasser ein und gab Eiswürfel dazu.

Mary sagte: »Wir mussten Sie unbedingt wegen dem Labrador da draußen sprechen. Tut mir Leid, dass wir Sie täuschen wollten.«

Mrs. Silverstone trat wieder zu ihnen. »Du meine Güte, entschuldigt euch bloß nicht. Ich kenn niemand, der auch nur halb so einfallsreich wäre wie ihr zwei.«

Andi fuhr sich mit der Hand durchs Haar, als hoffte sie, sich durch dessen veränderte Anordnung besser tarnen zu können. »Wir sehen wohl nicht ganz danach aus.«

»Ach, *das* ist es nicht. Sondern mein Name. Ich heiße nicht Mrs. Silverstone.« Ihre Augen blitzten vor Belustigung über das Ganze. »Mein Name ist Follett.«

Andi war über diese Mitteilung so verstört, dass sie die Briefe auf dem Tisch in der Eingangshalle erwähnte. »Der Name steht aber auf den Umschlägen.«

»Die Post wurde irrtümlicherweise hier abgegeben. Ich heiße Marie Follett.« Sie lächelte und zwinkerte ihnen zu, als sei sie in die Scharade eingeweiht. »Also, *warum* seid ihr hier?«

»Wegen dem Hund«, sagte Mary mit einem Blick auf Andi, die zustimmend nickte. »Wir sind hier vorbeigefahren. Wir wollen den Hund zum Tierarzt bringen.«

»Das ganze Theater bloß wegen einem *Hund?*« Marie Follett schüttelte ungläubig den Kopf.

Andi sagte: »Aber den Schlüssel können Sie uns wohl nicht geben?«

»Ich hab ihn nicht. Keine Ahnung, wo er den aufbewahrt. Aber Moment mal.« Marie Follett stand auf und bewegte sich etwas unstet zur Verandatür, die auf einen kleinen Innenhof führte. Sie trat hinaus und war gleich wieder da, in der Hand irgendein schweres Gartengerät mit langen Haltegriffen. Sie schnippte ein paarmal damit. »Eine Gartenschere. Der Bursche, der hier den Garten macht, kriegt damit alles durch. Versucht's mal damit. Normalerweise gibt's immer ein schwaches Glied in der Kette. Buck ist zum Beispiel eines.« Sie lächelte. »Also, wie kriegen wir das jetzt an der Danvers vorbei?«

Andi stand auf und nahm die Gartenschere in Empfang. Sie stopfte sich das Gerät der Länge nach unter den Mantel und hielt es fest, indem sie es gegen ihren Körper presste. »Geht das so?« Sie blickte von einer zur anderen.

»Versuch mal, den Arm ein bisschen lockerer zu halten. Vielleicht steckst du die Hand in die Tasche – so. Sieht okay aus, solange niemand auf die Idee kommt, eine Leibesvisitation zu machen.«

Andi sagte: »Das ist wirklich nett von Ihnen, Mrs. Follett.«

»Marie, nenn mich Marie, schließlich sind wir Komplizinnen beim Hundediebstahl. Wenn ihr einen Tierarzt sucht, an der Route 93 ist einer, nennt sich Peaceable Kingdom – Reich des Friedens.«

Mary machte sich Sorgen über Maries Schicksal, die ja ihrem Gatten ausgeliefert war. »Aber wie wollen Sie sich denn bei

Ihrem Mann rausreden, wenn wir's schaffen, die Kette durchzuschneiden?«

Marie winkte lässig ab. »Bei dem? Bis der nach Hause kommt, hab ich mir ein Dutzend Ausreden ausgedacht, keine Sorge.« Marie zuckte gleichmütig die Achseln. »Vielleicht erzähl ich ihm einfach eure Geschichte. Ein paar Leute vom Tierschutzverband waren hier und haben den Hund anscheinend mitgenommen.« Sie zögerte. »Und dass er ein Verfahren an den Hals kriegt. Mit Tierquälerei kommt man heute nicht mehr ungeschoren davon. Und dass der Tierschutzverband ihn schon lang auf dem Kieker hat. Dann hört er vielleicht sogar auf, Hunde auszuhungern.«

Andi lächelte. »Danke, Mrs. Follett. Marie.«

»Ich bring euch an die Tür. Der Danvers sag ich schon was, damit sie zufrieden ist.«

Die drei durchquerten die marmorne Eingangshalle, wo die Haushälterin an einer gegenüberliegenden Tür Wache stand. Laut, damit die Haushälterin es hörte, sagte Marie Follett: »Hören Sie, sagen Sie Ihrem Büro, dass ich nichts damit zu schaffen habe und auch nicht dafür verantwortlich bin. Sondern er, Mr. Follett. Hier, ich mach Ihnen das Tor auf.« Marie drückte einen Knopf an einem Gerät an der Wand.

Die Haushälterin, die aussah, als hätte sie Maries Hand am liebsten von dem Gerät weggeschlagen, stand stocksteif, und ihre Augen musterten sie nacheinander missbilligend. Hätte sie Andi genauer unter die Lupe genommen, dann wäre ihr die steife Haltung aufgefallen und der Arm, den sie ausgestreckt an die Seite hielt.

Beim Abschied schüttelten sie einander nicht die Hände. Auf dem Vorplatz draußen wandten sie sich noch einmal um, doch die Tür war schon zugegangen. Mary sah, wie Marie, den Drink in der Hand, am Fenster stand, winkte und mit dem Mund lautlos Worte formte, die Mary aber nicht entschlüsseln konnte. »Wiedersehen« vielleicht oder »Viel Glück.«

Es gab *tatsächlich* ein schwaches Glied in der Kette, und zwar da, wo Halsband und Kette zusammengefügt worden waren.

»Lieber Gott«, flüsterte Mary. »Hat er die etwa angeschweißt, während der arme Hund *drinsteckte*?«

Verbissen hatte Andi es geschafft, die Scherenarme so um das schwache Kettenglied zu hebeln, dass keine Gefahr bestand, dem Hund in den Hals zu schneiden. »Wenigstens ist das Halsband nicht so eng.«

Mary warf einen Blick auf die Kieseinfahrt. In einiger Entfernung bemerkte sie einen Mann, der offenbar in ihre Richtung kam. »Mach schnell, da kommt jemand.«

»So!«, sagte Andi, als die Kette herunterfiel. Doch der Schnitt im Halsband war nicht groß genug, dass sie es ihm abstreifen konnten. »Jetzt aber weg hier.« Sie sah umher. Der Mann war immer noch recht weit entfernt. Sie trugen den Hund zwischen sich, der etwas benommen über seine Freiheit oder seine Befreierinnen zu sein schien, beim Anblick des Fressens auf dem Wagenboden, das Mary dort deponiert hatte, aber gern auf den Rücksitz ging. Andi schnappte sich den Fotoapparat, den sie auf dem Sitz hatte liegen lassen und schoss ein Foto.

Etwas genervt meinte Mary: »Jetzt hast du mich bloß von hinten drauf. Warte wenigstens, bis ich aufrecht stehe.«

»Wer sagt denn, dass es von dir ist?« Andi schob die Kamera in eine Manteltasche und fragte: »Wer fährt? Okay, ich.« Sie stürzten sich ins Auto, Mary und der Hund fielen wild übereinander auf den Rücksitz.

Die Gestalt in der Auffahrt war nun keine sechs Meter mehr vom Tor entfernt und schon fast draußen, als Andi Gas gab. Wer immer es war, er fing an zu schreien und mit der Faust wütend in die Luft zu boxen.

Peaceable Kingdom lag in einer Seitenstraße abseits der Route 93. Mary hätte gern gewusst, weshalb Tierärzte immer so weithergeholte Namen benutzten, um Haustierbesitzer davon zu überzeugen, dass ihre Katzen und Hunde von Leuten versorgt wurden, die von höherer Stelle berufen waren.

Es war ihnen gelungen, das Metallband vom Hals des Hundes zu entfernen, da es sicherlich Bemerkungen provoziert hätte, vor allem im Zusammenhang mit dem Gewichtsverlust des Tieres. Mary inspizierte den Hals, der an einigen Stellen ganz wund gescheuert war. Sie schüttelte den Kopf. Erstaunlich, dass der Hund so gut gelaunt war. »Warte mal, irgendwo hintendrin hab ich noch eine Leine.«

Während Mary sie holte, rief Andi: »Für wen denn?«

»Für Sunny.« Mary wühlte im Kofferraum herum, wo sie normalerweise die Werkzeuge aufbewahrte. Sie ging wieder zu dem Hund.

»*Sunny?* Aber das ist doch ein Kojote. Man kann doch einen Kojoten nicht an der Leine rumführen.«

»Weiß ich. Deswegen hat er sie ja auch nicht um.« Mary zog dem Labrador das Halsband mit der angeschnallten Leine über den Kopf. Es gelang ihr aber nur mühsam, weil er ihr ständig Gesicht und Hände ableckte. »Einmal hab ich sie ihm angelegt, und er ist damit abgehauen. Später hab ich sie mit ein paar anderen Sachen irgendwo vergraben gefunden. Sunny hebt sich Sachen gern für den späteren Gebrauch auf. Sogar eine Leine. Okay, gehen wir. Moment«, Mary legte Andi die Hand auf den Arm. »Sollten wir nicht einen Namen für ihn haben?«

»Ich dachte eigentlich an Jules.«

»Der den Federbällen hinterhergerannt ist.« Mary lächelte. »Was sagen wir dem Tierarzt, wenn er wegen Jules' Zustand fragt?« Auf Andis gleichgültiges Schulterzucken hin meinte Mary: »Na, dir fällt sicher was ein.«

Die Frau hinter dem Schalter drinnen blickte von ihrer Arbeit auf, als wollte sie den Eindruck erwecken, durch die pure Laune eines Klienten darin unterbrochen worden zu sein. Ihr »Ja, bitte?« war so beladen mit Verachtung, dass es gewissermaßen einen düsteren Schatten über den gesamten Raum warf – die getigerte Katze, den Pekinesen, den Spaniel und das Kaninchen. Ein paar Sekunden lang rührte sich keines, und der Pekinese, der bis dahin eine wahre Bellsalve losgelassen hatte, um die Stille zu übertönen, stellte sein Gebell ein.

»Der Hund hier muss untersucht werden«, sagte Andi. »Wir haben ihn unterwegs gefunden.«

Miss Abrahams (stand auf dem Namensschildchen) erhob sich gerade soweit, dass sie von oben herab einen Blick auf den Hund werfen konnte. Wie Halt suchend legte sie die Finger auf die Schalterkante. Sie hatte die winzigsten Hände, die Mary je gesehen hatte, klein wie die eines Waschbären. »Haben Sie einen Termin?«

Mary wollte gerade den Mund aufmachen, um diese lächerliche Frage zu beantworten, als Andi ihr zuvorkam. »Wir haben keinen Termin. Wir hatten auch keinen Termin, ihn zu finden.«

Die Sprechstundenhilfe warf Andi einen giftigen Blick zu. »Der Doktor ist sehr beschäftigt.«

»Wetten, er kann zehn Minuten erübrigen, um sich diesen Hund anzuschauen. Oder vielleicht« – sie sah Mary an – »vielleicht sollten wir ihn einfach zum Tierschutzverband bringen und sagen, Miss« – Andi blickte betont auf das Namensschildchen – »Miss Abrahams hätte sich geweigert, ihn dem Doktor zu zeigen.«

Miss Abrahams erhob sich seufzend von ihrem Hocker. »Setzen Sie sich«, befahl sie. »Ich werde den Doktor fragen.«

Andi nickte und nahm zusammen mit Mary auf einer langen Bank Platz. Der Labrador beschnüffelte Bank, Fußboden und

Kaninchenkäfig. Einige der im Raum Versammelten lächelten ihnen zu, ein Pärchen hob anerkennend den Daumen und ein Mann salutierte. Offensichtlich hatten sie alle unter Miss Abrahams' Waschbärenpfötchen gelitten. Neben Mary saß ein Junge, der anscheinend auf seinen Hund oder seine Katze wartete, denn er hatte kein Tier bei sich und starrte nur mit hängendem Kopf zu Boden. Sie fragte ihn: »Ist dein Hund krank oder was ist los?«

»Nein. Tot«, sagte der Junge zum Fußboden.

»Das tut mir wirklich Leid.«

Miss Abrahams war wieder da, sichtlich enttäuscht, dass »der Doktor« sich bereit erklärt hatte, sich Jules sofort anzusehen. Andi wollte den Labrador dazu bringen, sich hinzusetzen, der stand aber lieber und wedelte mit dem Schwanz. Für ihn war es ein Tag voller aufregender neuer Erlebnisse. Vermutlich würde er sogar den Doktor mit seinen Spritzen ins Herz schließen.

So kam es. Dr. Krueger konnte ihm kaum die Nadel hineinstecken, weil der Labrador ihm unbedingt das Gesicht ablecken wollte. Der Tierarzt lächelte. »Freundlicher Kerl. Meine Sprechstundenhilfe sagt, Sie hätten ihn gefunden. Ist er herrenlos?«

»Nicht direkt«, entgegnete Andi. »Wir haben ihn von den Zigeunern. Die hatten ihr Lager neben der Straße aufgeschlagen. Sie wissen schon, die ihre Karren irgendwo abstellen und am Straßenrand Zelte aufschlagen, wo es ihnen grade passt. Also, der Hund hatte offensichtlich Hunger – und die Zigeuner wohl auch. Wir haben ihnen zehn Dollar für ihn gegeben. Sie hätten vermutlich auch fünf genommen.«

Schließlich schaffte es Dr. Krueger, dass der Hund still liegen blieb, und er ihn abtasten und Gebiss, Kehle und Ohren untersuchen konnte. »Sein Zustand ist eigentlich recht gut, aber so unterernährt, wie der ist, würde ich sagen, Sie haben ihn gerade noch rechtzeitig gefunden. Ein paar Tage oder eine Woche noch, und er wäre –« Der Tierarzt zuckte die Achseln. »Am besten behalte ich ihn ein paar Tage hier, bloß um sicherzugehen, dass er auf die Spritzen nicht negativ reagiert…«

Mary rechnete nach: in einer Woche kam Rosella zurück, und für die Rückfahrt brauchten sie zwei Tage. Dann blieben ihnen also insgesamt fünf Tage in Salmon. »Könnten Sie ihn vielleicht vier oder fünf Tage hier behalten? Dann kommen wir nämlich zurück und können ihn auf dem Weg nach Santa Fe hier abholen.«

»Aus Santa Fe seid ihr? Das ist aber eine lange Fahrt für euch Mädels, oder?«

Den bevormundenden Ton ignorierte Mary. »Könnten Sie ihn hier behalten? Wir fahren nämlich zum Rafting nach Salmon und hätten dort keinen Platz für ihn.«

»Das dürfte eigentlich kein Problem sein. Ihr macht also eine Raftingtour auf dem Salmon?«

Mary nickte. Andis Aufmerksamkeit war ganz auf den Labrador gerichtet, der sein Intermezzo auf dem kalten Tisch offensichtlich genoss und seine schreckliche Gefangenschaft, ja sogar seinen Hunger vergessen zu haben schien.

»Ihr wart sicher schon mal beim Rafting, oder?«

»Schon ganz oft«, entgegnete Andi, die sich – immer noch Mund an Schnauze über den Hund gebeugt – keine Gelegenheit entgehen ließ, ein Lügenmärchen aufzutischen. Sie richtete sich von dem Edelstahltisch auf und fragte ihn: »Wissen Sie was von Hundekämpfen hier in der Gegend?«

Seine Reaktion war höchst eigentümlich: er machte ein paar Schritte rückwärts, als wollte sie ihn gleich attackieren. Dann verwandelte sich sein Gesicht in jene ausdruckslose Maske, die man aufsetzt, wenn man ein Thema nicht weiter verfolgen will. »Hundekämpfe? Wie kommst du denn darauf?«

Andi zuckte die Achseln, warf ihm aber einen durchdringenden Blick zu. »Das haben die Zigeuner behauptet.«

»Nein. Es ist gesetzlich verboten, jedenfalls in Idaho.«

»Verboten gehört es auf alle Fälle.«

Dr. Krueger entgegnete nichts darauf, sondern machte sich weiter Notizen auf seinem Schreibblock. »Also dann? Sehen wir, dass ihr ihn in besserem Zustand zurückbekommt.« Sein Lächeln wirkte etwas bitter, was wohl an seinen schmalen Lippen lag.

Mit einer flinken Bewegung, als wäre ihr plötzlich etwas eingefallen, zog Andi den Fotoapparat aus ihrer Manteltasche, stellte das Blitzlicht ein und machte von Jules und Dr. Krueger neben ihm ein Foto. Dann tätschelte sie dem Hund noch einmal den Kopf und schenkte dem Arzt ein strahlendes Lächeln. »Ich mach andauernd Fotos. Man kann ja nie wissen.«

Sie verließen das Sprechzimmer.

Der Junge saß immer noch da. Mary fand es ziemlich unmenschlich, ihn so lange warten zu lassen. Und außerdem schlecht für's Geschäft. Sie ging zu ihm hinüber. »Das mit deinem Hund tut mir wirklich Leid«, sagte sie, so leise sie konnte.

Er sah sie bekümmert an. »Danke.«

»Also, ich will dir ja nicht noch mehr wehtun, aber... woran ist er denn gestorben?«

»Sie«, sagte er und fuhr verzweifelt fort: »Ich weiß nicht so recht. Ich hab sie hergebracht, weil sie irgendwie Fieber hatte. Es hatte irgendwas damit zu tun, glaub ich.«

Mary runzelte die Stirn. Du meine Güte, wieso gab man ihm keine *Gewissheit*? In der Hoffnung, keine weitere Tränenflut hervorzurufen, fragte sie: »Was machst du denn mit... ihren sterblichen Überresten?«

»Der Tierarzt meinte, einäschern« – er zögerte und musste schlucken – »wär wahrscheinlich am besten.«

Mary blieb kurz stehen und starrte auf die Anschlagtafel über ihm. Dort hingen Schnappschüsse von vermissten Hunden und handgeschriebene Zettel gaben Auskunft über sie. Aus dieser Gegend verschwanden Hunde offenbar in erstaunlicher Regelmäßigkeit.

Mary wurde mulmig. Sie verabschiedete sich von dem Jungen und ging zum Auto hinaus, wo Andi schon auf sie wartete. Sie setzte sich auf den Beifahrersitz und sagte: »Hast du die ganzen Fotos von den vermissten Hunden gesehen? Findest du, wir sollten Jules dort lassen?« Sie warf einen unglücklichen Blick zum Peaceable Kingdom zurück. »Ich finde, er hat sich irgendwie – komisch verhalten.«

Andi beschleunigte, sobald sie auf die Route 93 abgebogen war. »Was glaubst du, weshalb ich das Foto gemacht hab?«

Zweimal machten sie Halt entlang der sechzig Meilen Highway, von dem aus sie manchmal einen Fluss sehen konnten und sich fragten, ob es der Salmon River war. An einer Stelle floss er breit, ruhig und heiter dahin, die Steilhänge waren dicht mit Douglastannen und Weißrindenkiefern bestanden und hektargroße Flächen mit den schönsten Blumen breiteten sich wie ein blauer See in der Ferne aus. Mary wollte wissen, wie sie hießen. Andi blätterte im Reiseführer und sagte: »Das sind anscheinend Prärielilien. Nie gehört.«

Sie hörten das Wasser erst als fernes Murmeln, das zu einem Tosen anschwoll, als die Straße neben dem Fluss verlief. Als sie wieder stehen blieben, um es sich anzusehen, starrten sie tief in die Schlucht hinunter, wo das Wasser wie in einer Klamm dahinfloss, turmartig hochschoss und zwischen Basaltblöcken toste. Mary hatte noch nie eine Wildwassertour gemacht, sich auch noch nie groß Gedanken darüber gemacht, außer wenn sie Fotos von Leuten im aufgewühlten Wasser sah, die in der weißen Gischt fast unsichtbar waren und wie ertrinkende Welpen wirkten. Der Anblick trug nicht dazu bei, sie weiter zu verlocken. Sie konnte dort unten Rafts und Kajaks erkennen, wie Münzen auf die Stromschnellen geworfen, zwischen Felsbrocken eingequetscht, vom Kehrwasser von der Oberfläche gerissen, wie Blätter wild durcheinander gewirbelt.

»Meine Güte«, flüsterte Mary.

»Sieht ja lustig aus«, meinte Andi.

Mary verdrehte die Augen.

Im Auto war es diesmal Mary, sie sich die Landkarte von Idaho vornahm. Wieder betrachtete sie die grünen Umrisse der Frank Church Wilderness und den darüber geschriebenen Text. »Weißt du, wie sie den Salmon nennen? Fluss ohne Wiederkehr.«

»Ich frag mich warum.«

Der Anblick jener weißen Wassersäulen und der kleinen Boote tauchte vor Marys Augen auf. »Ich glaub, ich weiß warum.«

Der Fluss

25

Wildester Fluss in Amerika stand in der Broschüre. Mary konnte sich vorstellen, dass ein paar andere Flüsse das Gleiche von sich behaupteten, wollte nach einem raschen Blick auf die jäh abschüssigen Steilhänge aber gern glauben, dass der Wildheitsquotient des Salmon ziemlich hoch war. Laut Broschüre, die Mary draußen vor dem Büro des Forstamts las, war Salmon ein mittelgroßes Städtchen, dessen Bevölkerung sich im Sommer durch den Zustrom von Touristen, die zum Rafting und Bachforellenangeln herkamen, verdreifachte. Die Canyons (erfuhr sie aus dem Faltblatt) waren an manchen Stellen sogar tiefer als der Grand Canyon. Der Colorado – auch ein Fluss, den sie noch nie hatte hinunterfahren wollen.

Drinnen unterhielt Andi sich gerade mit einer zierlichen grauhaarigen Frau, deren Augen wie bei einer Feldmaus flink hin und her huschten. Die offene Tür ging auf die sauber gekehrte, von Geschäften gesäumte Straße hinaus. Was für ein schmuckes, freundliches, hübsches Städtchen, dachte sie gerade, als Andi herauskam.

»Was hast du rausgekriegt?«

Andi schob sich eine helle Locke hinters Ohr. »Ich hab sie gefragt, wo ich ein paar alte Ausgaben der Lokalzeitung einsehen könnte. Da müsste doch was drin stehen – falls ich wirklich von hier bin.«

Mary merkte, wie der Mut sie verließ. »Das ist doch bloß so eine vage Vermutung von dir, Andi.«

Andi zuckte die Achseln. »Wenn er von hier ist, könnte ich's ja auch sein.«

»Wenn jemand verschwunden ist, hätte die Zeitung sicher davon berichtet. Bloß –«

»Was?«

»Nichts.« Mary überlegte: wenn Andi wirklich hier zu Hause war, würde ihre Rückkehr doch Aufsehen erregen, wenn nicht einen regelrechten Aufruhr verursachen. Sie wollte Andi aber nicht noch extra darauf hinweisen, dass die Frau am Touristenschalter drinnen, die vermutlich gut informiert war, sie nicht erkannt hatte.

Ebenso wenig wie der Postbeamte.

Und auch nicht das ältere Ehepaar, das den Kaufmannsladen führte.

Und die Bibliothekarin ebenfalls nicht, die die beiden in die Zeitschriftenecke führte. Nachdem sich Mary ein paar ältere Zeitungen angesehen hatte, war sie sicher, dass sich der »Zwischenfall« nicht in Salmon zugetragen hatte. Andi musste das Gleiche gedacht haben, denn ihre erst langsame, sorgfältige Zeitungslektüre wurde zusehends rascher und oberflächlicher. Einmal hielt sie jedoch inne und sagte: »Hier ist ein Mädchen gestorben.«

Mary wollte sie nicht hart und gefühllos darauf hinweisen, dass wahrscheinlich eine ganze Reihe von Mädchen hier gestorben waren. Als sie Andi über die Schulter sah, wusste sie, was sie meinte. Das Mädchen war vor einigen Jahren in einer Stromschnelle im Salmon ertrunken. Es gab ein Foto, auf dem sie mit einer Gruppe von anderen Raftern dargestellt war. Oder vielleicht waren es auch Kajakfahrer. Auf dem Foto waren ein paar Kajaks zu sehen. Das Mädchen war jung. Weitere Einzelheiten wollte Mary aber nicht herausfinden.

Als sie die Bücherei schließlich verließen, war klar, dass Andi nicht aus Salmon stammte. Und obwohl sie enttäuscht war –

denn wer sehnte sich nicht danach, das eigene Zuhause wiederzufinden, das einem von einer Macht schlimmer als ein Wirbelsturm entrissen worden war? –, aufgeben wollte Andi noch nicht. *Sie* kam zwar nicht von hier, das musste aber nicht heißen, dass Salmon nicht *seine* Heimat war.

Inzwischen tranken sie an der Theke eines altmodischen Drugstore, der im Sommer vermutlich ein gutes Geschäft machen würde, Eiskrem-Sodas aus hohen gerillten Gläsern. Mary gefiel der Drugstore gerade deshalb, *weil* er alt war und nicht eins von diesen neumodischen Dingern, die auf alt getrimmt waren. Der Marmor des Tresens war nicht roh und gleißend weiß, sondern von bräunlich polierter, etwas porös wirkender Beschaffenheit, fleckig wie von schwachem Tee. Stühle und Tische waren sichtlich alt und zeigten ebenfalls Abnutzungsspuren.

Und die Sodas waren einfach köstlich. Der alte Mann, der so gut in den Drugstore passte und ihnen die Sodas zubereitet hatte, kam jetzt hinter seinen gläsernen Schaukästen hervor.

»Sonst noch was, Mädels?«

Mary wollte gerade automatisch verneinen, wurde aber von Andi unterbrochen.

»Sie haben das Geschäft hier wahrscheinlich schon ziemlich lang, stimmt's?«

»So isses, junge Dame. Ich mag manchmal gar nich dran denken, wie lang. Sagt mal, wo seid ihr denn her?«

»Aus Santa Fe«, erwiderte Andi und fuhr rasch fort: »Dann kennen Sie ja hier sicher so ziemlich jeden.«

»Na, ich hoffe, ich hab mehr Leute geheilt als umgebracht.« Sein Lachen klang etwas asthmatisch.

Andi lachte höflich mit. »Weshalb ich frage, wir haben hier in der Gegend nämlich Verwandte –«

Verwandte? Wir haben »Verwandte«? Mary sah die Marmorplatte an und schüttelte fassungslos den Kopf.

»– ich weiß aber nicht, wo die wohnen.«

Der Apotheker hatte ein Colaglas aus dem Spülwasser gefischt und begann es abzutrocknen. »Wie heißen denn eure Verwandten?«

Hier war Andi natürlich mit ihrer Weisheit am Ende und brachte nur heraus: »C. R. Crick.«

Er hielt das Glas erst gegen das Licht und begann es dann blank zu polieren. »Ich könnte jetzt nich sagen, dass hier keiner wohnt, der so heißt, bloß hab ich den Namen noch nie gehört. Wo soll der denn wohnen?«

Als stünde dort die Adresse, las Andi von dem inzwischen zerknüllten Zettel ab, den ihr die Dame vom Forstamt gegeben hatte. »Postfach Einundneunzig, Salmon, Idaho. Das ist alles.«

Ziemlich schlau von ihr, fand Mary. Sich nicht auf eine bestimmte Straße festzulegen. Trotzdem sinnlos, einen völlig aus der Luft gegriffenen Namen zu nennen. Doch sie brauchte etwas, an dem sie mit ihrer Beschreibung anknüpfen konnte. Wie weit sie auch immer damit kommen mochte.

»Am besten probiert ihr's mal auf der Post.«

»Da waren wir schon. Die sagen, es muss eine falsche Postfachnummer sein. So eine hätten sie nicht.«

Andi wiederholte Patsy Orrs Beschreibung von »Daddy«, die mit der des Fahrers übereinstimmte, der sie mitgenommen hatte, und malte ein lebhafteres Bild der dunklen Haare und blauen Augen, Augen, die mit jedem Mal blauer wurden. Doch weil sie mehr Anhaltspunkte nicht hatte, verkniff Mary sich einen Kommentar.

Nachdem er das Colaglas blitzblank gerieben hatte, stellte er es hin und machte sich ans nächste. »Hm, die Beschreibung passt auf ein halbes Dutzend Burschen in Salmon, die ich kenne.«

»Auf wen denn? Wo wohnen die?« Schon hatte Andi ihren Bleistiftstummel hervorgezogen, um es sich zu notieren.

»He, he, immer langsam, Mädelchen! Du willst doch nich jedem einzeln auf die Pelle rücken, oder?« Seine zitternde Hand stellte das Glas ab. »Crick heißt von denen aber keiner, so viel kann ich dir schon mal sagen.«

»Na, vielleicht haben wir uns ja im Namen geirrt«, sagte Andi.

Der Mann war zwar alt, aber kein alter Idiot. Nun wurde er argwöhnisch. Glanz gleich, ob sie bloß zwei »kleine Mädels« waren, er war trotzdem misstrauisch. »Viel wisst ihr nich über den Kerl, was? Jetzt hat er nich mal einen Namen.«

Andi hatte es zur Abwechslung die Sprache verschlagen. Mary kam ihr zu Hilfe: »Es ist jemand, dem unsere Mom hinterher ist. Es ist ihr echt wichtig. Viel wissen wir nicht, das stimmt.« Mary staunte, wie sehr Andis Schlagfertigkeit schon auf sie abgefärbt hatte.

Er polierte wieder an seinem Glas herum. »Wisst ihr was – am besten redet ihr mal mit einem gewissen Reuel. Der wohnt im Wohnwagenpark, kümmert sich um die städtische Müllhalde. Oder Deponie, wie das heutzutage heißt. Wahrscheinlich isser gerade dort, weil Wochenende geöffnet is, und dafür montags geschlossen. Habt ihr nen fahrbaren Untersatz?«

»Ja«, antwortete Mary. »Mit unserer Mom.«

Er nickte. »Also, ich mach euch einen Plan, wie ihr zu der Müllkippe kommt.« Er zeichnete eine grobe Skizze von dem Stadtteil, in dem sie sich befanden, und wie sie fahren mussten. »Reuel weiß so ziemlich über alles Bescheid, was hier läuft. Der kennt *jeden*.«

»Haben Sie vielen Dank.« Andi lächelte ihn reizend an. »Das ist das beste Eiskrem-Soda, das ich je getrunken hab.«

Als Mary drei Dollarnoten hinlegen wollte, winkte er ab. »Ach, lasst mal, Mädels. Nehmt es als Willkommensgruß – schönen Aufenthalt in Salmon.«

26

Fünf Meilen außerhalb von Salmon fanden sie die städtische Müllhalde. Die Straße, die dorthin führte, war steinig, zerfurcht und gewunden. Andi (die mehr Fahrpraxis auf Schotterstraßen sammeln wollte) fuhr in einer Staubwolke bis dicht vor einen hohen Maschendrahtzaun mit offen stehenden Metalltoren, beschleunigte, schaltete zu spät und kam unfreiwillig abrupt zum Stehen. Beim erneuten Versuch preschten sie durchs Tor und fuhren mit knirschenden Reifen die Anhöhe hinauf. Es war ein großes Gelände mit genügend Platz, um im Kreis herumfahren zu können. Die Hufeisenform der Straße vereinfachte die Ein- und Ausfahrt.

»Schau dir *das* mal an«, stieß Mary atemlos hervor.

Den oberen Rand der Deponie entlang, oberhalb des Bereichs, den man mit dem Wagen erreichen konnte, standen zu »Skulpturen« geformte Gebilde aus Teilen, die ganz offensichtlich aus alten verrosteten Schrottteilen, die etwas weiter entfernt herumlagen, konstruiert waren. Unter gusseisernen Öfen, Kühlschranktüren und großen Autowrackteilen befanden sich auch Aluminiumblechstücke: Teile von Stoßstangen, Kühlergrillplatten und Radkappen. Der Anblick war wirklich bemerkenswert, besonders weil die Teile nicht einfach zu einem namenlosen Objekt aufeinander getürmt waren, sondern sorgfältig aneinander geschweißt dieses namenlose Objekt bildeten. Was das auf diese Art zu Stande gekommene Objekt auch darstellen sollte, Mary erinnerte es an Gebilde, die sie auf öffentlichen Flächen stehen und Hauptstädte, Bibliotheken und Parks hatte schmücken sehen. Was für ein großartiger Schauplatz für eine solche Ausstellung, dachte sie, auf dieser etwas vorstehenden Hochfläche über der großen Müllhalde und der kurvenreichen

Straße. Sie wollte gerade aussteigen, um alles genauer in Augenschein zu nehmen, als sie einen hoch gewachsenen Mann in Lederjacke und schwarzem Hut langsam auf sie zukommen sah, der nicht so wirkte, als legte er großen Wert auf ihre Gesellschaft.

Eigentlich sah er aus wie einer von diesen Staatspolizisten, die einen mit ihren undurchsichtigen schwarzen Sonnenbrillen glauben machen wollen, sie sähen alles, könnten einen buchstäblich durchschauen. Er war sehr groß und musste sich ziemlich tief hinunterbeugen, um den Arm über die Beifahrertür legen und sie nacheinander anschauen zu können. Dabei schob er den schwarzen Texanerhut zurück, als verdeckte dessen Krempe etwas viel Interessanteres als die beiden. Er hatte ein raues, faltiges Gesicht, ein ernstes Gesicht, und in das dunkelbraune Haar seiner Koteletten mischte sich etwas Grau.

»Wenn ihr hier was abladen wollt, braucht ihr 'ne Genehmigung.« Seine Stimme war überraschend sanft und im Ton nur eine kleine Spur ungehalten, als er an die Windschutzscheibe tippte. »Einen Aufkleber.«

»Wir laden aber gar nichts ab. Sind Sie Mr. Reuel?«

Eine Weile sagte er gar nichts und blickte nur stirnrunzelnd drein, als wäre die Frage nach seiner Identität ein Rätsel, das er noch nicht gelöst hatte. »Bist du überhaupt alt genug, den Wagen zu fahren?«

Andi fuhr mit den Händen am Lenkrad entlang. »Ich bin achtzehn.«

Mary staunte jedes Mal über die Schlagfertigkeit, mit der Andi Sachen über sich verkündete, die sie nicht einmal selber wusste. Hatte Reuels Mundwinkel nicht gerade leicht gezuckt, hatte er nicht den Anflug eines Lächelns unterdrückt? »Daraus schließe ich – hmm, so um die siebzehn, sechzehn, ja?«

Andi ignorierte es. »Der Inhaber der Drogerie in der Stadt

meinte, ein gewisser Mr. Reuel könnte uns vielleicht helfen, jemand ausfindig zu machen.«

»Wie wär's, wenn ihr aussteigt?«

Mary erschrak. »Wieso?«

»Ich krieg langsam einen steifen Hals.«

Sein Gesicht verschwand vom Fenster. Sie stiegen aus.

Er sagte: »Ihr braucht mich aber nicht Mister zu nennen. Einfach Reuel, das reicht.«

Andi und Mary lehnten sich gegen den staubbedeckten Wagen. Andi sagte: »Wir haben gehört, Sie kennen so ziemlich jeden hier in der Gegend.«

»Kann schon sein. Wieso?«

»Wir suchen nämlich jemanden.«

»Und wer soll das sein?«

Andi sah über das Gelände hinaus, das bis auf die Müllhalde vollkommen leer war. »Bei seinem Namen sind wir uns nicht ganz sicher. Es könnte C.R. Crick sein.«

»Ich kenn keinen, der so heißt.«

Andi gab ihm dieselbe Beschreibung wie dem Apotheker. »Dunkelbraune Haare und sehr, sehr blaue Augen.«

Reuel nahm seine dunkle Brille ab. »Na, das könnte auch ich sein.« Er sah sie nacheinander an. Seine Augen waren von einem fast elektrisierenden Blau.

»Er blinzelt aber nicht«, sagte Andi.

»Ach so. Sieht aus wie ich, bis auf das Blinzeln.«

»Das mein ich eigentlich nicht. Außerdem ist er kleiner als Sie, vielleicht so um die einsachtzig.«

Reuel schwieg einen Augenblick und überlegte. »Demnach sucht ihr jemand, von dem ihr nicht recht wisst, wie er aussieht und dessen Namen ihr eigentlich nicht kennt. Ganz schön problematische Sucherei.«

»Da ist aber noch was. Er war seit etwa Februar nicht mehr

hier. Er war in Cripple Creek, Colorado. Da gibt's viele Spielkasinos.«

»*Vielleicht* war er dort«, schaltete sich Mary ein. »Wir wissen es nicht mit absoluter Sicherheit.«

Nach einem weiteren Augenblick des Schweigens – er war anscheinend einer, der immer genau überlegen musste, was er sagen wollte – fragte Reuel: »Macht's euch was aus, mir zu sagen, wieso ihr diesen Kerl sprechen wollt?«

»Eigentlich schon. Es ist was ganz Persönliches.«

Mary hätte es besser gefunden, wenn Andi gegenüber einem Mann, dessen Hilfe sie brauchte, nicht diesen hochtrabenden Ton anschlagen würde.

Ein alter, kaffeebrauner Truck mit defektem Auspuff kam die holprige Straße zu Deponie heraufgefahren. Mit seinen zahlreichen Dellen und Kratzern sah es aus, als würde er sich gerade häuten. Die Ladefläche war hoch beladen mit Gerümpel und Kindern: Zwei davon saßen gefährlich hoch obendrauf. Chauffiert wurde er von einer Frau, die restlichen Insassen rangierten vom Neugeborenenstadium bis zu Andis Alter. Das Fahrerhäuschen bot nicht genug Platz für alle, daher die beiden kleinen Jungs auf der Ladefläche.

Die Frau sprang herunter und winkte Reuel zu. »He, Bonnie«, erwiderte er ihren Gruß. Sie begann die Ladefläche des Lasters leerzuräumen, während die beiden Jungs ihr die Gegenstände hilfsbereit hinschoben. Das älteste Mädchen stieg aus, die beiden jüngeren Mädchen blieben sitzen und lehnten sich aus den Fenstern. Eine hatte ein etwa anderthalbjähriges Baby auf dem Arm. Reuel schüttelte den Kopf. »Von denen wird sich noch mal eins wehtun, wenn sie die hintendrauf immer mitfahren lässt.«

»Muss aber doch ganz schön schwer sein, auf sechs Kinder aufzupassen«, meinte Mary nachdenklich.

Reuel lächelte. »Das sind noch gar nicht alle. Zu Hause hat sie noch drei oder vier. Ich hab mal gehört, insgesamt hätte sie zehn. Kann mich aber nicht erinnern, die schon alle auf einmal gesehen zu haben. Swann heißen sie. Die Fahrerin ist die Mutter – Bonnie Swann.«

Einer der Jungs, die inzwischen vom Lastwagen geklettert waren, stand zwischen dem Laster und den dreien im Dreck und grinste.

»Na, Brill, wie geht's?«, rief Reuel ihm zu. Doch der Kleine rührte sich nicht, lächelte nur weiter, als wäre ihm das Grinsen im Gesicht festgeklebt. Er hob die Hand, um an seinem Daumen zu lutschen. Das Auffälligste an ihm war sein leuchtend rotes Haar. Wenn die Sonne darauf schien, glänzte sein Kopf wie eine Kupferschale.

Mary sagte: »Die sehen ja alle ziemlich verschieden aus. Ich meine, untereinander.«

Reuel hatte sein Messer herausgezogen und schabte an einem Holzstöckchen herum. »Das liegt vermutlich daran, dass sie größtenteils verschiedene Daddys haben.«

Bei dem Wort zuckte Andie zusammen. Überrascht fragte Mary: »*Zehn* verschiedene?«

»Na ja, so viele vielleicht nicht, aber so über den Daumen gepeilt fallen mir mindestens fünf Männer ein, mit denen Bonnie was hatte. Der da drüben« – Reuel deutete mit einem Kopfnicken auf den Rotschopf (der immer noch versuchte, um den Daumen, den er lutschte, herumzugrinsen) – »mit seinem Vater hat sie am längsten zusammengelebt. Brill muss inzwischen fünf oder sechs sein. Brilliance heißt er eigentlich, ob ihr's glaubt oder nicht.«

»Was? Wie kommt jemand darauf, dem armen Kind so einen Namen zu geben?«

Reuel erwiderte Brills Grinsen. »Ach, die haben lauter solche Namen. Bonnie behauptet, sie wollte sie nach den – angeblich – Sieben Tugenden nennen.«

»Nie gehört. Und selbst wenn es so was gibt, gehört Brilliance jedenfalls nicht dazu.«

»Nein, kann ich mir auch nicht denken. Aber ich glaub, bei seinen leuchtend roten Haaren konnte Bonnie einfach nicht widerstehen.« Reuel winkte kurz zu Brill hinüber. »Und dann die anderen: Honor, für die Ehre, das ist ja ziemlich einfach. Tru steht für Truth, also Wahrheit, man denkt natürlich, es heißt Trudy. Goody steht für Goodness, also Güte, Happy für Happiness, also Glück, und Hope, das ist ja leicht, Hoffnung. Sie ist die Älteste.«

»He, Reuel«, rief der ältere Junge mit dem platten, völlig ausdruckslosen Gesicht und kam herbeigelaufen.

»Earl«, sagte Reuel.

»Hast du die Fahrräder schon gefunden?«, fragte Earl, dessen Stimme so flach war wie sein Gesicht. Er hatte helles, fast weiß wirkendes Haar und Augen, die aussahen, als wären sie wimpernlos.

»Nein, Junge, noch nicht. Ich halt aber weiter Ausschau.«

Earl zwinkerte mit seinen weiß bewimperten Lidern, ohne Andi und Mary eines Blickes zu würdigen, was Mary selbst bei einem zurückgebliebenen Jungen nun doch etwas irritierte. Sie kam sich unsichtbar vor. Dann machte er kehrt und ging wie ein kleiner Roboter davon.

»Stimmt was nicht mit dem?«, fragte Mary leise. »Und der kleine da, dieser Brilliance, der steht ja immer noch da und glotzt bloß.«

»Ich glaub, bei den meisten von denen stimmt was nicht. Obwohl Hope eigentlich ganz normal wirkt.«

Hope war immer noch damit beschäftigt, Gerümpel abzuladen. Es sah aus, als würde gerade eine komplette Esszimmereinrichtung heruntergeworfen. Sie war dunkelhaarig wie ihre Mutter und abgesehen von dem verdrossenen, auf die ganze Welt sauren Gesichtsausdruck vermutlich auch hübsch. Allerdings, dachte sich Mary, würde sie mit der Zeit wohl selbst auch ziemlich verdrossen dreinschauen, wenn sie gemeinsam mit acht oder neun jüngeren Geschwistern aushelfen müsste.

»Earl. Das ist doch ein ganz gebräuchlicher Name«, meinte Andi.

»Ja, schon. Wenn's das wäre. Komplett heißt er Early-to-Rise, Frühaufsteher.«

»Das ist aber keine von den Sieben Tugenden, selbst wenn es sieben gäbe.« Mary ärgerte sich über Mutter Swanns Liderlichkeit. Kopfschüttelnd murmelte sie: »Brilliance, ausgerechnet! Wie kann man kleinen Kindern bloß solche Namen aufbürden!« Brill, immer noch am Daumen lutschend, beobachtete die drei interessiert, als wären es Akrobaten oder Jongleure.

»Da hast du wohl Recht«, lachte Reuel. »Die Nachbarskinder nennen ihn Brillo Pad wie die Scheuerläppchen.«

»Sehen Sie.« Mary fühlte sich in ihrer Verärgerung bestätigt.

Nachdem die Ladefläche geleert war, kletterte Hope wieder auf den Beifahrersitz, nicht ohne zuvor die Köpfe der beiden Mädchen vom Fenster zurückgestubst zu haben. Bonnie nahm den Daumen lutschenden, grinsenden Brill und schob ihn mit einem heftigen Ruck wieder zu seinem Bruder auf den Truck. Sie winkte Reuel noch einmal zu, stieg auf den Fahrersitz und ließ den Motor an.

Schweigend schauten die Drei zu, wie der alte Lastwagen von einer mächtigen Staubwolke beinahe völlig verdeckt die Straße hinunterrumpelte.

»Wisst ihr was«, sagte Reuel, »ich wollte sowieso gerade nach Hause. Vielleicht wollt ihr dort mit mir weiterreden?«

Andi und Mary wechselten viel sagende Blicke.

»Ach, keine Sorge. Bei mir seid ihr sicher. Ich wohn in einem Wohnwagenpark außerhalb der Stadt. Da sind immer Leute. Und ihr Mädels seht mir aus, als könntet ihr 'ne Tasse Kaffee vertragen.« Er kaute nachdenklich auf seinem Kaugummi herum und fügte hinzu: »Oder ein Bicr.«

Mary war sich nicht sicher, ob er sich über sie lustig machte oder nicht, was sie ziemlich ärgerte.

27

Etwas Verrückteres als einen Wohnwagenpark gab es wohl kaum.

Die meisten Bewohner hier waren vermutlich Rentner, alte Ehepaare, die unter ihren Sonnenmarkisen saßen und den extrem heißen Tag im Spätmai genossen. Sie lasen Zeitung oder lösten Kreuzworträtsel, all die mittelalten bis sehr alten Damen mit an protzigen Kettchen aus Gold oder bunten Perlen baumelnden Brillen, die ihnen auf dem Busen thronten oder seitlich an ihren Gesichtern herunterhingen. Die Männer trugen hauptsächlich Boxershorts, wobei Mary allerdings annahm, dass es sich um kurze Freizeithosen handelte. Auf ihren kurzärmligen Hemden waren Inselmotive mit riesigen grellen Hibiskusblüten und Palmwedeln.

Mary fand, dass das Gelände des Wohnwagenparks von Sweet Meadows mit seinem Namen überhaupt nichts zu tun hatte. Das war bei solchen Parks aber auch selten der Fall. Sie erinnerte sich vage, in entgegengesetzter Richtung schon einmal daran vorbeigefahren zu sein. Wie so viele Wohnwagenparks lag auch dieser etwas zurückversetzt von der Straße, und abgesehen von dem Wegweiser an der Hauptstraße deutete nichts von weitem auf diese kleine Siedlung hin. Diese abgeschottete Lage teilte er mit den meisten Wohnwagenparks, die wie kleine Städte ihren eigenen Lebensmittelladen und Waschsalon und – da Sweet Meadows ziemlich groß war – sogar eigene, speziell angefertigte Straßenschilder hatten (mit Anspielungen auf Geld wie Gold Rush Road oder Fort Knox Way). Die Straßen waren nicht viel mehr als schmale Feldwege.

Reuels silberner Wohnwagen Marke Airstream stand in einer der mittleren Gassen an der Silver Street, allerdings ganz am unteren Ende, und wirkte dadurch nicht so eingeklemmt wie die anderen. Die meisten verfügten über ein etwa schnupftuchgroßes Rasenstück, auf dem einige Besitzer ihren Gartenzierrat aufgestellt hatten. Den kleinen Rasen vor dem Wohnwagen gegenüber von Reuel zierte eine Entenfamilie direkt neben der Tür, und davor verlief ein noch schmaleres Gässchen namens Penny Alley. Zu dem weißen Wohnwagen direkt unterhalb des Airstream gehörte ein phantasievoller Garten mit Tulpen, Maßliebchen und Petunien aus Plastik. Es gab auch ein Vogelbad, auf dessen Rand ein Roter Kardinal aus Kunststoff pappte. Der weiße Wohnwagen hatte eine bessere Lage, da er sich mit Reuels Grundstück ein paar Bäume teilte, und so war zwischen Reuel und dem Besitzer des Gartens ein Wäldchen entstanden, das für ein wenig Abgeschiedenheit sorgte.

Das ältere Ehepaar gegenüber, dem die Entenfamilie gehörte, saß auf den metallenen Gartenstühlen mit grün-weiß geflochtenem Bezug und las Zeitung. Beide winkten Reuel freundlich zu, der den Gruß erwiderte.

Er bat Mary und Andi, sich zu setzen, solange er den Hund herausließ und Kaffee holte (»Kein Bier, Mädels?« »Nein, vielen Dank«). Wenn er überhaupt einmal draußen saß, dann offenbar hier auf dieser Seite, denn er hatte einen weißen Metalltisch und einige stapelbare weiße Plastikstühle herausgestellt. Auf dem Metalltisch lagen ein Stapel Zeitungen und ein mit einem Lederriemen säuberlich umschlungenes Fernglas. Einen alten Picknicktisch aus Sandelholz gab es ebenfalls. Von hier sah man hinaus auf sonnenverbranntes Steppengras, Beifuß und ein Grüppchen Gelbkiefern. Nicht gerade eine atemberaubende Aussicht, die einem jedoch das Gefühl gab, nicht eingeengt zu sein, was man in einem Wohnwagenpark natürlich war. Als Reuel die Tür aufmachte, kam der Hund – irgendeine undefinierbare Mischung aus teils Terrier, teils Labrador, teils Schäferhund – die metallenen Stufen heruntergeklappert, eilte zum nächsten Baum und kam dann schwanzwedelnd herüber, um an ihren Stühlen zu schnüffeln. Offenbar unschlüssig, welche von beiden er lieber mochte, ließ sich der Hund genau zwischen ihnen nieder.

Reuel kam mit einer Kanne Kaffee, zwei Tassen und einer Flasche Red Dog Bier wieder heraus. Er stellte alles auf den Tisch, nachdem er das Bier einladend in Richtung des benachbarten Paares hochgehalten hatte.

Beide schüttelten lächelnd den Kopf.

Reuel holte noch Milch und Zucker. Das vergesse er jedes Mal, sagte er, weil er seinen nämlich schwarz trinke. Dann schenkte er ihnen Kaffee ein, setzte sich und zog seinen Tabakbeutel und eine kleine silberne Dose mit Zigarettenpapier hervor. Er maß etwas Tabak in ein Papierchen ab.

»Wie heißt denn Ihr Hund?«, fragte Mary.

»Sinclair.«

»Komischer Name. Ist das ein Familienname?«

»Nein. Dort hab ich ihn gefunden. An der alten Route 66 musste ich anhalten und mal unter die Motorhaube schauen. In der Nähe war eine uralte Tankstelle: Sinclair Oil. An Sinclair erinnert ihr euch sicher nicht. Das war die mit dem Dinosaurier obendrauf. Der Hund lag unter einer Bank und sah aus, als ob er nirgends hingehörte. So was Erbärmliches hab ich noch nie gesehen, wie der da lag, den armen, alten Kopf auf den Pfoten. Herrenlos war er nicht, hatte 'ne Hundemarke und alles, Name und Telefonnummer des Besitzers stand auf einem kleinen Blechanhänger in Herzform. Da dachte ich mir, der ist bestimmt unbemerkt aus einem Auto raus. Ich hab ihn in mein Auto gepackt und bin bis zur nächsten Telefonzelle gefahren. Hab bei denen angerufen, und als ich fragte, ob unter der Nummer jemand einen Hund verloren hätte, haben die einfach aufgehängt. Erst dachte ich, ich hätte mich verwählt und hab's noch mal probiert. Wieder das Gleiche. Da wurde ich stinksauer: Dass Leute einfach einen Hund wegschmeißen, den sie nicht mehr wollen, und ihn seinem Schicksal überlassen. Beim dritten Mal hab ich die Stimme verstellt und gesagt, ich wär von der Highwaypolizei und ob sie nicht wüssten, dass das Aussetzen eines Tieres an einer Staatsstraße gesetzlich verboten sei? Und dass sie mit 'ner Vorladung rechnen müssten. Da hat der am anderen Ende aber die Löffel gespitzt, kann ich euch sagen. Dem hab ich einen ganz schönen Schrecken eingejagt, wenn auch nicht lang. Na, jedenfalls hab ich ihn dann behalten und es nicht bereut. Sinclair ist ein ganz Braver.«

Mary wurde aus Reuel nicht ganz schlau. Wieso lebte er hier? Er sah eher aus wie ein Rancher oder Rebell (für den Sweet Meadows allerdings den perfekten Unterschlupf böte), nach Abfallsammler sah er aber weder aus noch hörte er sich so an. Eher wie für etwas gemacht, was er noch nicht entdeckt hatte, oder er hatte es bereits entdeckt, es hatte ihm aber nicht recht zugesagt. Er sah aus, als würde er hier verkümmern. Wie ein Mann mit Kummer in den Knochen.

»Darf ich Sie mal was fragen?« Auf sein Nicken hin fuhr Mary fort: »Ich hab bloß gerade überlegt, was Sie früher mal waren? Ich meine, bevor Sie … vor Ihrer jetzigen Beschäftigung.«

Reuels schmale Lippen dehnten sich zu einem Lächeln. »Du meinst, bevor ich Hauptgeschäftsführer des Mülldeponie-Unternehmens wurde? Also, ich hab schon einiges gemacht. Ein paar Jahre bin ich Rodeo geritten, Cowboy-Turniere.«

»Sie haben wilde Pferde zugeritten?«, fragte Andi.

Reuel lachte. »Wie wild die waren, weiß ich gar nicht. Ich war echt gut im Geschäft, bis mir eines Tages schlagartig klar wurde, dass das Zureiten von Mustangs so ziemlich die dümmste Methode war, sich seinen Lebensunterhalt zu verdienen. Ein ausgewachsener Mann, der sich die Zeit damit vertreibt, auf einem ungezähmten Pony aus der Box zu jagen. Leider kam mir diese Erleuchtung zum falschen Zeitpunkt, als ich nämlich gerade von einem Pferderücken geschleudert wurde. Ich bin bloß davongehumpelt. Blutergüsse, Knöchel verstaucht, aber zum Glück nichts gebrochen.

Damals hatte ich auch einen Schatz. In der Liebe hatte ich nicht so viel Glück. Ich dachte, wenn ich ihr sage, dass ich mit dem Rodeo aufhör, freut sie sich riesig, ist erleichtert sozusagen. Dass ich mir da draußen nicht mehr den Hals breche, zusammen mit meinem Pferd. Da hatte ich mich aber geschnitten. Sie nannte mich alles Mögliche – Feigling, Muttersöhnchen nannte sie mich – wie sie *darauf* kommt, weiß ich gar nicht, nachdem ich meine Mutter zwanzig Jahre nicht gesehen hab. Ich dachte, sie liebt mich, aber Irrtum. Sie liebte die Gefahr, sie wollte mit nem ›echten‹ Mann rumziehen. Und der war ich, bis ich sagte, ich hör auf. Dann war ich auf einmal kein echter Mann mehr.« Er schüttelte den Kopf. »Echte Männer sollen es drauf anlegen, sich den Hals zu brechen, das war's wahrscheinlich.«

Andi hatte die Ellbogen auf den Tisch gestützt, das Kinn in den Händen und wirkte konzentriert. »Haben Sie sie geliebt?«

»Klar. Klar hab ich sie geliebt. Wir wollten heiraten.« Er stellte sein Bier hin und blickte durch die dürren Bäume in die Ferne. »Betty Rae, so hieß sie. Rote Haare, Sommersprossen, vielleicht die hübscheste Frau, die mir je begegnet ist« – er musterte die beiden – »abgesehen von der anwesenden Damenwelt natürlich. Ich hatte schon was gespart für nach der Hochzeit. Geld für

Möbel und so. Ich wollte ein Haus bauen. Das Geld lag auf einem gemeinsamen Konto, wir wollten ja bald heiraten, und ich betrachtete natürlich alles, was meins ist, auch als ihrs –«

»O *nein*!«, schrie Andi gequält auf. »Sie hat es genommen, sie hat Ihr ganzes Geld genommen!«

»Du sagst es.« Reuel beugte sich zu ihr hinüber. »Das geht dir ja schwer zu Herzen, Mädchen.« Er lehnte sich wieder zurück und fragte: »Woher seid ihr eigentlich? Ich mein, woher in New Mexico?«

»Aus Santa Fe. Aber woher wissen Sie, dass wir aus New Mexico sind?«, wollte Mary wissen.

Reuel sah sie nacheinander an, als hätte er mehr von ihnen erwartet. »Meine Güte, den findet ihr nie, euren Gesuchten, wenn ihr nicht mal 'ne Autonummer richtig lesen könnt.«

Mary kam sich ziemlich dämlich vor. Sie ärgerte sich über sich selbst, weil sie auf etwas so Simples wie das Nummernschild nicht gekommen war. »Wie blöd«, sagte sie.

Reuel steckte sich seine Zigarette an, die Hände schützend um die Flamme gelegt vor dem sanften Wind, der sich bald verstärken würde. Bis zum Einbruch der Dunkelheit würde die Temperatur noch beträchtlich sinken. »Manchmal entgeht uns das Offensichtliche. Kann passieren.«

Eine Weile saßen sie in einvernehmlichem Schweigen, dann rief das Paar von der Penny Alley herüber und fragte, ob Reuel für sein Abendessen später vielleicht gern ein paar Bohnen hätte, sie kochten gerade einen großen Topf voll. Er lehnte dankend ab. »Nette Leute sind das, Ruth und Ethbert.«

»Und wer wohnt in dem weißen Wohnwagen da drüben?« Andi deutete zu dem Wäldchen hinüber.

»Serge. Ein Freund von mir, der besucht mich manchmal, wenn wir beide zu Hause sind.« Reuel sah auf seine Uhr. »Müsste demnächst auftauchen.« Seine Augen wurden schmaler und verschwanden fast hinter dem Rauchschleier. Es sah aus, als wären sie ständig zusammengekniffen. »Dann seid ihr ja von weit her, wenn ihr aus Santa Fe kommt. Der Typ, den ihr sucht, ist das ein spezieller Freund von euch?«

»Sozusagen«, erwiderte Andi. Dann fragte sie: »Und nach dem Rodeo. Wie ging's da weiter?«

Reuel nahm einen Schluck Bier. »Danach war ich ziemlich lang unten in Mexico. Hatte dort auch ein Mädchen.«

»Was ist daraus geworden? Wer war sie?«, fragte Andi.

»Sie hieß Marie. Bei ihr dachte ich auch, wir würden heiraten, aber ihr Dad war nicht so scharf drauf, dass sie 'nen Gringo heiratet.« Er zuckte die Schultern. »Dort hatte ich einen Job bei der Regierung, als Jäger. Mit anderen, die um kein Haar besser waren, sind wir losgezogen, um Kojoten auszurotten. *Los coyoteros* nannte man uns. Damals hieß das noch Abknallen und stahlverstärkte Schlagfallen. Heute kommt noch einiges mehr dazu. Raffinierte Tötungsarten würde ich's nicht nennen, bloß erbarmungsloser, unerbittlicher. Scheint fast wie eine religiöse Berufung zu sein, auch noch den letzten Kojoten vom Erdboden auszurotten. Die räuchern ihnen die Gruben aus, lauter so Zeug –«

»Wir haben einen gesehen. So eine Grube, mein ich«, sagte Andi. »In einem Nationalpark, jemand hat Kojotenwelpen rausgezogen.«

»Das habt ihr gesehen?«

Mary merkte Andi an, dass diese das Thema lieber nicht zur Sprache gebracht hätte, und schaltete sich rasch ein: »Einer lebte noch, aber das arme Ding hatte es schlimm erwischt. Deshalb musste ich es erschie – « Ein Fußtritt von Andi brachte sie zum Schweigen. »Ich musste es – äh, umbringen, das arme Ding.« Sie dachte ungern darüber nach, verspürte immer noch Schuldgefühle.

»Dazu braucht's 'ne Menge Mumm, Mädchen.« Er wiederholte es, »'ne Menge Mumm.«

Mary fühlte sich plötzlich viel besser, wie von einer Ladung kalten Wassers überspült und durchströmt.

Reuel schwieg eine Weile. Dann sagte er nachdenklich. »Dieser Typ, den ihr sucht. Ich glaub, ich kenne einen, auf den eure Beschreibung passt. Der fährt öfter nach New Mexico oder Colorado, geht gern in die neuen Spielkasinos, die die Indianer jetzt betreiben. So Ende Januar oder Februar war er, glaub ich, auch dort irgendwo. Zu der Zeit ist hier kaum was los, also eine gute Zeit, wegzufahren. Der hat nicht weit von Salmon ein Geschäft für Bootsexkursionen, am Middle Fork – fährt mit seinen Leuten die Touristen auf Floßtouren raus. Damit lässt sich 'ne Menge Geld verdienen. Der gibt auch Unterricht im Kajakfahren, Kanufahren und so. Und Angeln. Der Salmon ist für Angler ideal, da gibt's 'ne Menge Bachforellen. Ich geh auch manchmal angeln, wenn ich dazu komm.« Er zündete ein Streichholz an. »Das Mülldeponie-Geschäft ist ja so anstrengend.«

Andi beugte sich gespannt vor. »Wie heißt er? Wo ist sein Geschäft?«

»Harry Wine. Der hat wahrscheinlich den besten Laden hier in der Gegend.«

Überrascht wandte Andi sich zu Mary hinüber. »Ist das nicht der –«

Mary sprach den Satz für sie zu Ende: » – von dem uns der Koch erzählt hat.«

»Was für ein Koch?«, fragte Reuel.

»Ach, wo wir angehalten und nach dem Weg gefragt haben. Wie gut kennen Sie den?«

»Gut genug, um mal ein Bier miteinander zu trinken. Nicht gut genug für was Persönliches.«

»Wie weit ist es von hier bis zu seinem Geschäft? Können Sie uns sagen, wie man hinkommt?«, fragte Andi so atemlos, dass Reuel sie argwöhnisch musterte, die Augen noch mehr zusammengekniffen.

»Klar. Es ist etwa zehn Meilen von hier, südlich von Salmon. Aber es wird bald Abend, wartet lieber bis morgen früh.«

»Nein, wir würden lieber gleich fahren.«

Würden *wir* eigentlich nicht. Mary war müde. Doch verständlicherweise konnte Andi es nicht erwarten, jetzt, wo sie so dicht am Ziel waren. Falls Harry Wine das Ziel war.

»Wisst ihr was«, sagte Reuel. »Ich kann euch doch hinfahren. Wir nehmen mein Auto, dann ist es für euch Mädels weniger anstrengend.«

Die Vorstellung, mit jemandem zu fahren, der des Fahrens *tatsächlich* kundig war, der sämtliche vier Räder auf der Straße behalten und beschleunigen konnte, ohne ein geparktes Auto zu rammen, der herunterschalten konnte, ohne dass dabei das Getriebe aufjaulte – für Mary klang die Vorstellung einfach himmlisch, und sie sagte: »Okay.«

»Bloß noch ein Bier für mich, bevor wir fahren. Wollt ihr noch Kaffee? Oder eine Cola?«

Sie schüttelten den Kopf, und Reuel ging wieder in den Wohnwagen. Während Andi so tat, als wollte sie Sinclair ein Stöckchen werfen, nahm Mary das Fernglas und suchte das westlich gelegene Brachgelände und die bewaldete Fläche zwischen Reuel und seinem Freund ab. Durch das Fernglas wirkte das Wäldchen viel größer, verschwommen grün und unscharf. Sie drehte an dem Regler herum, doch als es ihr nicht gelang, es scharf einzustellen, gab sie auf. Plötzlich bewegten sich das Gebüsch und die unteren Zweige an den Bäumen, und ein Mann kam auf sie zu. Im grünen Licht sah er eigentlich überhaupt nicht wie ein Mann aus. Mary kniff die Augen zusammen, sodass sie alles noch verzerrter sah und stellte sich vor, es wäre ein Dschungel und das, was auf sie zusteuerte, ein seltsames Tier. Als der Mann näher kam, ließ sie das Fernglas sinken. »Andi.«

Andi hatte das Stöckchen schließlich doch geworfen, und Sinclair war losgerannt, um es zu holen. Sie wandte sich um und sah ihn. Ihre Augen weiteten sich erschrocken. Sie machte den Mund auf, doch es kam nichts heraus.

Dieser Mensch hatte das entstellteste Gesicht, das Mary je gesehen hatte. Wie auf einer topographischen Landkarte waren Kämme und Krater darauf eingezeichnet. Schwielen und Striemen zogen sich in fast perfekter Symmetrie vom Haaransatz bis unters Kinn und am Hals hinunter, wie von mächtigen Pranken gestreift – womöglich war genau das passiert. Auf dieser Seite trug er auch eine schwarze Augenklappe. Die andere Gesichtshälfte war verschont geblieben, berührt nur vom Lauf der Zeit und auch davon nicht allzu sehr, denn er schien noch jung zu sein – oder vielleicht alterslos. Mary hatte das Gefühl, als würde sie von zwei unterschiedlichen Menschen beobachtet, eine noch beunruhigendere Vorstellung, als jegliche Entstellung hervorrufen könnte.

Er war mittelgroß, hatte einen gewölbten Brustkorb und wirkte recht kräftig. Seine hohen Wangenknochen und die eingefallenen Wangen verliehen ihm ein distinguiertes Flair. Das intakt gebliebene Auge war von dunklem Palmwedelgrün. Er hatte schwarzes, glattes Haar, das ihm tief in die Stirn fiel oder vielleicht so hingetrimmt war, um wenigstens ein bisschen zu verdecken.

Er nickte den beiden lächelnd zu. Dann zog er ein Päckchen Zigarillos aus der hinteren Hosentasche und legte es auf den Picknicktisch, an dem er sich niederließ. Er war im faden Olivgrün alter Uniformen gekleidet, und in der Brusttasche seines grünen T-Shirts steckten ein Kugelschreiber und mehrere Bleistifte. Selbst in Reuels Abwesenheit fühlte er sich hier offenbar ganz zu Hause, akzeptiert, vertraut und entspannt.

Das alte Ehepaar von gegenüber rief ihm etwas zu, und er hob grüßend die Hand, die Innenfläche nach außen wie ein Verkehrspolizist.

Reuel, der mit Bier und Cola wieder aus dem Wohnwagen kam, freute sich sichtlich über den Neuankömmling. »Serge! Eben sag ich, du müsstest gleich da sein.« Er stellte sie einander vor: »Sergej Jawoschenko, das sind Mary Dark Hope und Andi Oliver.«

»Olivier«, verbesserte ihn Andi.

Sergej erhob sich leicht und streckte ihnen nacheinander die Hand hin.

»Sergej Jawoschenko«, sagte Andi und sprach es so perfekt aus, als hätte sie es ihr Leben lang gesagt. »Das ist russisch, stimmt's?«

»Ja.« Er nahm sich ein Zigarillo und bot Reuel das Päckchen an, der sich ebenfalls bediente.

»Woher in Russland?«

»Aus Sibirien, in Russlands Fernem Osten.«

»*Sibirien?*« Für Mary war es ein mythischer Ort – schreckliche, eisige Mythen.

»Ich bin aus Jakutsk, im Norden.«

»Ich dachte, in Sibirien ist alles im Norden«, sagte Mary.

Sergej lachte. »So stellen sich die meisten Leute Sibirien vor. Im Januar sieht die Mittagssonne in Jakutsk wie heller Nebel aus, man kann kaum ihre Umrisse erkennen. Wir haben den so genannten Habitationsnebel. Ich fand den Ausdruck eigentlich immer sehr schön. Es ist nämlich im Grunde gar kein richtiger Nebel. Im Winter ist die Luft so klar, dass die warme Luft der Autos, Leute und Häuser nicht aufsteigen kann. Eigentlich ist es die meiste Zeit des Jahres sehr kalt.«

»Sergej hat dort in einem Wildreservat gearbeitet. Wo war das?«

»Im Lazowski-Wildpark. Im Lazo gibt's mehr Sibirische Tiger als irgendwo sonst in Russlands Fernem Osten. Daher stammt auch das hier.« Er deutete auf sein Gesicht. »Tiger.«

Andi zog geräuschvoll den Atem ein. »Vom Kampf mit einem *Tiger?*«

Sergej lachte. »Ein Kampf fand eigentlich nicht statt. War 'ne ziemlich einseitige Sache.«

»Was ist passiert? Sind Sie weggerannt?«

»Nein. Stell dir vor, aus einem Fenster über dir fällt ein Tresor und landet auf dir – so hat sich das angefühlt. Achthundert Pfund Tiger. Ich konnte mich kaum rühren.«

»Aber wie sind Sie davongekommen?«

»Das war wirklich komisch. Da war ein Wilderer. Der schoss ein paarmal in die Luft – aber nicht auf den Tiger, denn dann hätte er womöglich mich getroffen. Ich wollte auf keinen Fall, dass er getötet wurde. Es gibt nur noch ein paar Exemplare auf der Welt. Amur-Tiger, wisst ihr: Sibirische. Davon gibt's bloß noch ein paar Hundert. Ihr könnt euch vorstellen, was für eine Verlockung für Wilderer.«

»Ein Wilderer.« Andi klang hin und her gerissen zwischen Bewunderung für den Wilderer und Bedrückung darüber, dass der sich überhaupt im Wildreservat herumtrieb.

Sergej musste es ihrem Tonfall angemerkt haben, denn er sagte: »Dort gibt's doch kaum Geld, die Leute sind also gezwungen, sich irgendwie durchzuschlagen. Ihr dürft nicht vergessen, Russland ist jetzt eine Demokratie. Alles steht zum Verkauf: das Land, die Tiger. In Jakutsk verdienen sich die meisten ihren Lebensunterhalt als Jäger und Fallensteller. Ich kann euch sagen, viele Tierschützer haben wir dort nicht.« Er setzte ein breites Lächeln auf.

»Sind Sie von dort weggegangen, weil Sie es satt hatten? Ich meine, die Wilderei und das alles?«

Die Hoffnung, dass er bejahte, stand ihr ins Gesicht geschrieben.

Er lachte. »Nein. Weil ich nichts zu verkaufen hatte. Geld hatte ich auch keins. Du vergisst, dass Wilderer keine andere Einkommensquelle haben.«

»Was für ein fadenscheiniges Argument«, sagte Andi.

Reuel blies einen Rauchstrahl aus. »Oho, Miss Moralapostel.«

An Reuel gewandt, sagte sie: »Der Mensch braucht fast gar nichts zum Überleben.« Und zu Sergej: »Die töten eure Tiger wegen – ich weiß auch nicht, wahrscheinlich bringt das Fell einen Haufen Geld ein.«

Sergej nickte bestätigend. »Fünfzehn- bis zwanzigtausend Dollar. Und dann die Knochen. Die Chinesen schätzen das Knochenpulver des Sibirischen Tigers als Arzneimittel.«

Andi musterte ihn wegen seiner lässigen Einstellung zum Wildern weiter feindselig, doch hielt er ihrem missbilligenden Blick stand. Mary gefiel seine ruhige Art – wie er entspannt dasaß, sein Bier trank und den Finger durch einen Rauchkringel steckte.

Andi regte sich noch ein Weilchen auf, beruhigte sich dann offensichtlich wieder und sah ihm seine erbärmlichen Prinzipien nach. Im Grunde war sie eher neugierig als geschockt. Vornüber gebeugt, das Gesicht in die geballten Fäuste gestützt, hatte ihr Anblick immer irgendwie etwas von einem Faustkämpfer. »Wie sehen sie aus?«

Sergej lächelte und kramte zwischen alten Briefen, Zeitungen und anderen Papieren auf dem Tisch herum, bis er ein weißes Blatt Papier gefunden hatte.

Andi ließ nicht locker. »Was für ein Fell haben sie? Sind sie wirklich so groß? Haben sie Furcht erregende Gesichter?«

Wenn Andi so hartnäckig fragte, hatte Mary immer das Gefühl, der Befragte täte gut daran, mit der Antwort herauszurücken. Dann waren die Tiger tunlichst keine schlichten, strohblonden Geschöpfe mit unscheinbarem Gesichtsausdruck, die gerade mal um die hundert Pfund wogen. Andis romantische Ader erstaunte Mary ein ums andere Mal. Sie hatte etwas an sich, das trotz ihres so schrecklich verstümmelten Lebens niemals vor der verdrossenen Weltsicht kapitulieren würde, die man bei ihr erwarten könnte. Für Andi war es nicht bloß ein junger Mann, der Sandwiches fabrizierte, sondern ein Sandwich-Paradies, und Mexico war ein Ort voller Siestas, Gitarren und liebeswunder Herzen. Es war, als webte ein Teil von ihr an einem Stoff, den der andere Teil in traurigen Stunden wieder auftrennte.

»Vielleicht«, erwiderte Sergej, der inzwischen ein paar Bleistifte aus der Tasche genommen hatte – Buntstifte, wie Mary überrascht feststellte. »Etwa achthundert Pfund schwer und drei Meter lang. Es ist die größte lebende Wildkatze. Das Fell ist schwarz gestreift, mit Weiß und Gold – verschiedenen Goldtönen – das Gesicht, etwa so –« Er schob ihnen das Blatt hin, das er bearbeitet hatte.

Es war wunderschön. Wie hatte er es in so kurzer Zeit zeichnen können, wie hatte er es *überhaupt* zeichnen können? So viel Gefühl lag in den Strichen, die das ebenmäßige Gesicht des Tigers umrissen. Auf das weiße Fell hatte Sergej in Altgold Streifen und Flecken skizziert und auf die Schnauze einen karamellfarbenen Glanz gezeichnet. Die goldenen Schlitzaugen der Katze schienen am Beobachter vorbei an einen für andere unsichtbaren Horizont zu blicken.

»Sie sind ja ein echter Künstler«, sagte Mary. Wer so schnell und präzise zeichnen konnte, musste einer sein.

Sergej zuckte gleichgültig die Schultern und lächelte mit der Mundhälfte, die noch reagieren konnte. »Früher mal.«

»Früher mal«, äffte Reuel ihn nach, »früher mal war Serge

richtig berühmt. Er hat *Ausstellungen* gemacht.« Der Art, in der Reuel das Wort in die Länge zog, war anzumerken, welchen Respekt er vor dieser Leistung empfand.

»In Jakutsk?«

»Nein, in Moskau, Petersburg und anderswo.« Als ob »anderswo« jeder einfach so ausstellen könnte. »Dort hab ich gewohnt, in St. Petersburg. Später bin ich dann nach Lazo zurück, ins Reservat. Wladiwostok – dort war das Leben damals schon traurig, aber jetzt ist es noch trauriger.«

Andi ging nicht näher auf Letzteres ein. Was sie wirklich interessierte, war die Tatsache, dass er ins Wildreservat zurückgekehrt war. »Wenn Sie aber doch Künstler waren, warum sind Sie dann wieder als Tourenführer ins Reservat?«

»Nicht als Führer. Um die Tiere zu malen.« Er hielt inne. Er saß halb der Ebene, halb dem Wäldchen zugewandt. »Der Sibirische Tiger – ich kann mir kaum vorstellen, dass es jemanden gibt, dem sein Aussterben gleichgültig ist.«

Die vier saßen eine Weile schweigend da, als meditierten sie gemeinsam über dieses Aussterben, bis Reuel seufzend meinte: »Wenn ihr Mädels noch zu Wine rüber wollt, müssen wir jetzt aber los.« Er stand auf. »Also, dann bis später, Serge.«

Sergej blieb sitzen. »Zu Harry Wines Laden?« Er war plötzlich nicht mehr so gelassen, schien verändert zu sein, wie von einem Stein, der über einen stillen See hüpft und die Ruhe stört.

»Hmm, hmm. Die beiden haben vor, eine Raftingtour zu machen.«

Sergej erhob sich und schenkte ihnen sein halbes Lächeln. »Seid vorsichtig. Wildwasser ist manchmal extrem gefährlich.«

28

Sogar Andi schien erleichtert, dass jemand anderes fuhr. Mary jedenfalls war heilfroh. Sie konnte entspannen, ihr Päckchen Kaugummi hervorholen und es herumreichen. »Einen Priem hab ich nicht, tut mir Leid.«

»Für mich oder für sie?« Reuel erhaschte Marys Blick im Rückspiegel und unterdrückte ein Lächeln.

Sie verließen die Hauptstraße und fuhren unter dem tropfenden Laub grüner Pflanzen und Bäume, Kiefern und Sumachgewächse. Der viele Regen hatte zahlreiche Blätter schon auf den graubraunen Waldboden fallen lassen. Mary fand es trostlos, es sah aus wie November, wie immer währender November. Sie kamen an einem verwitterten grauen Haus vorbei, dessen Hauptbau im Laufe der Jahre ergänzt worden war, zuerst in einer Art Pseudobackstein, dann mit Holzbohlen. Ein Kind schaukelte im Vorgarten auf einem Reifenschlauch, dem jedes Mal, wenn er in dessen Richtung schwang, ein anderes Kind mit einem Stock einen Schlag versetzte. Der Junge kam ihnen bekannt vor.

»Da wohnen die Swanns«, sagte Reuel und tippte leicht auf die Hupe. Beide Kinder unterbrachen ihr plan- und zielloses Spiel und starrten dem Wagen nach. Nach einer halben Meile erreichten sie eine Reihe von Läden mit einem asphaltierten Autostellplatz. In dem lang gestreckten, weißen Schindelbau waren ein Kaufladen und ein Motel untergebracht. Der Parkplatz bot Raum für etwa ein Dutzend Autos und Kombis.

Beim Aussteigen sagte Andi zu Mary: »Da ist ja ein Motel dabei.«

»Wisst ihr Mädels denn schon, wo ihr übernachtet?«

»Noch nicht«, sagte Andi.

Reuel überlegte kurz. »Das Motel in der Stadt wäre besser für euch. Ich kann ja dort anrufen und euch ein Zimmer besorgen.« Als sei es bereits beschlossene Sache, sagte er: »Na, dann los.«

Quer über die Vorderseite des Gebäudes stand in schwarzen Buchstaben die Aufschrift: WINE'S SPORTAUSRÜSTUNG, RAFTING-TRIPS, LEBENSMITTEL. SPASS. Darunter wurden in etwas kleinerer Schrift Kanu-, Kajak- und Schlauchbootfahrten als Gruppen- und Privatunterricht angeboten.

Drinnen wich die herbstliche Stimmung der herzhaften Fröhlichkeit des Verkaufspersonals, jenen, nahm Mary an, jungen Männern und Frauen in den grauen Sweatshirts, auf denen in großen dunkelroten Buchstaben der Name des Geschäfts prangte. Während der sommerlichen Hochsaison war es hier bestimmt rappelvoll. Jetzt waren vielleicht ein paar dutzend Leute, Erwachsene und Kinder da. Ein paar kokette Mädchen, die einen Tisch voller Mützen, Hemden und Westen begutachteten, waren vermutlich in Andis Alter, wirkten jedoch sogar noch jünger als Mary, was an ihrem ziemlich läppischen Bemühen liegen mochte, auf die gut aussehenden Verkäufer Eindruck zu machen. Dazu kamen einige Familien, mittelalte Paare in Trainingsanzügen und Joggingkluft mit wild herumrennenden Kindern. Einer der Angestellten redete gerade mit einem älteren Mann, während die beiden die Kanus und Kajaks betrachteten, die nebeneinander an der Wand aufgereiht hingen. Ein Mann, der in eines der Zelte spähte, sah wie die jüngere Ausgabe des alten Mannes aus und hatte zwei puddinggesichtige kleine Jungen dabei, die ihrerseits ihm ähnlich sahen. Wie ein Kandidat für eine Wildwasserfahrt sah keiner aus, und ganz bestimmt nicht die Kinder, die viel zu beschäftigt waren, mit grellbunten Plastikgewehren aufeinander zu schießen, als sich für die Zelte oder Boote zu interessieren.

Reuel, Andi und Mary hatten erst kurz dagestanden und sich im Geschäft umgeblickt, als ein weiterer Mann aus einer Tür hinter dem Verkaufstisch trat und den Stapel große Schachteln, die er auf dem Arm hatte, auf dem Tisch ablud.

Mary spürte, wie sich Andi versteifte und sie am Arm packte. Als Mary sich zu ihr umwandte, schien Andi auf einmal Schwierigkeiten zu haben, Luft zu kriegen. Schließlich brachte sie heraus: »Der ist es.«

Der Mann, den sie vor sich hatten, trug eines von WINE'S Sweatshirts und war gerade dabei, Stiefel aus den Schachteln zu nehmen. Er war einsachtzig groß, hatte sehr dunkles, leicht gewelltes Haar, dem die Westsonne, die durchs Fenster kam, einen feuchten Glanz verlieh. Sie wusste, wenn er in ihre Richtung sah, würde er kobaltblaue Augen haben.

Hatte er. Sie konnte es sogar von weitem erkennen. Er sah zu ihnen hinüber, erkannte Reuel, grüßte ihn mit pseudomilitärischer Geste und einem Lächeln, das Mary nur als betörend bezeichnen konnte. Er sah Andi und Mary an, wandte den Blick ab, sah wieder hin. Sein Blick blieb auf Andi ruhen, das Lächeln wurde zögernder, unsteter, schien erst verweilen, dann weitergehen zu wollen, traf jedoch auf ein Hindernis – einen Farn, ein Blatt, eine Angelschnur, die sich an einem Felsbrocken verhakt und im Wasser verfangen hatte.

Mary wusste nicht recht, was sie von diesem Lächeln halten sollte. Es könnte ebenso gut von freudiger Überraschung wie von ängstlicher Erinnerung hervorgerufen worden sein. Was er *sonst* noch sein mochte, wusste sie nicht, doch er war ganz offensichtlich Harry Wine. Und – Andis Behauptung nach – der Fahrer, der sie vor Monaten in seinem Truck mitgenommen hatte.

Andis Finger umklammerten Marys Unterarme wie Zangen. Sie schienen ebenso festgefroren wie sein Lächeln.

Harry Wine war auf eine gefährliche Weise attraktiv, er hatte das, was man wohl magnetische Anziehungskraft nannte. Die

Augen sämtlicher weiblicher Personen im Raum wurden von ihm angezogen. Es war fast unmöglich, nicht hinzusehen.

Und in dem kurzen Augenblick, in dem diese Gedanken Mary durch den Kopf gingen, hatte er Andi klar wiedererkannt. Er ließ das Durcheinander von Stiefeln liegen und trat um den Verkaufstisch herum zu ihnen. Er und Reuel begrüßten einander mit einem Kopfnicken, doch sein Blick war auf Andi geheftet.

»Wo kommst du denn auf einmal her?« Sein Lächeln wurde noch strahlender.

Bevor Andi antworten konnte, sagte Reuel: »Das sind Freundinnen von mir. Die beiden da.«

Sein Ton verriet Mary, dass Reuel diesen Harry Wine nicht ausstehen konnte.

»Haben deine Freundinnen auch einen Namen?«

»Klar doch«, erwiderte Reuel. »Das ist Andi Oliver –«

»Olivier«, korrigierte ihn Andi erneut.

»– und Mary Dark Hope. Mädels, das ist Harry Wine. Dem gehört der Laden.«

Mary sagte Hallo, Andi sagte gar nichts.

»Was macht ihr denn hier in Salmon?«

»Wahrscheinlich das Gleiche wie die meisten«, sagte Andi mit erstaunlicher Gelassenheit. »Wildwasserrafting.«

Oh, verdammt, dachte Mary. Die Zukunft schien bereits vorherbestimmt.

Harry Wines Lächeln wurde breiter. »Na, dann seid ihr hier genau richtig. Wie war's beim Skifahren?«

Andi sah ihn verwirrt an.

»Sandia Peak. Wo ich dich abgesetzt hab. Sag bloß, du erinnerst dich nicht an mich.«

»Es war wunderbar. Klar erinnere ich mich an Sie. Ist das Ihr Laden? Nehmen Sie Leute im Boot mit raus?«

»Ich? Klar. Aber keine Anfänger. Tom oder Lou da drüben, und

Bette« – er deutete auf die Verkäufer, von denen einige in einem Grüppchen zusammenstanden und über irgendetwas lachten – «die können euch mit rausnehmen.«

»Von Tom und Lou würd ich mich nicht mal durchs Gartentor bringen lassen«, sagte Reuel. »Menschenskind, Harry, die können doch einen Riemen nicht von einem Arsch unterscheiden – o Verzeihung, die Damen.« Reuel tippte sich an den Hut. »Die beiden sollten überhaupt niemand mit rausnehmen.«

Andi walzte alle beide nieder. »Wie kommen Sie auf die Idee, wir wären Anfänger? Dann fahren Sie also mit Fortgeschrittenen raus? Mittelstufe? Oder geben Sie sich bloß mit echten Könnern ab?« Ihr Ton war sarkastisch, fast verächtlich gegenüber dem hohen Wert, den er seiner Könnerschaft zumaß.

Er lächelte. »So viele gibt's von denen gar nicht.« Er musterte sie von Kopf bis Fuß. Sein Blick war weniger sexy als das spielerische Abwägen ihrer Fähigkeiten, als könnte er an der Art, wie sie dastand, an ihren Gesten erkennen, wie sie mit einem Boot umgehen würde. »Dann bist du also einer?«

»Ich. Nein, natürlich nicht. Aber ein paar Vierer-Schnellen bin ich schon ganz gut runtergekommen. Man könnte sagen, ich bin fortgeschritten. Oder zumindest Mittelstufe.« Sie lächelte. »Den Gauley runter hab ich's nicht ganz geschafft. Aber einen Großteil.«

Er schien erstaunt. »In West-Virginia? *Den* Gauley?«

»Na, es gibt ja wohl bloß den einen, oder?«

»Ja, aber … meine Güte, da sind doch bestimmt hundert Schnellen drin, davon kaum eine unter einem Dreier.« Er lächelte. »Weißt du noch –«

Wieder schnitt ihm Andi die Frage ab, wie auch immer sie gelautet haben mochte. »Und Sie? Sind Sie den runtergefahren?«

»Ja. Ein paar Mal. Wo war deine Ausstiegsstelle?«

Sie sah ihn ratlos an. »Weiß ich nicht mehr. Also, der Salmon ist ja nicht so schwer. Ich mein, bis Salmon Falls jedenfalls nicht. Ich hab gehört, danach wird's ziemlich hart.«

Woher, fragte sich Mary, hatte sie bloß diese ganzen Informationen? Und dann fiel es ihr wieder ein: Andi neben dem Bücherregal unter einem Schild mit der Aufschrift SPORT. In dem Buchladen in Santa Fe hatte sie Bücher durchgeblättert und auch einige gekauft. Außerdem hatte sie sich gut gemerkt, was der Koch im Roadrunner gesagt hatte. Doch wie konnte Mary sie beide nur von so einem verrückten Unternehmen abhalten?

Sie konnte es offensichtlich nicht. Andi war drauf und dran, sich zu einer Raftingtour anzumelden. Sie alle beide anzumelden, es zumindest zu versuchen.

»Das Problem ist«, sagte Harry Wine, »ich bin bis Saisonende ziemlich ausgebucht.«

»Wir haben bloß vier Tage Zeit.« Andi sagte es, als hätte sie ihn überhaupt nicht gehört.

»Bist du sicher, dass ihr nicht die leichteren Touren machen wollt? Meine Führer –«

Andi schien immer massiver zu werden, je länger sie auf diesem Fleck stand. Massiver und kompromissloser. »Ich sagte doch, wir wollen die besten Stromschnellen.«

Er kaute auf seiner Lippe herum, musterte sie nachdenklich und sagte dann: »Lass mich mal in dem Buch nachsehen, was ich da hab. Kann sein, jemand hat nicht bezahlt oder hat sich's anders überlegt. Bin gleich wieder da.«

Er drehte sich um und ging zum Verkaufstisch hinüber, gefolgt von Andi und Mary, Reuel dicht hinter ihnen. Mary fand es ziemlich seltsam: offensichtlich hatte Reuel sich zu ihrem Beschützer aufgeschwungen. Gegen Andis Plan mit der Raftingtour unternahm er aber recht wenig, allerdings wusste er ja nicht, dass sie noch nie im Leben in einem Raft gesessen hatte. Sich jedenfalls dessen nicht erinnern konnte.

Falls Harry Wine tatsächlich »Daddy« war (Mary wusste, dass Andi überzeugt war, es mit ein und derselben Person zu tun zu haben), hätte er dann nicht nervöser reagiert, als er das Mädchen, das er gekidnappt und mit dem er weiß Gott was angestellt hatte, dieses monatelang vermisste Mädchen in sein Geschäft spazieren sah? Nein, nicht unbedingt. Denn an jenem Februarabend, als er sie im Truck mitgenommen hatte, wusste er, dass etwas nicht stimmte, dass sie sich nicht erinnern konnte. Trotzdem, würde er nicht Verdacht schöpfen, wenn sie so einfach bei ihm auftauchte? Mary überlegte und kam zu folgendem Schluss: Selbst wenn er misstrauisch wurde, handelte es sich bei dem »Daddy« aus der Bed&Breakfast-Pension wohl um einen Menschen, der die Gefahr liebte. Er war es, der Patsy Orr vollgelabert hatte, er war es, der Andi mit ihr allein gelassen hatte. Entweder liebte er also gefährliche Spiele oder war derart von sich überzeugt, dass er dachte, keine Frau würde ihn dazu herausfordern.

Am Verkaufstisch schlug Harry ein schweres Buch auf, sah es aufmerksam durch, schüttelte den Kopf, nickte dann. »Okay, kann gut sein, dass dieses Ehepaar sich nicht mehr meldet. Keine Ahnung, wieso die noch hier drinstehen, die haben nämlich den Rest nicht bezahlt, und wir fahren morgen raus.«

»Na dann«, meinte Andi gleichmütig, »streichen Sie sie doch.«

Er sah unter langen, dunklen Wimpern zu ihr hoch. »Du bist ja wild entschlossen, meine Güte.« Er strich den Namen durch. »Die hätten schon längst zahlen sollen. Okay. Wir schauen, dass wir morgen früh kurz nach acht starten. Könnt ihr bis dahin hier sein?« Sie nickte. Er klappte das Buch zu. »Für eine Outdoor-Sportlerin bist du ganz schön blass.«

Mary sah zu Andi hinüber. Durchscheinend, hätte sie wohl eher gesagt. Ja, blass war sie, das stimmte.

»Das liegt an dem Sonnenschutzmittel«, entgegnete Andi. »Ich schmier mich immer ganz dick ein. Gegen Hautkrebs.«

Reuel, der die ganze Zeit geschwiegen hatte, meldete sich nun zu Wort. Er klang verärgert. »Verdammt noch mal, Harry. Bevor du mit diesen beiden dummen Gänsen hier –«

Mit *einer* dummen Gans, wollte Mary laut ausrufen und funkelte ihn wütend an. Er war so groß, dass es einem vorkam, als redete man mit einer Baumkrone.

»– bevor du mit dem ganzen Getue und Gemache für eine Floßtour anfängst, frag ich mich bloß, ob denen auch allen klar ist, dass der Salmon ganz schön gefährlich sein kann. Wenn ihr kentert oder rausfallt und das Raft auf euch kippt, ist das kein Zuckerschlecken. Oder ihr knallt falsch auf einen Wirbelstrom auf oder landet bei Hochwasser in einem Teich und geratet plötzlich in einen gottverdammten Strudel.«

»Dafür haben wir ja *ihn* dabei«, sagte Andi, mit dem Daumen in Harrys Richtung deutend.

Reuel brummte nur gequält.

»Das hört sich an, als wär der Salmon viel tückischer, als er tatsächlich ist.«

»Flüsse an sich sind nicht tückisch. Auf mögliche Gefahren nicht vorbereitet sein, das ist tückisch.«

»Ach, hör auf, Reuel. Ich verlier doch nie Kunden.« Er lachte.

Reuel bearbeitete bedächtig seinen Kaugummi. »Nein. Bis auf einmal.«

Harry Wine lief rot an, aber eher vor Wut als vor Verlegenheit, glaubte Mary. Was hatte Reuel damit gemeint? Sie fragte sich, ob Reuel wohl merkte, dass keine von ihnen ein Raft jemals aus der Nähe gesehen hatte, trotz Andis lässig dahinerzählter Erlebnisse auf dem Gauley. Mary war etwas unvorbereitet, als Harry sich mit einer Frage an sie wandte.

»Du auch? Wollt ihr alle beide mit?«

In dem Moment überkam Mary ein merkwürdiges Gefühl. Sie fühlte sich plötzlich in die Enge getrieben, seltsamerweise aber nicht von den anderen, sondern von sich selbst – denn für den Rest war es eine Frage, kein versteckter Befehl. Ihre Antwort machte sich an einer gewissen Vorstellung fest, die sie selbst von sich hatte, obgleich sie nicht recht wusste, was das für eine Vorstellung war. Es ging nicht einfach um die Frage, ob sie »mutig« oder »feige« war. Sie musste es mit sich selbst abmachen: Es kam nicht auf die Meinung an, die andere von ihr hatten, es hatte nichts mit Belohnung oder mit Strafe zu tun. Sie musste an Mel in Cripple Creek denken, die einem leeren Tisch Blackjack-Karten ausgeteilt hatte. So war es: wie wenn man mit einem leeren Tisch Blackjack spielte. Man gewinnt, und keiner außer einem selbst erfährt davon. Andererseits – bis hierher war sie nun schon gekommen. Sie hatte genug getan, oder nicht? Sie hatte nicht die Absicht, in den kühlen Fluten des verdammten Flusses ohne Wiederkehr abzusaufen.

Erst als sie ihren Kaugummi weiterkaute, merkte Mary, dass sie vorhin damit aufgehört hatte. Wie wenn man den Atem anhält. Zugegeben – sie hatte große Angst davor, sich ins reißende Wasser mit seinen hundert Stromschnellen zu begeben.

»Wir alle beide.« Sie kaute ihren Kaugummi weiter.

29

Als sie wieder in Salmon waren, lud Reuel sie zu Hamburgern und Kaffee in den Coffee Shop ein. Das harte, gleißend weiße Licht dort reflektierte sich in den weißen Kunststofftischflächen und den gestärkten Schürzen der Kellnerinnen. Ein Musikautomat, auf dessen Vorderseite die Farben Schwindel erregend ineinander verschwammen, spielte gerade einen alten Willie-Nelson-Song. In jeder Sitzecke war eine Liste mit Jukebox-Titeln in die Wand eingelassen.

Mary und Andi setzten sich Reuel gegenüber. Die Tische waren schon gedeckt, Messer und Gabeln lagen in Papierservietten eingerollt neben den Sets, deren Papier an den Rändern eingekerbt war. Sie waren mit Strich-Punkt-Ratebildern bedruckt, mit in Wolken versteckten Gegenständen und Comiczeichnungen, die gleich aussahen und bei denen man die Unterschiede herausfinden musste.

Kinderkram, dachte Mary. Na ja …

Während sie die Punkte miteinander verband, kam eine Kellnerin an ihren Tisch, um die Bestellung aufzunehmen. Nachdem sie mit Reuel ein paar nette Worte gewechselt hatte, bestellten sie Hamburger, Kaffee und Schoko-Milkshakes. Danach machte sich Mary wieder an dem Platzset zu schaffen. Die Spiele waren dermaßen simpel, dass sie sich nicht vorstellen konnte, dass ein Kind sich dafür länger als zehn Minuten interessierte. In sieben hatte sie alle fertig, während Andi und Reuel sich über Fallenstellen und Wilderei unterhielten.

Mary wünschte, sie täten es nicht, denn dadurch fiel ihr nur wieder der schreckliche Vorfall in Medicine Bow ein. Die Beschäftigung mit dem Platzset hatte sie nicht lange abgelenkt. Sie fand den Gedanken an die Kojotenbabys fast unerträglich. Wenn man zu lang darüber nachdachte, kam man womöglich auf die Idee, etwas unternehmen zu müssen.

Jetzt redete Andi von Harry Wine. »Als er sagte, er hätte nie jemand verloren, was meinten Sie mit ›bis auf einmal‹?«

Reuel antwortete nicht gleich. Er hatte sich zurückgelehnt und einen Arm über die Oberkante des blutroten Kunstledersitzes geworfen, während seine langen Finger unablässig ein Streichholzbriefchen hin und her drehten. »Ein junges Mädchen namens Atkins, Peggy Atkins. Weiß nicht mehr genau, woher sie war, irgendwo aus dem Osten –«

»Das ist sie!«, sagte Mary zu Andi.

Reuel sah sie verständnislos an. »Wer?«

Andi sagte: »In der Zeitung, die ich gelesen hab. Es ist schon ein paar Jahre her, stimmt's?«

»Drei, vielleicht vier. Sie war schon ein paar Mal hier gewesen, um den Salmon runterzufahren, immer mit Harry Wines Leuten.« Er sah Andi bekümmert an. »Ich hab das Gefühl, es wäre besser, euch das alles nicht zu erzählen.«

Andi zuckte die Achseln. »Legen Sie schon los.«

Mary wusste, dass ihr Achselzucken nicht Gleichgültigkeit bedeutete, höchstens Gleichgültigkeit demgegenüber, wie sie die Informationen bekam. Hauptsache, sie bekam sie.

Reuel fuhr seufzend fort: »Ich glaub, sie war zwanzig, so um den Dreh –«

»Neunzehn, stand in der Zeitung.«

»Ja. Ich hab sie bloß ein paar Mal gesehen. Zweimal, als sie mit Harry hier beim Essen war. Hübsches Mädchen, wirklich hübsch. Einmal saßen sie übrigens genau in dieser Ecke hier.«

Andis Blick wanderte kreuz und quer über die Tischnische, dann zum Fußboden, als haftete dort Peggy Atkins' gespenstisches Abbild.

»Also, ich hatte den Eindruck, als hätten sie sich näher gestanden als Käpt'n und Crew – äh, als wär es mehr gewesen, als ne rein geschäftliche Beziehung. Eigentlich kaum überraschend, wenn man Harry kennt. Jedenfalls war die junge Atkins in dem Sommer damals mehr als einmal hier. Sie kam am Anfang und am Ende, erst Anfang Juni und dann noch mal im September. Mann, die muss jede Stromschnelle runtergefahren sein, die der Salmon zu bieten hat, jedes Gefälle, jeden Wirbel gesehen haben.«

Die Kellnerin – sie hieß Cookie, jedenfalls nannten sie alle so – stellte ihnen Shakes und Kaffee hin. Reuel bedankte sich.

Mary lehnte sich mit ihrem Schoko-Shake zurück und kam sich ziemlich ausgeschlossen vor. Inzwischen bereute sie, sich mit den kindischen Puzzles abgegeben zu haben. Wahrscheinlich lag es hauptsächlich daran, dass Andi älter war, dass Reuel sich mehr mit ihr statt mit ihnen beiden unterhielt. Doch schien Reuel Andi auch zu respektieren, obwohl er sie »Mädel« nannte und sarkastische Kommentare machte. Mary saugte den dickflüssigen Shake durch den Strohhalm und lümmelte sich auf ihrem Sitz.

»In der Zeitung stand, sie ist ertrunken. Wie denn?«, fragte Andi.

»Bei einem Unfall auf dem Fluss«, sagte Reuel. »Es war ein Rechen, hab ich gehört, oder vielleicht auch ein haltendes Loch. Ich kann mich bei den Schnellen nicht so aus.« Er fixierte Andi mit einem unmerklichen Lächeln. »Du weißt doch, was das ist – ein Rechen?«

Mary fand es toll, wie lässig sie darüber hinwegging.

Reuel fuhr fort: »Harry behauptete, ihr Kajak wär eingeklemmt worden, und sie darunter.«

Mary runzelte die Stirn. »Was ist mit den anderen? Es muss doch Zeugen gegeben haben.«

»Keine Zeugen. Nur die zwei und ihre zwei Kajaks. Keine Zeugen«, wiederholte er. »In dem reißenden Wasser hat es nicht viel Sinn, jemanden zu suchen.«

Andi ignorierte ihr Essen und rollte das immer noch eingewickelte Besteck hin und her. Dann hielt sie plötzlich inne. »Sie glauben ihm nicht. Wieso?«

»Weil ich hörte, dass sie sehr erfahren war und sogar zu den Experten zählte. Das ist noch höher als deine Kategorie von ›fortgeschritten‹.«

Das saß! Doch Andi verzog keine Miene. Sie ließ sich nicht so leicht provozieren.

»Hat ihre Mutter gesagt. Sie kam hierher, um die Leiche zu identifizieren. Ihr Dad war im Krankenhaus und hatte eine schwere Operation, hab ich gehört. Also musste ihre Mom es tun. Furchtbar.«

Mary zuckte zusammen. Sie musste an Angela denken, die im fernen England gestorben war. »Hat die Polizei den Fall untersucht?«

»Ja, schon. Die haben aber nichts Ungewöhnliches gefunden. Manche Leute haben sich aber doch gewundert: so ein erfahrener Bootsführer wie Harry Wine – wie ihm das passieren konnte.«

»Warum?«, fragte Andi.

»Warum was?«

»Warum wollte er, dass sie stirbt?«

»Da komm ich jetzt irgendwie nicht ganz mit.«

Andi war ungeduldig. Es schien immer, als wollte die Zeit Vergeltung an ihr üben und versuchte, sie zu übertreffen. »Wenn Sie nicht glauben, dass es ein Unfall war, dann sagen Sie doch damit, dass er es hingetrickst hat. Ich frag ja bloß. Warum hätte er gewollt, dass sie stirbt?«

Reuel schob die Zigarre aus der Hülle heraus und schnippte sie hin und her, während er, die Augenbrauen hochgezogen, stumm um Erlaubnis bat, rauchen zu dürfen. Stumm nickten sie ihm ihr Einverständnis zu. Er zündete die Zigarre an, paffte ein paar Züge, bis die Glut zu glimmen begann. »Ich glaub, da war mehr als nur Rafting im Spiel.« Er zog etwas Kleingeld aus der Tasche und begann die Musikauswahl an der Jukebox durchzusehen. Er fand, was er suchte, und schob mit dem Daumen eine Münze ein.

Langsam wie Nebel über einem Fluss wehte Musik zu ihnen

herüber. Es war weder Country- noch Rockmusik und auch nicht neu. Obwohl Mary den Song nicht recht einordnen konnte, klang er auf traurige Weise vertraut.

»…I'll come back to you some sunny day…«

Vielleicht kam die Traurigkeit vom kratzigen Timbre der männlichen Singstimme oder einer zerkratzten Aufnahme. »Was ist das?«

»›Mexicali Rose.‹ Daran kannst du dich nicht erinnern. Das ist bestimmt fünfzig Jahre alt.« Er sah sie merkwürdig an. »Bist du aber vielleicht auch.«

»Wipe those big brown eyes and smile, dear…
Banish all those tears and please don't cry.«

Als der Song schließlich beim *goodbye* anlangte, stützte Andi ihr Kinn in die Hände und sah Reuel nachdenklich an. »Ich glaub, dabei müssen Sie an *sie* denken, stimmt's?«

Mary konnte die Betonung hören. Es erstaunte sie immer wieder von neuem, wie sentimental Andi war.

Reuel klopfte sich die Zigarrenasche in die Handfläche. »Ja, stimmt wohl. Wollt ihr was anderes hören?« Er fischte wieder eine Münze aus der Hosentasche.

Andi meinte: »Noch mal ›Mexicali Rose‹.«

»Wenn du meinst.« Lächelnd warf er die Münze ein.

Cookie kam herüber, um einen Mann zu bedienen, der gerade in der Nachbarnische Platze genommen hatte. Sie lachten, während sie sich seine Bestellung notierte.

Der Sänger mit der Kratzstimme fing wieder an:

»Mexicali Rose, goodbye, dear…«

Andi lauschte aufmerksam und fragte dann: »Denken Sie, Sie werden sie wieder sehen?«

»Glaub ich kaum.«

Der Mann in der Nische hinter Reuel drehte sich um und sagte: »Reuel? Dachte ich mir doch, ich hör deine Stimme.«

»Jack! He, setz dich doch rüber, hier sind zwei, die ich dir vorstellen will.«

Jack nahm seine Kaffeetasse und ließ sich, den beiden Mädchen freundlich zunickend, neben Reuel nieder.

»Das ist Jack Kite«, erläuterte Reuel. »Ihr erinnert euch, ich hab schon von ihm erzählt. Er ist beim Jagd- und Fischereiamt.«

Andi wollte wissen, worin seine Arbeit bestand. »Dafür sorgen, dass die Wilderer aus den Wildreservaten draußen bleiben, Käfigjagden verhindern, Bären durch gutes Zureden aus Privatgärten locken, solche Sachen.« Er lächelte.

»Das ist doch ein Witz?« Andi schien verunsichert. »Das mit den Bären?«

»Nein, nein. Erst heute hab ich am Stadtrand draußen einen Schwarzbären rausgeholt.«

»Wie denn?«

»Mit dem Betäubungsgewehr ruhig gestellt, auf den Truck gehievt – ich hatte natürlich Hilfe – und gehofft, dass er erst aufwacht, wenn ich ihn nach Hause gebracht hab. Zu ihm nach Hause, nicht zu mir. Einer ist mir nämlich mal auf der Ladepritsche aufgewacht.«

»Was haben Sie da gemacht?«

»Bin gefahren wie der Teufel.«

Alle lachten.

Andi fragte: »Sie sagten was von ›Käfigjagden‹. Was ist das?«

»Wenn sie Tiere in Käfigen oder extra eingezäuntem Gelände abschießen. Die Betreiber verlangen dafür ein Heidengeld. Und Leute, die da hingehen, zahlen bereitwillig. Die Broschüren, die

die Ranchen verschicken, sehen aus wie Werbung für eine ganz normale Urlaubsreise, aber statt Fotos von Schwimmbädern und Prunksuiten kriegt man Fotos von Berglöwen, Tigern und Antilopen – sogar vom Aussterben bedrohte Tiere.«

»Das ist aber doch nicht *legal.*« Mary war entsetzt.

»Nein, aber alles Übrige ist legal, vorausgesetzt, die Tiere werden nicht über die Bundesstaatsgrenzen transportiert.« Er wandte sich an Reuel. »Hast du gehört, was drüben im Medicine Bow Nationalpark passiert ist?«

Mary warf einen kurzen Blick zu Andi hinüber, die nicht einmal mit der Wimper zuckte.

»Einer von den Regierungstypen vom ADC – Animal Damage Control nennen die das –« Er musste unwillkürlich lachen. »Scheint ganz so – *scheint so* –, als wär der Kerl ausgeraubt und mit Stacheldraht an einen Baum gefesselt worden.«

»Lieber Gott«, sagte Reuel. »Hat man die Typen gefunden, die das getan haben?«

Cookie kam wieder, stellte Jack Kite sein Thunfisch-Sandwich und die Pommes frites hin, füllte die Kaffeetassen nach und ging.

»Nein. Er sagt, eine Motorradbande hätte sich über ihn hergemacht. Acht oder neun wären es gewesen, und er hätte versucht, sie rauszudrängen, bevor sie den ganzen Scheißwald anzünden und wild rumballern. Die hätten Handfeuerwaffen dabeigehabt –«

Mary fand es erstaunlich, dass Bob überhaupt so viel Phantasie hatte, sich diese Geschichte auszudenken. Sie sah kurz zu Andi hinüber, die, die Arme fest vor dem Bauch verschränkt, dasaß, als wollte sie etwas zurückhalten.

»Dieser Regierungsmensch fragt also, was er denn hätte tun sollen? Sie seien über ihn hergefallen.«

»Alle miteinander?«, fragte Andi.

»Mehr oder weniger, ist so mein Eindruck. Der Scheißidiot

hatte noch Glück, dass er nicht an die Jungs in *Deliverance* geraten war.«

»Was ist das?«, erkundigte sich Andi.

»Ein Film über ein paar Typen, die Fischen oder Jagen gehen, und einer von ihnen –« Jack warf einen flüchtigen Blick zu Reuel hinüber, und stumm beratschlagten die Erwachsenen über die Köpfe der Kinder hinweg, ob diese noch zu jung waren, um mit diesem ganz besonders obszönen Material konfrontiert zu werden. Offensichtlich waren sie es nicht.

Mary stieß einen genervten Seufzer aus. »Einer kriegt ihn von hinten rein verpasst.«

Jack Kite wirkte schockiert. »Also, wenn ihr mich fragt, dieser ADC-Typ hat sich den ganzen Blödsinn von vorn bis hinten bloß ausgedacht. Eine Motorradbande in Medicine Bow? Mach mich doch nicht schwach. Was zum Teufel hätten die dort zu suchen? Außerdem gab's keine Reifenspuren. Und *außerdem* war's eine Frau, die bei der Staatspolizei angerufen und gesagt hat, der Kerl wär gefesselt. Vermutlich waren's Tierschützer. Die kommen manchmal auf seltsame Ideen.« Jack biss gedankenverloren von seinem Sandwich ab.

Reuel blickte zwischen Mary und Andi hin und her. »Na, was es nicht alles gibt. Ihr beiden seid nicht zufällig durch Medicine Bow gekommen, oder?«

Beide schüttelten den Kopf. Andi sagte: »Das lag nicht auf unserer Route.«

Reuel sah sie prüfend an, gab sich jedoch damit zufrieden und ließ das Thema auf sich beruhen. »Wir sprachen gerade von der jungen Atkins.«

Ein dunkler Schatten wie von einer Habichtschwinge fiel über Jack Kites Gesicht. Er knöpfte die Brusttasche seines khakibraunen Hemds auf und zog eine Zigarette hervor, die er ohne sie anzuzünden in der Hand behielt. »Peggy Atkins.« Er sprach den

Namen fast ehrfürchtig aus, allerdings auch etwas rätselhaft, als gäbe es da noch alle möglichen ungelösten Fragen. »Ich werd's nie begreifen. Wisst ihr, wie viele tödliche Unfälle wir insgesamt auf dem Salmon hatten? Vielleicht ein halbes Dutzend, und wenn ich mich recht entsinne, alle im selben Raft, als die Abströmung über Nacht von zirka neuntausend auf fast zwanzigtausend gestiegen ist. Es war direkt unheimlich, kommt nicht oft vor. Aber als Peggy Atkins ertrunken ist? Da war nichts Außergewöhnliches. War höchstens eine Vierer-Stromschnelle, und mit der hätte sie auch gerechnet, die hätte sie vorher erkundet. Sie war eine erfahrene Kajakfahrerin, hab ich gehört. Wirklich ein sehr seltsamer Unfall. Der einzige Augenzeuge war Harry Wine.« Endlich zündete Jack die Zigarette an, mit der er bisher herumgespielt hatte. Das Zündholz flammte auf. »Er war der einzige Augenzeuge«, sagte er, als müsste es wiederholt werden. Er nahm seine Kaffeetasse, stellte sie jedoch ohne zu trinken wieder ab. »Ab und zu hört man die Leute reden, was für Sachen Harry so treibt. Der will, dass man ihn bloß für einen lockeren Rafter hält, und in Wahrheit hat er's faustdick hinter den Ohren.«

»Was denn?«, fragte Mary.

»Politik, er steckt Geld in die Kampagnen von Politikern, die gegen die ganzen Umweltgruppen sind. Offen zeigen tut er sich aber nie. Versteht ihr? In der Öffentlichkeit sieht man Harry nie, der bekennt nie Farbe, der spricht nie was offen aus. Geld spricht für sich, also braucht's Harry nicht zu tun.« Jack hielt inne und schaute sie nacheinander an. »Interessiert euch Mädels denn das alles? Ihr müsst entschuldigen, aber Mr. Wine ist nun mal eins meiner liebsten Themen. Eins meiner *unliebsten* Themen, sollte ich vielleicht sagen. Wenn hier was Übles vor sich geht, steckt Harry Wine dahinter.«

»Zum Beispiel?«, fragte Andi.

»Pornografie, zum Beispiel.«

Reuel unterbrach ihn. »Das muss sie nicht alles wissen, Jack.«

Jack hielt inne, verkniff sich offensichtlich, was er noch hatte sagen wollen. »Und Schlimmeres.«

»Was ist denn schlimmer?«

»Schon gut.«

Andi hielt den Blick unverwandt auf Jack Kite gerichtet, als könnte sie ihm durch Anstarren die Antwort entlocken.

»Na, so Sachen eben.« Mehr sagte Jack nicht.

Andi wandte sich wieder dem Thema Peggy Atkins zu. »Was genau ist passiert?«

»Also, ganz allgemein gesprochen, lag's an der Flusshydraulik. Es war an den Schnellen von Big Mallard, ungefähr achtzig Meilen den Hauptlauf des Salmon runter. Dort befindet sich ein ziemlich übles Loch – hab ich jedenfalls gehört, ich bin selber kein Rafter –, ein so genanntes haltendes Loch. Sie ist nicht mehr aufgetaucht. Sie mussten sie rausholen.« Er drückte seine Zigarette aus. »Man sollte meinen, ihr konnte nichts passieren, Harry Wine war ja dabei. Die einzige Erklärung ist eigentlich, dass sie den Flusslauf nicht richtig gekannt haben.« Er machte eine Pause. »Harry Wine kennt einen Fluss wie eine Ratte.«

30

»Ich begreif einfach nicht, wie du zu Harry Wine sagen konntest, wir wären fortgeschrittene Rafter«, sagte Mary, die es allerdings bestens begriff. Es war schließlich nicht das erste Mal. »Wir haben ja ein Raft noch nicht mal von weitem gesehen, alle beide nicht.«

Inzwischen lagen sie in ihren getrennten überbreiten Betten

im Motel. Mary sagte es zwar nicht, doch sie fand es toll: mit dem Auto in der Gegend herumzufahren und wenn man Lust hatte, in Motels zu übernachten und den Fernseher einzuschalten. Im Moment war der großformatige Bildschirm angeschaltet, ohne dass der Ton lief. Mary fand es entspannend, zuzusehen, wie sich die Lippen bewegten, aber keine Worte herauskamen. »Woher weißt du das eigentlich alles über diese anderen Flüsse?«

»Viel war's doch nicht, bloß ein paar Fakten, die hab ich aus dem Buch in dem Buchladen, wo wir angehalten haben.«

»Und wenn er dich was gefragt hätte, was du nicht beantworten kannst?«

»Hat er doch. Dabei kommt's drauf an, dass du den anderen keine Fragen stellen lässt. Wenn er eine Frage dazwischenschiebt, trampelst du drüber hinweg und redest einfach weiter. Gib dich selbstsicher, ganz egal, ob du dich so fühlst oder nicht.«

Die Hände unter dem Kopf verschränkt, lag Mary da und dachte darüber nach. Überzeugend hatte Andi gewirkt, daran bestand kein Zweifel. »Ich glaub aber nicht, dass jeder so tun kann. Ich zum Beispiel könnte es nicht.« Sie wünschte sich insgeheim, dass Andi ihr widersprach, doch als sie es unterließ, redete Mary weiter. »Ich will dir deinen Plan ja nicht madig machen, aber ich kann nicht gerade behaupten, dass ich mich drum reiße, in so ein Raft zu steigen. Alles bloß Gummi und Luft. Ich kapier ja nicht mal, wie man damit einen Fischteich überqueren soll, geschweige denn einen Wildbach.« Vor ihrem geistigen Auge sah Mary die Steilwände und die winzigen Gestalten, die vielleicht gerade vor ihren Augen ertranken. »Und *insbesondere* lege ich keinen gesteigerten Wert darauf, so ein Ding zu besteigen, nachdem du überall rumposaunt hast, wir wären fortgeschrittene Rafter. Warum hast du ihm nicht auch noch gesagt, wir wären echte Cracks?«

»Weil er dann erwartet hätte, dass wir viel besser sind.«

Mary wandte den Kopf hinüber, nachdem sie eine Weile dem Mond zugesehen hatte, der durch die Zweige eines Baumes vor ihrem Fenster geschwebt war, und starrte nun in die Dunkelheit. »Besser? Na ja, fortgeschritten *ist* doch ›besser‹, jedenfalls seh ich das so. Damit mein ich, besser als Anfänger, was wir nämlich eigentlich sind.«

»Mit Anfängern fährt er aber nicht raus. Du hast ihn doch gehört.«

Auf den Ellbogen gestützt, sagte Mary: »Hör mal. Was soll der Schwachsinn? Wir sind und bleiben Anfänger.« Sie drehte sich wieder weg, um ihr Kissen zurechtzuschütteln, dann ließ sie den Kopf schwer darauf plumpsen. »Ich kapier immer noch nicht, wieso wir über Stromschnellen fahren müssen.«

»Wie kann ich sonst in seiner Nähe sein? Der verbringt seine Zeit schließlich mit Rafting.«

»Aber worauf ich hinauswill, du wirst mit ihm doch gar nicht reden können. Der hat doch den Kopf voll mit Wirbelströmen und Gefällestufen. Und haushohen Wellen, nicht zu vergessen.«

»Solange wir auf dem Fluss sind, ja. Wir sind aber auch stundenlang *nicht* auf dem Fluss. Das Mittagessen« – an dieser Stelle hielt sie die Broschüre hoch, die sie beim schwachen Schein der Nachttischlampe gelesen hatte – »›findet in einer herrlich abgeschiedenen, kleinen Bucht statt, inmitten der üppigen, wilden Natur.‹ O ja, ganz bestimmt. Außerdem übernachten wir im Zelt.«

»Außer uns sind aber noch andere Leute dabei. Die werden alle mit ihm reden wollen.« Sie spürte Andis Blick und rollte sich auf die Seite, sodass sie dem anderen Bett den Rücken zuwandte. Das Problem war, dass ihr Argument nicht einmal sie selbst überzeugte. Sie wollte nur nicht darauf hingewiesen werden.

Was sie natürlich aber wurde. »Wenn er der ist, für den wir ihn halten –«

»*Wir?*«

»– dann hab ich bestimmt keine Schwierigkeiten, seine Aufmerksamkeit zu fesseln. Und wenn er's nicht ist – na, dann ist es auch egal.«

Mary rollte sich wieder herüber und musterte Andi. »Falls er *tatsächlich* Harry Wine ist, hätte er dann nicht anders reagiert? Ich mein, Menschenskind, wenn *ich* meinem Opfer begegnen würde, könnte ich doch nicht einfach drüber reden, wo die Ausstiegsstelle am Gurley ist –«

»Gauley.«

Mary richtete sich auf. »Wenn er Daddy ist, wieso hat er dich dann damals im Februar laufen lassen? Der Kerl hatte dich doch schon in seinem Truck.«

Andi hatte eine Antwort parat. Das hatte sie wohl immer. »Weil er merkte, dass ich ihn nicht erkannt hab. Und weil Patsy Orr ihm bestimmt sagte, was ich ihr beim Frühstück erzählt hab. Niemand hat ja die Polizei gerufen. Als er mich unterwegs in dem Laden sah, merkte er, dass ich mich nicht an ihn erinnerte. Und wenn ich mich nicht an ihn erinnerte, war ich auch keine Gefahr für ihn. Was ich ihm auf der Fahrt erzählt hab – dass ich meinen Vater und meine Brüder treffen würde, um mit ihnen auf dem Sandia Peak Ski zu fahren –, er wusste doch, dass das alles erfunden war. Er wusste, dass ich allein war.«

Mary dachte darüber nach. »Was für ein niederträchtiger Dreckskerl.«

»Das wissen wir aber schon, oder?« Andi erhob sich auf den Ellbogen, stützte den Kopf in die Hand und schob ihr Haar zurück, das die Farbe des Mondlichts hatte. »Weißt du was, Mary – der glaubt, ihm kann keiner. Der ist so selbstsicher. Es ist, als würde er ein gefährliches Spiel spielen, das er dadurch noch gefährlicher macht, indem er zum Beispiel mich in ein Bed & Breakfast mitnimmt. Auf Mrs. Orr macht er schwer Eindruck und labert sie voll. Wenn er dafür sorgen wollte, dass sie ihn später identifiziert, hätte er es kaum besser anstellen können.« Andi ließ sich wieder auf den Rücken fallen. »Er muss sich ziemlich sicher sein, dass es für die Bullen keinen Grund gab, auf ihn aufmerksam zu werden. Das heißt, er hatte was mit mir vor, bei dem meine Zukunft nicht vorkam.«

Mary spürte, wie ihr die Kälte über den Rücken kroch, als hätte eine eisige Hand sich dort hingelegt.

»Er weiß, dass ich es nicht weiß«, sagte Andi.

»Andi, du musst es der Polizei sagen.«

»Nein.« Sie schwieg eine Weile. »Es ist schon zu lange her. Wieso sollten die mir glauben? Ich gegen ihn? In dieser Stadt? Ich glaub nicht, dass die Polizei was unternehmen würde.« Andi schüttelte den Kopf. »Er glaubt, er ist sicher. Er fühlt sich bestimmt ganz sicher.« Sie wandte den Kopf zu Mary hinüber.

»Was ist mit der Waffe?«, fragte Mary. »Vielleicht könnten sie die Herkunft der Waffe feststellen.«

»Das bringt ihn womöglich auch nicht aus der Ruhe. Wie gesagt, er fühlt sich bestimmt sehr sicher. Wenn's nicht so wäre, wär er doch hinter mir her. Dann wär er hinter mir her«, wiederholte sie.

»Du könntest es Reuel erzählen –«

»Nein. Der würde bloß sagen, geh zur Polizei.«

»Also, ich weiß nicht. Der scheint Polizisten nicht besonders zu mögen. Der hört sich an wie einer, der die Dinge lieber selbst in die Hand nimmt. Wie gewisse andere Leute, die ich kenne.« Als die Stille sich in die Länge zog, glaubte Mary schon, Andi sei eingeschlummert. »Schläfst du?«, flüsterte sie.

»Nein.«

»Woran denkst du?«

»An den Sandwich-Typen.«

Mary hob den Kopf. »An wen?«

»An den Sandwichmacher. Ich hab dir doch von ihm erzählt. In dem Laden am Highway. Er heißt auch Andy.« Andi streckte den Arm aus, die Handfläche so gegen das Fenster gerichtet, dass die Fingerspitzen im hellen Mondlicht wie kleine Kerzen zu leuchten schienen.

Mary sank wieder auf die harte Matratze zurück. »Wir ertrinken morgen, und du denkst an Jungs. Toll!« Sie hatte noch nie einen Freund gehabt, eine Tatsache, derer sie sich zutiefst schämte, als mangelte es ihr an einer wesentlichen menschlichen Fähigkeit.

Mary lag da und dachte an Andis Eltern, die bestimmt sehr litten. Sie vermutete, dass es die gab, die meisten hatten doch Eltern, auch wenn sie selber keine hatte. Noch etwas, worauf sie eifersüchtig sein konnte. Bei allem, worum sie Andi beneidete, fragte sie sich, wieso sie sie eigentlich so gern haben konnte. Dann fragte sie sich, wie sie auf jemanden in Andis Situation überhaupt eifersüchtig sein konnte. Sie selbst konnte sich wenigstens an Dinge erinnern. Vielleicht nicht an viel Gutes, doch hatte sie immerhin ihre Erinnerungen. Andi musste sich manchmal vorkommen wie ein Schlauchboot in einer Stromschnelle, hin und her gerissen zwischen Fels, Teich und Loch, hin und her gepeitscht von den Strömungen. Und doch … wurde dieses Bild Andi überhaupt gerecht? Wenn man außer Acht ließ, wie entschlossen sie den Dingen auf den Grund ging.

Eine kühle, weiche Brise wehte durchs offene Fenster. Mary zog die Bettdecke bis unters Kind hoch. »Was glaubst du, was passieren wird?«

Andi antwortete erst nach kurzer Überlegung. »Keine Ahnung.«

»Glaubst du, dass er – was versuchen wird?«

»Ich kann mir nicht vorstellen, wie«, erwiderte Andi. »Schließlich fahren ja auch noch andere Leute mit. Wir haben Zeugen dabei.«

»Ja.« Doch konnte die Anwesenheit eventueller Zeugen Mary nicht beruhigen. Was war, wenn er Andi allein zu fassen kriegte? Oder wenn sie getrennt wurden? So etwas konnte durchaus passieren, und dann gäbe es keine Zeugen – außer dem Fluss. Und Flüsse gaben schlechte Zeugen ab.

31

Mary liebte es, frühmorgens im Auto herumzufahren. Sie liebte den Tau, der die dunkelgrün-blauen Gelbkiefern umhüllte und die Pappeln und Ahornbäume wie mit Spinnweben umgab, der vom Boden aufstieg und die Wurzeln und Straßen fast unsichtbar machte. Frühmorgens wirkte die Erde richtig urwüchsig.

Sie waren um sieben aufgebrochen, um genügend Zeit für die Fahrt über die engen Schotterstraßen zu haben. Andi saß am Steuer. Ihre Fahrkünste hatten sich soweit verbessert, dass sie nun so gut wie Mary fuhr (was an sich nicht viel heißen mochte).

Durch die Fenster drang die vom Kieferndurft geschwängerte Luft, die Mary in tiefen Zügen einsog. Sie fuhren an Farmen vorbei und an einem Wasserturm, bis sie zu Bonnies Haus gelangten. Die Geräusche waren schwach und gedämpft, sodass Mary schon unsicher war, ob sie sich den Schrei, einen plötzlichen, abgehackten Aufschrei, nur eingebildet hatte. »Was war das?« Der Wagen wurde langsamer. »Was machst du?«

»Anhalten.« Andi fuhr unter die Bäume, wo sich der Wald wie ein Handschuh um sie schloss. »Komm«, flüsterte sie.

Das ehemals weiße Haus hatte inzwischen die Farbe von Nebel, ein verwischtes Grau. An der Wegbiegung, wo die verwinkelte Straße nach rechts abzweigte, stand es ganz allein im Wald, ohne Nachbarhäuser, wenn man von Harry Wines Laden eine Viertelmeile weiter am Ende der Schotterstraße absah. Neben den Treppenstufen parkte ein sumpfgrüner Jeep.

Sie stiegen aus. Der Erdboden war mit mehreren Schichten Farn und braunen Nadeln gepolstert. Dichte Kiefern und Zitterpappeln verdüsterten das blasse, verschwommene Licht. Um das Haus überhaupt sehen zu können, mussten sie einen Vorhang von Zweigen beiseite halten.

Das Haus schien gestaltlos im Dunst über der untersten Stufe zu schweben, die zu der überdachten Veranda hinaufführte, einer geräumigen Veranda, die auf drei Seiten um das Haus herum verlief. Eine alte Blechwippe und eine hölzerne Schaukel bewegten sich leicht im Wind, wie in Erinnerung an das Gewicht derer, die sich erst vor kurzem von ihnen erhoben hatten. An der Hausmauer waren Klappstühle gestapelt, und überall verstreut lagen Spielsachen wie Bauklötze und Puppen herum. Ein rotes Dreirad lehnte bedenklich unsicher an der Treppe. Dieses Rot war der einzige Farbtupfer, alles andere – die Schaukel, die Wippe – war eintönig grau, wodurch das ganze Haus mit dem Wald verschwamm und die Tarnfärbung von Bäumen, Felsbrocken und Bodennebel annahm. Ein Wind kam auf und ließ die Schaukelseile knarzen, dass es sich anhörte wie bei einer Schiffstakelage. Das kam Mary beim Anblick des Hauses in den Sinn: windgepeitschte Segel und Spieren, ein rumpelndes, schnaufendes Schiff, das im Wassernebel ächzte.

Weniger als eine Minute war vergangen, seit sie den ersten Aufschrei gehört hatten, und nun kam ein langes, anhaltendes Wehklagen, als wäre das graue Schiff in eine Wellenmulde geworfen worden. Es folgte ein Gewirr von leiseren Stimmen. Mary schreckte vor dem Geräusch zurück. Es war der entsetzlichste Ton, den sie je gehört hatte, weil er so herzzerreißend klang.

»Andi!«, flüsterte sie und wollte schon losstürzen, um dem Schreienden zu Hilfe zu kommen.

Doch Andi hielt sie zurück. »Nein!« Ihr Gesicht war wie versteinert. »Es ist vorbei. Das war's.«

Woher weißt du das?, wollte Mary schreien, blieb jedoch stumm.

In dem Moment klappte eine Fliegengittertür auf und gleich wieder zu, ein Mann kam heraus, rannte die Stufen hinunter und stieg in den Jeep. Der beschleunigte und fuhr die Straße hinunter, entfernte sich immer weiter von ihnen.

Mary hatte nur dunkles Haar und ein blaues Hemd erkennen können.

»Es ist Harry Wine«, sagte Andi.

»Hast du ihn sehen können?«

»Den rieche ich. Gehen wir.«

Der Jeep, den sie gerade vom Haus der Swanns hatten wegfahren sehen, parkte vor dem Laden. Auf dem Parkplatz standen noch einige andere Autos, die (nahm Mary an) zu dem Grüppchen von Leuten gehörten, die sich neben ihnen versammelt hatten.

Andi klappte den Kofferraum auf, holte das ganze Gepäck heraus und schob sich den Schulterriemen ihres Rucksacks über die linke Schulter. Nachdem Mary sich ihren Rucksack auf die Schulter gehievt hatte, gingen sie auf die Gruppe zu: zwei Frauen und drei Männer waren es, außer Mary und Andi also noch fünf. Es war ziemlich unwahrscheinlich, dass hier jemand fortgeschritten, geschweige denn ein echter Könner war. Altersmäßig rangierten sie von etwa dreißig bis um die sechzig. Lediglich der jüngste unter den Männern, bärtig, sehnig dünn, mit kräftigen Oberarmmuskeln, hätte möglicherweise als Experte durchgehen können.

Einer der älteren Männer war gerade dabei, sich wortreich über etwas auszulassen. Der große, schwergewichtige Mann mit der lauten Stimme, dem der Bauch über den Gürtel hing, wies die anderen offenbar gerade in die Feinheiten des Rafting ein. Er verglich den Salmon mit irgendeinem Fluss in Texas. Jedenfalls war er an seinem Akzent als Texaner zu erkennen. Die ziemlich auffällig gekleidete Frau (Pailletten und Satinblumen auf dem Sweatshirt) war sicher seine Gattin. Ihrem Mann wies Mary bereits die Rolle desjenigen zu, der allgemein nicht gemocht wurde und den anderen daher als Gesprächsthema diente, wenn der Tag in der – laut Broschüre – »abgeschiedenen Bucht« beschlossen wurde. Den zwei Männern und der jüngeren Frau, die zu keinem der beiden gehörte, ging er schon jetzt auf die Nerven. Sie war offenbar nicht verheiratet, jedenfalls mit keinem der Anwesenden. Bei dem jüngsten, tief gebräunten Burschen hatte Mary sofort den Eindruck, dass Frauen im Vergleich mit einem guten Wildwasserfluss an zweiter Stelle kamen. Er schien eine echte Flussratte zu sein. Wegen der dunklen Brillengläser konnte sie seinen Gesichtsausdruck nicht erkennen. Er stellte sich als »Graham« vor. Der andere ältere Mann wirkte recht still und hielt sich – ob aus mangelndem Interesse oder Zurückhaltung – etwas abseits von der Vierergruppe. Er stellte sich nicht vor.

Der Texaner musste natürlich eine banale Bemerkung über das jugendliche Alter der beiden Mädchen loswerden: »Verdammt, ihr Mädels seid ja noch nass hinter den Ohren.«

»Irrtum.« Andi warf ihm das Wort wie Zement vor die Füße und drehte sich um.

Harry Wine kam mit einem dampfenden Becher Kaffee aus seinem Sportausrüstungsladen, blieb kurz bei den zwei jungen Männern stehen, die beide blond und muskulös waren und wegen ihrer Ähnlichkeit Zwillinge sein mussten. Mary erkannte in ihnen zwei der Angestellten wieder, die gestern im Laden gearbeitet hatten. Sie machten Platz, als Harry weiterging und dazwischen ein paar Mal stehen blieb, um einen Schluck aus dem Becher zu nehmen und der versammelten Gruppe zuzuwinken.

Mary konnte natürlich nicht umhin, Harry Wine gegenüber voreingenommen zu sein, doch fand sie die Art, in der er sich bewegte, etwas angeberisch. Es war, als wollte er die schöne Jacke, die er anhatte – aus weichem, geschmeidigem Leder – und den Rest von sich allgemein vorführen. Sie überlegte, ob er wohl immer Blau trug. Das Flanellhemd unter der Lederjacke war in einem kräftigen Blauton gehalten. Wenn er zeitweilig stehen blieb, um einen Schluck aus dem Becher zu nehmen, wirkte das wie eine Pose. Mary hatte das Gefühl, ihn bewegte weniger Eitelkeit als vielmehr ein gewisser Hang zum Theatralischen: zur Erfindung, zur Verfälschung, zum Betrug. Als er sich ihnen, der beflissenen Crew in Erwartung ihres Kapitäns, bis auf wenige Schritte genähert hatte, vollführte er mit dem Becher eine schwungvolle Handbewegung rückwärts, um den Kaffeesatz in die kalte Brise zu leeren.

Es war ihm (Marys Einschätzung nach) nicht sehr zuträglich, dass er so unverschämt gut aussah. Sie spürte, wie sie bei diesen Gedanken errötete, als hätte er sie überrumpelt. Selbst das Lächeln, das er nun allen zuwarf, und das auf Andis und Marys Gesichtern verweilte, wirkte wissend, als könnte sein Blick Gedanken lesen.

»Morgen zusammen. Falls ihr's nicht schon getan habt, werd ich euch jetzt alle vorstellen, und dann erfahrt ihr, was für eine Raftingtour euch die nächsten vier Tage erwartet.« Lächelnd begann er die Namen herunterzuleiern. Die etwas jüngere Frau hieß Lorraine, der zurückhaltende ältere Mann Floyd. Harry Wine hatte Floyd bei der Schulter gepackt und ihn »wieder mal« willkommen geheißen. Offensichtlich kam er schon seit drei oder vier Jahren her. Was den Texaner und seine Frau, Bill und

Honey Mixx betraf, so hatte Mary richtig geraten. Graham hieß mit Nachnamen Bennett.

»Heute fahren wir nach Stanley«, fuhr Harry fort. »Zum Mittagessen halten wir so etwa um zwei irgendwo auf der Strecke an. Ich rechne damit, dass wir es heute Abend bis Pistol Creek schaffen, vielleicht auch ein Stück weiter, so etwa zwischen sechs und sieben, und dann für die Nacht dort Halt machen. Morgen wird's dann ein längerer Tag, da haben wir ein paar längere Strecken Flachwasser. Ich hab vor, bis Tappan Rapids zu kommen. Dritte Nacht dann Big Creek oder vielleicht sogar bis Redside Rapids. Den Main Salmon und Cache Bar erreichen wir dann am vierten Nachmittag. Normalerweise ist das ein vier- bis fünftägiger Trip, wenn man ziemlich viele Stopps einlegt und kleine Abstecher macht. Ich für meinen Teil bin lieber *auf* dem Fluss als daneben, mit genügend Zeit zum Schlafen und Essen, was uns hoffentlich auch allen schmecken wird. Also, das ist der Plan, wenn alles so läuft wie ich mir das gedacht habe. Aber der Fluss hat seine eigenen Gesetze. Ihr wisst ja, wie schnell sich mal was ändern kann, der Wasserstand zum Beispiel kann sich über Nacht ändern. Unsere Einstiegsstelle gilt als Zweier auf der Schwierigkeitsskala, aber wenn der Wasserstand niedrig ist – und das ist er im Juni manchmal –, dann ist es der reinste Felsbrockengarten, und man muss auf die Wirbel aufpassen. Bei Sulphur Slide kommen wir dann in einen Dreier, und wenn wir Velvet Falls erreichen, kriegen wir einen Vierer. Velvet schleicht sich ganz samtweich ran –«

Mary hatte nicht die leiseste Ahnung, wovon er redete, obwohl sie die Gefahr spürte und sich einfach wünschte, er würde den Mund halten. Manche Leute schwadronierten gern über ihre Berufe.

»– weswegen er ja auch Velvet heißt. Den erkunden wir aber immer vorher. Ihr wisst ja alle recht gut, worauf man achten muss. Ihr habt ja schon viele Raftingtouren mitgemacht –«

Mary blinzelte in die Kiefern hinauf.

»– und wisst, innerhalb von einer Stunde kann sich alles ändern – innerhalb von Minuten sogar. Die Middle Fork hab ich schon hundert Mal gemacht und lass mich immer noch überraschen.« Harry wandte sich um und winkte den beiden blonden jungen Männern heftig zu, sie sollten herkommen. Ohne ihren Sitzplatz auf dem Zaun zu verlassen, winkten sie zurück. Er lachte und teilte der Rafting-Crew mit, seine Jungs seien ein bisschen schüchtern, was Mary sofort als Lüge enttarnte. Man brauchte doch bloß zu sehen, wie sie die Frauen, vor allem Andi, die ganze Zeit schon taxierten und vermutlich ihre Kommentare machten. »Das sind Randy und Ron, zwei gute Rafter, gute Köche und gute Kundschafter, wenn es sein muss.«

Randy und Ron stiegen vom Zaun und gingen zu einem grauen Kombi hinüber.

»Wie gesagt, Boundary Creek ist die Einstiegsstelle. Bis nach Stanley sind es drei bis dreieinhalb Stunden Autofahrt, und dann noch mal dreißig Meilen bis zum Einstieg. Bis zum frühen Nachmittag sind wir dort, oder Mittag, falls wir jetzt gleich losfahren. Dann haben wir noch einen halben Tag auf dem Fluss, aber ich denke mir, es ist die Anfahrt wert. Middle Fork ist besseres Wildwasser als der Main Salmon. Dort werden auch nicht so viele Genehmigungen erteilt, also gibt's weniger Leute. Zu dieser Jahreszeit ist der Fluss sowieso nicht so stark befahren. Ein paar von euch können mit Randy und Ron in Randys Kombi mitfahren. Ich fahr den Truck mit der Ausrüstung und kann noch jemand mitnehmen –«

Bevor er den Satz beenden konnte, war Andis Hand in die Höhe geschnellt, während sie Mary mit einem heftigen Tritt an den Schuh aufforderte, ebenfalls die Hand zu heben.

»Okay, ihr zwei Mädels könnt bei mir mitfahren, ist mir ein Vergnügen. Ich will euch bloß warnen, aber ihr seid solche Warnungen ja gewöhnt: aufpassen, immer auf Nummer sicher gehen. Heute und morgen gibt's ein paar harte Gefälle, Felsen, stehende Wellen. Bloß weil ein Teil des Flusses gestern als Zweier oder Zwei Plus eingestuft wird, muss das nicht heißen, dass es heute genauso ist.«

Mixx fiel ihm ins Wort. Mit verächtlicher Miene sagte er: »Ich hatte eigentlich mindestens auf ein paar Vierer gehofft. Verglichen mit dem, was ich auf dem Payette oder Selway erlebt hab, ist der Salmon doch ein ziemlich leichter Lauf. Den brauchen Sie doch nicht zu erkunden, mein ich, so ein erfahrener Mann, wie Sie sind.«

Mary verdrehte die Augen und wandte sich genervt ab. Männer mussten einander dauernd herausfordern, so waren sie nun mal. Mussten was beweisen, auch wenn es nicht den geringsten Anlass dafür gab.

Harry Wine ließ sich vermutlich nie dazu herab, sich mit Männern wie Billy Mixx zu messen. Einen wie Mixx konnte er in der Pfeife rauchen. Sein Blick wurde nur ein wenig stählern, das Blau ein wenig grauer. Andererseits konnte er sich in seiner Rafting-Gruppe auch keinen leisten, der leichtsinnig war, nur um zu beweisen, was für ein toller Hecht er war. »Kein Fluss ist immer gleich. Er kann sich in einer Stunde völlig verändern. Wenn Sie bei Haystack auf einen Felsen aufgeschoben werden, dann wünschten Sie, Sie hätten vorher erkundet. Der Salmon ist zwar nicht der gefährlichste Fluss, aber auch nichts für Anfänger.«

Mary erwiderte seinen starren Blick, als seine Augen auf ihrem Gesicht verharrten.

Harry Wine lächelte sie an. Dann sagte er: »Okay, Leute, sind wir soweit?«

Alle murmelten etwas Zustimmendes und teilten sich in zwei Gruppen auf. Harry bedeutete Mary und Andi, ihm zum Truck zu folgen, der bis obenhin mit Ausrüstung und Campingsachen beladen war. Für alle drei wäre es auf dem Vordersitz etwas zu eng gewesen, doch gab es auf der Fahrerseite hinten einen Klappsitz. Mit Verständnis voraussetzendem Blick öffnete Andi ihr den Wagenschlag und schob den Vordersitz vor. Mary kletterte nach hinten und klappte sich den Sitz herunter. Eigentlich saß sie ganz gern hinter dem Fahrer.

Harry Wine fragte, ob hinten alles okay sei, was Mary bejahte. Er ließ den Motor an und stieß zurück. Der Kombi sollte ihnen folgen.

Einige Meilen saß Andi schweigend da, ohne den Blick von der Straße zu wenden. Sie wartete ab (dachte Mary), bis er etwas sagte, um zu sehen, in welche Richtung sich das Gespräch entwickelte. Als sie von der Schotterstraße auf den Asphalt abbogen, sagte er: »Du bist ja ganz schön viel unterwegs. Allein.«

»Ich bin aber nicht allein. Ich bin mit Mary unterwegs.«

»Ich meine, ohne Familie oder Gruppe. Du weißt schon.«

Als er den Kopf wandte, um Andi anzusehen, wirkte sein Profil wie in das goldene Licht gestanzt, das ihn umgab. Sie fuhren in südlicher Richtung, den Salmon rechts von ihnen auf dem Grund eines Canyons. Mary fühlte sich an die Strecke erinnert, nachdem sie Jules im Peaceable Kingdom zurückgelassen hatten. Ihre Gedanken verweilten eine Zeit lang bei dem Hund und diesem Dr. Krueger, dem Tierarzt, dem sie nicht ganz traute, ohne recht zu wissen, warum.

Die Morgensonne leuchtete hell. Marys Gedanken wanderten wieder zu Harry Wine zurück, der auf dem Vordersitz redete, scherzte, lachte. Er war vielleicht der zweitschönste Mann, den sie je gesehen hatte. Der schönste war dieser britische Polizist von Scotland Yard, der vor zwei Jahren in Santa Fe gewesen war. Der war wirklich nett gewesen, der allernetteste Mann – ausgenommen vielleicht Dr. Anders. Ob Harry Wine nun Daddy war oder nicht – ein netter Mann war er bestimmt nicht, da wäre Mary jede Wette eingegangen.

Als Antwort auf eine seiner Fragen – er hatte eine Menge Fragen gestellt – sagte Andi: »Herumgefahren. So ziemlich überall.« Sie hielt inne und sah ihn an. »In Colorado. Cripple Creek und so. Santa Fe zum Beispiel.«

Mary unterbrach ihre Betrachtungen über Männer und versuchte Andi ein Zeichen zu geben. *Das ist jetzt aber gar nicht schlau, das ist überhaupt nicht schlau.* Bei der Erwähnung von Cripple Creek bewegte Harry weder den Kopf, noch – soweit Mary, die hinter ihm saß, feststellen konnte – verspannten sich seine Muskeln.

Falls Andi ihre aufgeregten Zeichen bemerkte, ließ sie sich jedenfalls nichts anmerken. Sie behielt Harrys Gesicht fest im Blick und fragte: »Waren Sie schon mal dort?«

»Wo? In Cripple Creek? Ja, klar. Aber die Casinos in den Reservaten sind besser.«

Nervös krallte Mary ihre Hand in seine Rückenlehne und streifte dabei seinen harten Schultermuskel. Als hätte sie sich verbrannt, zog sie rasch die Hand weg. Sie schloss die Augen und versuchte, sich in Harry Wine zu versetzen. Was ihm wohl durch den Kopf ging, mal angenommen, er war Daddy?

Hier sitzt jetzt dasselbe Mädchen neben mir, das ich gekidnappt hab in –

Wo? Und von woher?

– das ich entführt hab, und hat nicht die geringste Ahnung. Vor vier Monaten ist sie bei mir mitgefahren und hatte nicht den blassesten Dunst, wer ich war, und wenn sie's damals nicht geschnallt hat – na, dann weiß sie's jetzt wohl auch nicht. Gedächtnisverlust. O ja, das würd ich auch Trauma nennen, was da passiert ist (Lachen.) Die kann sich nicht mal mehr erinnern, wie sie heißt –

Wie denn? Wie?

– und wenn sie wüsste, wer sie ist, wär sie todsicher schon wieder bei ihrer Scheißfamilie und würde nicht mit diesem Gör in der Gegend rumziehen –

Die ganz schön unangenehm werden kann.

– und auf Raftingtouren gehen. Ob es stimmt, dass sie über's Rafting Bescheid weiß? Vielleicht, aber wahrscheinlich nicht. Mit der stimmt was nicht. Allerdings – was ist, wenn sie sich doch erinnert? Was ist, wenn sie hier bloß ne Nummer abzieht? Was zum Teufel treibt die hier eigentlich? Was hat sie vor? Keine Rotzgöre kann doch so cool tun. Wenn es stimmt, wär die aber eine wahnsinnscoole Nummer. Die Frage über Cripple Creek... Mensch, Harry, lass dich doch von den beiden nicht verrückt machen. Angenommen – nehmen wir bloß spaßeshalber mal an – diese Andi weiß tatsächlich, dass ich derjenige bin, hinter dem sie her ist. Aber vier verdammte Monate später? Gibt das einen Sinn? Wo zum Teufel war die in den vier Monaten? Also, nehmen wir mal an, die kennt mich. Wenn das stimmt, ist sie zu scheißcool, sich was anmerken zu lassen, außer sie legt's drauf an. Wie bei der Bemerkung über Santa Fe und Cripple Creek. Ich komm also nicht sehr weit, wenn ich von ihr was erfahren will. Aber die andere da, diese Mary, die schnallt doch todsicher, was hier abläuft. Wenn ich die also dazu kriegen könnte –

»Alles okay dahinten?«

Mary schnellte auf ihrem Sitz hoch, die Augen weit aufgerissen. »Was? Ja, ja, alles okay.«

Sein Kopf war halb hergewandt, wieder im Profil. »Dachte schon, du wärst vielleicht eingeschlafen.«

»Auf *der* Straße? Kaum.« Mary fand ihre Antwort ziemlich cool. Vielleicht färbte Andis Schlagfertigkeit ja schon auf sie ab. Sie hoffte es sehr – sie wusste nämlich nicht, wie sie reagieren würde, wenn Harry Wine auf die Idee kam, sie auszufragen.

Wenn er aber gar nicht Daddy war …? Mary stützte den Kopf in die Hände. Sie konnte keinen klaren Gedanken fassen.

Die Unterhaltung, hauptsächlich von Harry bestritten, war bisher nur gedämpft zu ihr gedrungen, die Wörter hatten sich miteinander vermischt. Jetzt lauschte sie, als Harry diejenigen Flussabschnitte beschrieb, die er für die größten Herausforderungen hielt. Er redete von Middle Fork, bis sie nicht weit von Stanley in die Rastanlage einfuhren. Mary war froh, dass der Kombi ihnen nicht direkt folgte, weil sie keine große Lust auf Small Talk mit den anderen hatte. Sie tranken eine Cola, während Harry tankte. Andi sah verträumt zu den Bitterroot Mountains hinüber und gab keine Antwort, als Mary ihr sagte, sie sollte aufhören, so viel von der Wahrheit rauszulassen. Oder von dem, was sie für die Wahrheit hielt.

Die Tankstelle war mit dem Café verbunden, hinter dem sich eine Scheune befand, und aus dieser Richtung war das Bellen eines Hundes zu hören. Mary schlenderte nach hinten, wo sie außer dem Hund noch ein paar andere Tiere entdeckte – eine Ziege und etwas entfernt auf der Wiese eine Kuh. Der Hund, ein langes, schmales Tier mit hervortretendem Brustkorb, erinnerte sie an Jules. Doch hier war die schmale Form rassebedingt, er war nämlich ein Whippet- oder Windhundmischling. Das Tier war mit einer Leine an einen Zaunpfahl gebunden, die immerhin lang genug war, um ihm etwas Auslauf zu gewähren. Mary musste trotzdem an Jules denken. Beim Anblick eines angebunden Hundes, dachte Mary, würde sie wohl immer an ihn denken müssen.

Bei Marys Anblick hörte der Hund auf zu bellen und wedelte hoffnungsvoll mit dem Schwanz. Sie ging zu ihm hinüber, und er begann wild zu springen und an der Leine zu zerren. Mary streichelte ihm über den Kopf. Sie fragte sich, wieso der Hund überhaupt angebunden war, nachdem er keine Bedrohung darstellte und eigentlich nur ein bisschen Zuwendung wollte.

Nachdem sie ihn noch ein wenig getätschelt hatte, ging sie wieder nach vorn, wo Harry immer noch beim Tanken war. Er stand mit dem Rücken zum Truck und starrte auf die Zapfsäule, wo die Anzeige tickte. Andi kam mit ein paar Päckchen Kaugummi aus dem Laden (Teaberry-Geschmack, wie Mary überrascht feststellte), und zusammen betraten sie das kleine Restaurant.

Es war nichts Besonderes, bloß einige Nischen auf einer Seite, ein paar Tische und Stühle und eine kunststoffbeschichtete Theke mit hohen Hockern, doch war alles sauber und ordentlich und erinnerte Mary ein wenig an den Roadrunner.

Hinter der Theke stand eine freundlich lächelnde, blonde Frau im besten Alter und mit frischer Gesichtsfarbe und unterhielt sich mit zwei Männern, die auf Hockern sitzend aus dicken weißen Bechern Kaffee tranken. Sie trugen beide ganz ähnliche Kleidung, Forstamtskluft, dachte Mary: gelbbraune Hemden und etwas dunklere Hosen. Die drei schienen sich prächtig zu amüsieren, denn ihre Unterhaltung wurde immer wieder durch Gelächter unterbrochen. Es war so trostlos an dieser unbefahrenen Straße, dass Mary sich fragte, was sie wohl Amüsantes entdeckt haben konnten.

»Ich komm gleich zu euch Mädels«, rief ihnen die Kellnerin fröhlich zu und griff schwungvoll nach ein paar Speisekarten.

Andi rief zurück: »Wir sind zu dritt.«

Die blonde Frau nickte und lachte über die Bemerkung des einen Forstbeamten, dann kam sie zu ihrer Nische herüber. »Na, Mädels, was darf's denn sein?« Sie hatte ihnen das in Servietten gewickelte Besteck hingelegt und drehte sich gerade zu dem Tablett um, das sie abgestellt hatte, um die drei Gläser Wasser zu nehmen, als Harry Wine zur Tür hereinkam. Er lächelte. Ein einnehmendes Lächeln, fand Mary, mit dem es ihm jedoch nicht gelang, die Kellnerin für sich einzunehmen, die plötzlich stocksteif stehen blieb.

»Emmylou.« Er nickte ihr grüßend zu.

Ihrerseits erfolgte das, was man wohl als »bedeutungsschwangere« Pause bezeichnete, bedeutungsbeladen, so schwer beladen, dass man erfahren wollte, welche Ereignisse dazu geführt hatten. »Hallo, Harry«, sagte sie. Sie fand den Bleistift, den sie in ihr buttergelbes Haar gesteckt hatte und nahm die Bestellung der Mädchen auf: Hamburger, Pommes frites und Cola. Dann wandte sie sich zu ihm und fragte: »Was willst du?«

Die Karte lag noch schräg auf dem Tisch. Erst jetzt warf er einen kurzen Blick darüber, um sie ihr umgehend zurückzugeben. »Das Übliche. Nummer sechs.« Es entstand der Eindruck, dass sich die beiden schon lange kannten. Er stellte sie gegenseitig vor.

Sie hieß Emmylou Haines, und es war offenkundig, dass sie Harrys bevormundende Art nicht ausstehen konnte. Ihre Bewegungen waren kühl und gemessen, als hätte sie sich auf die Begegnung vorbereitet. Mary hätte zu gern den Blick abgefangen, den sie miteinander wechselten.

Harry fragte: »Wie geht's Brucie?«

Sie brauchte nur den Bruchteil eines Augenblicks, um ihre Hand ruhig über den Bestellblock zu legen, doch war klar, dass ihr die Frage nicht behagte. Oder wohl eher der Frager. »Gut.« Sie schrieb die Bestellung zu Ende, was nicht nötig war, doch so war sie wenigstens mit dem Bleistift beschäftigt.

»Und Kaffee. Aber stark.«

An der Art, wie Emmylou ihn ansah, erkannte Mary, dass sie ihm lieber eine Tasse Gift gebracht hätte.

Mary sah ihr nach, als sie steif davonging. Sie überlegte, wer Brucie sein mochte. Wahrscheinlich ein Kind, Emmylous eigenes, doch Harry Wine wollte sie nicht danach fragen. Selbst wenn man eine Frau vor diesem Mann warnen würde, dachte Mary, würde es sie wohl nicht davon abhalten, ihm nachzulaufen. Sie würde sich im Gegenteil auch noch glücklich schätzen, dass er so leicht zu haben war. Das war er doch, oder? Wenigstens vermittelte er den Eindruck, leicht zu kriegen zu sein, weil er sich vermutlich auf nicht Ernstes einließ. Das Risiko läge ganz bei der Frau. Als Mary an Peggy Atkins dachte und was Andi in der Zeitung über sie gelesen hatte, krampfte sich ihr Magen zusammen und sie verlor die Lust auf den Hamburger und die Pommes frites, die Emmylou brachte. Harry hatte sich ein Club-Sandwich bestellt, das er nun herzhaft verspeiste.

Als sie fertig war, bestand Andi darauf, das Mittagessen zu bezahlen, und überrumpelte Harry, indem sie das Geld zusammen mit der Rechnung schon in der Hand bereithielt. Sie rutschte aus der Tischnische und steuerte auf die Kasse zu. Mary folgte ihr, sie hatte keine Lust, sich während Andis Abwesenheit mit Harry unterhalten zu müssen.

Emmylou lächelte die beiden an, während sie die Rechnung zu ein paar anderen auf einen Metallstachel spießte und die Kasse aufzog. »Ihr geht auf eine Raftingtour, stimmt's?«

Ja, antwortete ihr Andi. Nach Boundary Creek.

Sie händigte Andi das Wechselgeld aus und warf ihr einen bedeutungsschweren Blick zu. »Seid bloß vorsichtig, hört ihr?«

Als sie in Emmylous Gesicht blickte, bestand für Mary kein Zweifel, wozu Harry Wine fähig war. Absolut kein Zweifel.

Nachdem sie das Café und dann den Highway verlassen hatten, fuhren sie auf immer holpriger werdenden Straßen weiter. Als Harry endlich sagte, sie seien fast angekommen, und auf eine noch waschbrettartigere Straße abbog, war Mary wie betäubt, ihr ganzer Körper wog schwer wie eine steife, bleierne Last, die jedes Floß hinunterziehen würde und sie selbst gleich mit.

32

Er stellte den Truck auf einem großen, von dichtem Tannen- und Kiefernwald gesäumten Platz ab. Die Anlegestelle lag direkt vor ihnen. Die Mittagssonne schien heiß, doch hier ließ der dunkle Baumbaldachin über ihnen kaum Licht durch, und es war so kalt, dass Mary richtig zitterte. Die Luft duftete nach feuchter Erde und verrottendem Laub. Sie atmete sie tief ein und wünschte, sie könnte sie in Flaschen abfüllen und wie Parfum auftragen. So *echt* roch die Luft – ein anderes Wort fiel ihr nicht ein.

Während der Ranger Harrys Genehmigung überprüfte, begannen Mary und Andi Zelte und Kühlboxen abzuladen, die großen, wasserdichten Kleidersäcke, Schlafsäcke, Stiefel – eine erstaunlich umfangreiche Ausrüstung für einen viertägigen Ausflug, der angeblich das einfache, ja primitive Leben bieten sollte. Andi reichte ihr einen Arm voll grell orangefarbener Schwimmwesten herunter, die Mary gerade auf einer ausgebreiteten Plane stapelte, als der Kombi angefahren kam.

Die Fahrgäste quollen heraus und streckten Arme und Beine, als hätten sie eine mehrtägige ununterbrochene Reise hinter sich. Die »Jungs« – Randy und Ron, wer auch immer welcher war – trugen die beiden Schlauchboote zum Fluss hinunter und begannen sie mit Leinen zu versehen. Floyd, Mixx und Graham Bennett halfen Andi und Mary mit der Ausrüstung.

Die Frau namens Lorraine Lynch, die Marys fester Überzeugung nach entweder Lehrerin oder Bibliothekarin war, saß Mary im Nacken und wusste nicht recht, was sie tun sollte. Mary war sonnenklar, was getan werden musste, obwohl sie es noch nie gemacht hatte. Sie erfuhr, dass Lorraine nicht Lehrerin war, sondern eine Collegebücherei leitete. Sie wirkte recht sympathisch, obwohl sie dünn, nervös und nicht besonders hübsch war. Einen

Großteil ihrer Energie verschwendete sie auf sinnlose Bewegungen: Hände flatterten durch die Luft, strichen ihr Haar glatt oder zupften an der von Harry Wine zur Verfügung gestellten Schwimmweste herum. Die rastlosen Hände verliehen ihr einen Anflug von Verzweiflung – eine unruhige, unstete Frau. Aus der Art, wie sie sowohl Graham als auch Harry ansah, schloss Mary ziemlich sicher, dass sie Recht hatte. Honey Mixx schien sich Lorraine offenbar nicht anschließen zu wollen, die dem Zahn der Zeit mit übertrieben viel Make-up und allzu grellen Kleidern Einhalt gebieten wollte.

Als die gesamte Ausrüstung abgeladen war, übernahm Mixx das Kommando (was Mary kaum überraschte), schnappte sich ein paar von den schweren Taschen und befahl den anderen, es ihm nachzutun. Mary und Andi schnappten sich eine Kühlbox, eine echte Herausforderung, und schleppten sie Bill Mixx mit vereinten Kräften hinterher. Die anderen folgten mit ihren jeweiligen schweren Lasten.

Harry Wine dirigierte Randy und Ron beim Verstauen der Ausrüstung. »Nein, stellt die kleinere Kühlbox hinter den Passagiersitz, die andere ziehen wir hinter uns her. Das Zeug da kommt in den Bug, diesmal aber festzurren, und die Riemen nicht zu lose. Für die haben wir ein Netz – die Kühlbox unter den *Passagiersitz*, Mann! Wo ist das Netz?« Letztere Frage war an den Zwilling namens Ron gerichtet, der es holen ging, während Randy Zelte und Taschen im Bug des Bootes verstaute. Die Schlauchboote waren mittelgroß, eines etwa dreißig Zentimeter länger als das andere: Sechssitzer, jeweils ausgestattet mit Riemen für eine Person und Paddeln für alle übrigen. Mary überlegte, wer sich wohl mit Harry, der die Riemen führte, das Boot teilen würde. Er würde sich bestimmt Andi aussuchen und damit wäre auch Mary mit von der Partie.

Harry unterbrach sich, um ein paar weitere aufmunternde

Worte vom Stapel zu lassen und einen Sicherheitsdrill zu exerzieren. »Benutzt eure Schwimmwesten und euren gesunden Menschenverstand, dann klappt das schon. Wird der Reißverschluss da noch zugemacht, Bill, oder ist das jetzt die neue Mode?« Er warf Mixx ein strahlendes Lächeln zu, was den sarkastischen Ton etwas abmilderte.

Der kräftige Texaner stand Zigarre rauchend da, die orangegelbe Weste zwar angelegt, doch die Laschen noch offen. »Ich hasse die verdammten Dinger. Die sind einem doch nur im Weg.«

»Ich fürchte, auf diesem Trip müssen Sie sie tragen.«

Mixx bezeichnete seine Schwimmweste als vollbusige Mae-West-Weste und lachte lauthals über den abgedroschenen Witz. Ron oder Randy sagten, das hier sei aber ein anderes Modell, viel enger anliegend und speziell für Wildwasser gemacht. Mixx zurrte das Ding murrend fest. Mary nahm an, dass sie zu fünft in jedem Boot waren, und betete darum, dass Mixx nicht in ihrem sein würde. Der dritte Mann im Bunde, Floyd Ludens, war etwa im Alter von Bill Mixx und so still wie der Texaner geschwätzig war. Er hatte schon mehrere solcher Touren mit Harrys Leuten unternommen. Ihn hätte sie gern mit im Boot. Sie schlüpfte in ihre mit Kapok gefüllte Schwimmweste und fand sie gar nicht so sperrig wie erwartet. Es fühlte sich eben an wie eine lange Weste, die man vorn mit Reißverschluss zumachte und um die Mitte herum festband.

Nachdem alle vollzählig versammelt waren, teilte Harry sie in zwei Gruppen auf. Mary, Andi und Lorraine Lynch sollten mit ihm fahren, die Mixxes, Floyd Ludens und Graham Bennett mit Randy und Ron. (Ron sollte später ans Ufer gehen, um die Stromschnelle ein paar Meilen flussabwärts zu erkunden.) Bill Mixx musste natürlich einen plumpen Witz über Harry loswerden, der sich alle »hübschen Mädels« unter den Nagel gerissen hatte. Mary warf einen Blick zu seiner Frau Honey hinüber, die nicht in die Kategorie »hübsche Mädels« einbezogen worden war. Doch die rauchte ungerührt ihre Zigarette und blinzelte aus dem Schatten ihrer gelben Schirmmütze hervor.

Sobald alle ihre Plätze eingenommen hatten und das Boot um die erste Flussbiegung kam, gelangten sie ins Wildwasser. Sie lavierten um treibende Baumstämme herum, und indem Harry auf die linke Seite hinüber steuerte, vermieden sie es gerade noch, stecken zu bleiben. Das war Marys erster Vorgeschmack, und wenn die Raftergemeinde das hier als Zweier-Schnelle bezeichnete, freute sie sich nicht besonders auf einen Dreier.

Der folgende Flussabschnitt war wie dunkles Glas, unbewegtes Wasser, zu dem Mary wünschte, später in der Erinnerung, wenngleich nicht in Zeit und Raum zurückkehren zu können. Sie fuhren zwischen steilen Felswänden hindurch, die so hoch aufragten, dass der Himmel darüber kaum breiter schien als ein blauer Kreidestrich, und ihr fiel wieder ein, was sie gehört oder gelesen hatte, dass der Salmon – das Mittel- oder Hauptstück – durch eine enge Klamm verlief, die tiefer war als der Grand Canyon. Umbrafarbenes Sonnenlicht strömte wie Wasser die Felswände hinunter. Inmitten dieses Schauspiels kam Mary sich unsichtbar und sehr sterblich vor.

Plötzlich rief Harry: »Achtung! Dort drüben ist eine V-Welle!« Mary erkannte, was er damit meinte, als sie auf eine Wasserbarrikade trafen, die immer höher schwoll, bis Mary sich sicher war, dass das Boot gleich umkippen würde. Doch es kippte nicht, sondern ritt auf dem Wellenkamm und stürzte mit einem Geräusch hinunter, das an das Zischen von Skiern im Schnee erinnerte. Es entstand eine atemberaubende Pause, dann kam wieder eine Welle, diesmal nicht so hoch wie die erste, dann hüpfte das Boot über eine Reihe kleinerer Wellen. Es war die reinste

Achterbahnfahrt. Das Boot kam in eine ruhige, glatte Zone, und wie durch Seide glitten sie hindurch. Harry brüllte: »Vor der Wirbelgrenze müssen wir noch Tempo zulegen!«

Mary wandte sich nach dem anderen Boot um, wo Randy die Steuerriemen führte. Es war in Gischt und Wellen fast verschwunden, doch tönte vergnügtes Geschrei und Gejohle herüber. Sie drehte sich wieder um, weil Andi irgendetwas schrie und dabei lachte. Andi hörte sich so an, als wüsste sie über die Hindernisse Bescheid und könnte die Launen des Flusses erkennen. Es klang, als würde sie den Fluss in und auswendig kennen, sein donnerndes Tosen und seine Unbeständigkeit.

Tat sie aber nicht. Es war zwar nicht so, dass sie keine Ahnung hatte, was vor sich ging. Im Gegenteil – allein aus dem in Santa Fe erstandenen Buch hatte sie eine erstaunliche Menge in sich aufgenommen. Doch bezweifelte Mary, dass Andis Aufmerksamkeit tatsächlich dem Fluss galt. Es war etwas anderes als die Selbstbespiegelung des Texaners oder Lorraine Lynchs etwas verwirrte Betulichkeit. Andi hatte sich derart auf Harry Wine eingeschossen, dass nichts tiefer als an die Oberfläche ihrer Bewusstseinsebene dringen konnte.

Das Raft wurde im Wirbelstrom hin und her gerissen, brach dann durch, doch die Schnellen ließen es nicht los. Die Felsbrocken auch nicht. Es sah aus wie ein Felsgarten, fand Mary, und die Klamm bot wenig Platz zum Manövrieren. Harry machte dem Boot hinter ihnen ein Zeichen, offensichtlich für Ron, dem es zusammen mit Randy gelang, das andere Schlauchboot ans Ufer zu steuern. Im Auf und Ab des Wassers stieg Ron aus. Da fiel Mary ein, dass Harry gesagt hatte, Ron würde verschiedene Stellen »erkunden«, darunter Velvet Falls.

Als Harry wieder losfuhr, fragte Mary, ob sie nun bald zu Velvet Falls kämen, und er bejahte es. Sie könne aber gar nichts hören, meinte sie, kein Wassertosen und gar nichts.

»Wieso, glaubst du, das es Velvet heißt?«, rief er als Antwort zurück. »Ich an deiner Stelle würd mich lieber hinsetzen.«

Ein paar Minuten später tauchte Ron auf den zerklüfteten Felsen oben auf und signalisierte *Stopp* oder *Vorwärts*. Mary wurde nicht ganz schlau daraus.

Es gelang Harry, an einem halben Dutzend Stellen sicher durchzukommen, die von Marys Position aus so eng aussahen, als würde nicht mal ein Messer durchpassen. Er konnte offenbar Dinge sehen, die für die Augen der anderen unsichtbar waren. Mary bemerkte direkt voraus plötzlich eine riesige schräge Linie aufgewühlten Wassers, und Harry rief ihnen zu: »Reinlegen und paddeln, Leute!« Mary gehorchte. Es war unmöglich zu sehen, wie die anderen in diesem Gischtsturm aus Wasser und Licht paddelten. »Legt euch ins Zeug, vorwärts paddeln!« Das Boot glitt die Wasserböschung hinunter, dann auf der Welle hinauf und wieder herunter.

Das Wasser quetschte sie gegen flache Felsen auf der rechten Seite, und sie schossen aus dem engen Kanal. Da hörte sie auf einmal das Tosen des Wassers und fragte sich, wieso sie beide nur so schwachsinnig gewesen waren, diese Fahrt mitzumachen. Jetzt war jedoch nicht die Zeit für derlei Fragen. Sie ritten auf einer Welle nach links, dann wieder in die Mitte. Durch Gischtvorhänge konnte sie erkennen, dass sie in Schräglage hingen, fast wie der Habicht oder Adler, den sie vorhin in der Luft zu sehen geglaubt hatte. Zum Schreien blieb keine Zeit, als das Raft bereits voranschoss und geradewegs in ein trichterförmiges Loch eintauchte. Das Wasser drückte herein und riss sie hin und her, dass das Boot sich fast überschlug. Doch es blieb liegen, und Harry schaffte es, sie wieder auf Kurs zu bringen.

Noch knapp hundert Meter schnelle Strömung und dann, als wären die aufgewühlten Stromschnellen bloß ein Traum gewesen, traf ihr Boot auf Flachwasser, das tiefgrün und still wie ein

See so friedlich dalag, dass Mary ihren ungebrochenen Schatten sanft an der Oberfläche schwimmen sehen konnte. Wieder fiel ihr die Strecke ein, die sie nach dem Besuch beim Tierarzt entlanggefahren waren, und sie fragte sich, ob dort oben jetzt jemand war und auf sie herunterschaute. Aber dort konnte natürlich niemand sein. Hier gab es bestimmt keine Straßen, höchstens vielleicht einen schmalen Forstpfad. Es war herrlich, aber sehr abgelegen, abgeschnitten von allem. Ein seltsamer Gedanke kam ihr in den Sinn: die einzigen Regeln, die hier galten, waren Raftingregeln.

Plötzlich erregte der Anblick einer riesigen Felsplatte in etwa fünfzehn Metern Entfernung ihre Aufmerksamkeit – und Ron, der Kundschafter, der über ihnen auf einer Granitklippe stand. Er hielt als Zeichen an die Bootsführer die Arme über dem Kopf gekreuzt. Der Fluss vor ihnen war mit teilweise haushohen Felsbrocken übersät. An die anderen gewandt, sagte Harry, auf diesem Abschnitt sei das Wildwasser zum Durchfahren zu schmal und sie müssten die Boote entweder verleinen oder umtragen. Danach würden sie zum Mittagessen Halt machen.

Er steuerte das Raft ans Ufer, gefolgt von Randy und den anderen im zweiten Raft.

»Umtragen« war, wie Mary feststellte, eine elende Plackerei, ein toller Ausdruck für eine echt ermüdende Arbeit – nämlich die Boote bis zu einer Stelle hinter dem von Harry erwähnten Rinnsal zu tragen. Das hieß aber nicht nur die Boote, sondern die gesamte Ausrüstung, die danach wieder verstaut werden musste. Auf und ab über Felsbrocken stolpern und in Hangrinnen hinuntersteigen, um schließlich an einem Punkt anzukommen, an dem die Boote wieder ins Wasser gesetzt werden konnten.

So gefährlich das Gewässer schien, das sie eben durchfahren hatten, dachte Mary, wäre es doch recht schwer, auf einer Raftingtour tatsächlich jemanden zu verlieren, wenn man einen erstklassigen Führer wie Harry Wine dabeihatte. Sein Können, mit dem er sie vorhin über die Wasserfälle und aus dem Loch gelotst hatte, war dafür der sichere Beweis. Im Übrigen gab es ja Haltetaue, Wurfleinen und Hunderte Meter Seilmaterial für die Boote selbst. Es war daher nicht so leicht zu erklären, wie jemand unrettbar über Bord gehen konnte. *Aber manche Leute haben sich schon gewundert,* hatte Reuel gesagt, *so ein erfahrener Bootsführer wie Harry Wine – wie ihm das passieren konnte.*

Peggys Kajak war in ein Loch geraten – oder so was Ähnliches –, auf dem Main Salmon, oder nicht? Beide waren in ihren Kajaks gewesen, da der Fluss im Frühjahr für Schlauchboote zu hoch gewesen war. Niemand sonst, keine Zeugen. *Im reißenden Wasser hat es nicht viel Sinn, jemanden zu suchen.*

Reißendes Wasser – und ob.

Das Mittagessen entschädigte sie dafür: Harry Wines Laden stellte Speis und Trank zur Verfügung, und zwar nicht zu knapp. Mary merkte erst, wie hungrig sie war, als sie den brutzelnden Speck in der Pfanne über dem Feuer roch, das Ron angefacht hatte. Der Speck, sagte er, sei für die Pizza gedacht. Sie hatte noch nie auf einem Grill zubereitete Pizza gegessen und sah ihm zu, wie er den Teig erst ausrollte, ihn auf einer Seite grillte, dann wendete und schwungvoll mit dem Inhalt der Bratpfanne und anderen Zutaten bedeckte, die er sich auf dem Tisch zurechtgestellt hatte. Als sie fertig war und die Stücke ausgeteilt wurden, kam Mary zu dem Schluss, dass es die beste Pizza war, die sie je gegessen hatte – dick mit Käse belegt und mit scharfen Chilischoten gewürzt. Dazu gab es Rucola-Avocado-Salat und zum Nachtisch Obst. Wenn das hier bloß das Mittagessen war, freute sie sich schon aufs Abendessen. Sie hatte eher damit gerechnet, dass das mitgebrachte Essen der Tagesration von Soldaten ähnelte – irgendwelches fade schmeckende, in Vierecke geschnittene Zeug – oder eben Sachen wie Hot Dogs und Kartoffelsalat.

Inzwischen hatte Randy hinter ein paar Büschen eine tragbare Toilette aufgebaut und wies nun alle an, das rote Fähnchen in die Erde zu stecken, wenn sie die Toilette benutzten und es wieder rauszuziehen, wenn sie fertig waren.

Nicht weit von ihrem Rastplatz befand sich ein altes Pumpenhäuschen. Es stand neben dem sandgefüllten Becken eines ehemaligen Wirbelstroms, gesäumt von Schattenglöckchen und Besenginster. Die Pumpe funktionierte noch. Mary fand das Wasser schön kalt und süß, ganz anders als das Wasser, das sie bisher getrunken hatte.

Andi saß neben Harry, und falls den anderen auffiel, wie dicht sie sich an ihn drängte, schrieben sie es wahrscheinlich der Verknalltheit eines Schulmädchens zu. Sowohl Honey wie Lorraine erfanden möglichst viele Ausreden, um sich mit Harry besprechen zu können. Beide kannten sich ziemlich gut mit Flüssen und Stromschnellen aus, den Bemerkungen nach zu schließen, die Mary mitgehört hatte.

Floyd Ludens hielt sich wie gewöhnlich etwas abseits. Mary bemerkte, dass er nicht viel zu sich nahm: ein Stück Pizza, keinen Salat. Bier gab es zwar auch, doch riet Harry ihnen zur Vorsicht. Dies tat Mixx – wie die meisten derartigen Ermahnungen – naserümpfend ab. Trotzdem trank er nur anderthalb Flaschen. Ludens trank überhaupt kein Bier, sondern stand die meiste Zeit an eine hohe Kiefer gelehnt, mit dem gleichen angestrengten Gesichtsausdruck, jedoch leeren Blick in den Augen, die zu einem ständigen Blinzeln verschlossen schienen. Mary gesellte sich zu ihm.

»Machen Sie so was oft?« Sie deutete zu den Schlauchbooten hinüber.

Er schüttelte den Kopf. »Mit Harry Wine war ich ein paar Mal draußen, aber das ist so ziemlich alles.«

»Hier? Auf der Middle Fork?«

»Middle Fork, Main, einmal haben wir den Selway gemacht. Der ist viel wilder.«

»Dann bin ich aber froh, dass wir den nicht machen. Der hier ist mir wild genug.«

Ludens lächelte und erkundigte sich, woher sie komme, und sie begannen ein etwas oberflächliches Gespräch, in dem sie gegenseitig ein wenig von sich erzählten. Dann fragte er nach Andi und weshalb sie hier waren – beziehungsweise in Salmon.

Mary durchforstete ihr Gedächtnis nach der Lüge, die Andi bereits allen aufgetischt hatte. Ach ja, um Verwandte zu besuchen, das kam ungefähr hin, also sagte sie es.

»Sie erinnert mich an meine Tochter.« Floyd deutete mit dem Kopf zu Andi hinüber, die sich immer noch mit Harry unterhielt.

Was zum Teufel, fragte sich Mary, hatten Andi und Harry einander denn so lange mitzuteilen? Welches Gesprächsthema hatten sie bloß gefunden, das sie dermaßen beschäftigte?

»Sieht ihr ähnlich«, fuhr Floyd fort. »Hat sie viel Erfahrung mit Wildwasser-Rafting?«

»Andi? Ja, klar«, meinte Mary leichthin. »Sie ist schon auf dem Gaunty –« Nein, so hieß der ja gar nicht, doch als Floyd sie nicht verbesserte, sprach sie weiter. »Und die Höllenschlucht, die Schnellen dort hat sie auch schon gemacht. Oh, sie war schon überall.«

Er lächelte. »Hört sich an wie meine Tochter.«

Harry war der Meinung, dass »ein paar von euch ihre Paddeltechnik noch ausfeilen müssen.« Er sah Mary und Andi zwar nicht direkt an, doch da die ihre »Paddeltechnik« noch in keiner Weise unter Beweis gestellt hatten, nahm Mary an, dass die Bemerkung hauptsächlich ihnen gegolten hatte. Die Frauen ließen sich daraufhin noch eine halbe bis Dreiviertelstunde von Harry unterweisen, der ein strenger Lehrer war.

Als sie schließlich wieder aufbrachen, nachdem sie die Boote beladen hatten, war es mitten am Nachmittag. Da Andi ihren Platz neben Harry nicht für Geld und gute Worte aufgeben würde, saß Lorraine mit Mary wieder hinten im Boot. Und redete und redete – über Bücher, über Rafting, über die Studenten an ihrem College –, sie redete und redete, bis Mary fast hoffte, das Boot würde sich auf einen Felsen aufschieben. Sie konnte es sich zwar nur schwer vorstellen, doch hatte Harry sie alle oft genug davor gewarnt. Dann fürchtete sie schon, ihr törichter Wunsch würde in Erfüllung gehen, denn direkt voraus sah sie hohe Felsblöcke aus dem Wasser ragen und hörte Harry ausrufen: »Verdammt!« Er sah zum Ufer hinüber und sagte etwas über Ron, das Mary wegen des lauten Tosens nicht verstehen konnte. Es sah nicht so aus, als ob sie zwischen den Felsen genügend Platz zum Durchfahren hätten. Der größte der drei Felsen, der mittlere, schien geradewegs auf sie zuzusteuern.

Andi schrie: »Wir knallen drauf!«

»Hinsetzen!«, brüllte Harry.

Bevor sie frontal auf den Felsen knallten, zog Harry den einen Riemen voll durch und drehte das Boot um hundertachtzig Grad herum. Dadurch konnte es sich an dem Felsen vorbeischieben und Heck voraus flussabwärts in stilles Wasser fahren.

Ein schmaler Wasserlauf ließ sie über ein Felsbett holpern und eine enge Fahrrinne passieren, an deren unterem Ende eine scharfe Rechtskurve kam. Harry hielt sich ganz weit außen, möglichst weg vom seichteren Wasser, was dazu führte, dass sie beschleunigten. Aus der Biegung kommend, hätten sie beinahe eine Felsplatte gerammt, der Harry nur durch blitzschnelles Zurücksetzen ausweichen konnte. Was Mary aber doch beunruhigte, war der Anblick dessen, was vor ihnen lag: reichlich aufschäumendes Wildwasser, was entweder auf eine Ansammlung von Felsen oder auf eine hohe Gefällestufe hindeuten konnte, die jedoch wegen der Turbulenz nicht zu erkennen war. Während sie an Geschwindigkeit zulegten, rief Harry, sie sollten rückwärts paddeln, um das Boot zu verlangsamen und zu verhindern, dass es sich auf einen riesigen Felsen aufschob, den Mary gerade eben erst sehen konnte. Sie paddelte, was sie konnte, damit das Raft nicht seitlich in das Loch kippte. Dadurch schienen sie quasi zu schweben und geradewegs in den vor ihnen liegenden grünen Teich zu fliegen. Die Veränderung ging atemberaubend schnell vor sich.

Harry lachte, doch sogar er klang nervös. »Tut mir Leid. Verdammt, so war's letztes Jahr aber nicht.« Er stand auf, um nach dem anderen Boot Ausschau zu halten, sah es und winkte. »Die Jungs sind gut, die besten, die ich je hatte.«

Mary war völlig durchnässt, Andi spuckte Wasser und wischte sich die Gischt aus den Augen. Alle drei drehten sich um und wollten sehen, wie das zweite Boot über die Felsen kam. Hinter sich konnte Mary nichts erkennen. Vor sich sah sie Dunst aus dem Wasser steigen, dann fiel ihr Raft in die Tiefe und schlug auf einer Gegenwelle auf. Irgendwie konnte Harry verhindern, dass das Boot herumwirbelte oder kenterte, und sie fuhren weiter, jetzt doppelt durchnässt. Mary fand keinen trockenen Faden mehr an sich.

»In ein Loch geraten«, rief Harry nach hinten und warf ihr ein strahlendes Lächeln zu. Als ob sie das nicht selber wüsste, ohne dass es ihr jemand sagte! Er drehte sich wieder nach dem anderen Boot um und konnte es nicht sehen.

»Wo ist es?«, fragte Andi.

»Die kriegen das schon hin«, sagte Harry, als das andere Boot von den Wellen erst so geneigt wurde, dass es fast senkrecht stand, und dann bebend herunterkam und im Wasser aufschlug.

Die Gesichter der »alten Hasen« des Wildwassersports im anderen Boot sahen ein wenig angespannt und bleich aus. Eigentlich war Mary ziemlich froh, dass Harry ihr Bootsführer war.

Hoffentlich hatte die Kühlbox alles gut überstanden. Sie hatte schon wieder Hunger.

33

Mary war erleichtert, als sie endlich an dem Zeltplatz Halt machten, wo sie übernachten wollten. Während sie half, die wasserdichten Säcke auszuladen, kam das andere Raft angefahren, die mit Lebensmitteln gefüllte Kühlbox im Schlepptau. Mixx stieg aus und erklärte, die Schnellen seien fast so gut wie am Payette und die Landschaft fast so prächtig wie entlang des Rio Grande.

Harry hatte zwei von den Säcken am anderen Ende des Zeltplatzes abgelegt, und die Zwillinge zogen die Kühlbox aus dem Wasser. Andi half Harry, die Vorräte auszupacken. Mary zog ihre beiden Schlafsäcke hervor und trug sie unter einen Baum, um sie dort auszulegen. Der Baum stand in der Nähe der beiden, weshalb sie ihn sich ausgesucht hatte. Sie hörte Andi von Santa Fe erzählen und dem Zufall, dass er sie auf der Straße zwischen dort und Albuquerque aufgelesen hatte. Harry stapelte kleine Plastiktabletts aufeinander, die Mary an Flugzeugessen erinnerten, was sie in Anbetracht des vorigen Mittagessens aber vermutlich nicht waren. Er sagte nur: »Hol noch das Mehl drüben raus und den Zucker«, bevor er sich das Essen auf die Arme lud und es zu Ron ans Lagerfeuer hinübertrug.

Mary ergriff die Gelegenheit. »Pass bloß auf, was du redest«, sagte sie zu Andi. »Sonst schöpft er noch Verdacht.«

»Das will ich ja. Dann unternimmt er vielleicht was.«

»Ja, versucht zum Beispiel, dich zu ertränken? Toll.« Mary zitterte. »Meine Güte, ist mir kalt. Ich muss raus aus den Klamotten.«

Andi schien die Kälte nicht zu bemerken. Sie behielt ihre unerschütterliche Ruhe und stellte gerade die kleine Mehltüte auf den Boden, als Harry wieder herüberkam.

Mary sah sich suchend bei den Bäumen um und überlegte, wo sie sich umziehen könnte. Sie hatte ein zweites Paar Jeans und einen Pulli in ihrem Matchsack, doch die Vorstellung, hinter den Büschen zu verschwinden, behagte ihr nicht besonders. Sie ging tief in den Wald und genoss die Stille nach dem donnernden Getöse auf dem Fluss. Abgeschieden in einem Kiefernwäldchen stand eine verwitterte Goldgräberhütte, deren Dach teilweise eingebrochen war. Leben, Gold oder die Hoffnung auf Gold hatten sich längst verflüchtigt. Sie überlegte, ob sie zum Umziehen hineingehen sollte, fand dann aber, dass es einfach ein zu gutes Versteck für Schlangen war. Stattdessen stellte sie sich auf die andere Seite einer hohen Gelbkiefer. In deren Schatten und in einem großen Beet mit Falschen Heidelbeeren schlüpfte sie rasch in die trockene Jeans, machte den Reißverschluss zu, zog einen dicken Pulli heraus und spähte, immer noch vornüber gebeugt, auf die Fläche am Fuße des Baumes. Hier hatten offenbar Eichhörnchen ihre Beute enthülst, denn alles war übersät mit leergefressenen Kiefernzapfen.

Ihr Kopf fuhr hoch, als sie Blätter und Zweige rascheln hörte, was bedeutete, dass sich etwas bewegte. *Berglöwen,* war ihr erster Gedanke, und sie versteifte sich herzklopfend.

Dann hörte sie Harry Wines Stimme aus der alten Hütte dringen. »*Atkins?… wahnsinnig*«, hörte sie nur.

»*Ach wirklich?*« Die andere Stimme gehörte Floyd Ludens.

»*Sie sind nicht… vor drei Jahren passiert.*«

Mary verharrte wie angegossen auf den Knien. Floyds Stimme klang bedrohlich und kalt wie der Fluss.

»*Herrgott noch mal…*« Harrys Stimme wurde lauter. »*… ja verdammt paranoid.*«

»*Und wenn ich Ihnen sage, ich habe einen Brief von…?*«

Bellendes Gelächter, dann sagte Harry: »*Sie sind ja total bekloppt.*«

Ihre Stimmen wurden leiser, verebbten schließlich fast, sodass Mary genau hinhorchen musste, um die Worte ausmachen zu können. Vorsichtig, langsam näherte sie sich der Hütte. Klar und scharf hörte sie Floyd sagen, als wollte er den Namen in die Abendluft ritzen: »*Peggy.*«

Darauf erfolgte Stille, in der keiner der beiden sich bewegte oder etwas sagte.

Peggy Atkins?

In Gedanken hörte sie Floyds Stimme wieder: *Wie meine Tochter.*

Jemand, entweder Ron oder Randy, rief nach Harry, er solle kommen und die Steaks zubereiten.

Mary hörte sie die Hütte verlassen, dann das Geräusch von Schritten auf dem Waldboden, und gleich darauf rief Honey Mixx etwas zu Floyd hinüber wegen des Weins.

Gelächter erscholl und ebbte wieder ab. Sie machte sich rasch fertig, zog den Pullover über den Kopf und zerrte ihn herunter. Als sie die Haare ausschüttelte, stand er plötzlich direkt vor ihr.

Harry Wine lehnte gegen einen Baum, als hätte er vor ihren Augen gerade erst Gestalt angenommen. Die Sonne stand ihm im Rücken und drang hell durchs Geäst der Bäume, und für einen Augenblick verwischte das üppige, diffuse Licht seine Züge, warf den Schattenumriss seiner dunklen Gestalt. Mary glaubte hinter seiner fast vollkommenen Statur und dem Gesicht Staub und Asche, alte, zu Kalk gewordene Knochen zu sehen. Lässig stand er an den Baum gelehnt, als gehörte ihm hier alles, und sah doch aus, als gehörte er nicht hierher.

O Mann, dachte sie, *was würde Andi jetzt tun?* Und sofort wusste sie, was Andi tun würde: sich auf die Hinterbeine stellen. Die Kontrolle an sich reißen, bevor er es tat, die Richtung dessen diktieren, was sich nun wie auch immer ergeben würde. Tat sie es nicht, würde sie verlieren. *Lass nicht zu, dass er dich in die*

Defensive drängt. Mary fragte im unverfänglichsten Ton, den sie zu Stande brachte: »Worüber haben Sie mit Floyd gesprochen?«

Dass sie nicht leugnete, die beiden belauscht zu haben, brachte Harry aus dem Konzept. Er trat einen Schritt von dem Baum weg. Zitternde Wellen aprikosengelben Lichts durchkämmten die Zweige. Mit dem Licht im Rücken stand seine finstere Gestalt zwischen ihr und der Sonne, und als würde die vertraute Welt davongewirbelt, drangen die trägen Stimmen der Rafter an ihr Ohr: das Lagerfeuer, die Leute, der Whiskey, das Gespräch waren Teil jener anderen Welt, zu der sie einst einen Schlüssel besessen hatte, der ihr jetzt aber abhanden gekommen war.

Harry sagte: »Über nichts Besonderes. Floyd war schon öfter mit mir unterwegs. Der wird manchmal etwas – paranoid.« Harry lächelte. »Wieso? Was hast du denn gehört?«

Wie weit konnte sie gehen, bevor die Waagschale kippte? »Es klang ja ziemlich wütend.«

»Er meint, ihr hättet nicht genügend Erfahrung, du und Andi.«

Als er auf sie zukam, konnte sie sich nur mit Mühe davon abhalten, zurückzuweichen. Doch sie schaffte es. »Aber das ist doch nett von ihm, dass er so fürsorglich ist. Vielleicht liegt es daran, dass er auch eine Tochter hat.«

Er betrachtete sie argwöhnisch. »Wie lang kennt ihr beiden euch eigentlich schon?«

Was sie davon abhielt, in die Lügenfalle zu tappen, war ihre plötzliche Erkenntnis, dass er die Antwort bereits wusste. Denn vor jenem Abend, an dem er Andi in seinem Truck mitgenommen hatte, hatten sie sich noch gar nicht kennen können. Wenn Andi keine Ahnung gehabt hatte, wo sie gewesen war, dann konnte Mary es schon gar nicht wissen. »Noch nicht sehr lang. Ich hab sie in Santa Fe getroffen. Wir haben uns gleich auf Anhieb verstanden.«

Er stand jetzt unmittelbar vor ihr, und sie konnte seine Wärme spüren. Er legte ihr eine Hand auf die Schulter und begann den Muskel zu massieren. Die Hand war sehr kräftig. Was sie fühlte, war eine andere Art von Angst als die, die sie in der Stromschnelle von Pistol Creek verspürt hatte. Jene Angst war mit einer Art Hochgefühl vermischt gewesen. Dies hier war jedoch die blanke Angst.

»Pass bloß auf auf diesem Fluss. Der ist trügerisch.«

Er nahm die Hand von ihrer Schulter und blieb wie ein Felsklotz stehen, unbeweglich, unumgänglich, außer vom Wasser. Also blieb sie ebenfalls stehen. »Glaub ich nicht.« Sie schüttelte sich ihr vom Wasser zerzaustes Haar aus dem Gesicht. »Er will einen gar nicht täuschen. Man muss bloß auf ihn achten. Man muss ihn erkunden und so. Der Fluss legt es nicht drauf *an*, etwas zu sein. Er *ist* einfach, wie er ist.«

Harry lachte. »Du bist ja eine richtige Philosophin, was?«

Sie schüttelte den Kopf, ohne zu lächeln. Doch hatte sie für einen kurzen Augenblick das Gefühl, ihn aus dem Konzept gebracht zu haben. Sie hatte ihn vor den Kopf gestoßen. Er wurde aus ihr nicht recht schlau.

Als wieder jemand nach Harry rief, gesellten sie sich zu den anderen. Als sie das Lagerfeuer sah und die Gesichter ringsum, stellte sie überrascht fest, dass sie überhaupt nicht gemerkt hatte, dass die Nacht hereingebrochen war. Auf dem Feuer köchelte irgendetwas in einer himmlisch duftenden Sauce, und die Mixx' boten reihum Drinks an – Martinis und Scotch. Echte Trinker vor dem Herrn. Graham und Lorraine hielten sich ans Bier.

Mary vermied es, Floyd oder Harry Wine ins Gesicht zu sehen, doch wanderte ihr Blick unwillkürlich zu ihnen hinüber. Floyd musterte Harry mit grimmiger Miene. Bei Harrys Anblick hätte man meinen können, es sei überhaupt nichts vorgefallen.

Er rieb die Steaks fertig mit Pfeffer und Kräutern ein und legte sie auf den Grill. Dann machte er sich mit einer Dose Bier und jener längst antrainierten Lässigkeit am Feuer zu schaffen und ließ sich schließlich neben Lorraine Lynch nieder, die in seiner Gegenwart plötzlich kokett wurde und aus verhangenen Augen zu ihm aufblickte.

Über das Summen der allgemeinen Unterhaltung hinweg tat Mixx kund, wie sehr er die Natur liebte: die Bäume, Felsen, den Fluss, die Tier- und Pflanzenwelt. »Es geht doch nichts über die Flucht aus Dallas, zurück zur Natur. Genau so würd ich gern leben, einfach diese Luft aufsaugen, nicht die verdammten Abgase, die wir dauernd einatmen müssen. Das ist das wahre Leben. Einfach, unkompliziert, elementar.«

»Elementar?«, sagte Lorraine und lachte. »Dieses Essen würde ich aber nicht als elementar bezeichnen.« Sie schwenkte die Hand über den Grill, auf dem noch tomatengewürzter Lachs lag, für den Fall, dass jemand eine zweite Portion schaffte. Dazu gab es Kartoffel-Käse-Auflauf und reichlich Gemüse.

»Ich auch nicht«, meinte Andi.

Während sie eine Zeit lang schweigend genossen, versuchte Mary krampfhaft, ihre Gedanken auf etwas anderes als die Erkenntnisse aus dem Gespräch zu konzentrieren, das sie im Wald belauscht hatte, und beobachtete Bill Mixx, wie er sich mit einem schmalen Platin-Feuerzeug eine Zigarre anzündete. Seine Rolex blinkte im Feuerschein. Seine Stiefel waren zweifellos von Hand gefertigt, er hatte darauf bestanden sie mitzubringen. Diente ihm diese ganze Ausstaffierung nur als eine Art Stützkorsett? Sie war froh, dass das Essen vor ihr stand, nicht so sehr, weil sie Hunger hatte, sondern weil ihre Augen dadurch auf etwas anderes gerichtet sein konnten als auf Floyd. Sie war gerade dabei, ihr Steak in winzige Stückchen zu schneiden, als sie das abgehackte Ende von Andis Satz hörte:

»… was Reuel sagte.«

»Reuel hat viel zu viel Zeit, wenn der Tag lang ist, wenn du mich fragst«, sagte Harry, der jetzt neben Andi saß und sein Steak verdrückte. »Der hat den ganzen Tag nichts anderes zu tun, als die Autos zu kontrollieren, die zur Müllkippe kommen, und die übrige Zeit verschwendet er mit leerem Geschwätz.«

Was, überlegte Mary, hatte Andi über Reuel gesagt, oder über das, was Reuel zu ihnen gesagt hatte?

»Wie weit fahren wir morgen?« Mixx dröhnte geradezu. Der Alkohol, kombiniert mit seiner üblichen Sturheit, ließ ihn noch lauter werden. »Mann, morgen kommt aber hoffentlich mal *echtes* Wildwasser!«

»Sie fanden also, das von heute war nicht echt?« Harry lächelte. »Uns anderen kam's aber ziemlich echt vor.« Er zwinkerte Andi schelmisch zu.

Er war einfach zu verführerisch, es war beinahe unmöglich, sein Zwinkern nicht zu erwidern – oder wenigstens zurückzulächeln. Andi tat keins von beiden.

Mixx machte eine wegwerfende Handbewegung. »Ich spreche von Zweieinhalb-Meter-Fällen und Drei-Meter-Löchern.«

»Dann sind Sie aber auf dem falschen Fluss, Mister«, sagte Ron. »Dann versuchen Sie's lieber auf dem Illinois in Oregon. Dort gibt's eine Fünfer-Schnelle, mit ner Steilwand rechts und Felsen voraus.« Ron und Randy häuften soeben höchst lecker aussehenden, mehrschichtigen Schokoladenkuchen auf die Teller.

»Oder den Gauley«, fügte Graham hinzu. »Da haben Sie Ihre Löcher.«

Während Bill Mixx mit der Beschreibung seiner Touren auf dem Green River fortfuhr, legte sich plötzlich alle Angeberei und Übertreibung, mit der Mary bei ihm schon rechnete, und in seinen Worten kam allmählich Aufrichtigkeit durch. Kein hochtrabender Mixx'scher Bombast mehr, bloß die Erzählung dessen, was geschehen war.

Mary fragte sich, ob es nicht vielleicht auch für die Übrigen galt, vielleicht für jeden: das Bedürfnis, andere zu beeindrucken und ein bestimmtes Image zu präsentieren, war angesichts des echten Abenteuers schnell vergessen, das Erlebnis an sich genügte. Sie zog die Beine noch mehr an, stützte ihr Kinn auf die Knie und lauschte. Es war wie damals als Kind, wenn man ums Lagerfeuer saß und den Gespenstergeschichten lauschte. Die Stimmen besaßen eine verlockende Anziehungskraft, waren nicht die gewöhnlichen Alltagsstimmen. Wenigstens hörten sie sich so an.

Graham Bennett schwelgte ebenfalls in Erinnerungen, so sehr, dass er sein gewöhnliches Schweigen brach, um in die Runde zu fragen, ob jemand schon einmal den Alsek runtergefahren war. Keiner. Außer Harry war niemandem auch nur der Name geläufig.

»Der in den Yukon-Territories und Alaska. Ist es der?«, fragte er. Graham nickte. »Der Alsek ist berühmt, gilt als unbefahrbar, hab ich immer gehört«, sagte Harry.

Graham lächelte. »Ich wollte mich mal an den Turnback Canyon wagen. Hatte ich jedenfalls vor, doch der hat dann seinem Namen alle Ehre gemacht – Turnback: ich musste umkehren. Einen Fluss wie den Alsek gibt's nicht noch mal, ich hab jedenfalls noch keinen gesehen. Selbst für Alaska – auf so viel Eis war ich nicht gefasst. Es war wie eine andere Welt. Den Fluss runterzufahren war wie zum Anbeginn aller Dinge zurückzukehren.

Nach etwa fünfzig Meilen voller Schnellen – der Alsek besteht nur aus Stromschnellen, Stromschnellen ohne Ende – kommt dann dieser See. So was hatte ich noch nie gesehen, alles Eis, ein Gletscher, eine Wand aus Eis, aus blauem Eis. Der Gletscher kalbte tonnenweise Eis, das dann einfach ins Wasser sank. Ihr könnt euch also vorstellen: Eis wie riesige Felsbrocken, bloß dass diese Brocken ständig in Bewegung waren. Neun Meter hohe Gischttürme und riesige Löcher, die mich halten würden, wenn ich kenterte. Ich hatte dauernd Angst, an eine Klippe zu knallen. Es kam mir vor, als bestünde ich nur noch aus Auf- und Abrollen. Und dazu das Eis, das sich ständig von den Gletschern löste.«

Den Stromschnellen des an einer Stelle meilenbreiten Flusses folgten andere, zwischen nur dreißig Meter breiten Ufern eingezwängte, wie bei einem Stundenglas. Die unermessliche Menge an Wasser, an Eis ließ Marys eigenen Probleme, ja sogar Andis viel größere, richtig klein erscheinen. Mary schämte sich fast dafür.

Einmal sagte Graham: »Den Fluss runterzufahren fühlte sich an, als wäre man in ein paralleles Leben eingebunden.« Er unterbrach sich abrupt. Sogar im bernsteingelben Schimmer des Lagerfeuers konnte Mary ihn erröten sehen. Vermutlich fand er, mit seinem Philosophieren zu weit gegangen zu sein.

»Eine Art Déjà-vu-Erlebnis«, sagte Lorraine.

»Nein, das nicht, oder jedenfalls nicht nur. Hat euch irgendwann schon mal das spontane Gefühl gepackt, ein ganz anderes Leben zu haben, eins, das neben diesem her läuft?«

Mary sah zu Andi hinüber, die Graham hingerissen lauschte.

»He, auch so einer von diesen Zen-Buddhisten?« Bill Mixx war wieder ganz der Alte.

Graham schüttelte den Kopf. »Nein, so mein ich das gar nicht. Es ist, wie wenn man durch ein Zugfenster schaut und sich selber in einem anderen Zug aus dem Fenster schauen sieht. Ich hatte das Gefühl, mein anderes Leben auf anderen Flüssen – dem Colorado, dem Rio Grande, dem Snake – war ein völlig anderes Leben. Als stünde ich für einen Augenblick mit je einem Fuß in einem dieser beiden Leben. Mir wurde richtig Angst, als wäre ich in etwas reingestolpert, was ich eigentlich nicht wissen durfte.«

»Ach, du liebe Güte«, sagte Honey Mixx und lachte etwas unsicher, »so wie Sie das sagen, klingt es ja ganz nach der alten Geschichte vom Paradies, Graham.« Ihr Lachen wirkte eher nervös als erfreut.

Als sie es Honey sagen hörte, dachte Mary: wie seltsam, dass jemand, den man für dumm oder verständnislos gehalten hatte, plötzlich etwas so Überraschendes, Bedeutsames sagen sollte.

Daraufhin fragte Lorraine auf ihre typische, etwas steife Art – vielleicht aus Verlegenheit, dass sie nun um Aufmerksamkeit bat: »Gab es denn schon tödliche Unfälle auf dem Salmon?«

Mary sah, dass Harry Floyd einen Blick zuwarf. Er sagte: »Zwei oder drei Mal. Wegen Leichtsinns, Unvorsichtigkeit oder – etwas, was sich nicht vermeiden ließ.«

»Was denn, Harry?«, fragte Mixx mit einem wohlwollenden Lächeln, als sei er bereit, Harry schon im Voraus seine Unvorsichtigkeit zu vergeben.

»Bootsfahrer, die meinen, sie könnten sich an die Dagger Falls wagen, obwohl die unbefahrbar sind. Oder unvorsichtige Leute, die meinen, sie müssten ihre Schwimmwesten nicht zumachen, Bill.« Er lächelte.

»Jetzt hat er dir's aber gegeben, Billy«, sagte seine Frau.

»Und das Mädchen, das vor ein paar Jahren hier irgendwo ertrunken ist?«, warf Andi leichthin in die Runde, als wäre ihr die Antwort gleichgültig.

Harry Wine jedoch nicht. Sein Blick schien gleichzeitig auf Andi und Floyd zu ruhen, sie irgendwie zusammenzuschließen und sich dann wieder von ihnen abzuwenden. Er war schlimmer als Wut, dieser kalte, distanzierte Blick.

»Na?« Honey Mixx sah Harry erwartungsvoll an. »Was war denn jetzt los mit diesem Mädchen?«

Merkwürdigerweise war es der sonst so schweigsame Randy, der beim Kaffeeausteilen sagte: »Es war ein haltendes Loch, eine

Unterwasserhöhle. Ihr Kajak geriet in ein haltendes Loch. Sie hätte nicht im Kajak rausfahren sollen. Sie war zu unerfahren.«

Da hatte Mary aber etwas anderes gehört. Ihr Blick ging zwischen Harry und Floyd hin und her. Harrys Gesichtsausdruck war jetzt milde und bekümmert, als verspürte er tatsächlich Trauer über das Schicksal des Mädchens. »Ich glaube nicht, dass es Unerfahrenheit war. Sie hatte schon viel Wildwasser befahren, auch das schwierigste. Es war eben so was Verrücktes, Unberechenbares, von dem man nicht weiß, dass es passiert, bis es soweit ist. Ein unterhöhlter Felsen auf einer Seite, das verdammte Loch auf der anderen. Das haltende Loch hat sich einfach geöffnet und sie runtergesaugt.«

Das fand Mary nun aber eine ziemlich triviale Art der Beschreibung und wollte es gerade sagen, als Graham sich beim Anzünden der Zigarre, die Mixx ihm gegeben hatte, unterbrach. »Charybdis.«

Alle sahen ihn verständnislos an.

»Habt ihr denn euren Homer nicht gelesen?« Mit einem langen tiefen Zug brachte er die Zigarre zum Glühen. Er klappte das Feuerzeug zu und sagte: »Scylla und Charybdis. Zwischen zwei Felsen festsitzen. Die griechische Spielart von einer Zwickmühle.« Er stieß einen Rauchstrom aus, der sich im Feuerschein blau verfärbte.

Erst als sie ihre Schlafsäcke ausrollten, ergab sich für Mary die Gelegenheit, Andi zu erzählen, wer Floyd war.

Andi starrte sie bloß sprachlos an. Schließlich sagte sie: »Und Harry hatte bis jetzt keine Ahnung?«

»Soviel ich gehört hab, nein. Ich glaub, der war total von den Socken.«

»Und was Floyd denkt, ist so ziemlich klar.«

»Ja. Dass es kein Unfall war.«

»Dann«, sagte Andi, »müssen wir von jetzt an auf Floyd besser aufpassen.«

Nachdem sie Andi ihre Entdeckung mitgeteilt hatte, war Mary etwas wohler. Sie lag, die Hände hinter dem Kopf verschränkt, da und ließ die Flussfahrt noch einmal Revue passieren. Sie bekam eine Gänsehaut, als sie an das eisige Wasser dachte, das Geschrei und Gejohle und den trostlosen Ausdruck in Andis Gesicht. Bis auf einen durchdringenden Vogelschrei oder das Heulen einer Eule war es nun vollkommen still. Der totenbleiche Mond war so hell, dass sie seinen Widerschein durch die Zeltwand sehen konnte, und als sie eine Hand hochstreckte, warf er helle Flecken darauf. Es war, als stünde nichts – keine Zeltwand, keine Entfernung – zwischen ihr und dem Mond. Lächelnd sog sie die Stille ein und darunter das Rauschen des Flusses.

Hier war es vermutlich nie richtig stockfinster, nicht bei so einem Mond.

Sie dachte an Graham Bennett, der den Fluss in Alaska hinuntergefahren war – wie hieß er noch gleich? –, und stellte es sich wie ihre eigene Fahrt zwischen fichtenbestandenen Felswänden und einem kornblumenblauen Himmel vor, aber alles in Eiswände, Eishöhlen, Eisblöcke, ja sogar Eissplitter im aufschäumenden Wasser verwandelt. Sie musste daran denken, was Graham über ein parallel verlaufendes Leben gesagt hatte:

Den Fluss runterzufahren – den Alsek, das war's – *fühlte sich an, als wäre man in ein paralleles Leben eingebunden.*

Ein paralleles Leben. Mary betrachtete das vom Mondlicht erhellte Zelt und fragte sich, ob es das war, was Andi hatte: zwei Ichs in zwei verschiedenen Zügen. Oder gab es parallele Welten? Eine Welt weit jenseits unserer Vorstellungskraft, es musste die Welt sein, die von Wesen wie Jules und den Kojotenwelpen bewohnt wurde, in die man nur per Zufall eintrat, um dann festzustellen, dass es gefährlich war, sie zu kennen.

Das Zelt war nicht mehr erhellt. Wie eine Wolke, die sich vor den Mond schiebt, stand dem Mondlicht etwas im Weg und blockierte es.

Etwas oder jemand hatte sich lautlos herangeschlichen. Mary hielt den Atem an. Die Gestalt hätte ein Tier sein können – ein Hirsch oder gar ein Berglöwe. Oder ein Mann.

Der Berglöwe wäre Mary fast lieber gewesen.

34

Der Morgen brach früh an und ließ den Horizont violett erglühen. Vorsichtig, um Andi nicht zu wecken, schälte sich Mary aus ihrem Schlafsack und aus dem Zelt, ihre Kleider nahm sie mit. Ihre Jeans verfingen sich im dornigen Gebüsch, als sie sich unter den Zederzypressen flink anzog. Violettes Sonnenlicht drang durch Weißdorn, Wildrosendickicht und Fingerkraut. Als sie fertig war, ging sie zum Fluss hinunter. Sich in der Kälte die Arme reibend, sah sie, wie die Nebelschicht auf der anderen Seite durch die an Felswände geklammerten Bergfichten kroch und Wacholder und hohe Fliederbüsche entlang der Felskanten völlig einhüllte. Ein gespenstischer Wald. Ab zu blitzte grünes Wasser wie changierende Seide auf.

Nichts rührte sich, niemand wachte auf. Den Reißverschluss bis oben zugezogen, lag Graham unter einer Fichte ausgestreckt, deren fedrige Nadeln seinen Schlafsack bedeckten. Bill Mixx, der sich ebenfalls dafür entschieden hatte, nicht im Zelt, sondern draußen zu schlafen, hatte sich in einem Wust von Fingerkraut häuslich eingerichtet. Mary blickte sich unter den stillen Menschen in ihren Schlafsäcken und kleinen Zelten um und fand, dass sie wie Tote wirkten, wie Gefallene.

Weil sie sich noch etwas unsicher auf den Beinen fühlte, beugte sie sich hinunter und bespritzte ihr Gesicht mit eiskaltem Wasser. Dabei sah sie einen Habicht aufsteigen, ausgleichen und wie ein Segelflugzeug über ihr kreisen. Sie setzte sich hin, das Kinn auf die verschränkten Arme gestützt, und betrachtete den Fluss. Die ersten Entdecker kamen ihr in den Sinn, die hier vor hundert Jahren ihre Boote zu Wasser gelassen hatten. Und hundert Jahre davor hatte der Fluss auch schon so ausgesehen. Mary dachte, wenn sie ihr ganzes Leben an seinen Ufern verbracht hätte, würde sie bestimmt denken, es hätte sich nie etwas verändert. Oder falls sich der Fluss verändert hätte, mit hohem und niedrigem Wasserstand, mit sichtbaren Gefahren, die zu versteckten Gefahren wurden, wurde er einfach mehr oder weniger er selbst und nicht etwas anderes.

Ein schrecklicher Gedanke, dass Floyds Tochter in diesem Fluss zu Tode gekommen war, noch schlimmer (und Floyd war dazu gezwungen), nicht zu wissen, ob es tatsächlich stimmte, was ihm berichtet worden war. Mary ängstigte sich nun noch mehr um Andi. Sie war derartig kompromisslos und hartnäckig, krallte sich an Dingen fest und weigerte sich loszulassen: die Berghütte, der misshandelte Labrador, der Fluss und Harry Wine. Sie war so fanatisch. Manchmal schien es fast wie religiöses Eiferertum, was sie antrieb.

Und doch – wie konnte sie anders?, überlegte Mary. Wenn ihre eigene Geschichte ausgelöscht wäre und erst in einer Bed-&-Breakfast-Pension in Santa Fe angefangen hätte, würde sie vermutlich mit der gleichen Leidenschaft versuchen, sie sich zusammenzureimen. Sie schloss die Augen und versuchte sich vorzustellen, wie es war, in einer unvertrauten Umgebung aufzuwachen, sich zu fragen, wo sie war, sich zu fragen, *wer* sie war, das Ganze für einen Traum zu halten und festzustellen, dass dieser Traum nicht endete. Was würde sie tun? Zu Tode erschrocken würde sie zur Polizei oder in ein Krankenhaus gehen. Und doch ... würde sie das wirklich tun, wenn ein Mann, der sich Daddy nannte, vielleicht an beiden Orten nach ihr suchte?

Zur *Polizei* wäre er sicher nicht gegangen, jedenfalls nicht, wenn er sie tatsächlich entführt hatte. Die Polizei mehrerer Bundesstaaten wäre über ihr Verschwinden aber informiert worden, oder nicht? Und die Krankenhäuser? Höchstwahrscheinlich auch.

Wieder tauchte die Frage auf: Wieso hatte Andi dort nicht um Hilfe gebeten? Stattdessen hatte sie den unglaublich schwierigen Weg gewählt, ihre Vergangenheit stückweise zusammenzusetzen, indem sie Leute befragte, die ihr nicht wirklich helfen konnten, außer durch bruchstückhafte Informationen, die an sich schon fragwürdig waren.

Mary hörte hinter sich Geräusche. Alle wachten fast gleichzeitig auf. Die Mixx' gestalteten ihr Aufstehzeremoniell furchtbar umständlich, wie überhaupt alles, was sie taten. Honey schnatterte etwas von einem »einfach herrlichen, herrlichen Morgen«, während Bill Mixx die Nachricht herausposaunte, *sie* seien jetzt auf und die anderen sollten gefälligst in die Gänge kommen.

Das Frühstück war fast fertig. Randy behielt die Sauce im Auge und schöpfte frische Birnen aus, Andi war für Brötchen und Kaffeekanne zuständig. Zusammen mit der kristallklaren Luft waren die Küchendüfte einfach wunderbar.

Alle hatten Hunger. Bestimmt hatte es mit der Höhenlage zu tun, denn nachdem sie den Schokoladenkuchen verdrückt hatte, hatte Mary eigentlich geglaubt, eine Woche lang nichts mehr essen zu können. Die kleinen, weichen Brötchen waren heiß und schön locker und verschwanden, kaum dass sie serviert wurden, unter einer dicken Schicht Sauce. Honey Mixx bemerkte, nach dieser Fahrt müsse sie aber eine Hungerkur machen. Mary vermutete, dass Honey ihr ganzes mittelaltes Leben schon zwischen fünfzehn und zwanzig Pfund Übergewicht hin und her pendelte und sich ständig dafür entschuldigte.

Der Kaffee war stark und mit dem süßen wachsigen Aroma der Birnen leicht bitter. Mary wusste, dass es teils an der Luft lag, teils an der Hochstimmung, dass die Sachen so gut schmeckten.

Bei der zweiten Tasse Kaffee sprach Harry Wine über die heutige Fahrt und wie weit sie kommen wollten. »Vielleicht bis Tappan Falls oder Tappan Rapids. Das wird Ihnen gefallen, Bill.« Sein Lächeln war leicht hämisch. »Wir haben ein paar härtere Schnellen als gestern vor uns. Ron ist schon erkunden gegangen, um zu sehen, ob sich viel geändert hat. Die Gefahr liegt hier darin, dass das Wasser sehr hoch und sehr bewegt werden kann. Wir müssen also alle auf die scharfen Kurven achten, auf verengte Uferpartien und Höhengefälle.«

Mit ihrer üblichen Kokettheit fragte Honey Mixx: »Ist es wirklich so *heimtückisch*? Ich meine, könnte jemand tatsächlich *zu Tode* kommen?«

Mary sah und merkte Harrys Zögern. Sie hielt den Blick auf Floyd gerichtet, dessen Gesicht jedoch ausdruckslos blieb.

»Jedes Gewässer ist potenziell gefährlich, wenn es tief genug ist, dass jemand darin ertrinken kann. Und deshalb möchte ich das Gewicht in den Booten neu verteilen.«

Mary hoffte, es bedeutete nicht, Zelte und Schlafsäcke wieder rauszunehmen, die Randy bereits hinuntergetragen und im Boot verstaut hatte.

»Ich hätte gern noch einen weiteren Mann in unserem Boot bei den Mädchen, einen guten Paddler.« Bevor Graham Bennett (der erfahrener war als die anderen) etwas sagen konnte, fuhr Harry fort: »Floyd, wie wär's mit Ihnen? Sie sind gut.«

Floyd nickte natürlich zustimmend. Er wirkte auf Mary wie einer, der jede Herausforderung annehmen würde, ein Mann mit einem gewissen Stolz. Diesmal war es mehr als Stolz, was ihn einwilligen ließ.

Andi stand mit dem Kaffeebecher in der Hand auf. Sie hielt den Becher ganz vorsichtig etwas schräg, sodass der Kaffeesatz langsam herausrann. Das Schräghalten des Bechers kam Mary merkwürdig manieriert vor, durchgeführt mit einer gewissen Berechnung. Dann hob Andi den Blick und sah Mary unverwandt an. Die Morgensonne auf ihrem Gesicht ließ ihre Augen wie Quecksilber leuchten.

Besteck und Teller wurden eingesammelt und von Lorraine und Honey Mixx rasch abgewaschen und weggepackt. Harry vergewisserte sich, dass das Feuer ausgegangen war, und Randy sorgte dafür, dass kein Abfall liegen blieb.

Bevor sie nacheinander in die beiden Boote stiegen, piepte Harrys Mobiltelefon, und er hielt es sich ans Ohr. Das fand Mary komisch: erst die einfache Lebensart und dann am Gürtel ein Mobiltelefon. Es war bestimmt Ron, der von flussabwärts anrief. Harry hörte zu, nickte und schob das Telefon wieder in die Halterung an seinem Gürtel. Dann sagte er zu den anderen: »Etwa eine halbe Meile weiter unten kommt eine scharfe Biegung, da verengt sich die Klamm. Wir versuchen uns also außen zu halten, um nicht an die Felsen getrieben zu werden.«

Floyd trug zweifellos zur Austarierung des Gewichts bei. Mary konnte den Unterschied spüren und ihr wurde wohler. Es war, als ob sie sich gestern, als sie viel leichter gewesen waren, dem Fluss gegenüber unvorsichtig und unbekümmert verhalten und wie Kinder mit den Löchern und stehenden Wellen ein gefährliches Spiel getrieben hätten. Floyds Gegenwart gab ihr jetzt das Gefühl von etwas Solidem, Verlässlichem. Eigentlich paradox, denn seine Anwesenheit bedeutete vielleicht sogar eine zusätzliche Gefahr.

Eine Zeit lang floss das Wasser beinahe friedlich dahin. Mary genoss die Stille, dass niemand redete, den gleichmäßigen Rhythmus der ein- und auftauchenden Paddel, von denen das Wasser wie sprühendes Sonnenlicht hell abperlte.

Niemand sagte etwas, bis Andis Aufschrei die Stille durchbrach: »Schaut mal!« Sie deutete ans entfernte Ufer, wo mehrere Dickhornschafe von den Granitwänden des Canyon heruntergekommen waren, um am Flussrand zu trinken. Die Schafe schienen die Boote nicht zu bemerken oder kümmerten sich nicht darum. Als sie fertig getrunken hatten, machten sie kehrt und begannen wieder senkrecht an den felsigen Klippenwänden hochzuklettern, als wären ihre Hufe an den steinigen Ritzen und Falten festgeklebt. Sobald sie beinahe oben waren, schmiegten sie sich wie graue Geister an die Felsvorsprünge. Wer sie nicht hatte emporklettern sehen, würde sie in ihrer granitgrauen Tarnung unmöglich ausmachen können.

»Das ist selten«, sagte Harry Wine. »Dickhornschafe sieht man selten. So weit oben sind sie praktisch unerreichbar. Schaut mal ein bisschen rechts rüber, hinter den Weißkiefern könnt ihr ein paar Bergziegen erkennen. Schaut mal, wie die da raufziehen.« Mary sah es. Kaum zu glauben, wie akrobatisch sie klettern konnten, so flink und trittsicher. »Die sind ziemlich launisch«, meinte Harry. »Können sich gegenseitig kaum ausstehen.« Er lachte. »Wie Menschen.«

Es kam ein Abschnitt mit Flachwasser, auf dem das Boot ruhig dahinglitt. Dann ertönte hinter der scharfen Biegung auf der rechten Seite das erste Anzeichen des tosenden Wassers, das bald zu einem donnernden Dröhnen anwuchs und von den Felswänden widerhallte. Mary wollte das wilde Getöse unter sich überhaupt nicht sehen. So gut er konnte, hielt Harry das Raft auf der Innenseite, bog um die Kurve und rief irgendetwas vom Zusteuern auf die schmale, tiefe Stelle zwischen den Felsen. Doch konnte er dem steilen Loch auf der Seite nicht ausweichen, und sie fielen in die Stufen. Dann verengten sich die Flussufer, die Strömung wurde schneller. Mary sah sich plötzlich dreieinhalb Meter hohen, stehenden Wellen gegenüber, die senkrecht in die Luft schossen. Sie wollte den Mund aufmachen, doch die Angst saß ihr wie ein Pfropf im Hals. Es war eine Welt aus aufgewühltem Wasser, Wasser, das sie einkapselte. Auf einmal wurde sie mit der geballten Kraft eines Gewehrschusses hineingeschleudert. Sie schoss aus dem Wasser hoch, stieg auf der Welle senkrecht in die Höhe und schien dort zu verharren, ohne Halt und mit dem einzigen Gedanken: *Jetzt sterbe ich*. Doch statt panischer Angst verspürte sie ein nie gekanntes Hochgefühl, wie von einer schrecklichen Verantwortung befreit. Im nächsten Moment wurde sie wieder ins Wasser geworfen, ihr wurde schwarz vor Augen, und sie war unfähig, den Absturz ihres Körpers aufzuhalten, bis jemand sie packte und mit einem heftigen Ruck herauszog. Es war Floyd.

Halb liegend, halb sitzend hing sie über dem Boden des Bootes.

»So was passiert andauernd«, sagte Harry.

Dass er die Tatsache, dass sie fast ertrunken war, so herunterspielte, versetzte Mary in Rage. »Mir aber nicht«, sagte sie in eisigem Ton.

Andi dagegen sah zu Tode erschrocken aus, umarmte sie und wurde dabei noch nasser. Das war für Andi eine große Gefühlsbezeugung. Ihr Gesicht unter dem Schutzhelm wirkte klein und blass, und sie fühlte sich so *zart* an. Mary hatte Andi immer für stark gehalten, doch war ihre Kraft wohl eher mental als körperlich. Wenn Andi über Bord gehen sollte, dachte sie jetzt, könnte nichts auf der Welt sie wieder zurückholen.

Sie stand auf, um sich wieder ins Heck zu setzen, und wandte sich zu dem anderen Schlauchboot um. Honey und Lorraine hatten die Hände trichterförmig um den Mund gelegt und schrien irgendetwas Tröstliches oder Besorgtes, was Mary aber nicht ausmachen konnte. Trotzdem war ihr gleich wohler.

Andi rief zu Harry hinüber: »Kommt da vorn noch was Schlimmeres?«

»Wir haben noch keinen verloren, dafür garantier ich«, rief er zurück.

Wer's glaubt, wird selig, dachte Mary, als sie das hörte.

Harry meinte, es wäre ein guter Platz zum Halt machen, ein Stück weiter unten auf dem rechten Ufer sei ein Zeltplatz.

Mary zitterte immer noch und war froh, Rast zu machen. Trockene Sachen, Essen.

Nachdem sie die nassen Jeans und das T-Shirt auf einen Felsen zum Trocknen ausgelegt hatte, half Mary bei den Essensvorbereitungen. Andi und Harry knieten auf der Erde und brachten ein Feuer in Gang. Wie sie neben ihm kniete, während er auf die glühenden Holzkohlestückchen und dünnen Weidenzweige pustete, um sie zum Brennen zu bringen – so sinnlich, dachte Mary. Andis Schulter war an seine gepresst, und sie ahmte ihn nach, wie er den Mund als Blasebalg benutzte. Sie lachte als Antwort auf etwas, was Harry gesagt hatte. Er hielt den Kopf so geneigt, dass er den von Andi fast berührte, und ihre leise murmelnden Stimmen drangen nicht über das Feuer hinaus.

Mary beobachtete die beiden verstohlen, während sie die Hühnerbrüste aus dem Wachspapier löste. Sogar kalt sahen sie wunderbar aus und dufteten köstlich. Randy fachte schon das Feuer an, um sie zu grillen. Harrys Hand lag jetzt auf Andis Kopf und zauste ihr Haar, wie im etwas derben Spaß, mit dem man zu verstehen gibt, dass man eigentlich etwas ganz anderes will, etwas Sexuelles. Mary blickte um sich, ob ihnen sonst noch jemand zusah, und bemerkte nur Lorraine, die die beiden mit Blicken durchbohrte und vermutlich krank vor Eifersucht war.

Es war gefährlich, dachte Mary. Andi glaubte wohl, sie könnte ihm eher ein Zugeständnis abluchsen, wenn sie ihn aus der Reserve lockte. Ihr Vorteil war, dass er glaubte, sie könne sich an nichts erinnern, und folglich keinen Verdacht schöpfte.

Das Polaroidfoto. Natürlich. Andi hatte darauf gedrängt, dass Honey Mixx von ihr und Harry einen Schnappschuss machte. Sobald Patsy Orr ihn auf dem Foto sah, könnte sie ihn identifizieren. Doch das fände Andi bestimmt überflüssig – Instinkt sagte mehr als jedes Foto. Mary half Randy, das Hühnerfleisch vollends auf den Rost zu legen und ließ ihn dann den Rost aufs Feuer stellen.

»Deine Freundin hat Harry ja anscheinend mit Beschlag belegt.« Es war Lorraine Lynch, in der Hand die große hölzerne Salatschüssel, die sie zusammen mit einer Flasche mit dickflüssigem weißem Dressing hinübertragen wollte.

Mary ignorierte ihre Bemerkung und wechselte das Thema, indem sie fragte: »Was ist das denn für ein Salat?«

Lorraine schaute in die Schüssel, als hätte sie noch nie zerteilten Kopfsalat gesehen, und sagte: »Ich glaub, ein Caesar's Salad.« Sie hielt die Flasche hoch. »Roquefort.«

»Ausgezeichnet. Haben Sie schon viele Wildwassertouren mitgemacht?«, fragte Mary.

»Ja, ein paar. Aber so was wie hier noch nicht. Also ehrlich, ich bin fast zu Tode erschrocken, als du über Bord gegangen bist.«

»Ach, aber das kommt doch bestimmt andauernd vor.«

Achselzuckend erhob sich Lorraine aus ihrer Hockestellung neben Mary und sagte: »Also, ich muss das jetzt hier fertig machen, und dann geh ich mal für kleine Mädchen.«

Mary trat näher heran, um den Rest dessen zu hören, was Andi gerade zu Harry Wine sagte.

»Jemand sagte uns, in der Nähe von Salmon gäb's eine. Stimmt das?«

Harry Wines Miene war so ausdruckslos, dass er es unmöglich ehrlich meinen konnte. Dann lachte er. »Mich darfst du nicht fragen. Solche Sachen sind in den meisten Bundesstaaten gesetzlich verboten.«

»Aber nicht in Idaho. Jedenfalls hat sich von ›gesetzlich verboten‹ noch niemand davon abhalten lassen, oder?« Sie nahm die Kaffeekanne und schenkte ihm nach. »Ich dachte nur, wenn überhaupt jemand über diese Käfigjagden Bescheid weiß, dann Sie.«

Glaubte Andi etwa, er würde zugeben, etwas mit Käfigjagden zu tun zu haben? Sie bewegte sich da in äußerst gefährlichem Gewässer. Erneut fragte sich Mary, ob Harry wirklich glaubte, ihr Auftauchen in Salmon sei reiner Zufall. Möglich war es schon. Er war so überheblich, dass er sich für unantastbar hielt.

Sie hörte ihn fragen: »Was zum Teufel will ein Mädchen wie du über Wildtierjagd wissen?«

Andi zuckte gleichgültig die Achseln. Sie sah zu Mary hinüber und lächelte geheimnisvoll.

Mary wurde aus dem Lächeln nicht schlau. Jetzt hatte Andi es auf Harry gerichtet. »So nennen Sie das also? Wildtierjagd? Ja, das hört sich wohl besser an.«

Mary konnte fast sehen, wie die Frage in Harrys Gesichtsausdruck Gestalt annahm, wie Unsicherheit die Oberhand gewann. Er hatte bestimmt gedacht, Andi hätte ihm das alles nur vorgespielt, ihn aus irgendeinem Grund, den er sich nicht vorstellen konnte, an der Nase herumgeführt … *Nein,* dachte er wohl und redete sich ein, dass die wenigsten Erwachsenen, von einem jungen Mädchen ganz zu schweigen, ein derartiges Ausmaß an Selbstbeherrschung aufbrachten. Wie konnte sie es bei seinem Anblick unterlassen, ihn zu beschuldigen? *(»Sie waren es! Sie!«)* Wie konnte jemand, besonders jemand in Andis jungem Alter, eine derartige Geistesgegenwart besitzen? Dann hatte er also doch Recht, sie hatte ihn nicht wieder erkannt. Irgendetwas war mit ihrem Kopf angestellt worden, mit ihrem Erinnerungsvermögen. Irgendetwas hatte es kaputt gemacht. *Verdammt, vielleicht könnte ich's ja noch mal versuchen.*

Mary schüttelte sich angewidert. Es gefiel ihr nicht, wie leicht sie vom »er« ins »ich« gerutscht war. Es behagte ihr nicht, dass sie in Harry Wines Gehirnwindungen schlüpfen konnte. Außerdem musste sie sich wieder in Erinnerung rufen, dass der Mann vielleicht einfach derjenige war, der er zu sein vorgab.

Graham Bennett kam herüber und kniete sich neben sie, um ein wenig zu reden. »Das letzte Stück war ganz schön happig, was? Du bist ja richtig baden gegangen. Alles okay?«

Mary lächelte. »Es ist nicht das erste Mal«, sagte sie mit einer Selbstgewissheit, die sie nicht verspürte.

Graham fummelte mit einem Zweig herum und warf ihn ins allmählich verglimmende Feuer. »Eins muss man sagen: gut ist er. Einer der besten, mit denen ich bisher gefahren bin.«

»Meinen Sie Harry?«

Graham nickte. »Viele hätten an so einer Stelle nicht den Nerv gehabt, direkt auf die Felsen zuzuhalten, aber es war wahrscheinlich die einzige Möglichkeit, mit der Strömung zu gehen.« Er erhob sich. »Du bist in erfahrenen Händen.« Sein Lächeln war schmal und düster.

Na, das ist ja ein Trost, dachte Mary. Dann sah sie Harry von seinem Platz neben Andi aufstehen und ging auf die andere Seite des Lagerfeuers.

»Andi, was soll denn das?«, flüsterte sie aufgeregt.

Überrascht stellte Andi die Kaffeekanne auf den Rost zurück. »Ich geh jede Wette ein, dass der was mit diesen Jagden zu tun hat. Das will ich sehen.«

»Wieso denn? Mensch, spinnst du? Das ist doch furchtbar. Ekel erregend.«

»Bestimmt.« Ihre Hand zog die Kanne her, um etwas Kaffee in ihre Tasse tröpfeln zu lassen.

»Wir kämen da sowieso nicht rein. Kannst du dir vorstellen, dass die zwei Kinder reinlassen? Beziehungsweise *ein* Kind.« Sie sah Andi scharf an. »Ich mein nicht unbedingt mich.«

Andi gab keine Antwort. Sie saß mit angezogenen Knien auf der Erde und wirbelte mit einem Stöckchen Staub auf.

Mary stöhnte kopfschüttelnd. »Haben wir denn nicht schon genug am Hals? Musst *du* denn nicht schon an genug denken – ohne das alles?«

Andi sagte nichts, sondern malte bloß weiter im Sand herum.

Ihr Schweigen beunruhigte Mary. Vermutlich gab es solche Leute, deren Gegenwart einen beunruhigte. »Das vermutest du nur«, sagte sie.

»Reuel wüsste Bescheid. Der weiß alles, was da gespielt wird.«

»Na, manches weiß er vielleicht, aber nicht alles.« Wahrscheinlich gehörte es zu Andis romantischer Denkungsart, jemandem solche allumfassende Kenntnis zuzuschreiben. Mary sagte: »Selbst wenn du's schaffen würdest, da reinzukommen –«

»Wenn *wir* es schaffen würden«, erwiderte Andi und lächelte. Mary ignorierte den Einwurf.

»– um dir so eine Käfigjagd anzusehen, oder was das ist, was könnten wir denn ausrichten? Meine Güte, du kannst dir doch denken, was für Typen da hingehen! Ich hätte Angst unter Leuten, die es witzig finden, einen Fisch in der Regentonne abzuknallen.«

Andi nickte, ohne den Blick von dem Muster zu wenden, das sie im Sand zeichnete.

»Na, du etwa nicht?« Andi konnte einen echt zur Verzweiflung bringen. »Was hast du denn zu gewinnen, wenn du da hingehst?«

Andi schwieg eine Weile. Dann antwortete sie mit leichtem Schulterzucken und verkniffenem Lächeln: »Was hab ich denn zu verlieren?«

35

Nach dem Essen machte sich die Gruppe ans Aufräumen und lud die Küchenausrüstung in Randys Boot.

Floyd sollte wieder im ersten Raft dabei sein, und Mary beobachtete ihn, wie er seinen Platz im Heck einnahm. Er saß wortlos und – sie konnte nur vermuten – vollkommen frustriert da wie in einer Art Schwebezustand, den die Nähe zu dem Mann, der in seinen Augen den Tod seiner Tochter verschuldet hatte, noch verschlimmerte. Mary fragte sich, was ihn davon abhielt, sich an Harry Wine zu vergreifen. Vielleicht die Tatsache, dass er sich nicht hundertprozentig sicher sein konnte? Dass es – gleich dem blinden Punkt auf einem Bildschirm – einen nagenden Zweifel gab, ob er sich nicht doch irrte? Oder weil er trotz allem ein zivilisierter Mensch war, selbst hier draußen in der Wildnis? Mary blickte an den Steilwänden empor und machte sich Gedanken über Floyds Dilemma. Dies war seine vierte oder fünfte Tour mit Harry Wine. Hatte Floyd diese Touren nur mitgemacht in der Hoffnung, Harry in einer zweifelhaften Situation zu ertappen, um einen guten Grund zu haben, ihn zur Rede zu stellen?

Warum hatte er es nicht getan? Plötzlich war Mary die Antwort mit jener Gewissheit klar, die man manchmal selbst in Ermangelung jeglicher Tatsachen gewinnt: wegen Andi. Weil sie ihn an Peggy erinnerte. Er hatte Angst um sie. Bei Floyd handelte es sich wohl um eine instinktive Reaktion, obwohl die Umstände ganz anders waren. Seine Tochter war damals allein im

Kajak gewesen. Andi nicht. Sicher wäre es absolut tollkühn, etwas zu versuchen, solange es acht Zeugen gab. Falls Floyd sich irrte, war nichts verloren. Falls er jedoch Recht hatte, wollte er Harry Wine informieren, dass er Bescheid wusste.

»Woran denkst du?«, fragte Andi. »Du siehst so ernst aus.«

Mary blickte umher, um sich zu vergewissern, dass sie außer Hörweite waren. »Ich dachte gerade an Floyd Ludens – beziehungsweise Atkins. Ich frage mich, wieso er Harry Wine nicht einfach verprügelt.«

»Vermutlich weil er hier zwei Boote voller Leute hat.«

»Du weißt doch, was ich meine.«

»Ja.«

Während sie zum Flussufer hinuntergingen, sah Mary Ron über Felsbrocken und Klippen hinweg auf sie zusteuern. Offensichtlich hatte er seine Erkundung flussabwärts beendet. Er ging zu dem Boot hinüber, wo Harry gerade mit der Leine hantierte, und nahm ihn beiseite. Mary sah sie miteinander reden; weil sie so weit weg waren, konnte sie aber nichts hören. Plötzlich merkte sie, nein, sie redeten nicht bloß, sie stritten sich. Ron schüttelte den Kopf, während Harry auf ihn einredete. Dann ging Ron schulterzuckend davon.

Harry winkte die anderen zu sich her. »Ron meint, wir sollten die Schnelle da vorn umtragen«, teilte er ihnen mit. »Ich sage, wir können entweder umtragen oder durchfahren. Es liegt ganz bei euch. Habt ihr Lust auf ein bisschen Nervenkitzel? Wer will, kommt mit mir. Die anderen können mit Ron zu Fuß gehen und das zweite Boot tragen.«

Mixx, der so großspurig getönt hatte, er wolle in richtig schwieriges Gewässer fahren, gab als erster klein bei. Wer sich bereit erklärte, waren Floyd, Andi und Mary. Eigentlich wollte sie gar nicht, aber Andi würde sie nicht allein fahren lassen. Sie hatte ein ungutes Gefühl bei dieser Fahrt.

Randy, die Mixx', Graham und Lorraine hievten das zweite Raft aus dem Wasser ans kiesbedeckte Ufer. Ron zog einen wasserdichten Sack aus der Ausrüstung hervor. »Wenn ihr fahren wollt«, sagte er, »zieht lieber Ölhosen an, zusätzlich zu den Regenumhängen.« Ron hatte immer noch diesen verhärteten Gesichtsausdruck, mit dem er Harry Wine vorhin angesehen hatte.

Andi und Mary streiften sich die Hosen und Umhänge über. Und setzten Helme auf.

Floyd sagte mit gepresster Stimme: »Ich finde, von den Mädchen sollte keine mitfahren.« Sein Hals war rot angelaufen, die wütende Farbe zog sich bis an sein Kinn hoch.

»Es liegt absolut bei ihnen«, erwiderte Harry. »Sie können ja dableiben und umtragen, wenn sie wollen. Andi hat zehnmal schlimmeres Wasser erlebt, wenn sie den Gauley in West Virginia gefahren ist.« Sein Gesichtsausdruck verriet nichts.

»Vielleicht. Mary aber nicht.« Er stieß den Daumen ruckartig in ihre Richtung. »Sie hat nicht genug Erfahrung. Sie sollten die beiden nicht mitkommen lassen. Ich weiß doch, wie gefährlich diese Stromschnellen manchmal sein können.«

Harry zuckte lässig die Schultern. »Sie haben bezahlt, dann sollen sie auch machen, was sie wollen.«

»Was hat Ron flussabwärts gesehen?«

»Einen Rechen.«

»Wenn er meint, wir sollten umtragen, dann sollten wir das vielleicht tun.«

»Hören Sie, Floyd«, sagte Harry gereizt, »eine gewisse Gefahr besteht immer. Aber wenn meine Kunden – Sie zum Beispiel – ein bisschen Nervenkitzel wollen, dann biete ich ihnen den.«

»So nennen Sie es also, ein bisschen Nervenkitzel? Mary hatte bereits Nervenkitzel für ein ganzes Jahr.«

Es hätte Mary kaum überrascht, wenn er Harry in dem Moment am Kragen gepackt hätte. Sie fragte sich, wie jemand im Stande war, eine derartige Wut im Zaum zu halten. Andi konnte es, aber Andi war so cool, dass man kaum merkte, wenn sie tatsächlich einmal wütend war. Bei Andi schien es fast, als wüsste sie, dass das Objekt ihrer Wut früher oder später seine gerechte Strafe erhalten würde – auf Biegen und Brechen.

Es war furchtbar, so eine Last mit sich herumzuschleppen – das Gefühl von Verlust, von unbändiger Wut. Sie wollte Floyd danken, dass er so um ihr Wohl besorgt war. Es wurde Mary zusehends klarer, dass diejenigen, die Harry Wine in seinem Boot haben wollte, auch diejenigen waren, die mitfuhren. Mit Ausnahme von Mary selbst. Sie war vermutlich eine totale Null, die den anderen schlimmstenfalls im Weg war. Oder vielleicht eher eine Zeugin zu seinen Gunsten als gegen ihn. Die Vorstellung ließ sie erschaudern. Sie wäre bestimmt eine gute Zeugin. Vorausgesetzt, sie würde nicht selbst aus dem Boot fliegen. Für die Dauer eines kurzen Augenblicks kam sie sich wie ein von einer grellen Jagdlampe geblendeter Hirsch vor, besessen von einer Vorstellung, von der sie sich unbedingt befreien musste und doch hypnotisiert von ihrem Licht.

Sie überließen es den anderen, sich um Essen und Ausrüstung zu kümmern.

Während der ersten halben Meile war Mary so fasziniert von der Landschaft, die sie durchquerten, dass sie sich leicht hätte einreden können, die »anderen« wären nur ein Traum. Das Wasser floss breit und heiter dahin, nur vom *wusch-wusch* der Riemen unterbrochen, die die gläserne Oberfläche zerschnitten. Sie musste an diese Spiegelseen denken, die es an Weihnachten immer gab, auf denen winzige Gestalten auf Schlittschuhen über Glas glitten. Mary war froh, dass Floyd nicht sehr gesprächig war. Sie blickte zum Himmel hoch, über die tiefroten, von goldenem Licht durchwirkten Steilwände hinaus, und konnte sich schwer vorstellen, dass derselbe Fluss sie bald erbarmungslos umherschleudern würde.

So würde es auch kommen. Vor ihnen erscholl ein Lärm wie von einer Lawine. Sie konnte das wild schäumende Wasser sehen. Während Harry ihnen etwas zubrüllte, krallte sie sich krampfhaft an den Seiten des Bootes fest. Vor ihnen käme ein doppelter Wasserfall, rief er. Die brodelnden Wassermassen schäumten so hoch, dass bis auf den Himmel über ihnen und die Spitzen der Steilwände alles finster wurde. Dort oben schien alles kleiner zu werden, und ihr war, als wäre sie in einem klaustrophobischen Traum gefangen.

Der Ansturm von Wassermassen, eine wahre Sintflut, trug sie über den ersten Wasserfall, hielt sie erst oben, um sie dann in ein Loch fallen zu lassen. Keine Sorge, schrie Harry, das sei gar nichts. Er blickte sich kurz um und grinste. Sie wirbelten herum, er richtete das Boot geradeaus, und sie passierten den zweiten Wasserfall. Wasser schlug ihnen entgegen, stellte das Boot Heck voraus aufrecht und fast parallel zu der Welle. *Juuuhuuu!*, schrie Floyd voller Entzücken, das bisher jedenfalls in ihm verborgen gelegen hatte. Mary hielt sich am Bootsrand fest und verspürte zum zweiten Mal auf dieser Fahrt eher Hochstimmung als Angst. Als das Raft sich vorwärts in einen Gischtwirbel stürzte, fühlte sie, wie ihre Sorgen sich allmählich auflösten, ihr im Moment sogar geradezu trivial erschienen. Dieses Gefühl von Freiheit war es wohl, das Wildwassersportler zu immer neuen Herausforderungen antrieb.

Mary wischte sich mit dem Arm übers Gesicht, während Harry ihnen zurief: »Da – schaut mal –«

Alles, was sie sehen konnte, war aufsteigendes Wasser.

»Da ist der Rechen, durch treibende Bäume ist alles blockiert, behaltet also um Gottes willen eure Helme auf!«

Einen Augenblick lang verspürte Mary blinde Wut gegenüber

Harry, weil er ihnen verschwiegen hatte, wie groß es war. Etwa sechs Meter vor ihnen lag ein entwurzelter Baum fast quer über den ganzen Fluss, der sich an dieser Stelle verschmälert hatte. Die einzige Möglichkeit, um ihn herumzukommen, war auf der linken Seite, wo die Äste etwas ausdünnten.

Andi stand etwas gebückt und wischte sich die Gischt aus den Augen, ohne auf Harry zu achten, der sie anschrie, sie solle sich gefälligst hinsetzen. Als die Schaumwolken sich kurz lichteten, sah Mary direkt vor ihnen einen riesigen schwarzen Felsen aufragen, das hohe, glatte Gesicht leer wie der Eingang zu einer Höhle. Soweit Mary durch die dichten Schaumwolken erkennen konnte, war die Durchfahrt auf beiden Seiten jeweils kaum meterbreit, nur geringfügig breiter als das Boot selbst. Die schwarze Platte kam immer näher, und sie sah das Wasser bis hoch an die Spitze schwappen.

Harry lenkte das Raft aber nicht etwa in einen der Seitenkanäle, sondern hielt direkt auf den Felsen zu. Andi kreischte: »Wir prallen auf!«

Aber nein: ein Kissen aus Wasser hob sie hoch und darüber hinaus und ließ sie auf der anderen Seite wieder fallen. Später erfuhren sie von Harry, dass man es auch so nannte – Kissen – und dass die einzige Möglichkeit, den Felsbrocken zu umgehen, der Weg darüber war.

Für eine Viertelmeile etwa kam flacheres Wasser, und sie konnten kurz Atem holen, bevor sie gleich darauf in haushohe stehende Wellen gerieten. Das Boot wirbelte im Kreis herum, und Harry kommandierte, sie sollten paddeln, sie kämen gleich zu einer Reihe von Klippen und überspülten Felsen und sollten das Boot von der Flussmitte weg eher rechts halten. »Bloß weg von dem Loch da unten am ersten Felsen, *bitte*.« Er lachte. »Und achtet auf die Unterhöhlung am zweiten überspülten Felsen. Wir wollen doch möglichst alle im Boot bleiben.«

Vor ihnen toste das Wasser gewaltig, und sie schossen über die erste Felsbank, paddelten dabei wie wild, um sich rechts zu halten. Mary sah feinen Dunst am Horizont aufsteigen.

»Das ist die zweite Klippe – aufgepasst!«, rief Harry über die Schulter.

Das Boot schoss darüber und knallte – *knallte* geradezu – hinunter. Mary ließ ihr Paddel fahren, um sich seitlich am Boot festzuhalten. Einen kurzen Augenblick waren sie in der Hydraulik des Lochs gefangen, und das Raft krängte beim Herauskommen zur Seite. Sie tauchten auf, und die Wasserwolke wehte wie Rauch davon. Es war, als stürmten sie aus einem brennenden Gebäude.

Andi war völlig außer sich. »*Er ist untergegangen!*«

Floyd war verschwunden.

Harry schlug mit einem Paddel ins Wasser und drehte das Boot halb herum. »Er ist okay! Er hat ja seine Weste an. Er ist schon okay!«

Nein, ist er nicht, dachte Mary und spürte, wie sie erstarrte. *Nein, ist er nicht.* »Da ist sein Helm! Da drüben!« Mary deutete auf das gelbe Plastikteil, das in der Gischt auf und ab hüpfte.

Floyd kam nicht wieder hoch, weder sein Kopf, noch ein Hilfe suchend hochgereckter Arm. Sie begannen nach ihm zu rufen. »Verdammt!«, sagte Harry plötzlich. »Der unterhöhlte Felsen. Es hat ihn druntergezogen.« Er legte die Riemen ein und befahl ihnen, gegen die Strömung zu paddeln. Dann sprang er seitlich über Bord.

Mary und Andi paddelten nach Kräften, um zu verhindern, dass das Boot zum dritten überspülten Felsen gerissen wurde, konnten in der wild schäumenden Gischt jedoch nichts erkennen. Harry kam an die Oberfläche, schnappte nach Luft und tauchte wieder ab. Mary wusste, dass ein unterhöhlter Felsen furchtbar gefährlich war, denn wenn man daruntergezogen wurde, konnte es sein, dass einen die Strömung daran hinderte, wieder herauszuschwimmen.

»Ich kann das Paddel nicht halten«, schrie Andi. »Verdammte Scheiße!«

Mary griff danach und erwischte es gerade noch, bevor es ihr entgleiten und in die Strömung fallen konnte. »Ich hab's! Kannst du einen von den beiden sehen?«

Harrys Kopf tauchte aus der sprühenden Gischt auf. Er schnappte wieder nach Luft und hielt sich mit ausgestreckten Armen am Bootsrand fest. »Ich komm nicht zu ihm hin. Wenn ich unter den Felsen geh, komm ich auch nicht mehr raus.« Er hievte sich halb hoch ins Raft, die Beine immer noch im Wasser.

Mary paddelte einfach weiter und blickte zum Felskamm hinauf, konnte von den anderen aber nichts sehen. Andi saß da, ihr Paddel fest an sich gepresst, ihre Haut so bleich wie die Felsen. In diesem Wasser war das Boot nur schwer gerade zu halten.

»Wir können nichts –«, prustete Harry hervor und spuckte Wasser. »Ich kann da nichts … wir können da nichts mehr machen. Wir können hier nicht so bleiben –« Sein Atem ging abgehackt, während er sich ins Boot hochzog.

Über das Tosen hinweg schrie Andi: »Wir können ihn doch nicht einfach *dalassen*! Das geht nicht!«

»Sag mir, was uns anderes übrig bleibt, Mädchen. Sollen wir etwa hier draußen im reißenden Wasser bleiben? Verdammt, schau dir das doch an!«, rief er.

»Aber –«

»Er ist tot, inzwischen ist er ertrunken oder an Unterkühlung gestorben. So oder so ist es vorbei!« Er setzte sich in den Bug, mit gesenktem Kopf und geschlossenen Augen, sodass Mary schon glaubte, er wäre vom eiskalten Wasser ohnmächtig geworden. Sie wischte sich immer wieder das Haar aus dem Gesicht, während das Raft ruckartig herumfuhr. Da packte Harry die Riemen und hieb damit ins Wasser. »Wir kippen alle miteinander, wenn wir hier nicht schleunigst abhauen. Weiter oben sind zwei Camps. In einem legen wir an und rufen ein Patrouillenboot.«

Mary nickte. Andi sagte nichts. Es stimmte schon – wie es auch passiert war, was auch passiert war, sie konnten jetzt nichts mehr tun. Das »Wie« und das »Was« würden eben warten müssen. Mary war klar, dass jegliche Rettungsaktion für Floyd Atkins vollkommen hoffnungslos war. Während das Raft wie wahnsinnig herumwirbelte, musste Mary an den Fluss denken. Entweder man kam durch oder nicht. Erst Peggy und jetzt ihr Dad. Es war fast nicht auszuhalten. Sie ließ den Kopf hängen und wischte das Wasser weg, halb Gischt, halb Tränen.

Harry war es gelungen, per Mobiltelefon Kontakt mit Ron aufzunehmen und ihm zu sagen, was passiert war, wo sie sich befanden und wie er ein Patrouillenboot anfordern sollte. »Probier's bei Indian Creek oder Little Creek.«

Zwei Patrouillenboote waren am Camp von Camas Creek zu ihnen gestoßen, die Ranger waren mit Taucherausrüstung gekommen und inzwischen schon drei Mal zu einer – wie es aussah – ergebnislosen Suche nach Floyd Atkins unten gewesen. Harry Wine war mitgekommen, um ihnen die genaue Stelle zu zeigen, wo es passiert war. Er war inzwischen zurückgekehrt, die Taucher befanden sich immer noch auf ihrer glücklosen Mission.

Der Gruppe war ernst und feierlich zu Mute, selbst Bill Mixx ließ seine übliche laute, streitlustige Art vermissen. Honey und Lorraine waren in Tränen aufgelöst und trösteten sich gegenseitig.

Rangers und Polizei, die per Hubschrauber zu einem Landeplatz in der Nähe gebracht worden waren, befragten nacheinander alle, besonders die drei, die im ersten Boot gewesen waren.

Dabei konzentrierten sie sich hauptsächlich auf Harry Wine. Ein paar Schaulustige hatten sich ebenfalls eingefunden. Nicht weit von der Wachstation Indian Creek befanden sich mehrere Camps, und eine derartige Nachricht verbreitete sich natürlich wie ein Lauffeuer. Jede Menge gekenterte Boote, jede Menge aufgeschobene Boote, Rafter, die sich schwimmend in Sicherheit bringen mussten – jede Menge Zwischenfälle, aber Todesfälle? Nein.

Außer, wie es schien, bei Harry Wine.

Es war nicht gut fürs Geschäft.

36

»Ich muss es ihnen sagen«, meinte Mary. Sie saßen neben dem Truck, den Randy von Stanley hergefahren hatte.

Andi schüttelte den Kopf. »Würd ich nicht.«

»Aber es zeigt doch, dass er ein Motiv hatte.« Mary sah über den Platz, wo Harry Wine sich mit zwei Rangers unterhielt.

»Glaub ich nicht unbedingt.«

»Wieso nicht? Floyd hat ihm gedroht! Ich hab's doch gehört.«

»Alle Eltern würden das Gleiche sagen wie Floyd. Jeder Dad würde den Mann, der bei ihr war, als es passierte, dafür verantwortlich machen. Ich glaub nicht, dass die Polizei es als ernsthafte Drohung betrachtet, was er gesagt hat.«

»Hm, aber ist es nicht großer Zufall, dass erst die Tochter einen Bootsunfall hat und dann auch noch der Vater?«

»Vielleicht. Wir haben aber eigentlich nicht gesehen, dass Harry was getan hat.«

Mary ließ nicht locker. »Floyd machte aber immer wieder diese Touren mit Harry … das hier ist seine vierte.«

»Ich weiß. Das bedeutet aber vielleicht genau das Gegenteil:

es sagt vielleicht etwas darüber aus, wie sehr Floyd ihm vertraute oder ihn mochte oder so was in der Art.«

»Warum hat er dann einen falschen Namen benutzt? Das ergibt doch keinen Sinn.«

»Nein, tut's auch nicht. Was *hatte* Floyd aber dann vor? Es beweist nämlich noch gar nichts. Was die beiden auch gesagt haben – da steht deine Aussage gegen die von Harry. Und falls Floyd was wusste, wieso hat er dann drei Jahre gewartet?«

Mary sagte: »Es könnte aber nicht schaden, es der Polizei zu sagen.«

»Die kriegen sowieso raus, wer er in Wirklichkeit ist. Wenn er einen Führerschein und Papiere hat, sind die doch auf den Namen *Atkins* ausgestellt.«

»Was ich gehört hab, kriegen die aber nicht raus.«

»Jetzt hör mal zu. Willst du, dass Harry schnallt, dass wir ihn verdächtigen? Soll er vielleicht erfahren, dass du gelauscht hast? Wenn er das nämlich rauskriegt, wird er nur sehr, sehr vorsichtig werden.« Sie stand vom Trittbrett des Trucks auf. »Außerdem können wir die Tatsache bezeugen, dass Harry Floyd nicht den Riemen über den Schädel gezogen hat.«

Mary machte eine wegwerfende Geste, während sie Harry weiter beobachtete, der etwa zehn Meter von ihnen entfernt stand. »Stimmt. *Das* hat er nicht getan.«

»Er hat ihn auch nicht aus dem Boot gestoßen.«

Mary schwieg.

»Und wir müssen ihnen auch sagen, dass wir gesehen haben, wie Harry versucht hat, Floyd zu retten.«

Mary fuhr herum, um ihr zu widersprechen. »So getan hat, willst du wohl sagen. Es *sah so aus*, als wollte er ihn retten. Das ist was anderes.«

»Für die Polizei vielleicht nicht. Tatsächlich haben wir gesehen, dass Harry reingesprungen und untergetaucht ist.«

»Harry hätte ihn ja töten oder einfach unter der Felsbank ertrinken lassen können.«

»Hat er vermutlich auch. Bloß haben wir das nicht gesehen.«

Mary hatte sich selten so ohnmächtig gefühlt. Sie beobachtete Andi, die ihrerseits Harry Wine beobachtete. Ihr Gesicht sah aus wie aus Elfenbein gemeißelt oder wie eine von diesen Masken, die im griechischen Drama immer der Chor trägt: unversöhnlich, emotionslos. Mary fiel wieder ein, wie Mel zu Andi gesagt hatte, sie wäre bestimmt eine gute Pokerspielerin. Es stimmte. Es wäre fast unmöglich, ihr Blatt zu erraten.

Mary sagte: »Du machst es schon wieder, Andi.«

Andi sah sie verständnislos an. »Was mach ich schon wieder?«

»Dass du nicht zur Polizei gehst. Du willst denen nicht sagen, was wir wissen. Oder willst nicht, dass ich es ihnen sage, egal. Genauso wie du ihnen nicht sagen wolltest, was bei Patsy Orr passiert ist. Es ist, als ob –« Mary unterbrach sich. »Als ob du ihn selber zur Strecke bringen wolltest.«

»Will ich aber nicht. Ich fürchte bloß, wenn wir den Bullen was erzählen, nehmen sie's nicht ernst und tun nichts. Und dann erfährt es Harry Wine.«

Er stand dort drüben und redete mit den Rangers, doch es war, als hätte Harry Wine ihre Worte gehört, ihre starren Blicke gespürt. Er sah sich um, dann machte sein Blick bei Andi Halt und er lächelte.

»Der macht mir richtig Gänsehaut«, sagte Mary leise.

Die lange Strecke zurück zu Harrys Laden fuhren sie im Kombi mit den anderen. Ron saß am Steuer. Harry und Randy sprachen immer noch mit der Polizei.

Honey schien von allen am meisten betroffen zu sein. Ihre Tränen waren echt. Sie trauerte wirklich um Floyd, obwohl sie ihn erst zwei Tage gekannt hatte. Bill tätschelte ihr tröstend den

Arm. Lorraine und Graham schwiegen. Kein Wunder, dass sich eine düstere Stimmung über die Gruppe gebreitet hatte.

Als sie schließlich die Schotterstraße zum Laden hinunterfuhren, sagte Mary: »Wir sollten es Reuel sagen.«

»Inzwischen hat er's bestimmt schon gehört.«

37

Sie würden ihn auf der Deponie antreffen, und dorthin fuhren sie jetzt. Mary saß am Steuer; sie hatte fahren wollen, weil sie dachte, durch körperliche Beschäftigung würde sie vielleicht von den Ereignissen auf dem Raft und dem Fluss etwas abgelenkt. Sie sagte: »Es ist wie … wenn etwas, das nicht passieren kann, plötzlich passiert ist.« Sie packte das Lenkrad, als bräuchte sie etwas Festes, an das sie sich klammern konnte. »Die Polizei wird nie erfahren, dass es was Anderes als ein Unfall war. Keiner wird es erfahren. Nie.«

Mary diskutierte immer noch herum, mehr um sich selbst zu überzeugen als Andi, die fest auf ihrem Standpunkt beharrte. Im Grunde hatte Mary bereits akzeptiert, dass es keinen Sinn hatte, es den Polizisten zu sagen.

»Könnten die nicht ihre eigenen Schlüsse ziehen?«, hatte Andi gefragt.

»Vielleicht vermuten sie ja, dass es doch ein ziemlich großer Zufall ist, dass alle beide ertranken, als sie mit Harry Wine zusammen den Fluss runtergefahren sind«, sagte Mary.

»Selbst dann wäre es unmöglich zu beweisen.«

Sie hatten eine Stelle erreicht, an der die Straße aufgerissen war und Arbeiter Rohre verlegten. Ein Straßenarbeiter winkte sie weiter, mehrere andere blieben stehen und glotzten. Johlen,

Pfiffe, erhobene Schutzhelme, ausgestreckte Arme, hohle Versprechungen.

Andi drehte sich nach ihnen um.

»Was guckst du denn?«

»Der eine da.« Andi deutete mit dem Kopf auf einen der Arbeiter. »Der erinnert mich an Andrew.«

Es dauerte ein Weilchen, bis Mary wieder einfiel, wer Andrew war. »Der Sandwich-Typ?«

Andi nickte und wandte den Blick zu den Bergen, die blau in der Ferne leuchteten. »Sandwich-Paradies.«

Nach einer Weile sagte Mary: »Wie wär's mit Sandwich-Sanktuarium?«

»Das ist toll. Falls ich ihn je mal wieder sehe, sag ich's ihm.«

»Du siehst ihn bestimmt wieder.«

Andi zuckte die Achseln. »Vielleicht.«

Eine Zeit lang fuhren sie schweigend, bis sie an die Straße kamen, die zur Deponie führte. »Du weißt ja, was wir jetzt *eigentlich* tun sollten: nach Santa Fe zurückfahren. Dafür brauchen wir zwei Tage.«

»Falls Rosella vor uns zurückkommt, könnten wir nicht einfach sagen, wir wären nur kurz in die Stadt gefahren?«

»Nicht, wenn's Mitternacht ist.« Mary nahm den Blick von der Holperstraße, um Andi anzusehen. »Ich will eigentlich nicht, dass sie sich Sorgen macht. Dann traut sie sich nicht mehr, mich allein zu lassen und in ihr Pueblo zu gehen. Rosella ist doch so gewissenhaft.«

»Weißt du was, irgendwie fehlt mir die Hütte. Komisch, nicht? Man könnte fast meinen, es wäre mein Zuhause.«

Ist es vielleicht auch, dachte Mary.

»Findest du's nicht irgendwie komisch, dass mein Name in dem Wort ›Sandia‹ versteckt ist? Oder nicht direkt komisch, sondern … ich versuch gerade, das passende Wort zu finden.«

Sie hatten das große Tor erreicht, das quer über die ganze Straße reichte. »Es gibt wahrscheinlich für alles das passende Wort, man muss es nur finden.«

»Prophezeiend, das ist es. Dass ›Andi‹ in ›Sandia‹ verborgen ist. Das ist prophezeiend.«

»Was denn?«, fragte Mary und betrachtete Reuels Schrottskulpturen, die sich in einer Reihe aufgestellt über die aufgeschütteten Erdwälle der Müllhalde erhoben. »Was prophezeit es denn?«

Reuel stand über sein Schrottmetall gebeugt: eine Radkappe, Bratroste, ein Stück von einem schmiedeeisernen Tor und das Teilstück eines eloxierten Aluminiumrohrs, das er in den Boden gerammt hatte. »Jack Kite hat mir's gesagt. Der war vor einer knappen Stunde hier.« Er hörte auf, mit der Radkappe und dem Rohrstück herumzuprobieren. »Ich wollte euch schon suchen, aber dann dachte ich mir, ich bleib lieber hier und lass euch herkommen.« Er erhob sich, nahm seinen Hut ab und wischte sich mit dem Unterarm über die Stirn. »Wie geht's euch, Mädels? Packt ihr's denn so einigermaßen?«

Andi antwortete: »Ich glaub schon. Aber mitgenommen hat's mich ganz schön.«

»Wundert mich gar nicht.« Er hob ein altes, lederbezogenes Lenkrad auf und begann, mit einem schweren Jagdmesser mit wunderschönem knöchernem Handgriff das Leder wegzuschneiden.

»Wir glauben, es war gar kein Unfall«, sagte Mary. »Genauso, wie es bei seiner Tochter auch kein Unfall war.«

Reuel musterte die beiden nachdenklich. »Dachte ich auch nicht. Ich war ziemlich überrascht, als Jack sagte, wer er war.«

»Sag's ihm, Mary«, forderte Andi sie auf.

Mary erzählte ihm, was sie belauscht hatte.

Reuel ließ es sich durch den Kopf gehen. »Sieh mal einer an.« Er räusperte sich und schwieg.

»Denken Sie das Gleiche wie ich?«, fragte Andi.

»Das bezweifle ich. Auf das, was du ausheckst, käm ich nie im Leben.«

»Doch. Vielleicht war sie ja schwanger und dachte, er heiratet sie und hat es ihren Eltern erzählt. Oder so ähnlich. Das wäre doch ein Motiv. Glauben wir jedenfalls.«

Wir? Mary seufzte.

»Jedenfalls lag die Wahrscheinlichkeit, dass die junge Atkins kentern und sich nicht in Sicherheit bringen könnte, praktisch bei Null. Dazu war sie zu erfahren, und der Salmon ist ja meistens kein besonders wilder Fluss.«

»Mit euch ist er aber doch ganz schön wild umgesprungen. Big Mallard kann auch recht bewegt sein. Hört bloß auf mit dem Zeug, das ist doch alles völlig aus der Luft gegriffen.«

Mary kam es so vor, als sei alles, was Andi auf der Welt überhaupt hatte, völlig aus der Luft gegriffen.

Reuel lehnte das Lenkrad gegen das dicke Rohr und wischte sich wieder über die Stirn. Langsam kaute er seinen Tabak und dachte nach. Dann sagte er: »Stimmt, ihr könnt nichts beweisen. Aber wenn sie Atkins' Leiche raufholen, geh ich jede Wette ein, dass mit seiner Schwimmweste was nicht in Ordnung ist, mit seiner ›persönlichen Schwimmhilfe‹, wie man sagt. Ich wette, die Polizei findet einen Riss oder ein Loch drin. Und reinspringen, um Atkins zu retten – verdammt, das ist doch auch so ein alter, abgedroschener Trick. Ja, wenn die die Leiche raufholen, wett ich, dass sie nen Riss in der Weste finden. Und da wird dann abgewiegelt, dass die unterspülten Felsen auch ein Pferd hätten aufschlitzen können, von einer Schwimmweste ganz zu schweigen.«

»Was können wir tun?«

Mit einer langen Metallstange, die aussah, als wäre sie früher eine Harpune gewesen, die er nun als Haken verwendete, fischte Reuel in seinem Schrotthaufen herum. Er schüttelte den Kopf. »Keine Ahnung. Für das, was Harry Wine getan hat, gab's noch nie Beweise. Der führt die Leute an der Nase herum. Manche haben ihn sogar richtig gern, weil er viel für wohltätige Zwecke spendet und so ein Charmeur ist. Bloß dass er überhaupt nicht so ist. Er ist ein ganz übler Bursche.« Andi und Mary sahen schweigend zu, wie Reuel mit einer Art Metallschneider seitlich in das Aluminiumrohr ein Loch stanzte. Er hielt inne, wischte sich wieder den Schweiß ab und sagte: »Jetzt könnte ich so eins von diesen kleinen Ferngläsern brauchen.«

»Was schauen Sie mich an«, erwiderte Mary, die sich über sich selbst ärgerte, weil sie nicht darauf kam, was er da fabrizierte.

»Den meisten Leuten hier wär das schwer klar zu machen.« Reuel redete einfach weiter, als hätte sie überhaupt nichts gesagt. »Besonders der Damenwelt. Wenn der seine strahlend blauen Augen auf 'ne Frau richtet, denkt sie, sie ist im siebten Himmel.« Er versah die andere Rohrseite ebenfalls mit einem Loch und sagte: »Er war ja mal verheiratet. Mit einem wirklich hübschen Mädchen, von der ich weiß, dass er sie verprügelt hat. *Misshandelt* nennt man das wohl, stimmt's? Mein Gott, misshandelt hat er sie, seine Frau, das kann man wohl sagen.«

»Woher wissen Sie das?«

»Das weiß ich, weil sie's mir gesagt hat, deswegen. Sie kam öfter mal hier raus, um Müll abzuladen. Einen Haufen Whiskeyflaschen und Bierdosen. Einmal pro Woche war sie hier, und nach 'ner Weile hat sie sich auch ein bisschen hergesetzt und wir haben geredet. Wie ihr zwei.« Er fischte wieder ein Rohrstück aus dem Haufen und begutachtete es eingehend. »Meistens hatte sie irgendwelche Schnitt- oder Schürfwunden oder gelbviolette Flecken auf den Armen, wie man sie kriegt, wenn einen jemand fest packt. Eines Tages ist sie –« Reuel seufzte. »Ich will euch mal was zeigen.« Er stand auf und ging zu seinem Truck hinüber.

Mary und Andi warteten schweigend ab, bis er wiederkam. Er brachte einen Briefumschlag mit.

Andi hatte sich hingekniet, den Körper auf den Fersen ruhend, die Unterschenkel seitlich etwas ausgestellt, die Hände um die Knöchel gespannt: wie ein Kind in Zuhörpose.

»Ein Brief von Beth.«

Er schüttelte die dicht beschriebenen Seiten aus. Die Schrift war klein und zierlich. »Das teil ich sonst mit niemand, hauptsächlich, weil es doch keiner ernst nehmen würde. Bei euch zwei ist es was anderes, und ich glaub, wenn Beth hier wäre, fände sie es richtig, dass ich's euch vorlese.« Reuel räusperte sich, als wäre er es nicht gewohnt, laut vorzutragen. »Da steht *Lieber Reuel* und so weiter.

Ich werd nie begreifen, wie die Leute so viel Respekt vor ihm haben können. Mir ist nie jemand begegnet, der die Menschen so täuschen kann wie er. Oder weniger *täuschen* als vielmehr vollkommen einwickeln, sodass sie plötzlich alles mit seinen Augen sehen. Man könnte sagen, er kommt wirklich überzeugend daher, wie einer, dem man unbedingt glauben muss, bei dem man gar nicht anders *kann*. Ich werd es nie begreifen, bis an mein Lebensende nicht.

Ich weiß, dass du weißt, dass er mich geschlagen hat, du hast mich ja manchmal gesehen, bevor die Prellungen wieder weg waren, du als Einziger hast es gesehen. Mein Gesicht hat er nie angerührt; da hatte ich wohl Glück. Er tat's nicht, für den Fall, dass ich mich in die Stadt trauen würde. Es gibt wohl kaum was Schlimmeres, als eine Frau mit einem blauen Auge zu sehen, dachte er sich wahrscheinlich.

Ich weiß, Frauen, die nie so eine Ehe erlebt haben, würden sagen, das würden sie sich nie gefallen lassen, und jede Frau, die es doch tut, sei eine verdammte Idiotin. Aber Frauen, die nie einen Faustschlag ins Gesicht bekommen haben, wissen nicht wirklich, wie das ist. ›Also, so eine Behandlung würd ich mir doch nie gefallen lassen‹, sagen sie und neigen dazu, einer Frau, die sich so behandeln lässt, selber die Schuld zuzuschreiben. Und wahrscheinlich haben sie bis zu einem gewissen Grad ja auch Recht.

Es ist aber doch so: bis es mit einer Ehe soweit kommt, ist schon eine Menge passiert und hat einen zermürbt. Das leuchtet doch ein – nicht? –, ein Mann, der die Hand gegen einen erhebt, war bis dahin wohl kaum sanft und freundlich. Es gibt ja eine Menge Möglichkeiten, einer Frau wehzutun, bevor man anfängt, sie zu verprügeln.

Wer bei Nacht mal gesehen hat, wie ein Hirsch im gleißenden Scheinwerferlicht wie erstarrt stehen bleibt, versteht vielleicht, was eine Frau dazu bringt zu bleiben. Der versteht, weshalb sie nicht einfach wegguckt und wie der Teufel wegrennt. Man kann nicht, oder viele Frauen können es einfach nicht. Denn ein Teil von ihnen ist vom Licht geblendet wie dieser Hirsch, auch wenn man sich bewusst ist, eines Tages geht er bis zum Äußersten und bringt einen um. Und ich dachte, am Devil's Canyon wär dieser Tag gekommen. Kennst du die seltsame Felsformation, die über den Canyon namens Weeping Rock hinausragt? Nun, er rief mich immer wieder her, ich sollte doch rausgehen und mir die Steilwände ansehen, wie tief es da hinunterginge. Ich wollte nicht, doch ich wusste, mit meiner Weigerung würde ich alles nur noch schlimmer machen. Auf einmal stand er hinter mir und schlang den Arm um mich und sagte, ich sollte runtergucken. Es war, wie im luftleeren Raum zu hängen, und als ich hinunterschaute, glaubte ich meinem sicheren Tod ins Auge zu blicken. Ich glaube, er hatte auch vor, mich zu töten, beschloss dann aber, es nicht zu tun, weil er noch nicht fertig war mit mir.

Erinnerst du dich an Stevie, den kleinen alten Jagdhund, der immer mitkam, wenn ich zur Müllhalde fuhr? Er hat ihn umgebracht. Als ich ihn fragte, warum, sagte er bloß, der Hund hätte beseitigt werden müssen, weil er so schlimme Arthritis hätte. Ich weiß nicht, wie er mir immer noch so bekümmert in die Augen sehen und solche Sachen sagen kann, als ob ich ihm glauben würde. Das brachte er fertig, weißt du, er hat es andauernd gemacht.

Armer Stevie. Es hat mir das Herz gebrochen, wirklich wahr. Von einem von Bonnies Kindern – ich glaube, es war Earl – erfuhr ich später, wie er's gemacht hat. Earl war dort in der Scheune und gabelte Heu auf, als er mit Stevie reinkam. Das sagte Earl mir so, als ob er sich dafür schämte, es gesehen zu haben. Er warf einen Eimer Wasser über das arme Tier und ging dann mit einem von diesen Elektroschockstäben fürs Vieh auf den Hund los. Earl sagte, er hätte ihn wieder und immer wieder damit gestoßen, und jedes Mal heulte der Hund ganz erbärmlich auf, dass Earl dachte, so was hätte er noch nie gehört. Earl sagte: ›Meine Hände ham in die Luft gekrallt, Missus, aber ich hab doch nix tun können für den armen Hund.‹ Der arme Earl ließ den Kopf hängen, als ob er sich schämte, als ob es seine Schuld wäre. Armer Junge. Ist ja gut, sagte ich zu ihm, er hätte ja nichts tun können.

Reuel, das mit Stevie sage ich dir, weil ich mich danach endlich dazu durchgerungen hab, etwas zu unternehmen, den Entschluss zu fassen, von ihm wegzugehen. Wenn es nicht so was Abscheuliches gewesen wäre, was nicht mir passiert ist, sondern einem anderen, dann hätte ich vielleicht nie den Mut dazu gehabt. Starr vor Angst, wie ich mich in dieser Ehe immer gefühlt hab, hatte ich doch in einer winzigen Hirnwindung immer noch die Wahl wegzugehen. Stevie nicht. Stevie hatte keine andere Wahl, als so umgebracht zu werden. Und wenn er sonst nie wieder was tut – dass er seinen Hass an einem armen Tier ausgelassen hat, dafür wird er zur Hölle fahren.

Es ist so, wie ich vorhin gesagt hab, Reuel: Wie kommt es, dass diese Seite an ihm, der größte Teil nämlich, anderen verborgen bleibt, wo wir es doch so deutlich sehen?

Ich geh also weg, auf nach Westen. Und ich will, dass du weißt, was für ein Freund du mir warst, und wie ich auf dich vertraut hab, obwohl wir über das alles nie offen geredet haben. Aber das geht, glaub ich, auch ohne Worte – und darauf kam's ja an.

Alles Liebe,
Elizabeth Loomis

P.S. Die nicht mehr ›Wine‹ heißt.«

Reuel faltete die weißen Seiten sorgfältig zusammen und schob sie wieder in den grauen Umschlag, den er sich in die Tasche steckte. Und zur sicheren Verwahrung daraufklopfte.

Als Mary zu Andi hinübersah, entdeckte sie in ihrem Gesicht etwas, was man oft in den Gesichtern sehr alter Menschen sieht, eine gewisse Müdigkeit, als ob sie sagen wollte, *Es ist Zeit zu gehen,* als hätte sie genug vom Leben und wollte nicht länger kämpfen.

Von einem Leben, das nicht einmal vorn und hinten mit festen Zahlen abgesteckt war. Mary stellte fest, dass es sie doch sehr beunruhigte, diese Ungewissheit über Andis Alter, als wäre dieses Wissen nötig, um den Menschen Bodenhaftung zu verleihen und zu verhindern, dass sie auf und davon in den fühllosen, grauen Himmel schwebten. Damit kam sie zur nächsten Frage: was würde mit ihr geschehen, falls Andi getötet wurde? Denn sie lebte ja gefährlich. Was wäre geschehen, wenn sie *tatsächlich* ertrunken wäre? Mary sah in Andi eine Art Schutzschild vor der krassen Wirklichkeit, einen Filter oder dünnen Stoff, der das, was auf der anderen Seite war, gerade noch erträglich machte. Es war, als ob Andi die Lage sondierte und dann im Feldlager Frontbericht erstattete.

Mary sah auf den Picknicktisch hinunter und zog nasse Kreise mit ihrer Coladose, während sie darüber nachdachte, was der größte Unterschied zwischen ihnen war. Na toll, *sie* verschwendete weder einen Gedanken an den Hund Stevie noch an die Tatsache, dass die arme Frau an den Rand von Weeping Rock gedrängt worden war, o nein. Mary dachte (wie üblich wahrscheinlich) über sich selbst nach.

Das alles ging ihr innerhalb von Sekunden durch den Kopf. Sie sah wieder kurz zu Andi hoch. Andi stand die Verzweiflung ins Gesicht geschrieben, mit zusammengekniffenen Augen sah sie hinaus an den Horizont, als würde über die verschwommene dunkle Linie dort die Gestalt von Beth Loomis schreiten.

Mary machte den Mund auf, um etwas zu sagen, und schloss ihn gleich wieder – unsicher, ob die Stille, die hier schon lange, lange zu herrschen schien, überhaupt gestört werden durfte. Doch dann sagte sie: »Das ist ja furchtbar«, und kam sich dumm vor, etwas so Offensichtliches gesagt zu haben.

Schlagartig kam Andi wie aus dem Koma wieder zu sich. »Sie hat kein einziges Mal den Namen genannt. Sie hat in dem ganzen Brief nie *Harry* gesagt. Als hätte sie Angst, wenn man den Namen nannte, könnte er Dämonen heraufbeschwören, die einen verwünschten bis in alle Ewigkeit.«

Reuel musterte sie erstaunt. »Ja, ich glaub, genau so hat sie sich gefühlt. Sogar sein Name muss ihr gefährlich vorgekommen sein.«

Das Gespräch verstummte erneut, während Mary versuchte, in den Tiefen des dunklen Waldes etwas zu erkennen.

Dann sagte Andi: »Wieso hasst er Sie?«

Reuel überlegte. »Weil ich hinter ihm her bin, nehm ich an. Die Sache mit der jungen Atkins lässt mir keine Ruhe. Und ein paar andere Sachen auch nicht.«

»Was denn?«, fragte Andi.

Reuel brummte verstimmt. »Du brauchst auch nicht alles zu wissen, Mädchen.«

Doch, muss ich. Mary wusste, dass es Andi im Kopf herumging, obwohl sie es nicht sagte.

Eines musste man Reuel lassen: ausquetschen konnte man ihn nicht. Wenn er wollte, dass man etwas erfuhr, erfuhr man es. Wenn nicht, erfuhr man es nicht. Mary fand es recht beruhigend, zu wissen, dass hier einer war, der sich nicht manipulieren ließ.

Aber natürlich versuchte Andi eigentlich gar nicht, zu manipulieren. Sie wollte es einfach nur wissen. Als hätte er nichts gesagt, fragte sie daher noch einmal: »Was denn für Sachen?«

Reuel lehnte sich zurück und hob das Gesicht, als wollte er den Himmel anflehen, ihm dieses Joch von den Schultern zu nehmen. »Mein *Gott,* Mädchen!« Er sah ihr offen ins Gesicht. »So viel kann ich dir schon mal sagen: ein Freund von Bonnie Swann ist Harry nicht. Und von ihren Kindern auch nicht.«

Mary konnte Harry wieder vor sich sehen, wie er aus dem Haus der Swanns gekommen war, sein Gesichtsausdruck eine Mischung aus Wut und Befriedigung. Es war so merkwürdig gewesen – als hätte die Wut eine Art Hunger in ihm gestillt.

Mary holte erschrocken Luft. »Sind Sie denn nicht zur *Polizei* gegangen?«

Reuel stieß einen Seufzer aus. »Mädchen, wie du auf die Polizei *scharf bist,* also, so was ist mir noch nie begegnet. Na, eines Tages rückte Beth jedenfalls damit raus und sagte, ›Du wunderst dich wahrscheinlich, warum ich überall Male habe, Reuel‹. Es klang so traurig, wie sie es sagte. Ich meinte, ja, eigentlich schon. Da sagte sie nur, ›Harry‹. Mehr nicht. Erst viel später sprach sie dann mehr darüber. Der einzige Ort, wo sie hindurfte, war der Müllabladeplatz hier. In die Stadt ließ er sie erst, wenn die blauen Flecken alle weg waren. Dann fing es wieder von vorn an. Sie kam also kaum aus dem Haus.«

»Wieso sind Sie nicht zur Polizei gegangen?«, fragte Mary. Sie war selbst erstaunt über ihre Wut, nicht auf Reuel, sondern auf das Leben oder das Schicksal oder womit sich sonst eben hadern ließ.

Reuel schien es zu merken und nichts dagegen zu haben, dass sie ihn sich ausgesucht hatte. »Ich bin nicht hingegangen, weil sie eine Todesangst hatte vor Harry. Er hätte gedroht, sie umzubringen, sagte sie, wenn er je den leisesten Verdacht gehabt hätte, sie hätte es jemand verraten. Ich sagte zu ihr, ›Beth‹, hab ich gesagt, ›die Gefahr ist doch, dass er es sowieso tut‹.« Er nahm einen Lappen und wischte das Rohr ab. »Ich will mal eins sagen: für uns, also für jemand, der nicht in dieser Lage ist, ist es doch leicht, so Sachen zu sagen wie, ›Warum lässt sie sich das gefallen?‹ oder ›Ich würde ihn verlassen, wieso verlässt sie ihn nicht einfach?‹ So was in der Art. Man muss so eine Situation aber selber erlebt haben, man muss die gleiche Todesangst haben wie sie, man muss sich das Hirn schon total zermartert haben auf der Suche nach einem Ausweg – bevor man anfängt, einen Menschen in so einer Lage hinterher zu kritisieren.«

Mary merkte, wie sie rot wurde, und schämte sich ein wenig. »Kann sein. Aber was ist aus Beth geworden?«

»Keine Ahnung. Das mit dem ›auf nach Westen‹ klingt mir ziemlich nach Tod. Oder vielleicht meinte sie es ja wörtlich und ging einfach weg. Ich hab aber den Verdacht, dass er sie vielleicht so geprügelt hat, bis es aus war. Ich weiß bloß eins: Ich hab Beth nie wieder gesehen.«

Mary hielt die Hände ans Gesicht und schüttelte fassungslos den Kopf. Sie konnte ein schreckliches Gefühl von Schwere bei

Reuel spüren. Er hörte auf, das Rohr abzuwischen und sah schweigend über die Müllhalde hinweg bis zum Rand und dem Gelände dahinter.

Andi sagte: »Hätten Sie ihn denn nicht aufhalten können? Ich mein, Sie wussten doch Bescheid. Selbst wenn Sie's dem Sheriff nicht sagen konnten?«

Reuel sah sie an, als müsste er all seine Geduld aufbieten, um diesen beiden zuzuhören, wie sie ihn kritisierten. Er deutete mit einem Nicken zu Mary hinüber. »Die ist dafür, es bei der Polizei zu melden, und du meinst, ich hätte es aufhalten sollen.« Er sah Andi kopfschüttelnd an. »Du bist der selbstgerechteste Mensch, der mir je begegnet ist.«

Andi errötete, lächelte aber dabei. »Ich mag's eben nicht, wenn Leute herumgestoßen werden, das ist alles.«

»Das mögen wir ja eigentlich alle nicht, oder, aber *du – du* stemmst dich ja vehement dagegen. Wie kommt's, dass du selber herumgestoßen worden bist?«

»Ich kann mich nicht erinnern.« Sie hob ebenfalls den Blick und starrte über die Deponie hinaus.

Reuel schwieg eine Weile, als begutachtete er das Rohrstück, doch Mary war klar, dass er über Andis Antwort nachdachte. »Meinst du das jetzt so ganz allgemein, wie man sich an vieles in seiner Vergangenheit nicht erinnern kann? Oder gibt's was ganz Bestimmtes, an das du dich nicht erinnern kannst?«

Sein Tonfall war lässig, doch der Blick, mit dem er sie ansah, war voller Schmerz. Mary verstand plötzlich, wieso Beth sich Reuel anvertraut und gewusst hatte, dass ihr Geheimnis bei ihm sicher sein würde.

»Was ganz Bestimmtes«, sagte Andi schließlich und wandte ihm die Augen zu, die im Sonnenlicht honigfarben wurden. Ihr langes, helles Haar verwandelte sich fast zu Silber. »Ich weiß nicht, wer ich bin. Also, ich leide unter Gedächtnisschwund. Das geht jetzt seit vier Monaten, seit Winter, seit Januar.« Sie wandte sich ab, als schämte sie sich dafür, es nicht zu wissen, als sei es ihre Schuld, dass sie sich nicht erinnerte.

Reuel legte das Holz aus der Hand. »Was ist damals passiert? Muss ja ziemlich schlimm gewesen sein.«

Andi erzählte ihm von der Bed-&-Breakfast-Pension, aber nicht von dem Mann, bloß dass sie mit »jemand« dort gewesen war. Und nicht wusste, was sich dort zugetragen hatte.

Reuel musterte sie nachdenklich, während er mit dem Daumen über den beinernen Messergriff mit dem kunstvoll geschnitzten Bison oder Büffel fuhr. Wie Rosella (fiel Mary ein), wenn sie ein Stück Jaspis in der Handfläche knetete, wegen der magischen Kräfte. Reuel war allerdings nicht der Typ, der sich mit Zauberei groß abgeben würde. Er ließ das Messer mit einer leichten Bewegung aus dem Handgelenk zuschnappen und steckte es sich in die hintere Hosentasche. »Dachte ich mir schon, dass da was nicht stimmt«, sagte er. »Auf Gedächtnisschwund wär ich aber nicht gekommen.« Er schüttelte den Kopf. »Ist doch komisch. Schau dir Mary an –« er nickte zu ihr hinüber – »die kommt mir vor wie das Inbild einer Vergangenheit, die fast greifbar ist.«

»Meine Mom und mein Dad sind bei einem Flugzeugabsturz ums Leben gekommen. Und meine Schwester wurde ermordet«, brach es aus Mary hervor, in dem verzweifelten Versuch zu zeigen, dass ihr eigenes Leben genauso schlimm war wie das von Andi. Doch sie wusste, dass es das nicht war. Sie *hatte* wenigstens eine Vergangenheit, und das hatte Reuel damit gemeint.

Eine Weile schwieg er. Dann zog er wieder sein Messer hervor und nahm das Holzstück zur Hand. Er sagte: »Tut mir Leid, Mary. Es ist schlimm, wenn man mit so viel fertig werden muss.« Die Messerspitze kerbte eine Stelle im Holz ein. »So hab ich's aber gemeint: bei dir, Mary – hmm, kann man die Last fast sehen, die du mit dir rumschleppen musst – deine ganze Vergangenheit, mein ich. Alle die Geister der Vergangenheit. Aber du –« – er wandte sich an Andi – »du bist wie jemand, der eben erst aufgetaucht ist.«

»Aus dem Nichts«, sagte Mary und ließ sich auf die blank polierte Oberfläche des Granitfelsens fallen. Dort saß sie und sah zu Andi hinüber, die auf der Erde kauerte, auf den Fersen hockend, die Daumen um die Knöchel gehakt wie ein Kind. So sah sie auch aus, wie ein kleines Kind. In der Abendsonne wurde ihr Haar fast durchscheinend, wie Strähnen von Licht. *Aus dem Nichts*. Das war es, dachte sie, dieses Gefühl, dass Andi einfach vor ihr Gestalt angenommen hatte, damals in der Apotheke, in der Kabine, wo Dr. Rodriguez seine Rezepturen zubereitete: Andi, in einem Lichtkegel stehend. Mary fiel wieder ein, wie gespenstisch es gewirkt hatte. Sie fühlte sich niedergeschlagen, als entglitte ihr plötzlich etwas sehr Wichtiges, als hätte ihr einer von Rosellas Edelsteinen einen kurzen Blick in die Zukunft gewährt, ihr das schmerzliche Fehlen von etwas vor Augen geführt, eine schreckliche Abwesenheit. Etwas Kaltes begann sich in ihrer Magengrube zu bilden.

Reuel fuhr fort: »Ich nehm an, ihr wollt bald wieder abfahren?« Er blickte zwischen Andi und Mary hin und her und dann wieder auf das Rohr, das er gerade mit Öl einrieb. »Ich weiß, ihr habt gesagt, ihr wärt bloß ein paar Tage hier.«

In dem Moment, fand sie, sah Reuel aus wie ein Mensch, der ein schweres Leben gehabt hatte und dafür nicht belohnt worden war. Als hinge Dableiben oder Abfahren von ihr ab, sagte Mary: »Na ja, einen Tag können wir vielleicht noch bleiben. Ich will jetzt eigentlich nicht gleich abfahren. Das käme mir so vor, als würde ich Floyd im Stich lassen.« Während sie es sagte, merkte sie, dass es stimmte. »Das bring ich nicht fertig.« Sie zuckte missmutig die Schultern. »Wir können aber nicht mehr lang bleiben.«

Reuel nickte. Dann sagte er zu Andi: »Dein Zuhause ist es aber nicht, Mädchen, oder, also kannst du genauso gut hier bei mir bleiben.«

Entschlossen klappte er das Messer zusammen.

38

Mary konnte kaum glauben, was sie da eben gehört hatte, ebenso wenig den nüchternen Ton, in dem er es gesagt hatte. Sie sah Andi an und rechnete mit – was? Erstaunen? Gelächter? Doch Andi lächelte nicht einmal, sondern musterte Reuel mit einer Intensität, die selbst für Andi bemerkenswert war. Sie sah aus, als hätte man ihr soeben ein besonders schwieriges Rätsel aufgegeben: Andi schien Reuels Angebot ernsthaft in Erwägung zu ziehen.

An Mary gewandt, sagte Reuel: »Ich kann dich ja zurückfahren, weil du vermutlich noch keinen Führerschein hast. Ich find dann schon wieder zurück. Mit dem Zug, dem Flugzeug, ganz egal.«

Für Mary hörte sich sein Vorschlag so unerhört an, dass sie mit einem nebensächlichen Einwand anfangen musste. »Mich zurückfahren? Aber … die Frau, die sich um mich kümmert, Rosella, die ist ja dann schon wieder in Santa Fe.« Diese Komplikation war Reuel natürlich nicht bewusst. »Sie würde bestimmt wissen wollen, wer Sie sind und … und so.«

Reuel pustete Sägemehl und Holzsplitter von dem Holzstück, an dem er herumgeschnippelt hatte. »Wir könnten uns ja irgendeine Geschichte überlegen, wir zwei.« Er fuhr fort, das Holz glatt zu schmirgeln. »Muss ja was furchtbar Wichtiges sein. Dass ihr zwei euch Tausende von Meilen hierher schleppt.«

Mary sah Andi auffordernd an, weil sie fand, es sei an ihr, es zu erklären, falls sie überhaupt was erklären wollte. Schließlich waren *ihr* all die schlimmen Dinge zugestoßen, die sie bewogen hatten, diese ganze Reise zu machen. Doch Andi sagte nichts. »Es ist nur …«, begann Mary, »wir sollten eigentlich gar nicht hier sein.«

Er warf ihr ein bedächtiges, abwägendes Lächeln zu. »Hab ich mir schon fast gedacht.«

Mary begriff nicht ganz, weshalb Andi Reuels Angebot nicht umgehend ablehnte, obwohl es in diesem Fall offensichtlich auf Hilfsbereitschaft und Besorgnis beruhte. Also erhob sie selbst einen weiteren Einwand. »Wenn Andi bei Ihnen wohnt, würden die Leute im Wohnwagenpark denn dann nicht denken …« Mary zuckte die Achseln. »Na, Sie wissen schon.«

Reuel hatte das Rohr wieder zur Hand genommen und visierte es der Länge nach. »Hmm, hmm. Aber keine Sorge. Mir würde schon eine Erklärung einfallen.« Er ließ das Metallstück sinken. »Ich kann ja vielleicht sagen, die Tochter von meinem Bruder ist auf Besuch da.«

Das war irgendwie schwach, fand Mary. Ihr Hals war wie zugeschnürt, und sie befürchtete, gleich losheulen zu müssen. Denn sie rechnete damit, dass Andi auf Reuels Vorschlag eingehen würde – natürlich nicht für immer dazubleiben, nur auf Probe. Es war gewissermaßen die Lösung: sie hätte wieder das Gefühl, irgendwo dazuzugehören und wäre auch direkt vor Harry Wines Haustür. Sich selbst fand Mary schlicht und einfach eifersüchtig. Seine Einladung war nicht an alle beide gerichtet gewesen, nicht einmal im Nachhinein.

Andi sagte immer noch nichts, hatte aber diesen abwägenden Ausdruck im Gesicht. Stille lag über ihnen und über der Mülldeponie. Das einzige Geräusch, das man hörte, war das Kratzen von Reuels Messerspitze in dem Metallrohr.

Auf einmal fragte Andi: »Wo ist denn diese Käfigjagd?«

Die beiden anderen starrten sie verblüfft an. Sie hat sich Reuels Angebot überhaupt nicht durch den Kopf gehen lassen, dachte Mary und stellte leicht erschrocken fest, dass sie Andi die ganze Zeit über missverstanden hatte. Die Gründe, weshalb sie gehen oder bleiben würde, hatten weder mit Reuel noch mit Mary zu tun und auch nichts mit ihren persönlichen Wünschen.

Reuel hatte einen Hammerkopf aufgehoben und schleuderte ihn mit angewidertem Blick auf den Ausschusshaufen. »Wieso willst du denn *das* wissen?«

Die Frage (wusste Mary) hätte er sich auch sparen können.

»Weil ich es sehen will.«

Reuel schnaubte verächtlich, wie um anzudeuten, dass er nicht die Absicht hatte, darüber zu reden. »Das geht dich einen feuchten Dreck an, Kind.«

Er benutzte das Wort absichtlich, doch falls er glaubte, sie von ihrer Frage ablenken zu können, indem er sie ein Kind nannte, irrte er sich. Falls es Andi etwas ausmachte (was Mary allerdings nicht glaubte), als kindisch bezichtigt zu werden, würde sie keine kostbaren Sekunden vergeuden, um sich dagegen zu verwehren.

Andi sagte: »Wo es ist, ist doch kein Geheimnis. Es ist öffentlich. Und hier auch nicht illegal.«

»Manches schon, todsicher. Auf der Ranch rennen Tiere rum, die als bedrohte Arten gelten. Wenn mich nicht alles täuscht, ist das illegal.«

»Aber *kein* Geheimnis. Wir brauchen also bloß rumzufragen.« Das sagte sie ohne Groll und blinzelte dabei bedächtig, wie eine Katze.

»*Wir?*«, sagte Mary. »Ich hab nicht gesagt, dass *ich* das sehen will!«

Reuel neigte den Kopf in Marys Richtung. »Jünger als du und viel vernünftiger.«

Dass sie überhaupt keine Zeit für diese Käfigjagd-Episode hatten, schien Andi nicht im Geringsten zu stören.

»Mädchen«, sagte Reuel und sah sie dabei scharf und direkt an, »du hast schon so viel Kummer im Leben, dass du nicht noch mehr brauchst.« Er hatte ein Rohrstück aufgehoben und begutachtete es jetzt eingehend. Die Löcher, die der braune Rost hineingefressen hatte, waren so groß, dass man den Finger durchstecken konnte. »Die würden dich dort sowieso nicht reinlassen.«

»Ich hatte auch gar nicht vor, darum zu bitten.«

Als achtete er gar nicht richtig auf sie, stand er auf, rollte eine Radkappe her, die vermutlich von einem Sportwagen stammte, und begann sie genau zu inspizieren. Doch war Mary klar, dass er sich noch ganz mit Andi beschäftigte.

»Na?«, fragte Andi.

Reuel hatte so eine etwas matte Art, den Kopf zu schütteln. »Ist in den drei Tagen, die ihr hier seid, nicht schon genug passiert? Was für einen Blödsinn hast du denn jetzt im Sinn?«

Andi, die die Frage als rhetorisch erachtete, blieb ihm die Antwort schuldig.

»Wie gedenkst du da eigentlich reinzukommen? Es ist drüben auf Quicks Ranch. Die Double Q, nennen sie die. Clyde Quick heißt der Typ. Der hält das Tor fester verschlossen als 'ne Zecke, die sich in 'nem Hund festgebissen hat. Verschlossen *und* mit Vorhängeschloss. Und glaub bloß nicht, du kannst über den Zaun klettern.«

»Rein kommt man immer irgendwie. Das ist Nebensache.«

»Dann will ich die Hauptsache gar nicht wissen.«

»Die Hauptsache ist, Sie dazu zu kriegen, dass Sie uns hinfahren.« Andi lächelte.

»*Uns?*«, fragte Mary.

Reuel straffte die Schultern und wurde ernster. »Jetzt hör mir mal zu: Bei diesen so genannten Jagden gibt's Waffen und Alkohol ohne Ende, und Waffen und Alkohol vertragen sich nun mal nicht miteinander. Auf diese so genannte Wildranch, da gehen Leute hin, die auf alles schießen, was sich bloß rührt. Und diese Quicks, denen ist es scheißegal, wenn dort die Hölle abgeht – entschuldigt meine Ausdrucksweise.« Er hielt inne und sah Andi scharf an. Dann ließ er die Radkappe klappernd zu Boden fallen, wütend über sich selbst. »Ich würd sagen, am besten fahren wir jetzt zum Wohnwagen und reden dort weiter drüber.«

Sie saßen auf Reuels kleinem Vorplatz und setzten ihre Unterhaltung fort, während sich das Abendlicht wie Honig langsam über den Picknicktisch ausbreitete.

Reuel hatte Pepsi light und Bier herausgebracht und war gerade damit beschäftigt, sich eine von seinen Zigarren anzustecken, während er ihnen etwas über die Quicks-Ranch erzählte. »War früher mal eine Viehranch, aber dann ist hier in der Gegend alles ausgetrocknet, und sie konnten auf ihrem Land keine Viehherde mehr ernähren. Jetzt ist es eine ›Wildranch‹. Die Double Q hat vielleicht hundertfünfzig, zweihundert Acre Land. Die lassen dort ein halbes Dutzend Leute für sich arbeiten. Hauptsächlich Ausländer. Wie Sergej.«

»Was?« Andi setzte sich kerzengerade auf. »Sergej? Das kann ich nicht –«

Reuel machte eine abwehrende Handbewegung, als wollte er ihren Einwand wegschieben. »Ob du kannst oder nicht, kommt aufs Gleiche raus.«

»Wo kriegen die denn die Tiere her?«, fragte Mary, die eigentlich gar nicht darüber reden wollte, aber auch nicht magenschwach erscheinen wollte. Das mit Sergej hatte sie ebenfalls überrascht.

»Von verschiedenen Lieferanten. Zoos. Habt ihr euch schon mal gefragt, was mit der Tierpopulation in Zoos passiert? Die paaren sich doch, kriegen Junge. Wohin mit den ganzen Tieren, wenn's eng wird?«

»Und wie kommt so ein Lieferant an die?«

»Ganz einfach. Der geht auf so eine Exotenauktion. Ist doch egal, ob ein Gepard oder Steinbock auf der Liste bedrohter Arten steht oder nicht. Dass Tiere gekauft und verkauft werden, lässt sich nun mal nicht kontrollieren.« Zu Andi gewandt, sagte er: »Jetzt hör mir mal gut zu, Andi.« Er sprach ihren Namen im Tonfall des Gebieters aus, als der er sich, dachte Mary, sicher nicht fühlte. Es war ziemlich sinnlos, Andi von irgendetwas abzubringen, an dem sie sich festgebissen hatte. »Mit den Leuten legst du dich besser nicht an.«

Erneut sparte sich Andi den Kommentar. Der Wahrheitsgehalt seiner Worte war sonnenklar. Sie trank ihre Pepsi und musterte Reuel aufmerksam. Dann fragte sie: »Zahlen sie ihn gut?«

»Was? Zahlen sie wen?«

»Sergej. Zahlen ihn die Quicks gut?«

»Das will ich doch hoffen. Einen wie ihn, bei seiner Erfahrung mit Großkatzen.« Reuel warf Sinclairs Stöckchen zu Boden. »Hör auf, so zu tun, als hättest du die Lösung für Hiobs Leiden.«

Mary wünschte, er würde die Diskussion nicht in höhere Sphären abziehen lassen. Sie wollte konkrete, bodenständige Antworten.

»Ich weiß überhaupt nicht, wovon Sie reden«, sagte Andi.

Na, das ist ja ein Trost, dachte Mary, die sich zu entsinnen versuchte, woraus Hiobs Leiden bestand – abgesehen davon, dass er es schwer hatte.

»Davon rede ich, dass du ihn erst seit vorgestern kennst und schon haargenau weißt, wie er sein Leben zu führen hat.«

Andi sagte nichts.

»Schließlich muss jeder irgendwie leben.«

»Das ist aber kein Grund. Sehen Sie doch, was er gemacht hat, bevor er fast zerfleischt wurde. Ein Wildführer oder was er da in dem Naturreservat in Sibirien war, wird doch wohl kaum ohne guten Grund für diese Quicks arbeiten.«

Reuel knallte sein Bier so heftig auf den Tisch, dass Ruth und Ethbert herüberschauten, die Hälse verrenkten und ein besorgtes Lächeln aufsetzten. »Herrgott, Mädchen, du bist vielleicht eine verdammte Betschwester!«

Mary sah, wie Andi errötete, den Blick aber nicht von ihm abwandte.

»Schau dich doch mal an: sechzehn, siebzehn Jahre alt, blass und hübsch wie der Morgentau –«

»Achtzehn«, versetzte Andi.

»– und schwingt sich zur Richterin über einen Mann wie Sergej auf!«

Seelenruhig sagte Andi: »Das hab ich gesagt und das mein ich auch: ›einen Mann wie Sergej‹. Er hat mehr wilde Tiere gesehen als wir alle miteinander. Er hat einen Teil seines Lebens mit diesen Tieren verbracht und weiß mehr über sie als jeder von uns. Für die Art von Arbeit muss man doch Respekt vor ihnen haben. Und trotzdem landet er bei diesen miesen Dreckskerlen, wo das Letzte, was die haben, Respekt ist.«

»Dass er in einen Kampf mit einem Tiger geraten ist, muss noch lang nicht heißen, dass er sich davor mit ihnen zu Tisch gesetzt hat.«

An der Art, wie Reuel Sergej verteidigte, merkte Mary, dass es ihn auch belastete.

Nachdem er Sinclair eine Weile das Nackenfell gekrault hatte, sagte Reuel: »Bleib bloß weg da. Die Quicks werden stinksauer, wenn du bei denen rumstromerst. Für die ist das doch ein Geschäft. Die nehmen pro Monat bestimmt an die Hunderttausend ein.«

Wortlos hielt Andi die Augen auf Reuel geheftet. Den Blick kannte Mary schon. Er war einfach zermürbend. Sie war es schließlich, die das eisige Starren durchbrach. »Na, sagen Sie uns schon, wie wir hinkommen, Reuel, denn wenn Sie's nicht tun, fragt sie einfach rum.« Sie seufzte wie eine Alte, schicksalsergeben. »Und ich soll uns wahrscheinlich da rausfahren.«

»Wenn du fährst, kannst du ihr wenigstens vernünftig zureden oder ihr auf die Finger schauen oder beides.« Er nahm einen großen Schluck aus der Bierflasche. »Quicks Anwesen liegt nördlich von der Stadt. Nach fünf Meilen Richtung Norden haltet ihr nach einem blau gestrichenen Wasserturm Ausschau. Von dort ist es noch eine knappe halbe Meile. Das Tor könnt ihr gar nicht verfehlen: ›Double Q Ranch‹. Wenn jemand was schießen will, gibt's für jedes exotische Tier auf der Ranch einen Preis, und manche sind gar nicht so verdammt exotisch. Hirsche zum Beispiel.« Reuel steckte sich eine Zigarre an, schwenkte das Streichholz aus und redete weiter. »Für einen bengalischen Tiger haben sie sechstausend Dollar verlangt. Nicht zu fassen, dass sie solche Tiere finden und hierher geschickt kriegen.« Er betrachtete die beiden, als ob er noch etwas sagen wollte, es sich dann anders überlegt und schließlich beschlossen hätte, es doch zu sagen. »Harry Wine ist ihr Hauptlieferant. Jack Kite sagt, Harrys Leute wären schon ein paarmal mit Tieren im Truck angehalten worden, das Problem war nur, dass sie noch innerhalb der Staatsgrenzen waren.«

Ein Windstoß hob Andis Haar. Ihr Ausdruck war unverändert, nur wurde ihr Gesicht etwas verkniffener und blasser.

»Wirklich?« Mary war bestürzt. »Aber der tut doch wie ein echter Naturbursche.«

»Stimmt. Was ich nicht begreife: Harry ist passionierter Jäger, damit mein ich aber richtige Großwildjagd in Afrika, Indien. Ich hab ihn davon reden hören. Drum kann ich mir auch nicht vorstellen, dass er Fische in der Regentonne abknallt.«

»Vielleicht geht's ihm ja ums Töten und nicht ums Jagen«, sagte Mary.

»Ja, hmm. Einer, dem's einen Kick gibt, ein Tier zu erschießen, kaum dass es einen Schritt aus dem Käfig macht – was kann das schon für ein Typ sein? Und diese Großkatzen, die sind doch fast zahm. Die hat man ›handzahm‹ gemacht, damit sie den Menschen trauen, sozusagen. Verdammt, das ist doch fast, wie wenn man auf die eigene Hauskatze losgeht. Gut, ich hab Harry Wine nie dabei beobachtet, kann also sein, dass er die Tiere bloß auftreibt. Ich bin mir auch nicht sicher, was für welche. Der ist bei den Quicks vermutlich Teilhaber und kriegt seinen Anteil ab.

Da war mal so eine Jagdgesellschaft – wenn man's überhaupt so nennen kann –, also, Männer *und* Frauen. Mann, was die alles an Schießeisen dabei hatten: Gewehre, Schrotflinten, Pistolen und sogar mindestens eine Halbautomatik. Die Quicks stellen die ›Führer‹, vermutlich direkt vom Schiff aus Papua-Neuguinea und Kathmandu angeheuert, die armen Kerle. Ich möchte wetten, *der* Teil des Unternehmens ist ganz und gar illegal. Na jedenfalls –« Reuel nahm sein Bier wieder, sah, dass es leer war, machte aber keine Anstalten, sich noch eins zu holen. »Jedenfalls war es so etwa ein Dutzend Leute, alle offensichtlich gut betucht. Mit Frauen in Safarikluft dabei, die sich einredeten, diese freakige Jagd wär echt. Man fuhr in rancheigenen Jeeps etwa eine halbe Meile raus auf ein offenes Feld. Ich hab das alles durch mein Fernglas beobachtet. Die Führer – oder Gehilfen – waren im Pickup schon vorausgefahren, mit einem Riesenkäfig auf der Ladefläche. Ich glaub, es war ein Gepard drin, und laut Quicks Broschüre kosten Geparden ein Heidengeld – nicht, dass das eine

Rolle gespielt hätte. Egal, was für eine Katze es war, ihr könnt wetten, die stand auf der Artenschutzliste, was diese hirnverbrannte Truppe natürlich noch zusätzlich antörnte. Je seltener, desto größer der Kick, es zu töten. Schwer zu glauben: die gleichen Leute kaufen Tierschutzmarken und gehen in die Wildnis und frieren sich den … na ja, schon gut.

Der Gepard sollte also auf diesem offenen Feld rausgelassen werden und dann wie der Teufel losrennen. Wohin, würd ich gern wissen. Etwa ein Dutzend Acre Gelände, vollständig eingezäunt und nirgends ein schützendes Dickicht, bloß eine Baumgruppe mit dürren Kiefern. Für den gab's kein Entkommen.«

Es folgte langes Schweigen, niemand sagte etwas. Es war eine der scheußlichsten Geschichten, fand Mary, die sie je gehört hatte. Sie sah Andi an, der es anscheinend die Sprache verschlagen hatte.

Reuel sah Andi ebenfalls an. »Du siehst also, junge Dame, diese Ranch ist nichts für dich, das was da alles vor sich geht. Da werden so genannte zivilisierte Menschen wieder zu Wilden.«

Andis Blick ruhte immer noch auf ihm, war die ganze Zeit nicht von seinem Gesicht gewichen, während er die Geschichte erzählt hatte. Mary hatte den Eindruck, sie nahm sich Reuels Warnung tatsächlich zu Herzen.

»Kann ich mir Ihr Fernglas ausleihen?«, fragte Andi.

Sie wollte sofort zur Quick-Ranch fahren, was ihr Mary jedoch ausredete, indem sie sie darauf hinwies, dass es nicht mehr lang genug hell wäre. »Außerdem – was ist, wenn gerade gar keine stattfindet? Das ist sogar ziemlich wahrscheinlich.«

»Vielleicht aber *doch*«, wandte Andi berechtigterweise ein.

Diesmal ließ Mary sich aber nicht umstimmen und bestand darauf, es wenigstens bis auf den nächsten Morgen zu verschieben. Mary war todmüde und hungrig. Sie vermutete, dass Andi total aufgeputscht war. Nach all den Ereignissen *musste* sie aber doch müde sein.

»Komm, wir gehn essen. Ich verhungre gleich. Gehn wir in den Coffee Shoppe.«

Nachdem ihnen eine Tischnische zugewiesen worden war, studierten sie die Speisekarte mit dem gleichen Eifer, den Lewis und Clark wohl einst auf ihrer Nordwest-Expedition den vor ihnen liegenden unerforschten Territorien hatten zuteil werden lassen.

Sie hatten ein paar Minuten schweigend gelesen, als Rita an ihren Tisch kam, sich den Bleistift aus der hochgetürmten Frisur zog und ihr Bestellblöckchen umblätterte. Mary gefiel Rita. Ihr gefiel alles am Coffee Shop, selbst die abgeblätterten, mit Flicken ausgebesserten, kunstledergepolsterten Tischnischen. Es war richtig heimelig, hier bestand niemand auf Förmlichkeiten.

»Was soll's denn sein, meine Damen?« Rita bezog sie in das Dutzend Erwachsene mit ein, die gerade ihr frühes Abendessen einnahmen.

Mary bestellte das Spezialgericht des Coffee Shoppe: Hamburger.

Andi saß unschlüssig da, runzelte die Stirn und kaute an ihrem Daumennagelhäutchen herum. Dann sagte sie so resolut, als wäre überhaupt keine Entscheidung nötig gewesen: »Paniertes Schweinesteak mit Kartoffelbrei und Erbsen.«

»Aber klar doch«, sang Rita, machte auf dem gummibesohlten Absatz kehrt und ging zu der breiten, offenen Durchreiche zwischen Theke und Küche hinüber, um die Essensbestellung aufzugeben.

Mary sah sich die Musicbox-Auswahl näher an und spielte mit dem Gedanken, wieder »Mexicali Rose« laufen zu lassen. »Ich frage mich, ob Reuel in diese Frau immer noch verliebt ist.«

Dann errötete sie plötzlich und hoffte, es hörte sich nicht kindisch und sentimental an.

»Kann durchaus sein. Das ist echt eine traurige Geschichte. Eine *furchtbare* Geschichte. Wenn man denkt, dass jemand so kaltblütig sein kann, mit einem anderen Mann abzuhauen und einem sogar das Geld zu klauen –« Andi hörte plötzlich auf zu reden. Sie saß gegenüber vom Eingang und sah jetzt zur Tür hinüber. »Apropos kaltblütig, schau mal, wer da grade reinkommt.«

Mary drehte sich um und sah, wie Harry Wine an einer Nische neben der Tür angehalten wurde und sich hinunterbeugte, um mit dem Paar dort zu sprechen. Alle drei machten ein sehr ernstes Gesicht, der Mann in der Nische legte Harry mit einer Geste offenkundigen Mitgefühls die Hand auf den Arm, und die Frau schüttelte nur immer wieder fassungslos den Kopf. Die beiden versuchten anscheinend, Harry zu trösten.

Von ihrem Tisch bis zum Eingang waren es sechs Nischen, und an jeder einzelnen blieb Harry stehen – beziehungsweise er wurde angehalten –, während die Leute ihm ihr Mitgefühl bekundeten, Mitgefühl mit *ihm*, Harry, nicht mit dem armen Floyd Atkins. Es war fast, als wäre Harry das Opfer gewesen, als hätten sich diese Leute hier in den Tischnischen speziell zu dem Zweck aufgereiht, Harry Wine zu sehen und zu trösten.

»Als ob er der Papst wäre. Als würde er den Segen erteilen oder so ähnlich«, sagte Mary. Aufmerksam beobachtete sie das Geschehen, auch Andi sah zu, ihr Gesicht maskenhaft, zart und blass wie bei einer Porzellanpuppe. Dann trat Harry an die Theke und lehnte sich hinüber, um mit einer Kellnerin zu sprechen, die mit einem Geschirrtuch gerade einen Teller abtrocknete und nun im Abtrocknen zu verharren schien, wobei das Tuch immer weiter im Kreis herumging, so als wollte sie den Teller bis in alle Ewigkeit abtrocknen oder jedenfalls, solange Harry mit ihr sprach.

»Als ob sie Floyd total vergessen hätten«, sagte Mary.

Er sah die beiden nicht sofort, jedenfalls schien es so. Mary überlegte, ob das nicht ebenfalls aus Berechnung geschah. Schließlich wandte er sich in ihre Richtung, den Unterarm immer noch quer über der Theke (die Kellnerin immer noch beim Tellerabtrocknen), sah sie und wirkte überrascht. Überrascht und bekümmert. Er lächelte zögernd herüber.

»Er *weiß*, dass wir ihn verdächtigen. Zumindest ist ihm klar, dass wir ihn nicht leiden können«, sagte Mary.

»Nein, ist es nicht. Solche Männer halten es für unmöglich, dass jemand sie nicht leiden kann. Außer er ist mit jemand richtig im Zwist, und selbst dann fühlt er sich im Recht.«

»Wie mit Reuel, meinst du?«

Rita war wieder da und stellte ihnen das Essen hin. Vom Kartoffelbrei, der weich und samtig aussah, stieg Dampf auf. »Ach, den hätte ich auch bestellen sollen.« Mary nahm ihr Messer, um den Hamburger zu zerkleinern.

»Da, nimm was von mir.« Andi drehte ihr den Teller hin.

»Nein, nein, ist schon okay.«

»Nein, nimm doch.«

Während der kleinen Streiterei über den Kartoffelbrei merkte keiner, dass Harry Wine inzwischen vor ihnen stand.

»Hallo. Na, ihr zwei, alles in Ordnung?«

Unverbindlich sagte Andi: »Sehen wir nicht so aus?«

Harry schien sich ein Lächeln verkneifen zu müssen. »Bei dir ist auch alles in Ordnung, wenn du von Indianern umzingelt im Postzug sitzt. Ich meinte eigentlich eher unsere Mary.«

Mary kaute ihren Hamburger, schluckte hinunter und sagte: »Wieso? Weil ich noch ein Kind bin?« Sie ärgerte sich maßlos über die Sonderbehandlung.

Er vergrub die Hände in den Hosentaschen und wirkte etwas kleinlaut, fast verlegen. »Hmm, entschuldige.«

Für einen kurzen Augenblick begriff Mary es, diese Faszination, die er auf andere ausübte. Es war nämlich sehr schwer, das, was man über Harry *wusste*, mit dem Gefühl, das er in einem hervorrief, in Einklang zu bringen. Wenn man aber das, was man über ihn wusste, wegnahm (und die Leute hier wussten anscheinend nicht das Geringste über ihn, oder falls sie doch etwas wussten, stopften sie es in ein Fach ganz weit hinten im Kopf und vergaßen es), dann war man geliefert, denn dann hatte er einen ganz schön fest in seiner Gewalt. Für sie beide war es jedoch fast, als hätte Andis furchtbares Erlebnis sie mit einer Art Schutzschild gegen ihn versehen. Und dabei wusste er über Andi noch gar nicht Bescheid.

Er machte ein Gesicht, als erwartete er, dass Andi ihn aufforderte, sich zu setzen, sagte aber dann: »Du starrst ja so. Oder guckst so wütend. Bei dir weiß ich nie genau, was sich hinter diesen Augen verbirgt.« Er lächelte.

Sie nicht. Sie starrte ihn weiter unverwandt an. Vorerst jedenfalls. Bis sie offenbar beschlossen hatte, dass er keine Erklärung verdiente, und achselzuckend einen Bissen Schweineschnitzel aufspießte.

Harry blieb noch ein Weilchen stehen, sagte dann, also, bis später, und ging.

Mary hatte das Gefühl, als ob eine schreckliche Last von ihr abgefallen wäre. Sie seufzte.

Andi sah sie an und lächelte ihr verschwörerisch zu, als wollte sie sagen: der Plan hat funktioniert.

Mary wusste nicht einmal recht, was für ein Plan es überhaupt gewesen war.

Später, als jede in ihrem großen Bett lag, fragte Andi: »An was denkst du gerade?«

»Also, ich dachte grade an die Beschreibungen, die man in Erzählungen und Romanen liest, mit dem ganzen Zeug, das der eine Protagonist angeblich im Gesicht oder Blick des anderen sieht. Ungefähr so: *Rebecca blickte in die lodernd flackernden Augen des Prinzen, und in deren kalten, grünen Tiefen offenbarte sich nackte Angst.*«

Andi kicherte.

»Allerdings hab ich mich schon immer gefragt, wie man an einem Blick so viel ablesen kann. Außer es ist ein Schwarzes Brett drin, auf dem die ganzen Details stehen. Na ja, manches kann man aber vielleicht doch erkennen.« Mary wälzte sich herüber und stützte den Kopf in die Hand.

»Hast du Harry deswegen so angestarrt?«, fragte sie.

»Ja.«

»Was hast du gesehen?«

»Nackte Angst.«

»*Gut.* Gute Nacht.«

»Nacht.«

Umgelegt

39

Der Wagen war zwischen Büschen und alten Bäumen knapp hundert Meter von der Double Q Ranch entfernt abgestellt. Andi und Mary brüteten über der Karte, die Reuel ihnen von dem Gelände gezeichnet hatte, das hauptsächlich aus der Ranch von etwa 150 Acre Land bestand und an den Außengrenzen stark bewaldet war.

Mehrere alte, überwucherte Pfade führten zu der Ranch oder zogen sich quer über das Gelände. »Das sieht aus wie der hier.« Andi kerbte eine der schwach eingezeichneten Linien mit dem Daumennagel ein und deutete dabei auf einen angesengten Baumstumpf und vermoderndes Laub.

»Was suchen wir eigentlich? Wissen wir überhaupt, was wir suchen?«, nörgelte Mary, während sie ausstiegen und die Autotüren zumachten. Sie freute sich nicht besonders auf das, was jetzt kommen sollte, sie wusste, man würde sie sehen. Sehen und wahrscheinlich erschießen. Überall waren Hinweistafeln. Sie waren bestimmt an einem Dutzend davon vorbeigefahren, als sie sich durch das Dickicht aus heruntergefallenen Ästen, dicken Laubschichten, Heckenrosen und Samtgras gekämpft hatten. Schließlich wurde es lichter, und sie gelangten auf eine freie Fläche und eine Schotterstraße. Von dort konnten sie in der Ferne gerade noch das große weiße Haus erkennen.

Mehrere Feldwege, kaum breit genug für ein Fahrzeug, zerschnitten die Double Q Ranch in zwei Teile. Nachdem sie ein Stück weiter gefahren waren, entdeckten sie in der Nähe des

Hauses (aber nicht so nah, dass ihr Eindringen beobachtet werden konnte) eine Reihe von Käfigen. Mary zählte sechs Stück, einige maßen zwei Meter siebzig mal dreidreißig oder dreisechzig, für einen Käfig eigentlich recht groß, nicht aber für die darin befindlichen Tiere. Vor jedem Gitterzaun hing ein Schild. Sie schlichen sich näher, um es lesen zu können: BERGLÖWE. BENGALISCHER TIGER. PANTER. HIRSCHANTILOPE. DICKHORNSCHAF. Dieser letzte Käfig war leer, ebenso der sechste, dessen Bewohner unbestimmt blieb.

Sogar ein Dickhornschaf. Mary musste wieder an den gewaltigen Canyon und die Bergschafe denken, die hintereinander aufgereiht auf den blanken Klippen gestanden hatten, unerreichbar für Menschen. Und nun endeten sie hier. Sie wollte etwas sagen, konnte aber nicht. Ihre Zunge war wie am Gaumen festgeklebt. Die Wildkatzen gingen gar nicht unruhig hin und her, wie man vielleicht erwartet hätte. Sie lagen zusammengerollt neben dem schützenden Verschlag, den es in jedem Käfig gab, wo sie schliefen oder sich verbargen. Der Tiger gähnte. An ihnen war nichts Gefährliches.

Außer dem Berglöwen, der sich erhob und umherging, um sich dann woanders niederzulassen, bewegte sich keines, als Andi an die Käfige trat, die Finger um den Maschendraht wand und den Kopf an den Zaun lehnte. Der Panter mit seinem Fell, das wie das schwarze Wasser des Flusses glänzte, schien sie am meisten zu beeindrucken, obgleich er nichts weiter tat als dazuliegen, den Kopf auf die Pfoten gebettet wie eine große Hauskatze.

Mary hörte Motorgeräusch. Als sie auf die Straße hinaussah, die an den Käfigen vorbeiführte, bemerkte sie ein offenes Auto voller Leute. Zwei Autos. Jeeps. »Wir müssen hier weg!«, flüsterte sie aufgeregt.

Andi blickte überrascht um sich, während Mary gebückt hinter den Käfigen ans andere Ende zum Panterkäfig hinüberhuschte. Sie rannten schnell über die Straße und waren im dichten Gebüsch am Straßenrand und den dahinter stehenden Bäumen bald außer Sichtweite.

Jetzt konnte Mary sie deutlicher hören. Eine Männerstimme war etwas lauter, offenbar machte er gerade einen Witz, denn gleich darauf ertönte Gelächter. Trunkenes Gelächter, wie es sich anhörte. Die Stimmen waren heiser.

Im Schutz der Bäume legte sie sich mit Andi flach auf den Erdboden. Etwa fünfzehn Meter entfernt von ihnen polterte die Gesellschaft umständlich aus den Jeeps. Alles in allem waren es vielleicht zehn »Jäger«, dazu die Angestellten der Ranch, drei so genannte Führer. Was die Kleidung der Kunden betraf, so hatte Reuel sich nicht getäuscht. Wachstuchjacken, Hosen und Mützen in Tarnfarbe und natürlich Waffen – Schrotflinten und Gewehre. Einer davon, ein bärtiger Dicker mit Schmerbauch, der auf einer echten Jagd nie durchgehalten hätte, hielt eine Pistole hoch und schoss in die Luft. Die Großkatzen schreckten hoch, der Berglöwe zog sich in seinen Verschlag zurück, der Tiger blieb erstaunlich gelassen, stand auf und ließ sich dann wieder in einer Ecke nieder. Nur in den Panter kam plötzlich Leben, er fuhr zurück und ließ einen kehligen Laut vernehmen, so tief, dass er kaum hörbar war, nur ein leichtes Knurren.

Die Stimme des Dicken wehte zu ihnen herüber, schwer zu verstehen, als wollte der Wind selbst das Geräusch löschen: »... dachte, die wären ... handzahm ... he! Mit *dir* red ich!«

Einen schrecklichen Augenblick lang glaubte Mary, er hätte sich umgedreht, um über die Straße zu schauen, hätte sie beide entdeckt und würde gleich auf sie zukommen. Er hatte sich an einen der Führer gewandt. »... he, *du*, hast wohl Scheiße im Hirn!« Der Rest des Gesagten verlor sich im Wind, obwohl er laut schrie. Dann sah sie, wie er eine Flinte aus dem Jeep nahm und zu dem Käfig torkelte, wo der Tiger sich in seinen Unterschlupf zurückgezogen hatte.

Andi verharrte neben ihr so still und reglos, dass Mary schon dachte, sie würde überhaupt nicht mehr atmen. Das Fernglas, das Reuel ihr geliehen hatte, war auf die Jagdgesellschaft gerichtet. Mit flacher, fast monotoner Stimme sagte Andi: »Der Scheißkerl erschießt den Tiger, so wie er daliegt.« Sie senkte das Fernglas, wandte den Kopf aber nicht zu Mary her. Ihr Gesicht war kreidebleich, und sie schien gar nicht auf die Gruppe von Leuten zu blicken, sondern weiter weg auf eine lichte Grenzlinie hin, die sich vor ihrem Blick zurückzog. »Der erschießt ihn«, sagte sie noch einmal und schaute wieder durch das Fernglas.

Mary konnte es einfach nicht fassen, konnte nicht begreifen, dass sich das alles tatsächlich abspielte, und war froh darum, dass wenigstens ein Teil ihres Verstandes es ihr gestattete, wie durch einen dünnen Stoff hindurchzusehen, einen Traumschleier. *Wie kannst du da nur zuschauen, Andi?*, wollte sie schreien, brachte aber bloß ein verzweifeltes Flüstern zu Stande.

Was auch immer Andi geantwortet hatte, verlor sich im Knallen von Gewehrschüssen, die die Luft zerrissen und verfinsterten. Auf der anderen Straßenseite ertönte mächtiges Gejohle, sodass Mary fast gedacht hätte, das Gebrüll des Tigers hätte die Luft zerrissen, doch der Tiger war ja tot. Es war bloß die heisere Stimme des Schützen, in die die anderen Feiernden nun einstimmten. Sie klatschten ihm anerkennend die Handfläche und klopften ihm auf den Rücken. Eine der Frauen – es waren zwei dabei – umarmte ihn und gab ihm einen Kuss.

»Lass uns hier abhauen, Andi. Bitte, lass uns einfach abhauen.«

Andi sah sie durchdringend an, fixierte sie mit einem Blick, als hätte sie soeben eine entscheidende Linie überschritten. »Nein. Wir können jetzt nicht weg. Wir müssen bleiben, weil« – sie machte eine hilflose Handbewegung – »also, ich muss hier bleiben.«

Mary war völlig verzweifelt und vielleicht deshalb so wütend, obwohl sie gar nicht wusste, worauf. »Ach, tu doch nicht so verdammt dramatisch. Klar kannst du weg! Führ dich nicht so auf.« Dabei wusste sie die ganze Zeit, dass es sinnlos war, völlig sinnlos, Andi umstimmen zu wollen. Sie war wie eine Kompassnadel, die geographisch Nord gefunden hatte und sich nicht mehr verrücken lassen würde.

Mary bekam beinahe Angst vor ihr. Jetzt war ihr klar, was Andi so – nun ja, so *faszinierend* machte. Diese Entschlossenheit, diese Zielgerichtetheit, mit der alles, was sie davon abbringen wollte, weggebrannt wurde, als Asche davonflog und sich in Staub verwandelte. Für Andi zählte jetzt nur noch das, was sie im Augenblick tat. Sie hatte, befürchtete Mary, die Grenze in ein unbekanntes Land überschritten, das sie nicht begreifen konnte, aus dem sie aber nicht zurückkehren würde.

Der Dicke trat daraufhin in den Käfig, hob die Pistole und schoss den Tiger zweimal in den Kopf. Es bestand überhaupt kein Zweifel, dass der Tiger bereits tot war, sonst wäre der Schütze nicht hineingegangen. Die letzten Schüsse waren reine Angeberei.

Und angeberisch stellte der Mann den Fuß auf die Flanke des Tigers und wartete, dass seine Mitabenteurer anfingen zu knipsen. Alle hatten Kameras dabei und gingen erst in den Verschlag, bevor sie ihre Fotos machten. Den Zaun wollten sie natürlich nicht draufhaben.

Mary fragte sich, ob sie tatsächlich glaubten, damit die Illusion erzeugen zu können, das Tier sei auf offenem Feld getötet worden, auf einer großartigen Safari in Afrika, einer Hochfläche wie der Serengeti oder in den roten Sanddünen der Kalahari. Die Kunden der Double Q legten Wert darauf, dass das Erlebnis nach einer echten Jagd aussah, mit den dazugehörigen Gefahren und Enttäuschungen, denn jetzt reichte ein anderer Mann dem Schützen ein Gewehr, mit dem er posieren sollte. Soweit war sich der Dicke der Absurdität seiner Positur immerhin bewusst, um sich denken zu können, dass er mit einer Pistole in der Hand vielleicht nicht besonders sportlich wirkte. Endlich waren sie mit ihrem kleinen Safarijäger-Tableau fertig und gingen auseinander zu dem einen oder anderen Käfig hinüber.

Mary senkte den Kopf, voller Angst, sie würden nun womöglich den Berglöwen oder den Panter töten. Als sie jedoch kein anderes Geräusch hörte, hob sie den Blick und sah etwas weiter entfernt auf der Straße noch zwei Fahrzeuge kommen. Das eine war ein Pickup mit einem großen Bambuskäfig auf der Ladepritsche, das andere ein Range Rover, in dem zwei Männer saßen, Fahrer und Beifahrer.

Andi schaute neben ihr wieder durchs Fernglas. Als der Range Rover anhielt und der Fahrer ausstieg, sagte sie: »Harry Wine.« Sie ließ das Fernglas sinken und sah Mary an. »Harry Wine«, wiederholte sie und reichte Mary den Feldstecher.

Reuel hatte gesagt, Harry Wine sei Lieferant. Durchs Fernglas sah Mary, wie der andere Mann vom Beifahrersitz stieg. Sie ließ es langsam sinken und sagte: »Es ist Sergej.«

Andi riss es ihr aus der Hand. Tatsächlich stand Sergej dort mit den anderen zusammen, deren Stimmen wie Peitschengeknall zu ihnen herüberschallten. Die einzelnen Wörter waren nicht auszumachen.

»Was tun die da?«, fragte Mary fast unhörbar.

»Den Käfig vom Truck runterladen.« Sie sah eine Weile schweigend zu. »Schwer zu sagen, was –«

»So wie Reuel gesagt hat: die bringen den Berglöwen oder den Panter irgendwohin auf ein freies Feld und lassen ihn dann raus.«

»Komm mit«, sagte Andi, die sich in Hockstellung gebracht hatte, als wollte sie jeden Augenblick lossprinten.

»Wohin?«

»Weiter die Straße runter. Die müssen sich auf den Straßen halten. Wir nicht.«

Doch sie blieben noch eine Weile stehen, verdeckt von der Hecke und den überhängenden Ästen einer Eiche, während Andi erneut durch den Feldstecher spähte. Großes Gelächter, viel Lärm.

Noch mehr Lärm ertönte nun aus den Verschlägen: Befehle wurden gebrüllt, Knüppel und Stöcke trommelten auf dem Zaun herum, während die Führer den Panter in den neuen Käfig bugsierten.

»Jetzt haben sie den Käfig wieder auf dem Truck.« Andi packte Mary am Arm und zog sie tiefer mit sich in den Wald, behielt den Pickup jedoch im Auge. Der Truck war noch nicht losgefahren. »Woher weißt du, dass sie in diese Richtung fahren?«, fragte Mary.

»Keine Ahnung. Ich vermute mal.«

Sie liefen und wandten sich um, wandten sich um und liefen weiter, immer den Truck im Blick behaltend, der ganz langsam in ihre Richtung steuerte. Die beiden konnten mit ihm Schritt halten, indem sie immer wieder ein Stückchen vorwärts sprinteten oder so gut sie konnten in gebückter Haltung weiterrannten. Die Jagdgesellschaft war jedoch zu sehr mit sich selbst beschäftigt, zu trunken-fröhlich und festselig, und kümmerte sich nicht darum, dass sich im Wald neben der Straße etwas bewegte, und sicherlich waren sie auch zu laut, als dass sie ein etwaiges Geräusch von Mary und Andi hätte hören können.

Der Truck bog vor ihnen ab und verschwand außer Sichtweite.

»Der ist weg. Komm, lass uns jetzt gehen. Er ist weg, und ich will sowieso nicht sehen, was jetzt dann mit dem schwarzen

Panter passiert. Wir müssen raus hier, Andi. Hör mal –«, Mary suchte nach irgendeinem Argument, das Andi möglicherweise überzeugen könnte, »– wir müssen doch nach Santa Fe zurück, bevor Rosella ankommt, und die ist in ein paar Tagen wieder da.« Mary gab ihr inständiges Bitten auf, weil sie sowieso an eine Wand redete. Andi hörte ihr überhaupt nicht zu. Sie hatte das Fernglas auf einen Punkt in der Ferne gerichtet und bewegte es jetzt langsam nach links. Wo sie sich befanden, unter dichten Eichen und Kiefern in Deckung, war es kühl und dunkel. Das dürre Stück Land vor ihnen lag dagegen in der prallen Mittagssonne.

»Da sind sie.« Andi deutete hin.

Die Sonne hing am wolkenlosen Himmel über der öden Lichtung. Es war windstill, sogar die Luft war wie tot. Die riesige, orangegelbe Sonne wirkte auf Mary, als würde sie die Erde gleich in Asche verwandeln. Auf der anderen Seite der Hochfläche drüben stieg der Boden an und bildete einen Wall, an dem die Straße verlief. Sie konnten den Truck, die Jeeps und den Range Rover erkennen, die langsam den Hügelkamm entlanggefahren kamen, eine schwarze Autokolonne, feierlich wie eine Trauerprozession. Die Fahrzeuge schlängelten sich auf die Mitte der Hochfläche zu, wo sie schließlich anhielten. Die Jagdgesellschaft torkelte mit den Führern aus den Jeeps, Harry sprang aus der Führerkabine des Truck. Mary konnte sie gestikulieren sehen, die entfernten Stimmen hören, die gebellten Befehle, während sie den Käfig von der Ladepritsche zerrten. Den schwarzen Panter konnte sie nicht erkennen, auch nicht, was geschah, als der Käfig endlich auf der Erde stand. »Kannst du sehen, was da los ist?«

»Ja.« Andi stellte das Glas anders ein und bot es Mary an.

Als sie zögerte, streckte Andi es ihr entschlossen hin und sagte: »Schau rein, Mary.«

Es war eher eine Bitte als eine Aufforderung. Dabei wusste

Mary, dass es keinen Sinn hatte, zu kneifen oder dankend abzulehnen. Sie wäre sich komisch vorgekommen, denn Andi schien es gewissermaßen als einen Auftrag zu betrachten, vor dem sie sich nicht drücken konnten. War es vielleicht auch. Bloß dass Mary nicht besonders missionarisch zu Mute war, sie wollte überhaupt nicht hier sein, sie wollte es nicht sehen und sie wollte es nicht wissen. Trotzdem nahm sie das Fernglas und sah durch. Mehrere Acre Gelände waren mit Maschendraht und Pflöcken notdürftig eingezäunt. Die Jagdgesellschaft (der Dicke war auch mit dabei) verteilte sich weg von der Mitte des freien Geländes hinter die Einzäunung und stellte sich in unregelmäßiger Reihe am Waldrand auf.

Sie waren gekommen, um beim Töten zuzusehen. Diesmal war der Schütze ein großer, hagerer Mann, der sich dem Jagdritual zumindest insofern gebeugt hatte, als er statt Pistole eine Schrotflinte benutzte. Er stand auf dem offenen Feld und wartete einfach ab, bis der Panter aus dem Käfig kam. Mary versuchte, sich in ihn einzufühlen, doch es gelang ihr einfach nicht, sich in einen geistigen Zustand zu versetzen, der es ihr erlauben würde, das Gewehr zu erheben. Worin lag bei dieser Spielart von Jagd denn eigentlich der Nervenkitzel? Worin denn? Nicht im Gefühl des fest an die Schulter gedrückten Gewehrschafts, nicht im Schießen an sich, denn dazu konnte man ja auch Blechbüchsen von Felsen herunterschießen. Worin also dann? Im Töten.

Die »Führer« hatten den Käfig geöffnet, doch der Schwarze Panter wollte sich nicht rühren, sondern kauerte still in einer Ecke. Sie fingen an, mit Stöcken und Keulen auf den Käfig einzuschlagen. »Gott, nein«, hätte Mary fast geheult, über das wütende Geschrei, das Getrommel von Keulen auf Metall hinweg. Sie erstarrte, als Sergej die beiden Trommler beiseite schob und sich so weit er konnte in den Käfig zwängte. Was er dort tat, konnte sie nicht sehen, doch gleich darauf kam der Panter heraus.

»Was machen die da?«

Mary übergab Andi das Fernglas und sagte: »Sergej hat gerade dafür gesorgt, dass der Panter aus dem Käfig kommt. Da ist –« Sie hörte eine Salve und wirbelte herum. Sie konnte sehen, wie der große Mann seine Schrotflinte hochriss, und hörte den Schuss knallen. Für einen kurzen Augenblick wurde das Geschehen in der Ferne vom Rauch verdunkelt, dann sah sie den Panter über die Lichtung jagen.

Auch ohne Fernglas konnte Mary die Bewegungen des Schützen verfolgen, der offensichtlich aus der Fassung geraten war und wie besessen noch eine Patrone in sein Gewehr lud, es dann erhob, senkte und wieder erhob. Der Panter, ein schwarzer Streifen, schoss in Richtung Waldrand davon. Sie hörte den Schuss knallen, zwei Schüsse. Mary hatte plötzlich einen Kloß im Hals. Der Panter wurde vom Zaun aufgehalten und musste in eine andere Richtung rennen. Die ganze Lichtung war eingezäunt.

Sie konnten die Jagdgesellschaft rufen hören, den Schützen am lautesten, sie schrien Harry Wine an, der die mit Gewehren bewaffneten Führer hinter dem Panter hergeschickt hatte. Das war dem Schützen aber offenbar nicht recht. Er schnappte sich eine – soweit Mary erkennen konnte – Art Halbautomatik, rannte so dicht er sich traute auf den Zaun zu und feuerte eine so gewaltige, laute und hektische Salve ab, dass der Panter gleichsam gegen den Zaun explodierte und fiel.

Sie hatte das Gefühl, als ob die Luft blutete. Ein garantierter Abschuss, so sicher wie die ewige Verdammnis.

Nur dass man in der Hölle sein Geld nicht zurückbekam. Auf der Double Q Ranch schon.

Andi senkte langsam den Feldstecher, lehnte die Stirn dagegen und ließ sich ins Gras und Gestrüpp fallen. Mary hatte sich auf den Erdboden gelegt. Sie lag auf dem Rücken und sah in den Himmel hinauf, gleichmütig, als wären sie nur deswegen hier.

Das Geschrei und Gelächter der lärmenden Jagdgesellschaft drang nur noch von ganz weit her, und es schien Mary, als wäre das alles nicht mehr Teil ihrer Welt. Sie wollte gar nicht hinsehen. Andi auch nicht, die den Kopf auf einen Stein gebettet dalag. Bestimmt (nahm Mary an) machten sie jetzt etwas mit dem Kadaver des Panters, luden ihn vermutlich wieder auf den Truck. Ein paar Minuten später hörte sie Motoren aufheulen.

Andi drehte sich zu ihr herüber. Sie sah blass aus. Mit verhärteter Miene sagte sie: »Gehen wir jetzt lieber.«

Mary stand auf und sah an den dunkler werdenden Horizont hinüber, wo die Sonne allmählich unterging, während die Autos und der Truck den gleichen Weg zurückfuhren. »Wieder durch den Wald?«

»So wie wir hergekommen sind, wir könnten auch noch tiefer in den Wald rein. Wir brauchen denen ja nicht zu folgen.«

»Können wir jetzt hier weg?«

»Bald ist es dunkel.« Andi war etwa fünf Meter voraus.

Was war denn das für eine Antwort? »Als wir herkamen, war's aber *nicht* dunkel. Wieso muss es denn –« Achselzuckend gab sie auf. Dann fragte sie sich: wieso erwartete sie eigentlich, dass Andi ihr zustimmte?

Weil sie gar nicht hier wäre, diese Reise nie gemacht hätte, nie erfahren hätte, dass überhaupt eine Reise gemacht werden musste – wenn Andi nicht gewesen wäre. Nie hätte sie Reuel oder Mel kennen gelernt, nie die Kojotenjungen gerettet, nie im Roadrunner Restaurant gegessen oder Darlene singen gehört. Nie wäre sie in einem Raft den Salmon River hinuntergefahren, hätte nie erlebt, wie niederträchtig Männer sein konnten. Sie wusste gar nicht, weshalb sie das alles jetzt aufzählte, während sie auf diesem kalten Baumstumpf saß und auf den kalten grünen Tunnel blickte, den Andi gerade entlangging. Sie konnte die Gefahr spüren, die aber nicht von der Jagdgesellschaft ausging, auch nicht von den Quicks, sondern von einer Quelle, die sie nicht benennen konnte. Den größten Teil ihres vierzehnjährigen Lebens hatte sie versucht, sich auf die Natur einzustellen – die Berge, die Wüste –, und merkte jetzt, dass es ihr nie gelungen war. Nicht einmal annähernd. Sie stand auf und lief, unterwegs abgestorbene und brüchige Zweige beiseite schiebend, weiter.

Je tiefer sie in den Wald geriet, desto kälter wurde es. Die Bäume, schwarz im spärlichen Licht, wirkten nun glatt wie Steilklippenwände. In der wachsenden Dunkelheit hätte sie die Stämme der mächtigen Gelbkiefern beinahe für Basaltsäulen gehalten. Es war, als würde sie ein zweites Mal den Fluss hinunterfahren, das Gesicht von der sprühenden Gischt geblendet, zu einem haltenden Loch hingezogen.

Mary war tief in Gedanken versunken gewesen und hatte gar nicht gemerkt, dass Andi ihr nicht mehr vorauslief. Erschrocken blickte sie um sich. Rufen wollte sie nicht, sondern flüsterte nur: »*Andi!*« Als sie ein Stück weitergelaufen war, sah sie durch eine Lücke im Buschwerk, dass sie sich nicht weit von der Straße befand.

Nach kurzem Zögern trat sie zwischen den Bäumen hindurch auf die Straße, wandte sich um und schaute in die andere Richtung. Da hörte sie plötzlich, wie der Bolzenhebel eines Gewehrs umgelegt wurde. Sie fuhr herum.

»Verdammt, wo kommst'n du her?«, fragte der vierschrötige Mann und visierte sie über den Gewehrlauf hinweg.

Clyde Quick. Das musste er jedenfalls sein, dem großen, silbernen QQ auf der Gürtelschnalle nach. Er schwitzte gewaltig, und Mary wusste nicht, ob sein Gesicht vor Anstrengung oder Wut so ziegelrot war. »Wir … ich … hab mich verlaufen.«

»Von *wo* denn verlaufen, möcht ich mal wissen«, knurrte er wütend und schwenkte abrupt den Gewehrlauf. »Also, dann mal schön zum Haus rüber.«

O nein!, dachte Mary. Dort würden sie zwangsläufig Harry Wine begegnen. Wo war bloß Andi?

»Na los«, sagte Clyde Quick. Der Gewehrlauf schwenkte weiter aus.

»Ich –«

»Wird's bald!«

»Mary!«

Es war Andis Stimme. Sie kam die Straße herauf auf die beiden zugerannt. Da Clyde Quick ihr den Rücken zugewandt hielt, bemerkte Andi die Waffe nicht gleich. Als er herumfuhr und sie sie sah, hielt sie sich erschrocken die Hände vors Gesicht. Mary sah, dass es ganz dreckverschmiert war. Sie war überhaupt vollkommen mit Erde beschmiert. Offenbar war sie einen matschbedeckten Abhang hinuntergerutscht oder hatte die Hände im Dreck gerieben und sich dann so beschmiert. Wahrscheinlich Letzteres, vermutete Mary.

»Da schleicht ja noch eine rum!«, sagte Quick. »Was hast'n *du* hier verloren, verdammt noch mal?«

Ziemlich ungehalten erwiderte Andi: »Was heißt hier rumschleichen? Wir haben unsere Katze gesucht, die ist aus dem Auto gesprungen, als wir angehalten und auf die Karte geguckt haben. Taffy heißt sie.« Ohne auf das Gewehr zu achten, wandte sie sich an Mary. »Ich hab sie wieder! Ich hab sie ins Auto getan und dafür gesorgt, dass die Scheiben hochgekurbelt sind.« Ihr Ton war voller Entrüstung. »Wieso halten Sie eigentlich die Knarre auf sie?« Der Lauf bewegte sich. »Auf uns?«

»Betreten verboten, Mädel, is das nich klar?« Allerdings wich die Waffe vom direkten Kontakt mit Andis Gesicht. »Kannst du nich lesen?«

»Schon, aber meine Katze nicht.«

Mary zuckte zusammen und wäre vor Überraschung fast

hochgesprungen, als sie die Gestalt keine drei Meter hinter Clyde Quick aus dem Wald treten sah.

Andi musste sie ebenfalls gesehen haben, wandte den Blick aber nicht von Quick ab. Sie stupste Mary am Fuß und redete weiter: »Also ist die Katze der Eindringling, nicht wir. Ich geh gleich und hol sie, dann können Sie sie auch erschießen.« Sie wandte sich tatsächlich zum Gehen.

Ihm fiel keine Antwort ein. Er wusste nicht recht, wie er sich verhalten sollte, unschlüssig stand er da und trat von einem Fuß auf den anderen, als müsste er sich erst irgendwie sammeln, um Haltung anzunehmen und sie einzuschüchtern. »Bist ja verdammt schlau für 'ne Scheißgöre, du.«

»Die wird gleich noch viel schlauer –«

Mary hielt die Luft an, als sie das *Klick* von Reuels Pistole knapp drei Zentimeter von Clyde Quicks Kopf entfernt hörte.

»– wenn Sie die Knarre da nicht wegtun.«

Erschrocken, das Gesicht käsebleich, ließ Clyde Quick das Gewehr auf die Straße fallen. »Was is'n hier los?« Seine Stimme war nur ein Quieken. Als er sich umdrehen wollte, schloss die Waffe den knappen Abstand zwischen Kopfhaut und Lauf.

»Das Gewehr bleibt da liegen, und jetzt wollen wir mal sehen, wie Sie nach Hause flitzen.«

Clyde Quick setzte sich in Gang und versuchte es mit etwas Überheblichkeit, bis ein Schuss direkt neben ihm den Staub aufwirbelte. Dann rannte er los.

40

Wie hatte er sie gefunden? Lieber Gott, nichts leichter als das. Er kannte die Double Q in und auswendig, war dort schon überall gewesen. Er wusste, auf welche Ecke sie zusteuern würden. Schließlich hatte er ja für sie die Karte gezeichnet. Er hatte in der Nähe des großen, abgezäunten Geländes Stellung bezogen und war ihnen dann durch den Wald gefolgt.

Dass sie sich am Schluss aber getrennt hatten, hatte er nicht gewusst. Er war Andis hell leuchtendem Haar gefolgt und hatte geglaubt, er folgte ihnen beiden. An dieser Stelle entschuldigte sich Reuel bei Mary, da das Gewehr auf sie gerichtet gewesen war. Wie sich herausstellte, hatten sie seinen Schutz überhaupt nicht gebraucht.

Mary war sich sicher, dass Andi in diesem Punkt völlig mit ihr übereinstimmte, erwiderte aber, es sei wirklich nett von Reuel, sich solche Mühe zu machen, um sie zu beschützen.

Inzwischen waren sie zurückgefahren, Reuel fast die ganze Strecke dicht hinter Marys Wagen, weil er sicher gehen wollte, dass sie sich unterwegs nicht »verirrten« oder »falsch abbogen«. Was wohl heißen sollte (nahm Mary an), eigenmächtig abzuhauen und sich weiß Gott was für weiteren Ärger einzuhandeln.

Nun saßen sie im Wohnwagenpark unter einem Mond, der sein elfenbeingelbes Licht über Reuels Airstream ergoss, ein so helles Licht, dass man dabei fast lesen konnte. Mary saß zufrieden auf ihrem Plastikschalenstuhl und starrte zu ihm hinauf. Auf der anderen Seite nahmen Ethbert und Ruth, in T-Shirts und Reeboks im Partnerlook, zum Aperitif gerade ihren Martini und sahen zu, wie die Kohlen in ihrem kleinen Barbecue-Grill sich langsam aschgrau verfärbten. Sie winkten.

Reuel kochte einen Topf Bohnen und hatte Maisbrot gebacken. Er war gerade im Wohnwagen, um sich ein Bier und Pepsi für die beiden zu holen. Unterm Tisch unter der Markise schlief Sinclair und ließ nur ein gelegentliches freundliches *Wuff* von sich hören.

Mary blickte zum Mond und zu den dichten Sternbildern vor dem mattschwarzen Himmel hinauf. Sie war tief bekümmert, so hatte sie sich am Anfang Reuels Gefühl vorgestellt, nur dass man es hier direkt spüren konnte und es einen nicht mehr losließ. Sie überlegte, ob es das war, was man unter einem »Zuhause« verstand. Sie wusste es nicht.

»Diese Käfigjagden«, fing Reuel an, während er erst die Getränke abstellte und sich dann hinsetzte, »die wurden früher streng geheim gehalten, das war ungefähr so wie die Freimaurer, eingeschworene Blutsbande.«

Mary sagte: »Es sah aus, als wären sie gezähmt, der Tiger und der Panter.«

»Das sind solche Großkatzen ja praktisch auch. Die Leute kriegen sie schon als Junge, ziehen sie auf, leben mit ihnen in einem Haus. Vielen werden auch die Krallen entfernt, und später kommen sie dann auf eine so genannte Wildranch. Wir haben es hier mit einem Riesengeschäft zu tun. Allein in Texas gibt's über tausend solche Dinger. Manches ist illegal, manches auch nicht. Ob es ›legal‹ ist oder ob es sich um ›bedrohte Arten‹ handelt – das juckt diese Leute nicht besonders. Jack Kite hat so ziemlich alle Hände voll zu tun, um zu beweisen, dass Wine und die Quicks Tiere über die Bundesstaatsgrenzen schaffen. Als ich noch für die Regierung gearbeitet habe, konnte ich bei dem draußen einfach die Tür eintreten und mir irgendeine Ausrede ausdenken. Aber das ist vorbei. Von diesen Schlauköpfen, die für ihn arbeiten, hat sich noch keiner mit einem Berglöwen erwischen lassen, aber die stehen in Idaho ja auch nicht auf der Gefährdetenliste. Es ist gesetzlich nicht verboten, einen zu erschießen oder rumzukarren. Jack Kite konnte da auch nichts machen. Harry war dabei, sagt ihr?«

Andi nickte. »Und tat natürlich so, als würde ihm alles gehören.«

Reuel knurrte missmutig. »Der Großteil gehört ihm vermutlich auch.« Er schnippte mit dem Daumennagel ein Streichholz an und zog ein paarmal an seiner Zigarre, bis sie anfing zu glimmen. »Der kommt einfach zu glatt daher, versteht ihr? Trotz allem, was über ihn gesagt wird – tja …« Reuel verstummte.

»Sie meinen, was Jack Kite gesagt hat?«, fragte Andi, die nie die Gelegenheit verpasste, sich an einem Thema festzubeißen, das der andere lieber nicht erwähnt und gern beiseite gelassen hätte.

Reuel machte wieder eine Bierdose auf. »Paarmal hatten sie ihn wegen Sexualdelikten am Wickel. Lassen wir's gut sein.«

»Lassen wir's nicht gut sein«, sagte Andi.

Reuel seufzte. »Harry mag kleine Kinder, hab ich sagen hören.«

»Große Kinder mag er auch«, entgegnete Andi, vom »Hörensagen« offenbar nicht überrascht. Was sie auch sagte. »Mich überrascht überhaupt nichts, was der tut.«

Reuel tat so, als hätte er den Einwurf mit den großen Kindern nicht gehört. »Bonnie war's, die hat ihn einmal angezeigt. Hat behauptet, Harry hätte mit einem von den Kindern rumgemacht, ich glaub, es war Happy. Vor ein paar Jahren, als Happy etwa in Brills Alter war. Die wohnen nicht weit von Harrys Laden – ihr habt ja gesehen, wo sie wohnen –, und die Kinder rennen natürlich überall rum, man kann sie ja schwer einsperren oder dauernd beaufsichtigen. Mir tut Bonnie Leid, wirklich. Na, jedenfalls hat sie ihn angezeigt, es kam aber nicht mal zu 'ner Anklage.«

»Wissen die Leute denn nicht, was mit seiner Frau passiert ist?«

»Vielleicht ja, vielleicht aber auch nicht. Wie gesagt, Beth kam ja nicht viel unter die Leute.« Er dachte eine Weile schweigend nach. Dann trank er sein Bier vollends aus und stand auf. »Ich geh mal kurz rein und seh nach den Bohnen.«

Während er weg war, blieben die beiden sitzen, legten den Kopf in den Nacken und schauten in den Nachthimmel hinauf. So viele Sterne – es hätte Mary nicht gewundert, wenn sich ein paar einfach abgelöst hätten und über ganz Idaho verstreut niedergegangen wären, auf den Tisch, auf Sinclair und auf sie. Ein wahrer Sternenschauer. Dann sagte sie: »Mich wundert's, dass du nicht von Sergej angefangen hast.«

Andi bewegte die Zunge in der Backentasche herum, als fühlte sie nach einem schmerzenden Zahn. Sie sagte nichts.

Plötzlich hörte Mary ein Rascheln und drehte sich um. Es war Sergej, der auf dem gleichen Weg durch die Bäume kam wie zuvor. Er begrüßte sie, setzte sich auf die Bank und zog eine Zigarre hervor, diesmal eine größere, schnippte umständlich die Spitze ab und zündete sie an. Andi betrachtete ihn aufmerksam.

Ihr Schweigen verblüffte Mary. Sergej schien sich etwas unbehaglich zu fühlen. Andis bloße Anwesenheit, fand Mary, war manchmal schon eine Provokation. Sergej schaute von einer zur anderen und schob sich das glatte, schwarze Haar aus der Stirn. Traurig betrachtete Mary sein zerstörtes Gesicht, das jedoch nichts verriet.

»Serge!« Reuel trat aus dem Wohnwagen. »Ich koche grade Bohnen mit Bratwurst. Du kannst mit uns zu Abend essen, wenn du willst.«

Sergej hob die Hand. »Danke, aber ich bin später mit einem Freund verabredet.«

»Okay, dann hol ich dir aber ein Bier.« Er verschwand erneut im Wohnwagen.

Weil Andi immer noch schwieg, sagte Mary zu ihm: »Sie arbeiten doch auf der Double Q, oder?« Als er nickte, sagte sie: »Da halten sie diese Käfigjagden ab.« Der anklagende Ton war unüberhörbar.

»Ja. Du hältst nicht viel davon, stimmt's?«

Mary sah ihn verständnislos an. Sie konnte ihn einfach nicht begreifen. Wie war dieser Mann, der vom Naturreservat in Sibirien und den sibirischen Tigern erzählt hatte, nur fähig, sich an den Unternehmungen der Quicks zu beteiligen? Vielleicht konnte er es ihr erklären. Und auch erklären, was der Kick daran sein sollte, sich für einen Jäger zu halten und ein eingesperrtes Tier zu erschießen? Die Frage stellte sie ihm zuerst.

Sergej überlegte kurz und sagte dann: »Diese Leute sind doch gar keine Jäger, die meisten waren nie im Leben auf einer richtigen Jagd. Nicht einmal auf Safari.«

In dem Moment kam Reuel mit dem Bier heraus, stellte Sergej eins hin und setzte sich auf einen weißen Stuhl. Er sah zu Andi hinüber, unterbrach das Gespräch jedoch nicht.

»Für die ist es doch fast ein Witz, nein, kein Witz, wie ein Film. Sie sind auch nicht auf den Kick aus, oder das, was man einen Adrenalinstoß nennt. Was die bezahlen und was sie kriegen, ist die Trophäe. Darauf kommt's ihnen an. Die lassen sie ausstopfen und hängen sie sich an die Wand. Um sie ihren Freunden zu zeigen.« Er führte die Zigarre wieder zum Mund, atmete aus und musterte Mary durch den blauen Rauch.

»Sie haben aber doch nichts zum Angeben, die können ja nicht behaupten, sie wären im Dschungel gewesen und hätten dort die Tiere getötet.«

»Das ist auch gar nicht nötig. Auf die Trophäe kommt's an. Die Trophäe ist alles. Dann gibt's natürlich auch noch andere, vielleicht niedere Beweggründe: da ist der Hass gegen alles Wilde, glaub ich, gegen alles Ungezähmte. Davor haben sie Angst. Sie müssen alles, was um sie herum ist, kontrollieren. Und sonst« – Sergej zuckte die Schultern – »wer weiß.«

Reuel fragte: »Warum bist du denn so still, Mädchen?«

Andi, das Gesicht leer und ausdruckslos wie der Mond, gab keine Antwort. Wie hypnotisiert starrte sie Sergej an. Reuel zuckte ratlos die Achseln und kippte wieder sein Bier.

Mary lehnte sich zu Sergej hinüber. »Ich begreife einfach nicht, wie Sie das fertig bringen, wie Sie bei diesen so genannten Jagden mitmachen können – nach allem, was Sie uns über Ihre Arbeit in dem Wildpark erzählt haben, in Laslo –?«

»Lazowski.«

»Lazowski. Wo Sie die Tiere gemalt haben, die sibirischen Tiger und die alle.« Mary schüttelte den Kopf. »Ich versteh einfach nicht, wie Sie für die Quicks arbeiten können.«

Versonnen betrachtete Sergej das glimmende Ende seiner Zigarre, als könnte von dort eine Antwort kommen. Dann sagte er: »Vielleicht, weil ich glaube, ich kann ihr Lebensende etwas weniger schrecklich machen. Weißt du, am Ende wollen die nicht aus ihrem Käfig raus. Dann versuchen die Treiber, sie herauszujagen, indem sie mit Stöcken und Metallrohren und Knüppeln auf die Käfige hauen. Bei mir kommen die Tiere aber so raus. Ich hasse dieses schreckliche Getöse. Da kriegt man ja selber Angst. Wenn ich dabei bin, ist es vielleicht ein bisschen besser.«

Mary setzte sich abrupt aufrecht, schockiert, verwirrter als zuvor. Was für ein merkwürdiger Versuch, sich zu rechtfertigen. »Für den Panter mag es ja ein bisschen besser sein, wenn Sie dabei sind, aber noch viel, viel besser wär's für ihn, wenn *er* nicht dabei wäre.«

Er blinzelte argwöhnisch. »Stimmt, heute war ein Panter dabei. Woher weißt du das?«

Mary war so enttäuscht von ihm, dass es ganz egal war, ob er erfuhr, dass sie auf der Ranch gewesen waren. »Ich hab's gesehen. Das ist jetzt nicht so wichtig.«

Sergej betrachtete sie eine Weile und sagte dann: »Du findest, ich sollte das Jagd- und Fischereiamt – also Leute wie Jack Kite – über die Quicks informieren? Das ist aber alles ganz legal. Jack Kite könnte da gar nichts machen.«

»Es ist aber nicht legal, Tiere über die Grenze des Bundesstaats zu schaffen. Und Sie wissen ja, dass die das tun. Harry Wine und seine Leute – Sie haben es wahrscheinlich schon mal gesehen.«

Sergej schüttelte den Kopf. »Ehrlich gesagt, nein. Hab ich nicht. Das wusste ich nicht.«

Mary wandte sich entnervt ab. War es nicht egal, ob er die Wahrheit sagte oder nicht?

Andi aber beschloss, ihn beim Wort zu nehmen. Mit einer Stimme, bei der man eine Gänsehaut bekommen konnte, sagte sie: »Jetzt wissen Sie es.«

Als es anfing zu regnen, hatten sie den Wohnwagenpark bereits verlassen und waren ins Motel zurückgekehrt.

Andi saß am beschlagenen Fenster und fuhr mit dem Finger über die feuchte Fläche. Mary lag auf ihrem gemachten Bett, die Arme unter dem Kopf. Sie nahm an (irrtümlich vermutlich), dass sie zum Schlafen hergekommen waren. Sie überlegte. Wenn ihr vor einem Monat jemand erzählt hätte, sie würde zusehen, wie ein Mann zu einem Tiger in den Käfig ging und ihn aus kürzester Entfernung einfach so erschoss, dann hätte sie denjenigen für verrückt gehalten oder für einen Träumer oder für einen verrückten Träumer. Sie sah zu Andi hinüber und fragte sich, was ihr wohl im Kopf herumging. »Bleibst du jetzt hier? Wie Reuel vorgeschlagen hat?«

Andi sah sie überrascht an. »Nein. Natürlich nicht.«

Erleichtert zuckte Mary mit gespielter Gleichgültigkeit die Achseln. »Ich dachte, vielleicht doch.«

»Nein«, wiederholte Andi und wandte sich wieder dem regennassen Fenster zu.

»An was denkst du gerade?«

»An Sergej.«

Mary wunderte sich, dass sie nicht an Harry Wine dachte.

»Was denn?«

»Ich hab mir gerade überlegt: vielleicht hat er ja sonst nichts, ich mein, vielleicht ist das die einzige Möglichkeit für ihn, mit den Tieren zusammen zu sein –«

Mary schnaubte verächtlich. »Ach, hör doch auf, Andi. Es sollte umgekehrt sein: dass er diese so genannten Käfigjagden nicht ertragen kann. Wenn du einen Lieblingshund oder eine Katze hättest – sagen wir mal Jules – und die einzige Möglichkeit, in seiner Nähe zu sein, wär, zusehen zu müssen, wie er gequält wird, würdest du das tun?« Mary hielt die Antwort für eindeutig, doch antwortete Andi nicht sofort. »Mensch, was gibt's denn da noch zu *überlegen*?«

»Aber wenn es – Jules Leiden irgendwie lindern würde?«

»Das ist doch verrückt. Dann soll Jules dich also angucken und sich fragen, wieso du ihn nicht rettest? Und dadurch soll's ihm dann besser gehen?« Sie ärgerte sich, weil sie das Gefühl hatte, den Standpunkt einzunehmen, den Andi sonst immer vertrat. Es behagte ihr nicht. Es war zu schwer, lastete zu sehr auf ihr, es war wie eins von diesen Löchern, diesen haltenden Löchern, das sie hinuntersaugen könnte, wie Peggy und Floyd, die ertrunken waren. »Was findest du überhaupt richtig? Bei dir sieht's immer so aus, als ob es das wäre, was du gerade tust.«

Andi wandte sich vom Fenster ab und sah Mary betrübt und verwirrt an. »Ich weiß nicht, was ich tu.«

Mary fiel hintenüber aufs Bett.

»Fahren wir morgen?«

Mary wandte den Blick zum Fenster. »Ja. Wahrscheinlich.«

Andi seufzte. »Dann muss ich heute Abend zu Harry.«

Mary fuhr hoch. »*Was?*« Hörte Andi denn nie auf, an Harry Wine zu denken? »Du wirst doch nicht da rausfahren!«

»Willst du mitkommen?«

»Du gehst da nicht hin, ich geh da nicht hin, *wir* gehn da nicht hin!«

41

Als Reuel sie damals auf dieser Straße chauffiert hatte, hatte Mary nicht besonders gut aufgepasst. Dass es jetzt dunkel war, machte die Sache auch nicht einfacher. Mary (die darauf bestanden hatte, am Steuer zu sitzen) sagte, sie könne sich nicht mehr an die Abzweigung erinnern, die vom Highway zu Harrys Laden führte.

»Ich weiß es noch«, sagte Andi, »erst kam eine Farm, und ein bisschen weiter eine Vogelscheuche mit weißem Hut neben einem weißen Wasserturm.«

Davon wusste Mary überhaupt nichts mehr. Wie hatte sie es nur übersehen können, wie hatte sie es vergessen können: eine Vogelscheuche mit weißen Hut? Wieder einmal fragte sie sich, ob sie beide überhaupt das Gleiche erlebt hatten.

»Da ist es.« Andi deutete in die Dunkelheit.

Mary konnte den geisterhaften, skelettartigen Wasserturm und die wehende Gestalt der Vogelscheuche ausmachen. Die Vogelscheuche sah sie bloß wegen des weißen Huts. Zu welchem Anlass hatte jemand in dieser Gegend denn um alles in der Welt diesen weißen Zylinder getragen?

»Vielleicht die Vogelscheuche selber«, meinte Andi. Gleich darauf sagte sie: »Hier!« Vor ihnen erschien kaum sichtbar die Zufahrt auf eine Schotterstraße. »Zwischen den Kiefern da durch.«

Mary fuhr langsamer und bog ab. Inzwischen glaubte sie die furchenreiche Straße wiederzuerkennen, den Anblick allgemeiner Verwahrlosung und – nach kurzer holpriger Fahrt – das Haus der Swanns.

Sämtliche Lichter in der missgestalteten Anhäufung von Backsteinen und Brettern, die Bonnies Anwesen darstellte, schienen zu brennen. Eine Festbeleuchtung, mit der man ein Raft den ganzen Salmon hätte hinunterfahren können. Jedes Zimmer war von goldenen und karminroten Lichtern überflutet, dass es aus der Entfernung so aussah, als stünde das Haus in Flammen. Sämtliche Swann-Sprösslinge waren anscheinend noch auf. Dass hier auf festen Schlafenszeiten bestanden wurde, bezweifelte Mary.

Außer den hellen Fenstern glaubte sie auch noch ein anderes Licht erkennen zu können. »Ist da eine Taschenlampe?« Sie schien ihnen Zeichen zu geben, sie sollten stehen bleiben.

Es war Bonnie Swann. Sie schien sehr besorgt. Als sie anhielten, spähte sie durchs Fenster und sagte: »Ihr habt nicht zufällig meinen Brill gesehen, oder?«

»Nein.« Sie schüttelten den Kopf. »Ist er verschwunden?«, fragte Mary.

»Ja. An den üblichen Stellen hab ich schon gesucht.«

Mary konnte sich nicht denken, was in diesem waldigen Gebiet »übliche Stellen« waren. »Sollen wir Ihnen beim Suchen helfen?«

»Also, wenn ihr hier lang fahrt, haltet die Augen offen, ja? Und sagt ihm, er kriegt den Arsch voll.«

»Okay.« Irgendwie konnte Mary sich nicht vorstellen, dass Brill durch diese Aussicht besonders motiviert sein würde, nach Hause zu kommen.

Mary schaltete die Scheinwerfer aus und fuhr im Schneckentempo weiter, damit sie nach Brill Ausschau halten konnten. Sie sahen aber nichts, und Mary fuhr auf den großen Parkplatz, der bis auf den Kombi, Harrys Truck und ein Auto leer war, und schaltete den Motor ab.

Sie stiegen aus, und Andi warf sich den Rucksack über die Schulter. Überallhin nahm sie ihn mit. Mary sagte, sie sei ja paranoid, wenn sie meinte, jemand würde ihr ihren Rucksack wegnehmen.

»Wärst du das nicht?« Andi lächelte.

Achtlos zurückgelassene brennende Reste, die nur teilweise zu grauer Asche verbrannt waren, deuteten darauf hin, dass hier erst vor kurzem ein Lagerfeuer gemacht worden war. »Ich glaub, er ist hier. Da steht sein Truck, und das muss sein Auto sein.«

In einem der Motelhäuschen brannte Licht. Ansonsten war die Nacht tiefschwarz wie eine Höhle, der Mond von Wolken verdeckt. So leise sie konnten (Mary fragte sich, weshalb sie so geheimnisvoll taten), gingen sie den gepflasterten Gehweg hinauf bis zu dem Zimmer, in dem das Licht brannte. Drinnen redete jemand. Obwohl die Stimme leise war, wusste Mary, dass sie Harry Wine gehörte. Als sie die Hand hob, um anzuklopfen, zog Andi sie ihr rasch weg und deutete auf den Schnappriegel. Die Tür war nicht verschlossen, sondern stand sogar einen Spalt offen, durch den ein schmaler Lichtstreifen zu sehen war.

Mit dem Finger, ganz langsam, stieß Andi sie auf.

42

Von den Lichtern, die dort drinnen leuchteten und funkelten, war Mary wie geblendet. Nachdem sie sich schützend den Arm über die Augen gelegt hatte, sah sie, dass es sich um die Art von Lampen handelte, mit denen Fotografen ihre Kameraarbeit beleuchteten. Wenn Jack Kite und Reuel nichts davon gesagt hätten, so hätte sie angenommen, dass es sich nur um eine weitere Station auf dem albtraumhaften Phantasietrip handelte. Harry Wine hatte die Hände auf Brills Schultern. Brill war splitternackt und intensiv damit beschäftigt, einen kleinen Gegenstand auseinander zu nehmen, den er in den Händen hielt, irgendein Puzzle oder Spielzeug. Er ließ sich von den eintretenden Mädchen auch nicht von seinem Tun ablenken.

Ach, Gott, dachte Mary.

Beim Anblick der beiden erhob sich Harry rasch aus der Hockestellung. Schon während er aufstand, konnte man sehen, dass er sich irgendeine Lüge zurechtlegte. »Was macht ihr denn… wie kommt ihr denn hierher?«

»Mit dem Auto«, sagte Andi im gleichen kalten Ton wie vorhin zu Sergej.

Er lächelte doch tatsächlich. »Brill kommt gerade aus der Badewanne. Ich hab ihn draußen im Dreck entdeckt. Weiß Gott, was er dort getrieben hat. Aber Bonnies Gören sind ja total verwildert, wisst ihr? Na was ist, Mädels? Macht ihr mit?«

Es war das fieseste, niederträchtigste Lächeln, das Mary je gesehen hatte. Ein »dreckiges« Lächeln, wenn es so etwas gab, das sein gutes Aussehen verdarb und die letzten Spuren von Menschlichkeit aus seinem attraktiven Gesicht tilgte. Und wenn er ihr ein Messer an die Kehle gehalten hätte – Mary hätte nicht zurücklächeln können. Sie wusste, dass ihr eigenes Gesicht straff gespannt und weiß war, sie hatte gespürt, wie das Blut aus ihm gewichen war, kaum dass sie durch die Tür gekommen waren und sie erkennen konnte, was sich vor ihr abspielte.

Brill glotzte die beiden mit dem gleichen, leeren Ausdruck an wie damals auf der Deponie, lächelte das gleiche ausdruckslose Lächeln.

»Von mir haben Sie ja wohl schon ein Foto«, sagte Andi.

Mary, die sich nicht gerührt hatte, um nicht losschreien zu müssen oder auf ihn einzuprügeln, sah Andi verdattert an.

Nach einer kurzen Pause sagte Harry: »Von was zum Teufel redest du da?« Doch die Frage klang eher beunruhigt als überrascht.

»Mary weiß Bescheid.«

Harry sah Mary an und wirkte zum ersten Mal unsicher.

Mary brachte einfach nichts heraus, um Andis vermutlich ganz spontanen Einfall zu bestätigen. Was sie sagen wollte, blieb ihr im Hals stecken.

»Bonnie macht sich Sorgen um Brill«, sagte Andi. »Wir können ihn ja nach Hause bringen.«

Nachdem die beiden Eindringlinge die intime Situation gestört hatten, verlor Harry offenbar jegliches Interesse an dem Jungen. Er raffte Brills Unterhosen, Hemd und Hosen auf dem Bett zusammen. »Da, Kleiner. Zieh dich an.« Er warf ihm die Sachen hin.

Brill stand da und sah traurig aus. War das Spiel jetzt vorbei? Mary rief ihn zu sich herüber. Doch als weiter nichts Aufregendes passierte, drehte er bloß weiter an dem bemalten Holzklötzchen herum.

»Zieh dich an, hab ich gesagt!«, fuhr Harry ihn an. »Der findet schon nach Hause.«

Das hätte Mary lieber nicht herausbekommen. Als Brill sich umständlich angezogen hatte, sagte sie: »Ich bring ihn raus.« Sie selbst hatte allerdings nicht die Absicht zu gehen. Sie nahm ihn bei der Hand, und als sie draußen waren, sagte sie ihm, er solle sofort nach Hause gehen. Etwas verunsichert ging er ein Stückchen weiter. Sie war hin und her gerissen, ob sie mit ihm oder wieder hineingehen sollte. Letzteres gewann die Oberhand.

Harry lag zurückgelehnt, den Ellbogen aufgestützt, auf dem Bett. Er trug schwarze Kordhosen und einen Rollkragenpullover.

Inzwischen hatte er sich eine Zigarette angesteckt und rauchte völlig entspannt.

»Am Highway in Colorado, auf der – verdammt, ich weiß auch nicht mehr genau, welche Straße das war. Du warst von einem Unfall weggelaufen. Als ich an dir vorbeigefahren bin, warst du schon ein gutes Stück von der Unglücksstelle weg.«

Andi trat einen Schritt zurück, als wäre sie gegen etwas Schweres geprallt. »Was meinen Sie damit?«

»He, Baby« – er lachte – »genau das, was ich sage. Du wolltest per Anhalter weiter. Jedenfalls bist du am Highway entlanggelaufen. Glaubst du etwa, ich wär bei dir durchs Schlafzimmerfenster geklettert und hätte dich gestohlen? Auf der Straße gab's 'ne Massenkarambolage, ein Riesending. Ich kam aus der Gegenrichtung und konnte das Feuer sehen. Ein Sattelschlepper war in einen Schulbus gerast, der auf so einem Rastplatz neben der Straße stand. Keine Überlebenden, stand später in der Zeitung. Als ich endlich vorbeikonnte, sah ich dich wie gesagt neben der Straße herlaufen.«

»Sie dachten, ich wäre in dem Bus gewesen?«

»Erst mal nicht. Erst am nächsten Morgen beim Zeitunglesen. Wie gesagt, der Bus war total demoliert, der Sattelschlepper auch. Nichts wie Wrackteile und Leichen weit und breit. Keine Überlebenden. Außer dir. Du musst irgendwie vorher ausgestiegen sein. Dein Glück, dass der Schlepper erst danach reingerast ist.« Er lächelte Andi an, als wäre sie ein Kaninchen, das er soeben aus dem Hut gezaubert hatte.

»Außer *mir?*« Sie trat wieder einen Schritt zurück. »Aber woher … wussten Sie, dass ich in dem Bus mitgefahren bin? Hab ich Ihnen das gesagt?«

Harry lachte. »Nein, geredet hast du damals nicht viel. Dafür kriegst du jetzt die Klappe nicht mehr zu. Damals hast du mir besser gefallen.« Er ließ seine weißen Zähne blitzen. »Na, wegen deinem Rucksack.« Er deutete auf das achtlos hingeworfene Häuflein. »Die Initialen – *A.O.* Der Bus gehörte einem Waisenheim, Alhambra Orphanage. Die Feuerwehr hat alles mögliche Zeugs in den Trümmern gefunden, wo A.O. draufstand. Was dachtest du denn, was die Scheißbuchstaben bedeuten – deinen Namen?«

Mary vergrub das Gesicht in den Händen und wollte weinen, deswegen – noch mehr als wegen all dem anderen, was passiert war. Wollte sich an die Tür setzen und weinen. Die ganze weite Reise, die intensive Suche, nur um herauszufinden, dass es keine liebende Familie gab, keine Kerzen in den Fenstern des Olivier-Hauses, keinen malenden Marcus, keine wohltätige Sue, keinen Federballplatz, keinen Jules, der den Bällen hinterherjagte. Die Tür in diesem Häuschen führte nicht hinaus in einen helleren Tag, sondern nach drinnen, in einen noch dunkleren, noch anonymeren Raum. Alhambra Orphanage. Mary wusste nicht, ob der Ort, an dem man eine schlechte Nachricht erfuhr, einem dadurch noch finsterer und bedrohlicher erschien, doch hier schien es zuzutreffen.

Andis Stimme war kaum hörbar. »Warum haben Sie mich dann nicht wieder dorthin gebracht, nachdem Sie's erfahren haben? Ins Waisenheim?«

Harry lachte tatsächlich. »Ach, das lag irgendwo in Utah. Ist doch scheißegal! Was weiß ich. Du glaubst doch wohl nicht, ich fahr aus dem Grund in diesen beknackten Staat.«

Andis Stimme klang gepresst, heiser. Doch sie ließ nicht locker. »Was geschah dann?«

Harry zuckte lässig die Achseln, als wäre das, was sich nach dem Unfall zugetragen hatte, unwesentlich. »Ich bin dann nach Cripple Creek – als du davon anfingst, dachte ich schon, du erinnerst dich. Dann nach Santa Fe. Zu diesem Ekelweib Orr. Ich hatte in Albuquerque und Silver City zu tun, hab ich dir doch gesagt, als ich dich an dem Abend im Truck mitgenommen hab. War ja nicht schwer, dich zu finden. Ich dachte mir, du nimmst bestimmt eine Straße aus der Stadt raus statt in die Stadt *rein.* Weil du dir ja denken konntest, dass ich da bin. An dem Wagen war der Auspuff kaputt. Den Truck hab ich mir von einem Freund in Santa Fe geliehen.«

Mary starrte ihn an und konnte kaum glauben, was er da sagte, ihr war unbegreiflich, dass jemand tun konnte, was er getan hatte, und dabei so nüchtern blieb.

»Haben Sie mich später gefunden? Haben Sie die –« Sie verstummte.

»Später?« Er schüttelte den Kopf. »Nein. Ach, du meinst die Hütte? Ja, einmal war ich da. War ja nicht schwer zu finden. Aber dachtest du etwa, ich hätte dich monatelang gesucht? He, *so* toll bist du dann auch wieder nicht.« Er lachte, vollkommen entspannt lag er auf dem Bett und rauchte wieder eine Zigarette.

»Gerade genug … um mich ins Bett … zu kriegen.« Sie sagte es wie betrunken, als wäre die Erinnerung plötzlich wie im Taumel zurückgekehrt.

Erst in dem Moment schien Harry bewusst zu werden, dass die Stimmung sich geändert hatte. Er verstummte. Im Motelhäuschen war es totenstill. Vom Gehweg draußen konnte Mary ein eintöniges Summen vernehmen. Brill war zurückgekommen. Oder noch gar nicht gegangen.

»Was ist mit Peggy Atkins passiert?«

»Peggy? Sie ist so gestorben, wie ich gesagt hab. In die Hydraulik geraten, in ein Loch bei den Schnellen von Big Mallard. So ein haltendes Loch ist was ganz Übles, die reine Hölle ist das.«

»Und Sie haben ein bisschen nachgeholfen? Vielleicht bloß ein kleiner Schubser? Sie hatten was mit ihr, stimmt's?«

Er lachte. »Sozusagen. Aber bei weitem nicht so viel, wie Peggy sich einbildete. Eifersüchtig? Bist du deswegen –«

»Sie hat Ihnen Schwierigkeiten gemacht, stimmt's?«

»Hör mal, ich weiß gar nicht was –« Irgendwas an Andi musste ihn jedoch zum Schweigen gebracht haben. »He, Baby, was verplemperst du die Zeit mit Peggy? Du bist verdammt besser.«

Mit einer flinken, gewandten Bewegung, die Mary fast entgangen wäre, fuhr Andi mit der Hand in den Rucksack, der Rucksack fiel zu Boden, und sie hatte die Smith & Wesson in der Hand. Mary trat erschrocken einen Schritt zurück und stieß dabei eine Lampe um. Das laute Geklapper, das den Raum erfüllte, schien Andi, die den Blick unverwandt auf Harry geheftet hielt, überhaupt nicht zu registrieren.

Er stolperte rückwärts. »Scheiße, ist das Ding geladen?«

Andi schob das Magazin ein und betätigte den Zug. »Jetzt schon.«

Harry blickte hektisch um sich, seine Augen suchten den Raum nach einer Waffe ab, nach irgendeinem Gegenstand, mit dem er sich verteidigen konnte.

»Sag's mir, Harry. Sag mir, wie viel besser als Peggy ich bei Patsy Orr war.«

»Tu doch die Knarre weg, Baby.« Er machte eine schiebende Handbewegung. »Okay, ich geb's zu, du warst irgendwie weggetreten, das hätte ich vielleicht nicht ausnützen sollen –« Er lächelte verlegen und schaffte es, selbst beim Blick in einen Pistolenlauf etwas von seiner Selbstsicherheit zurückzugewinnen. »Jetzt hör mir mal zu –«

»Was hast du mit Floyd gemacht?«

»Mit Floyd? Was zum Teufel – wieso sollte ich –, verdammt noch mal, du glaubst doch nicht etwa, ich hätte Floyd Ludens umgebracht?«

»Er hieß gar nicht Ludens. Sondern Atkins. Er war ihr Vater.«

»Wie hast du das –?« Harry verstummte schlagartig. »Mensch, Mädchen, du warst doch *dabei*, du hast doch gesehen, was passiert ist!« Er versuchte es lässig abzutun und wandte sich Hilfe suchend an Mary. »Mary, was ist denn mit deiner Freundin hier los? Hat die irgendwas eingenommen?« Er lachte. »Vielleicht war der Busfahrer an dem Abend high –«

Mary hörte ein Klicken. Die Waffe war entsichert.

»Du magst Frauen. Aber ich hab irgendwie den Eindruck, dass du kleine Jungs noch lieber magst.« Mit einer ausladenden Armbewegung deutete Andi auf das gleißend weiße Licht aus den Fotoscheinwerfern.

In gespielter Scham legte Harry den Kopf etwas schräg. »Ach, das ist doch harmlos, bloß ein paar Fotos.« Dann ging er plötzlich auf Andi zu.

Ist der total verrückt?, dachte Mary. Der meint immer noch, er könnte sie bequatschen.

»Schau mal, Schätzchen, das ist eben meine Art.«

»Ach so?« Es klang rasiermesserscharf. »Na, und das ist *meine*.«

Die rasche Abfolge von Schüssen trieb Harry zurück, hob ihn vom Boden hoch, schleuderte ihn gegen die Wand, knallte ihn gegen die Kommode, wo eine Salve das Blut auf den Spiegel spritzen ließ, bevor das Glas zerbarst und auf ihn niederprasselte, während ein weiterer Schuss ihn herumwirbelte und erneut gegen die Wand knallte. Seine schwarze Kleidung tarnte das Blut, das aus seinen Wunden strömte. Es floss in hohen Bögen aus seinem Körper, der die Wand entlang zu Boden glitt, wo er schließlich in sich zusammensackte.

Während sie auf ihn zuging, schoss Andi immer weiter. Dann hörte es auf.

Mary hatte noch nie so viel Blut gesehen. Es strömte an den Wänden herunter, sammelte sich in Pfützen auf dem Fußboden, lag wie leichter Dunst in der Luft. Andis Sachen waren mit Blut beschmiert, mit seinem Blut, das bis zu ihr hinübergespritzt war. Stumm stand sie da, in der seitlich herunterhängenden Hand die Waffe, und sah Mary an.

43

Kummervoll sah sie aus, dabei wusste Mary, dass der Kummer nicht Harry Wine galt, sondern ihr – Mary. Andi streckte die Hand nach Marys Schulter aus, machte den Mund auf, als ob sie etwas sagen wollte, sagte dann nichts, sondern packte Mary bei der Hand und zog sie durch die Tür hinaus.

»Der Rucksack!«, rief Mary und rannte ins Zimmer zurück.

Als Mary zum Wagen kam, hatte Andi die alte Decke, die sie für Jules und das Kojotenjunge benutzt hatten, fest um sich gezogen und saß auf dem Beifahrersitz.

Mary stieg ein, ebenfalls etwas benommen, ließ den Motor an und sah in den Nebel hinaus. Ihr war, als wäre der Nebel aus dem Wald heraufgekrochen und hätte sich in ihrem Kopf festgesetzt. Sie war unschlüssig, was sie nun tun sollte. »Was machen wir denn jetzt, Andi?«

»Fahr zu Swanns und ruf die Polizei an. Nein. Ruf Reuel an, ja ruf Reuel an. Der weiß, was zu tun ist.«

Mary gab laut Gas, dass der Kies aufwirbelte, und fuhr die Straße hinunter bis zum Haus der Swanns. Ach Gott, Brill hatte sie ja ganz vergessen. Wo war er?

Sie fuhr von der Straße ab, stieg aus und spähte durchs Seitenfenster herein. »Bleib du sitzen, okay? Du zitterst ja, als ob du einen Schock hättest oder so. Ich bin gleich wieder da.« Sie lief die Stufen zur Veranda hinauf. Die meisten Lichter waren gelöscht bis auf die im hinteren Teil des Hauses (in der Küche, nahm Mary an) und die Glühbirne der Verandabeleuchtung, die ohne Fassung herunterbaumelte.

Bonnie Swann machte ihr auf. Sie war noch angezogen, als rechnete sie immer mit einem unvorhergesehenen Zwischenfall. Sie war an Nachtwachen gewöhnt. »Hallo«, sagte sie.

»Mrs. Swann. Bonnie. Kann ich mal bitte telefonieren?«

»Klar doch. Komm rein. Brill is wieder da. Kam vor 'ner Weile einfach rein und tat, wie wenn nix gewesen wär. Also danke, dass ihr uns beim Suchen geholfen habt. Hope und Earl sind noch draußen, die wissen noch gar nich, dass wir ihn gefunden ham. Telefon is in der Küche. Einfach da durch die Tür.«

Mary fiel plötzlich ein, dass sie ja Reuels Nummer gar nicht hatte und nicht einmal wusste, ob er überhaupt Telefon besaß. »Bonnie, wissen Sie vielleicht Reuels Nummer?«

»Reuels? Klar weiß ich die.« Sie hatte sie sofort parat.

»Danke.« Mary fand das Telefon, das glücklicherweise an der Wand hing, denn in dem Durcheinander, das in Bonnies Küche herrschte, hätte sie es nie gefunden. Sie klopfte mit den Fingern auf den Hörer, während sie wartete und wartete, dass Reuel sich meldete. Irgendetwas riet ihr, sich nicht zu lange hier aufzuhalten, und nachdem sie es ein Dutzend Mal hatte klingeln lassen, legte sie auf.

Etwas bedrückt dankte sie Bonnie und ging. Sie überlegte hin und her, ob sie Brills Mutter sagen sollte, was mit ihm und Harry Wine vorgegangen war. Doch weil es nicht weitergehen würde, bestand natürlich keine Notwendigkeit mehr. Mary wollte gerade die Treppe hinuntergehen, als Bonnie Swann ihr hinterherrief: »Hör mal, falls du Hope und Earl siehst, könntest du ihnen sagen, sie sollen bitte heimkommen?«

»Klar. Gute Nacht.« Nachdem sie oben an der Verandatreppe fast über ein verrostetes Dreirad und unten über irgendein Gartenwerkzeug gestolpert wäre, stapfte Mary durch das regennasse Gras zum Wagen und wusste, schon bevor sie dort ankam, was sie vorfinden würde.

Nämlich niemanden. Andi war verschwunden.

Deshalb war sie im Haus nicht länger am Telefon geblieben, wegen dieser unbestimmten Ahnung, dass sie Andi nicht mehr vorfinden würde. Ihren Rucksack hatte sie mitgenommen und die Decke zurückgelassen. Die Decke, die sie ganz vorsichtig um sich gewickelt hatte, weil sie voller Blut gewesen war. Sie war vollkommen damit beschmiert, der Sitz hatte aber nichts abbekommen.

Andi! Hört das denn nie für dich auf? »Andi!«, rief Mary, aber mehr zu sich selbst und in die Nacht, als damit Andi es hörte, denn das, wusste Mary, wäre vergeblich.

Sie stieg ein und fuhr davon.

Die dunkle Gestalt, die die Straße entlangging, blieb stehen und drehte sich um, als Mary scharf bremste und aus dem Auto rief: »Andi!«

Das Mädchen hob den Arm schützend gegen die gleißenden Scheinwerfer. Es war Hope Swann.

Mary verließ der Mut. Nachdem das Mädchen zum Wagen herübergekommen war, sagte ihr Mary wegen Brill Bescheid. Hope sagte, sie hätte sich schon ganz schlimme Sorgen gemacht. Dass Mary ihr die Nachricht überbrachte, schien sie nicht besonders zu wundern. Als Mary anbot, sie zurückzufahren, lehnte Hope ab und meinte, es sei ja nicht weit.

Mary fragte, ob sie unterwegs vielleicht sonst noch jemanden gesehen hätte.

»Ja, da war das Mädchen, das ich an der Müllhalde gesehen hab. So ’ne Blonde, Hübsche. Du warst damals auch dabei.«

Mary spürte, wie ihr Herz gleich wieder doppelt so schnell schlug. »Wo? Wo hast du sie gesehen?«

»Gleich da hinten.« Sie drehte sich um und zeigte in die Richtung ihres Hauses. »Da hat sie jemand mitgenommen. Zum Glück, so spät abends sind ja nich viele Autos unterwegs.«

»Fuhr das Auto in diese Richtung, stadteinwärts?«

»Ja. Ich glaub schon.«

Hope verharrte etwas unschlüssig, die verschränkten Arme über dem heruntergekurbelten Fenster, als hätte sie schon viele Abende unter genau solchen Umständen verbracht, was Mary zu der Überlegung veranlasste, ob sie vielleicht auch ein Opfer von Harry Wine gewesen war.

Endlich trat Hope vom Fenster weg und verabschiedete sich.

Mary fuhr davon. Sie war überrascht, dass Andi sich überhaupt jemals wieder von einem Auto hatte mitnehmen lassen.

Reuel saß vor seinem Wohnwagen, rauchte und trank Bier aus der Flasche, als Mary angefahren kam.

»Ich hab schon auf dich gewartet«, sagte er und stellte die Flasche neben Sinclair, der ihm zu Füßen lag, auf der Erde ab.

Mary stand bloß da, unfähig etwas zu sagen, sie hätte auch gar nicht recht gewusst, was sie sagen sollte.

Er deutete mit einem Kopfnicken zu dem anderen Stuhl hinüber. »Setz dich erst mal.«

»Es ist was passiert«, sagte Mary. »Was Schlimmes. Ich hab versucht anzurufen, aber –« Sie sah ihn fragend an. »Woher wussten Sie, dass ich komme?«

»Weil Andi mich angerufen hat. Erst vor 'ner Viertelstunde, zwanzig Minuten.«

»Von wo? Wo ist sie?«

»Du glaubst doch nicht, dass sie mir das verraten hätte, oder?«

Nein. Es überraschte sie nicht. Dann sagte sie: »Auf dem Weg hierher bin ich der Polizei begegnet. Haben *Sie* die verständigt?«

»Hab ich. Wieso, hättest du das machen wollen?«

Bei seiner Pokermiene wusste Mary manchmal nicht, ob er sie aufziehen wollte oder nicht. »Nein, natürlich nicht.« Sie ließ sich auf den Stuhl fallen. »Sie hat ihn erschossen.«

»Jawohl. Kann man so sagen.«

Mary sah ihn gespannt an. »Dann gibt's jetzt eine große gerichtliche Untersuchung, oder?«

Reuel nickte. »Klar. Harry Wine war hier in der Gegend ziemlich wichtig.« Reuel langte hinunter, um Sinclair im Nacken zu kraulen. Sinclair gähnte. »Es ist so: Wenn eine von euch oder alle beide gemeldet hätten, dass ihr ihn mit Brill Swann gesehen habt und in welcher Situation, dann hätte euch garantiert keiner geglaubt, außer Jack Kite und noch ein paar anderen, ein paar Polizisten, die ihn schon durchschaut haben. Harry wurde noch nie eines Verbrechens angeklagt. Ich seh das so: Wenn Andi den Scheißkerl nicht umgelegt hätte, würde er uns noch lang das Leben schwer machen. Einer wie Harry Wine, der irgendwie die Finger in jeder dreckigen Geschichte drinhat, die man sich bloß denken kann, der macht sich doch jede Menge Feinde, was heißt, die Polizei muss 'ne Menge Verdächtige aufspüren. Clyde Quick zum Beispiel. Bloß weil Harry dem die Tiere geliefert hat, muss ja nicht heißen, dass Clyde ihn mochte. Seine Frau Bobbie allerdings schon. Was vermutlich der Hauptgrund ist, dass Clyde ihn gehasst hat wie die Pest.«

»Aber ... wenn jetzt jemand anders dafür verhaftet wird?«

»Da wird schon niemand verhaftet«, sagte Reuel mit ernster Miene und beugte sich zu ihr vor. »Schau's dir doch mal so rum an: Der Sheriff weiß ungefähr, was Harry so alles getrieben hat. Ich weiß übrigens, dass er der Ansicht ist, Harry hätte Beth so misshandelt, dass sie eines Tages daran gestorben ist. Er weiß Bescheid über Harrys kleine Fotosessions, und ich weiß auch, dass er glaubt, dass beim Tod von Peggy Atkins nicht alles ans Tageslicht gekommen ist. Besonders jetzt, wo ihr *Vater* genau den gleichen Unfall hatte. Der Sheriff und ein paar seiner Kollegen und Jack, die versuchen Harry schon lang zu erwischen, bei einem von seinen Hobbys, aber der ist einfach nicht zu fassen. Der Sheriff ist zwar 'ne ehrliche Haut, aber wie weit der gehen wird, um einen zur Strecke zu bringen, der Harry Wine erschossen hat …? Der wird 'ne absolut korrekte Untersuchung machen, aber nie und nimmer auf die Idee kommen, euch zwei zu verdächtigen.«

»Doch. Wenn die Polizei Bonnie Swann vernimmt, dann erfahren sie, dass ich dort war. Und wenn sie Hope vernehmen, wissen sie, dass wir *beide* da waren.«

Reuel schüttelte den Kopf. »Bis die Polizei zu denen kommt, haben die Swanns schon längst vergessen, dass sie euch zwei je begegnet sind. Es ist keine zwanzig Minuten her, dass ich mit Bonnie gesprochen hab. Das Letzte, was sie sagte, bevor wir aufgelegt haben, war: ›Was'n für zwei Mädchen?‹«

»Ich bin aber doch eine Komplizin.«

»Wenn du's gern so sehen möchtest, bitte. Eine bessere Beschreibung wär vielleicht: ein vierzehnjähriges Mädchen mit mehr Mumm als Verstand, das ganz, ganz weit weg von zu Hause ist.«

»Sechzehn«, sagte Mary ganz automatisch. »Andi ist noch viel weiter weg von zu Hause.«

»Die ist anders. Die ist ein fliegender Pfeil, schon vor langer Zeit abgeschossen.« Auf Marys verwirrten Blick hin fuhr er fort: »Wie kommt es denn, dass sie als Einzige einen furchtbaren Unfall überlebt hat, bei dem alle anderen Businsassen umkamen? Ist sie vorher ausgestiegen? Hat der Bus angehalten und sie rausgelassen? Weil sie mal musste vielleicht? Klingt eher unwahrscheinlich, aber irgendwie muss es so gewesen sein.«

Mary war ungehalten. »Bei Ihnen hört sich das an wie – als wäre es Schicksal oder so. Oder Gottes weiser Plan oder irgendwas anderes außer reiner Zufall.«

»Kann sein. Ich weiß bloß eins, Mary, das hier läuft nach anderen Regeln ab. Nach ganz anderen Regeln.«

»Man kann aber doch nicht einfach andere Regeln aufstellen, bloß weil einem die nicht gefallen, nach denen man spielen soll!«

Reuel knallte seine Bierflasche auf den Tisch und weckte dadurch Sinclair auf. »*Herrgott* noch mal, ich weiß gar nicht, welche hier selbstgerechter ist, du oder sie!« Er schwieg eine Weile, als versuchte er sich tatsächlich darüber klar zu werden, und sagte dann: »Ach ja, und ich soll dir unbedingt ausrichten, du sollst den Hund nicht vergessen.« Er sah sie verständnislos an. »Was für einen Hund?«

Es folgte ein langes Hin und Her (*Hören Sie auf mit den Strafpredigten. Sie sind ja schlimmer als Rosella!*) über die Frage, wie Mary zurück nach Santa Fe kommen sollte. Er war strikt dagegen, dass sie die ganze Strecke allein fuhr (*Auch wenn du sechzehn bist, was erst noch zu beweisen wäre*), Mary bestand ebenso strikt darauf, dass sie es allein schaffte. Er meinte, ob es ihr passte oder nicht, er wäre am nächsten Morgen am Motel, wann immer sie wollte, um sie und ihr Auto nach Santa Fe zu bringen. Er könne ja mit dem Bus zurückfahren oder fliegen.

Das Problem war nur, überlegte Mary, dass er die Grundregel bei jeder Gefangennahme nicht beachtete: den Gefangenen niemals aus den Augen zu lassen.

44

Die gleiche Sprechstundenhilfe, Miss Abrahams, warf ihr diesen für Kinder reservierten, bevormundenden Blick zu (*Nervensäge,* besagte der Blick) und blätterte achtlos einige Seiten in ihrem Terminbuch zurück. Wegen des Hundes sollte sie mit dem

Doktor sprechen, sagte sie zu Mary. Und hätten sie nicht gesagt, sie würden früher zurück sein?

»Es ist was dazwischengekommen«, erwiderte Mary.

Miss Abrahams seufzte genervt und glitt von ihrem Bürohocker. Gleich darauf stand sie in der Sprechzimmertür und zitierte Mary mit dem Finger zu sich. Mary ging an ihr vorbei ins Sprechzimmer. Sie war furchtbar aufgeregt.

Dr. Krueger kam mit einer Akte in der Hand herein und nickte in ihre Richtung, ohne den Blick von der Akte zu heben.

Noch bevor er den Mund aufmachte, wusste sie bereits, was er sagen würde. Ihr Mund hätte die Wörter gleichzeitig mitformen können, als er sie aussprach: »Tut mir Leid, aber –«

Er ist tot.

»– er ist tot. Er wurde plötzlich sehr krank.«

Mary schluckte schwer, befeuchtete ihre trockenen Lippen. Sie sah ihn unverwandt an, er dagegen wich ihrem Blick immer wieder aus. Ein Tierarzt, der vor dem Tod zurückscheute? Der würde doch bestimmt täglich damit konfrontiert. Nachdem sie sich geräuspert hatte, brachte sie mühsam die Frage heraus, die sie eigentlich nicht hätte stellen müssen: »Was – hatte er denn?«

Er schien etwas verwirrt. »Was?«

Sie hielt sich ganz ruhig, als trüge sie eine Schale mit Tränen, die sie bei der kleinsten Bewegung verschütten könnte.

Starr über sie hinwegblickend, als überbrachte er die Nachricht jemandem anders hinter ihr, sagte er: »Eine Art – Lungenentzündung. Er atmete schon schwerer, als ihr ihn hergebracht habt. Das habe ich doch gesagt, erinnerst du dich?«

Sie konnte sich nicht daran erinnern.

Er entschuldigte sich, es täte ihm Leid, aber es sei doch gar nicht *ihr* Hund gewesen, sie – sie beide – hätten ihn doch gefunden, nicht wahr?

»Jules.« Mary spürte, wie sie sich etwas neigte und eine Träne aus der Schale fiel und ihr über die Wange lief. »Er hat einen Namen. Er heißt Jules.«

Dr. Krueger lief rot an und musterte sie, aber nicht mitfühlend, sondern feindselig. »Tja, tut mir Leid.«

Sie ließ ihn, dem es offensichtlich überhaupt nicht Leid tat, einfach stehen, und ging hinaus ins Wartezimmer, aber irgendwie schaffte sie es nicht, ihren Füßen zu befehlen, sie hinaus und zum Auto zu tragen. Sie fühlten sich so schwer an, dass sie sie kaum heben konnte. Also blieb sie vor dem Anschlagbrett stehen und dachte an Jules und wie schrecklich es war, erst gerettet und dann wieder verloren zu werden – war da nicht dieses Gedicht von Emily Dickinson, das sie im Unterricht gelesen hatten, »*Verloren, kaum dass ich gerettet war*« –, und daran, wie gern sie Jules mit zu sich nach Hause genommen hätte, weil er doch eigentlich Andis Hund war und sie vielleicht käme, um ihn sich zu holen.

Mary hatte die über das Anschlagbrett verstreuten Fotos gar nicht recht angesehen, Schnappschüsse, auf denen Katzen und Hunde in witzigen oder grotesken Posen abgebildet waren – eine siamesische Katze beim Sprung auf den Kaminsims, eine kecke Schäferhündin mit ihren Jungen. Es sah so aus, als wären Besitzer und Tiere eine einzige glückliche Familie. Dann wanderte ihr Blick zu dem traurigen Grüppchen entlaufener und vermisster Hunde hinunter. Sie runzelte die Stirn und konnte fast fühlen, wie ihre Gedanken ihrer Fähigkeit, sie zu begreifen, vorausrasten. *Er hat nicht damit gerechnet, dass wir wiederkommen, weil Jules gar nicht unser Hund war, wir hatten ihn ja nur gerettet und würden uns nicht die Mühe machen, wiederzukommen. Deshalb war er auch so vage, hatte keine fertigen Antworten parat. Ach Gott.*

Sie machte kehrt und ging nach draußen, wo sie bei den Bäumen, die den Parkplatz säumten, unruhig auf und ab lief. Dabei hielt sie die Arme fest um sich geschlungen und dachte nach. Die Leute, die – ihre Haustiere im Schlepptau – in ihre Autos stiegen, dachten wahrscheinlich, sie hätte Schmerzen. Hatte sie auch: Ihr war klar, dass sie sich gegen die Erkenntnis sträubte. Die Erkenntnis – oder wenigstens die Vermutung –, dass Jules gar nicht tot war, bedeutete nämlich, sie musste etwas unternehmen. Sie konnte es Andi direkt sagen hören. Es klang wie eine Anweisung, egal, wie einfühlsam sie es aussprach: Jetzt weißt du es.

Was kann ich denn tun? Ich bin nicht wie sie, ich kann nicht wie sie einfach ins Ungewisse davonmarschieren.

Und dann kam ihr der Gedanke: Vielleicht war Andi genauso zu Mute. Aber vielleicht hatte sie diesen Extrakick in sich, so wie sie beim Autofahren schaltete, grob, ungeschickt, dass das Getriebe aufjaulte und sie ruckartig in die Sitze zurückfielen. Und dieser Kick stieß sie auf die andere Seite des Streits durch, den Mary nun mit sich selber führte.

Ich muss was tun.

(Du weißt aber doch gar nicht, was.)

Ich muss was tun.

(Du irrst dich wahrscheinlich sowieso.)

Ich muss was tun.

(Du bist aber erst vierzehn, Menschenskind!)

Ich muss was tun.

Reuel hätte bestimmt gewusst, was zu tun war. Er wüsste, wen man fragen, was man sagen, wohin man gehen, wie man vorgehen musste. Weil sie jemand zum Anlehnen wollte und niemand hatte, lehnte sich Mary frontal gegen die Autotür, die Ellbogen auf den Fensterrahmen gestützt, das Gesicht in den Händen vergraben. Sie weinte nicht, hatte die Stirn nur in tiefe Falten gelegt, voller Missbilligung über sich selbst. Sie hob den Kopf und sah in den Himmel hinauf, der sich allmählich verdunkelte, und ihr war, als hätte sich plötzlich ein Strahl der Erkenntnis vom Himmel gelöst und auf sie gerichtet.

Hilfe, sie brauchte Hilfe. Und als hätte dieser abgelöste Blitzstrahl einen Namen aufgespießt, wusste sie auch, wo sie sie finden würde.

Die Hüterin

45

»Wo ist denn deine Freundin?«, fragte Marie Follett. Wie damals stand sie in ihrem unmodernen, zweiteiligen blauen Kleid am Kamin, eine Zigarette zwischen den Fingern, den Martini auf dem Kaminsims. Eine Pose, in der sie womöglich seit Marys und Andis Weggang verharrt war. Und als sie die Frage stellte und die Zigarette an die Lippen führte, war es, als hätte sich ein Gemälde plötzlich bewegt.

»Sie musste weg«, lautete Marys vage Antwort.

Marie Follett reagierte mit verwundertem Kopfschütteln. »Das war vielleicht ein Mädchen!«

»Ich weiß. Danke, dass ich Sie sprechen darf.« Diesmal war es kein Problem gewesen, sich Zutritt zu verschaffen. Mary hatte einfach ihren Namen in das Metallkästchen an der Säule gesprochen und den Tierschutzverband erwähnt. Die Person am anderen Ende hatte bei »Mrs. F.« erst noch nachfragen müssen. Es war eine jüngere, viel angenehmere Stimme als die der Haushälterin. »Ich bin froh, dass Sie zu Hause sind.«

»Ich bin immer zu Hause.«

»Wird es Ihnen denn nicht – äh, manchmal langweilig?«

»Mir ist immer langweilig. Warum glaubst du, dass ich das da mache?« Sie hob ihr Glas, als wollte sie der Langeweile zuprosten, und nahm einen Schluck.

Mary saß auf dem champagnerfarbenen Sofa, ihren schwarzen Hut neben sich, und trank Cola (feierlich kredenzt von Bridget, die auch die Stimme im Kästchen gewesen war). »Ich hatte gehofft, Sie könnten mir helfen, Jules zu finden – äh, Sie wissen schon, Ihren Hund.«

»Habt ihr ihn verloren? Was ist passiert? Ist er weggelaufen?«

»Wir haben ihn zu dem Tierarzt hier in der Nähe gebracht. Peaceable Kingdom. Er heißt Krueger.«

»Ach, zu dem«, sagte Marie Follett verächtlich.

Mary erzählte ihr von Jules, von der angeblichen Lungenentzündung.

Marie sagte: »Meines Wissens war der Hund nie krank. Bevor mein faschistischer Gatte beschloss, ihn windschnittig zu machen, rannte er immer quietschfidel herum. Das reinste Energiebündel.«

»Er war ja auch gar nicht krank. Er hat sich nicht wie ein kranker Hund verhalten, bloß wie einer, der Hunger hat. Das Zeug, was wir ihm gegeben haben, hat er regelrecht runtergeschlungen.«

Marie hatte ihr Glas bis zum letzten Tropfen geleert und ging zu dem Tischchen hinter dem Sofa, um sich noch einen zu mixen. Mit geübter Hand zwirbelte sie den Verschluss von der Wodkaflasche und fügte einen Hauch Vermouth und ein bisschen geraspelte Zitronenschale hinzu. »Was heißt das also?«

»Das heißt, Jules ist gar nicht gestorben.«

»Was dann –« Dumm war Marie Follett nicht. Sie wusste es, bevor sie die Frage ausgesprochen hatte. »Du denkst – die Hundekämpfe.«

Mary nickte. »*Irgendwas* stimmt da nicht, Mrs. Follett.« Es gelang ihr nicht, den Anflug von Panik in ihrem Tonfall zu unterdrücken.

»Nenn mich ruhig Marie«, erwiderte Mrs. Follett, stellte ihren Drink auf dem Tisch ab und ging um das Sofa herum, um sich neben Mary zu setzen.

»Marie«, wiederholte Mary. Sie sah sie zum ersten Mal Platz

nehmen. Bisher hatte sie den Eindruck gehabt, Marie Follett erledigte alles Geschäftliche im Stehen. Sie hatte das Gefühl, gleich weinen zu müssen, und es drängte sie zu der älteren Frau hin, deren Gesicht nun mitfühlende Züge trug. Ihre Augen waren von einem sehr blassen Blau, aber ziemlich ausdrucksvoll. Mit gepresster Stimme stieß Mary hervor: »Ich dachte, du weißt vielleicht was über die – die Kämpfe. Ich mein, weil Mr. Follett doch… ähm…«

Marie antwortete nicht gleich. Sie griff hinter sich auf dem Tischchen nach Zigaretten und Feuerzeug. Nun lässt sie es sich durch den Kopf gehen, dachte Mary. Marie steckte sich eine Zigarette an und sagte: »Jetzt hör mir mal zu – also, diese Kämpfe – darüber willst du lieber nichts wissen, glaub mir.« Hastig schob sie sich die Zigarette an den Mund. »Ich wollte jedenfalls nichts davon wissen, also hat Buck es mir in allen Details beschrieben.«

»Hast du mal einen gesehen?«

»Nein. Doch. Das ist so, ich bin mal mit ihm hingefahren, reingegangen, hab's nicht ausgehalten und bin wieder raus.«

»Weißt du, wo die abgehalten werden?«

»Ach, Kindchen, lass dich mit den Leuten bloß nicht ein.« Sie kniff die Augen zusammen und suchte nach Worten. »Das sind eigentlich gar keine Leute wie du und ich. Die sind irgendwas anderes.« Sie schüttelte den Kopf und wiederholte es: »Nein, mit denen legst du dich besser nicht an.«

Das Gleiche hatte Reuel über die Double Q Ranch gesagt. »Muss ich aber. Ich muss wegen Jules was unternehmen.«

»Warum?«

»Weil ich weiß, was da abläuft.« Mary beugte sich vor. »Du hast es selber gesagt: Du wolltest es nicht wissen. Aber jetzt weißt du es, ob's dir gefällt oder nicht.« Mary lehnte sich zurück und wartete darauf, dass Marie Follett einen Entschluss fasste.

Marie rauchte ihre Zigarette zu Ende, drückte sie in einem gläsernen blauen Aschenbecher aus und sagte: »Ich zieh mich rasch um.«

Mary lehnte sich zurück und schloss die Augen. Endlich spürte sie das gewaltige Gewicht aus Schuld und Kummer von sich weichen. Dass sie *etwas unternahm*, hob es ihr von den Schultern, und sie fühlte sich beinahe schwerelos.

Die Schiebetür ging wieder auf, und als sie sich umdrehte, sah sie dasselbe Mädchen (kaum älter als sie selbst) mit einem Silbertablett hereinkommen und es auf dem Beistelltisch absetzen. Dann nahm sie die Cola und den Teller mit Sandwiches vom Tablett. »Mrs. F. sagte, ich soll dir Sandwiches machen.« Sie hatte den stärksten irischen Akzent, den Mary je gehört hatte. »Hier ist eins mit Käse und Mixed Pickles und das ist ein BLT, Bacon-Lettuce-Tomato, bloß ohne B. Mrs. F. dachte sich, das magst du wahrscheinlich nicht. Ich heiße Bridget. Ich bin Irin.«

Bridget schien in einem Wust von Anfangsbuchstaben zu leben. Sie kam Mary vor wie ein sprechendes Scrabblespiel. »Danke. Vielen Dank.«

Bridget blieb stehen, das Silbertablett an sich gepresst.

Mary biss herzhaft von dem Käsesandwich ab, bezeichnete es als wirklich lecker und fragte: »Wo ist denn die Haushälterin vom letzten Mal?«

»Ach, die besucht ihre Verwandten. Hast du deine Freundin nicht dabei?«

Das hatte Marie auch schon gefragt. »Hast du sie denn damals gesehen? Du warst doch gar nicht hier, oder?«

Bridget nickte. »Ich war oben.« Sie blickte an die Decke, als ob man von ihrer Position aus das obere Stockwerk sehen könnte. »Mrs. F. hatte sie echt gern. Sie sagte, sie sei … außergewöhnlich, so hat sie sich ausgedrückt.«

Außergewöhnlich. Mary lächelte.

Marie Follett kam wieder herein – in Blue Jeans, karamellfarbenen Stiefeln und Cowgirl-Bluse. Die dicke Make-up-Schicht war entfernt worden, und das Haar hing ihr offen über die Schultern. Ihres unmodernen Kleides und der steif zurechtmodellierten Frisur entledigt, sah Marie völlig anders aus. Sie sah in ihrer Schultertasche nach, nahm die Zigaretten vom Tisch und warf sie hinein. Dann musterte sie Mary mit prüfendem Blick. »Wie alt bist du? Fünfzehn vielleicht?«

»Vierzehn.«

Marie schüttelte den Kopf. »Du gehst locker für älter durch. Schminkst du dich manchmal?«

»Ab und zu schon«, sagte sie lächelnd in Erinnerung an die Make-up-Session mit Andi und freute sich über Maries Bemerkung.

»Ein bisschen Lippenstift könnte nicht schaden.« Sie nahm eine goldene Hülse und ein Spiegelchen aus ihrer Tasche und reichte sie Mary, die eine dünne Schicht auftrug. »Lass mal sehen – du trägst Schwarz, das wirkt immer älter. Mit Schwarz lässt sich alles kaschieren. Und der Hut.« Sie nahm ihn vom Sofa und setzte ihn Mary auf. Dann zog sie die Krempe etwas tiefer herunter, sodass Marys Gesicht teilweise verdeckt war. »Toll. Na, dann los.«

Sie fuhr einen Ford-Truck (wenn man diese extravaganten Dinger mit Vierradantrieb überhaupt Trucks nennen konnte). Die vielen Dreckspritzer, die bis an die Fenster reichten, ließen die üppig bemalte, verchromte Karosserie etwas dezenter erscheinen. Hinten drin waren zwei Käfige, in denen Buck (erfuhr sie von Marie) Hunde transportierte.

Etwa fünfzehn bis zwanzig Meilen fuhren sie ziemlich schweigsam über kleinere Nebenstraßen. Schließlich erkundigte sich Mary: »Haben wir eigentlich einen Plan?«

»Nein.«

Mary schmunzelte. Erst handeln, dann denken. Das machte das Leben nicht unbedingt leichter, dafür aber spannender. Inzwischen war sie an Risiken gewöhnt.

Mary schaltete auf Vierradantrieb um und fuhr einen tief zerfurchten, rutschigen, matschbedeckten Weg den Hügel hoch, der immer noch von hartem, schmutzigem Schnee gesäumt war. Manche Orte, dachte Mary, lagen eben außerhalb der normalen Breitengrade. »Ich will bloß Jules zurückhaben«, sagte sie und überlegte, ob Marie vielleicht die Absicht hatte, den Laden auffliegen und alle verhaften zu lassen. Sie war wohl zu sehr an Andi gewöhnt. »Es ist doch noch nicht so lange her, dass ihm inzwischen was passiert sein könnte, oder?«

»Wahrscheinlich nicht. Für einen Kampf ist er bestimmt noch nicht bösartig oder hungrig genug.« Sie langte herüber, um Marys Bein zu tätscheln. »Er ist bestimmt okay.« Sie langte sich in die Kurve und bog auf eine noch matschigere Straße ab. »Dort ist es.«

»Meine Güte, wo *sind* wir überhaupt?«

»Nirgendwo.« Marie lächelte, offensichtlich gefiel ihr die Antwort. Sie brachte den Wagen vor einem Gitterzaun zum Stehen.

Das weitläufige Gelände, das sich bis an den Horizont erstreckte, wirkte kalt und trostlos und schien bis auf den alten Wohnwagen in der Ferne auch unbewohnt zu sein. Kein sehr einladender Ort, ein abschreckender Ort. Die wintrig harte Schotterstraße, auf der sie fuhren, zog sich quer darüber hinweg und verlor sich im Nichts. Das Nichts konnte es jedoch nicht sein, denn sonst wäre der Zaun nicht gewesen. Wer auf seinem Grundstück Hundekämpfe gestattet, dachte Mary, legte sicher Wert darauf, dass sie nicht zu sehen waren.

Marie stieg aus und ging zum Tor hinüber. Sie hob eine Kette mit schwerem Vorhängeschloss hoch, ließ sie wieder fallen und kam zurück. »Ich hab nicht erwartet, dass man leicht reinkommt.«

»Und wie kommt man rein?«

Marie stützte den Arm an der Fahrertür ab. Sie legte den Kopf schräg und schaute durch das heruntergekurbelte Fenster herein. »Per Kennwort.«

»Per Kennwort? Und – weißt du es?«

Marie verschränkte die Arme und blickte auf das Gelände hinaus. »Ich weiß, welches es früher war. Die ändern es immer mal wieder. Schau mal da.« Die Hand über den Augen, sah sie in die Ferne.

Mary stieg aus und hielt sich ebenfalls die Hand über die Augen. Eine Gestalt, noch zu weit entfernt, als dass sie scharf zu erkennen gewesen wäre, kam auf sie zu. Vermutlich war sie dem alten Wohnwagen entstiegen. Die Gestalt, ganz in Schwarz gekleidet, schien hinter Hitzestreifen zu wabern, obwohl die Sonne gar nicht mehr hoch am Himmel, sondern bei den fernen Bergen stand und das vormals knochenweiße Licht nun molkig grau getönt war. Was machte der hier draußen in dem kargen Gelände, fragte sich Mary, wieso war der Wohnwagen hier wie ein Vorposten aufgestellt?

Schließlich war er am Zaun angelangt, ein Mann mit kantigen Zügen und harten Augen. »Madam.« Er tippte sich an die Hutkrempe, Anrede und Geste wirkten steif, als sei er nicht daran gewöhnt.

»Sie sind doch Madge Silvers Bruder, ich kenn Sie, hallo, wie geht's?« Marie setzte ein falsches, strahlendes Lächeln auf, anscheinend hocherfreut, sich an den Kerl erinnern zu können, und streckte ihm die Hand hin.

Er schüttelte sie mit einem heftigen, wieder recht unsicheren Abwärtsruck. »Ja, äh, schön, Sie wieder zu sehen.«

Immer noch grinsend, meinte Marie: »Ach, was, Sie erinnern sich doch nicht mehr an mich. Ich war bloß einmal hier, mit meinem Mann: Buck Follett.«

Mary fand, dass er nun etwas entspannter aussah. Vermutlich war darin irgendwo ein Kennwort versteckt gewesen. Sie sah zu, wie er das Vorhängeschloss aufmachte, die schwere Kette entfernte und das Tor aufstieß.

Marie winkte ihm zu, während sie durchrumpelten, und Mary (die ihre Hutkrempe wohlweislich heruntergezogen gelassen hatte) fragte: »Was war denn das Kennwort?«

Marie zuckte die Schultern. »*Silver* oder vielleicht auch *Bruder*. Was weiß ich? Oder vielleicht hast du ihm einfach gefallen. So wie er, ganz in Schwarz – ihr könntet Zwillinge sein.«

»Ach, ha, ha.«

Die Straße verbreiterte sich und wurde etwas ebener. Hier wuchsen nun auch Laubbäume und Gebüsch. Es war, als ob der Eindruck, weites Land vor sich zu haben, sich an der Baumgrenze als Täuschung herausstellte. Vor ihnen lag ein großes, weißes Schindelhaus, ein altes Farmhaus, um das mehrere Dutzend Autos, Pickups und Geländewagen geparkt waren. Außerdem gab es ein paar Nebengebäude, darunter unmittelbar vor ihnen eine riesige Scheune. Weil ein Paar, das gerade ausgestiegen war, darauf zusteuerte, nahm Mary an, dass dort die Hundekämpfe stattfanden.

Über allem lag jedoch eine seltsame Stille. Jedes Geräusch war wie verstärkt, von den Stimmen des Mannes und der Frau, die in die Scheune gingen, bis zum Knirschen auf dem Kiesweg, auf dem ihnen nun ein anderer Mann entgegenkam – spindeldürr, kein Fleisch auf den Knochen, sah er aus wie ein wandelndes Kleidergestell. Sein Gesicht war mit grauen Bartstoppeln übersät, und seine Augen waren von einem so blassen Grau, dass sie wie farblos wirkten. Er humpelte beim Gehen.

»Oho, oho, wen haben wir denn da, meine Hübsche?« Als er die Hände an der Fahrertür abstützte, wehte seine Bierfahne über den Sitz bis zu Mary hinüber.

»Kennen Sie mich denn nicht mehr?« Es gelang Marie weiter zu lächeln. »Buck Folletts Frau?«

»He, schön, Sie zu sehen. Ich bin Lonny Dewitt, falls Sie sich erinnern. Wo treibt Buck sich denn so rum?«

»Na, hier ist er oft, stimmt's? Aber momentan ist er in Chicago.«

Der Mann mit der Bierfahne blickte zu Mary hinüber. »He. Sag mal, Kleine, wie alt bist du denn?«

»Achtzehn. Und wie alt sind Sie?«, fragte sie zurück, ohne unter ihrer Hutkrempe hervorzuschauen.

Marie lachte. »Ach, kümmern Sie sich gar nicht um sie.« Mary konnte das strahlende Lächeln in ihrer Stimme förmlich hören. Es musste Marie einige Überwindung kosten, ihm nicht ins Gesicht zu spucken. »Sie ist ein bisschen muffig. War sie schon als Baby.«

»Tja, dann steig doch mal aus und lass dich anschauen!«, meinte er hartnäckig.

Obwohl es keine wirkliche Bedrohung war, tat Mary so, als wäre es eine. »*Was*? Mich anschauen lassen? He, Mister, wenn Sie wollen, dass ich aussteige, müssen Sie mich schon selber rausziehen.« In einem dieser perversen Augenblicke, in denen man sich etwas wünscht, was einem eigentlich nur schaden kann, sehnte sich Mary nach einer Waffe. »Komm, Marie. Nichts wie weg hier.«

Marie war klar, dass Mary ihn nur bluffen wollte. »Wenn du meinst«, sagte sie wie genervt von dem Getue und ließ den Motor an.

»Halt, Halt!« Der Mann hielt die Hände hoch, als wollte er sich ergeben. »Nicht gleich eingeschnappt sein, Mädels! Ihr wisst doch, wir müssen hier 'n bisschen aufpassen. Da drüben könnt ihr das gute Stück abstellen.« Er klatschte auf die Motorhaube des Ford, als würde er einem Pferd die Sporen geben.

Sie fuhren auf die Grasnarbe – oder deren klägliche Überreste – und wollten gerade den Wagen abschließen, als ein anderer Mann aus dem Haus trat und die quietschende Fliegengittertür hinter ihm krachend zufiel. Mit einem Hund an der Leine ging er den ungepflasterten Weg entlang. Als er nicht weit von ihnen vorbeiging, konnte Mary sehen, dass der Hund – ein Pitbull – nur ein Ohr hatte und dass ein Auge wie zermatscht aussah. Mann und Hund gingen in die Scheune.

Dewitt war zum Wagen herübergekommen, offenbar, um sie in die Scheune zu »eskortieren«, als wären sie alle zum Tanzen hier. Marie fragte: »Wie viele Hunde habt ihr denn heute?«

»Sechs. Das ist normal. Mindestens zwei davon wahre Höllenmaschinen: Colette – das ist der Pitbull, den ihr gerade gesehen habt – und Dixie. Dixie ist Bobbys Liebling. Das war gerade Bobby Kruppa – dem gehört das hier alles –, der da mit Colette reingegangen ist.«

Colette. Mary verzog keine Miene, zuckte innerlich aber zusammen. Was für ein Name für einen Pitbull!

»Na, *mein* Liebling ist sie nicht«, sagte Marie, »ich hab sie ja noch nicht kämpfen gesehen. Dann wollen wir uns die doch mal ansehen.«

Dewitt blieb wie vom Donner gerührt stehen. »Sie meinen, die *Hunde?*«

Marie war stehen geblieben, um sich eine Zigarette anzuzünden, und warf Lonny Dewitt den vernichtendsten Blick zu, den Mary je gesehen hatte. »Nein, die Scheißkühe. Aber *klar doch* die *Hunde*. Dafür sind wir schließlich hier.«

»Der Kampf fängt gleich an«, sagte er kläglich und zog ihnen die Scheunentür auf. »Ihr könnt sie ja dann im Ring sehen.«

Marie behielt die Zigarette im Mund, während sie in ihrer Schultertasche herumkramte und ein dickes Bündel Geldnoten zu Tage förderte. Mary verschlug es fast den Atem. Es schienen lauter große Scheine zu sein. »Denken Sie etwa, ich bin so blöd und wette, ohne dass ich mir die Hunde erst richtig angesehen hab?« Sie schnaubte verächtlich und blies ihm einen dünnen blauen Rauchstrahl ins Gesicht. »Wenn Sie das denken – na, dann sind Sie ja bescheuerter als das arme, blinde Vieh, das Sie hier als Champion verkaufen.« Wie einen Satz Spielkarten blätterte sie mit dem Daumen die Geldscheinränder durch.

Ein kleiner Muskel zuckte in Dewitts Wange. Er war stinksauer – Mary sah, dass er wahnsinnig sauer war, sich von einer Frau so herumkommandieren zu lassen –, doch seine Augen (in dieser seltsam frostigen Farbe) fuhren aufgeregt flackernd zu dem Geld hin. So einen Haufen Zaster durfte er sich nicht durch die Lappen gehen lassen. Es war vermutlich mehr als das aller anderen zusammen. Er durchbohrte sie mit seinem frostigen Blick, murmelte aber nur »verdammte Scheiße« und bedeutete ihnen zu folgen.

Nur ein paar Meter neben der großen Scheune befand sich ein viel kleinerer Pferdestall. Als er die Tür aufstieß und ein schmaler Lichtstreif auf die Boxen fiel, begannen die Hunde zu bellen. Dort drinnen war es stockfinster gewesen. Mary zählte acht Boxen, sechs davon waren mit Hunden belegt. In den ersten waren zwei weitere Pitbulls, dann kamen drei Terrier (sie war sich nicht sicher, was für eine Art genau) und in der letzten Box Jules und ein karamellfarbener Welpe.

Sie hätte vor Erleichterung fast aufgeschrien. Mit Müh und Not gelang es ihr, stumm vor der Box zu stehen. Bemüht, nicht allzu ungeduldig zu erscheinen, klammerte sie sich an die Oberkante der Boxentür und sah zu, wie Jules sich aufrichtete, kurz zögernd aufbellte und anfing, mit dem Schwanz zu wedeln. Sie warf einen raschen Blick zu der zweiten Box hinüber, wo Dewitt irgendwelche Geräusche machte, als wollte er den Pitbull reizen. Aber schon kam er zu Jules' Box her und stellte sich neben Marie.

Jeder, dachte Mary, selbst einer, der so schwer von Begriff war wie Dewitt, wäre beim Anblick des schwanzwedelnden, verspielt kläffenden Tieres argwöhnisch geworden. Der Welpe stimmte mit ein, als wäre Mary die Erlösung. *Au, verdammt,* dachte sie und sah Marie an, die genau merkte, was hier ablief.

Marie wandte sich an Dewitt, als ob der allein schuld daran wäre, wie Jules sich aufführte, und sagte: »*Den* Hund wollen Sie in den Ring lassen? *Diesen* Schwuchtelbubi? Was für einen Saftladen haben Sie hier eigentlich, Mr. Dewitt?«

Dewitt sah Jules ratlos an. »So hab ich den noch nie erlebt. Der ist sonst richtig bösartig –« Er unterbrach sich abrupt, als hörte es sich selbst für ihn verlogen an.

»Also, *bitte*.«

Sofort änderte Dewitt die Tonart. »Tja, wir brauchen aber doch 'n paar sanftmütige, zum warm werden für Colette und Dixie.« Er grinste breit und zwinkerte ihnen zu, als wären ihm die schlüpfrigen Untertöne seiner Bemerkung eben erst aufgefallen. Mary sah, dass die meisten seiner Zähne verfault waren.

»Dieser Trauerkloß von einem Hund kann doch überhaupt nicht kämpfen«, sagte Marie. »Was soll daran sportlich sein?«

Den Blick auf Jules geheftet, hielt Mary sich aus dem Streitgespräch, das hinter ihr stattfand, heraus. Der Labrador hatte mit Schwanzwedeln aufgehört und stand nur da und sah sie unverwandt an. *Warum hasst du mich nicht? Ich bin es doch, die dich hier reingeritten hat.* Sie wollte es laut sagen, war sich jedoch bewusst, dass Dewitt hinter ihr stand und Maries Fragen in etwas weinerlichem Ton beantwortete. Schließlich war Marie aber offenbar überzeugt, dass der Kampf ihren Aufwand an Zeit und

Geld lohnte, und Dewitt führte sie hinaus und wieder zur Scheune zurück.

Der Ring, in dem die Kämpfe stattfanden, war wie eine Art Pferch oder Koppel aus Latten und Pfosten errichtet, mit dem Unterschied, dass hier alles zusätzlich mit Drahtgitter umzäunt war, um zu verhindern, dass ein Tier durch eine Öffnung entwischte.

Als Beleuchtung diente eine alte Glühbirne mit Metallschirm, die an einem langen Kabel in die Mitte des mit lockerer Erde bedeckten Rings hing. Auf hölzernen Fässern standen außerdem Laternen, die den Schauplatz aber nur in trübes Licht tauchten. Es war schwer, einzelne Gesichter länger auszumachen, da das Licht sich hin und her bewegte und immer wieder Schatten warf.

Innen vor den hohen Scheunentoren hantierte eine griesgrämig wirkende Frau (Bobbie Kruppas Frau oder vielleicht seine Schwester, denn sie sah ihm ähnlich) mit den Wettgeldern. Die Leute gaben das Geld – wie kam es eigentlich, dass sie einander trauten? – in der Warteschlange weiter, sie notierte es sich und schickte eine Quittung zurück. Sie war ziemlich flink und konnte so innerhalb weniger Augenblicke eine Menge Geld abrechnen.

Etwa fünfunddreißig bis vierzig Leute, schätzte Mary, standen um den Ring herum, redeten, lachten und warteten offensichtlich gespannt darauf, dass die Schau anfing. Es waren hauptsächlich Männer, doch es gab auch ein paar vereinzelte Frauen, die genauso gespannt waren. Einige Teenager waren offenbar auch dabei, allerdings älter als Mary. Keine kleinen Kinder. Ein paar ältere Leute, wie der Greis im Rollstuhl neben ihr, der sich unter größter Anstrengung aufgerichtet hatte, indem er seinen Krückstock in die oberste Geländersprosse eingehakt und sich hochgezogen hatte. So konnte er sich ans Geländer gelehnt abstützen. Hinter Marie und Mary reichten sich ein paar mittelalte Busenfreunde lautstark einen Humpen Bier weiter. Mary sah es, als sie sich umwandte und ihr der hinter ihr mit seinen spuckegelben Augen zuzwinkerte. Mary ignorierte sie, bis einer etwas zu dicht an sie heranrückte und plötzlich eine Geste machte, die Mary nicht ganz begriff. Marie stieß ihm daraufhin hart und heftig ihren Ellbogen in die Seite. Die Frau neben Marie fing an zu lachen und musterte sie anzüglich. Sie war zu stämmig, um als hübsch zu gelten, selbst mit Hilfe der dicken Schicht Lidschatten und Wimperntusche und des grellen Lippenstifts auf dem Schmollmund, der aussah, als küsste sie eine Dattelpflaume. Mary überlegte, ob der Ausdruck, den sie zwar selten hörte, der sie jedoch immer beeindruckte – *Schlampe* – hier passte. Mary hatte wenig Erfahrung mit Männern – um ehrlich zu sein, gar keine, von ein paar Küssen und eher zufälligen Berührungen einmal abgesehen – und fragte sich, wieso um alles in der Welt sie, die doch die wichtige Aufgabe hatte, Jules zu retten, ausgerechnet *jetzt* an Sex dachte? Dann aber merkte sie, dass es an der aufgeladenen Atmosphäre liegen musste. Es war nicht nur die Frau mit dem Beerenmund oder was die Schlägertypen hinter ihnen trieben – nicht bloß diese eine Geste –, sondern eine kollektive Hitze, eine mit Potenz aufgeladene Gewitterwolke, die über diesen ringsum versammelten Leuten hing und nur darauf wartete, sich zu entladen.

Die Spannung stieg, als Kruppa zu Dewitt hinüberrief, nun sei es »aber Zeit«, dass er endlich kam. Dewitt öffnete eines der Gatter im Lattenzaun und stieß den Terrier hinein. Der Hund schüttelte sich und schien etwas verwirrt. Kruppa hatte eine kleine Papiertüte bei sich, aus der er nun ein junges Kätzchen hervorzog, das er mit den Worten *Los geht's, Leute* in den Ring schleuderte und dabei laut wieherte.

Unwillkürlich wich Mary vom Zaun zurück. Marie packte sie am Arm und zog sie wieder hin.

Sie wusste, dass ihr nichts anderes übrig blieb, als den Blick abzuwenden. Reihum fingen die Leute an zu trampeln und zu pfeifen, als das Kätzchen, auf das nun beide Hunde aufmerksam geworden waren, sich eng an den Ring drückte, seine Nackenhaare sträubte und zu zischen anfing, als ob es sich wehren könnte. Die grölende Menge feuert die Hunde an, schrie ihnen zu, pfiff und johlte. Colette, der Pitbull, ein trotz seiner Bösartigkeit offensichtlich dummer Hund, konnte sich zwischen dem Kätzchen und dem Terrier nicht entscheiden. Als der Terrier sich auf das Kätzchen stürzte, griff der Pitbull an. Beide verbissen sich in dem Tierchen und schüttelten es wie eine Stoffpuppe wild hin und her. Es hätte genauso gut ein Stück Sackleinen, ein Knochen oder ein Ast sein können. Die Gesichter der Menge bewegten sich zwischen Schatten und Licht hin und her, immer wieder kurz beleuchtet von der schwingenden Lampe und den Laternen auf den Fässern. Blutspritzer flogen und fielen als roter Dunst im schwankenden Licht nieder.

In Mary stieg Ekel hoch. Ihr Körper würde sie verraten. Um den aufsteigenden Brechreiz und das Brennen im Hals zu unterdrücken, tobte sie los, tat so, als würde sie ausrasten. Ihr Gebaren war kaum wilder als das Gebrüll und Gekreische der Zuschauer um sie herum. Der Pitbull schüttelte die Überreste des Kätzchens und schleuderte sie beiseite. Jetzt war er scharf auf den Terrier.

Als wollte sie Colette ebenfalls anfeuern, schrie Mary weiter, unterdrückte die Übelkeit, sah, wie immer noch Geld an die griesgrämige Frau weitergegeben wurde, die anscheinend keinerlei Regeln folgte, sondern selbst dann noch Wetten annahm, als der Pitbull sich bereits in die Kehle des Terriers verbissen hatte. Sie sah, wie Marie das Bündel Geldscheine herauszog, ein paar wegblätterte und sie weiterreichte. Der Terrier, aus dessen Kopf Blut strömte, konnte sich rätselhafterweise irgendwie von dem Pitbull befreien, was mit weiterem Gejohle quittiert wurde. Man bekam einen richtigen Kampf für sein Geld geboten oder wenn schon keinen Kampf, so doch zumindest einen hinausgezögerten Tod.

Es überstieg Marys Vorstellungskraft. Wie um sich zu schützen, begann sie die Dinge in Zeitlupe zu sehen: Als der Pitbull dem Terrier das Auge ausdrückte, flog dieser kreischend ans Geländer und versuchte, sich untendurch zu graben. Hier konnte keiner der beiden Hunde entkommen. Es gab keine Glocke, die sie in ihre jeweilige Ecke schickte, damit sich ihre Trainer um sie kümmern konnten, und der einzige Schiedsrichter war der Tod. Gesichter flackerten in der Dunkelheit wie Kerzen, schwangen hin und her. Das surreale Licht, das über diese Gesichter fiel, wenn sie sich bewegten, schien sie in zwei Teile zu trennen, die sichtbare, beleuchtete Seiten wie eine Halbmaske. Der Ring hielt Mary aufrecht, weil sie sich mit den Armen oben abstützen konnte. Schlagartig kam sie wieder zu sich, als Kruppa den toten Terrier aus dem Ring nahm und Dewitt mit Jules an der Leine durch die Menge hereinkam.

Ich muss mir das jetzt ansehen, dachte sie. *Nein.* Wieder überkam sie Ekel. »Marie, ich werd ohnmächtig.«

»O nein, das wirst du nicht«, wisperte Marie. »Wenn du ohnmächtig wirst, sind wir geliefert. Reiß dich zusammen.« Sie legte Mary die Hand auf die Schulter und drückte zu. Kräftig.

Jules, der die Gefahr offenbar spürte, wollte sich nicht führen lassen. Er zog heftig zurück, sodass sich die Leine spannte und Dewitt ihn hochheben und in den Ring tragen musste.

Plötzlich hörte sie neben sich eine schwache, alte Stimme. »Heben Sie mich hoch, Lady! Heben Sie mich hoch!« Sie kam von dem Mann im Rollstuhl. »Ich heiße Asa Stamper. Ich bin gar nicht schwer. Heben Sie mich hoch!«

Marie auf der einen, Mary auf der anderen Seite, hoben sie

den alten Mann gemeinsam hoch, der nur wie die äußere Hülle einer Person aussah, ausgetrocknet und durchgeweht. Er fühlte sich an wie ein Sack trockenes Laub. »Stützen Sie mich einfach auf dem Geländer ab, einfach die Arme hoch, und – so ist es recht. Ich hör gar nichts bei dem Geschrei. Wann ist Mule eigentlich dran? Das ist nämlich mein Hund, Mule, den hab ich von klein auf großgezogen. Der widerlichste Köter aller Zeiten.« Asa Stamper redete weiter für die, die ihm zuhörten oder einfach ins Leere. »Wartet bloß ab, bis Mule dran ist, der wird's ihnen schon besorgen!« Asa reckte die Faust, verlor das Gleichgewicht und wäre beinahe zu Boden gerutscht, als Marie ihn gerade noch auffangen und wieder in den Rollstuhl setzen konnte. Er redete ununterbrochen weiter.

Kruppa brachte die schwarzbraune Bulldogge mit dem hässlichen Gesicht herein. Die schien überhaupt nicht zu zögern und es kaum erwarten zu können, in den Ring zu kommen. Offenbar sollte die gegen Jules kämpfen. Mary konnte sich des plötzlichen Schwächegefühls nicht erwehren, ihr war schwindelig, sie stützte den Kopf in die Hände. Da rief Asa ihr zu: »Heb mich hoch, Kleine! Heb mich hoch! Da ist ja Mule!«

Sie hob den Alten hoch und legte seine Arme um den Pfosten. Es fühlte sich an, wie wenn man einen leeren Anzug zurechtlegte. Dies alles tat sie ziemlich unsanft, denn sie hasste den alten Kerl, dessen Hund nun gleich Jules zerfleischen würde. Er feuerte Mule andauernd an (der wie besessen hin und her rannte), reckte die Fäuste und fiel dabei jedes Mal fast hin, da er den Zaun als Stütze brauchte.

Mary wurde auf einmal klar, dass sie in Asa Stamper womöglich einen Verbündeten hatten. Sie sagte zu ihm: »Das weiß aber doch keiner, ob Mule überhaupt gut ist oder nicht, jedenfalls nicht, wenn die den mickrigen alten Labrador zu ihm in den Ring tun. Der ist doch schwach wie eine Miezekatze, sehen Sie ihn doch an.« Jules sah in der Tat schwach aus, genau wie der Alte, nur Haut und Knochen, wie er da hinter Dewitt herschlich und von ihm wegzerrte. Und die Gefahr riechen konnte.

»Weg da mit dem verdammten Weichling«, kreischte Asa. »Dieser Schwuchtelköter wird doch nicht gegen meinen Mule kämpfen! Soll das ein Hundekampf sein?« Er reckte die Faust und boxte in die Luft. Sein Körper widersetzte sich der Schwerkraft und blieb oben.

Marie lehnte sich am Zaun zu ihm hinüber: »Dixie, sagen Sie denen, sie sollen Dixie in den Ring schicken.«

»Dixie! Wir wollen Dixie und Mule sehen!«, rief Asa.

Der Ruf nach Dixie machte die Runde und schwoll zu einer pfeifenden, trampelnden Forderung an.

Marie schrie zu der Frau hinüber, die die Wettgelder einsammelte: »Hier, ich wette fünfhundert auf Dixie!« Sie löste fünf Scheine aus ihrem zusammengerollten Bündel und gab sie an Kruppas Verwandte weiter, als diese am Ring die Runde machte.

Angespornt durch diesen enormen Einsatz taten andere es ihr nach und verlangten, dass man Dixie hereinbrachte. Kruppa blieb gar nichts anderes übrig, die Menge war zu aufgewühlt, wollte endlich richtig Blut sehen. Er brüllte Dewitt zu, er sollte Dixie holen, doch der hatte mit Jules alle Hände voll zu tun.

»Dixie ist nicht in den Boxen. Wo hast du sie?«

»Im Haus! Mach schon, verdammte Scheiße, hol sie!«

Jules riss immer noch überraschend kraftvoll an der Leine und hätte den dürren Dewitt fast umgeschmissen.

Mary trat zu ihm hinüber. »Geben Sie her«, sagte sie. »Ich bring ihn zurück, und Sie gehen und holen den anderen Hund.«

Dewitt sah sie argwöhnisch an, war jedoch froh, den Labrador loszuwerden und übergab ihr die Leine. Bei ihrem Anblick hörte der Hund sofort auf zu ziehen und setzte sich hin. Mary sah zu

Marie hinüber, die mit Daumen und Zeigefinger lächelnd ein Zeichen machte und mit einem Kopfnicken zur Tür hinüberdeutete. Mary ging hinaus, den braven Jules im Schlepptau.

Der Brustkorb tat ihr weh, weil sie unwillkürlich den Atem angehalten hatte, und sobald sie draußen waren, stieß sie ihn aus. Die Tür dämpfte den Lärm der Menge etwas ab. Während Dewitt auf das Haus zueilte, steuerte sie auf die Boxen zu und ging hinein, um abzuwarten. Jules legte sich still hin, den Kopf auf den Pfoten. Mary ging zu den Boxen hinüber, die bis auf die mit dem Welpen alle leer waren. Gott allein wusste, was dem noch bevorstand.

Durch das kleine Fenster, das zum Haus zeigte, beobachtete sie, wie Dewitt mit dem anderen Hund, Dixie, durch die Fliegengittertür kam. Sie hörte ihn fluchen und Dixie bellen. Als sie in der Scheune verschwunden waren, verließ Mary den Stall und schnalzte mit der Leine, damit Jules ihr folgte. Sie überquerten die Kiesfläche, und sie eilte den Fußweg entlang auf die Stelle zu, wo die Autos auf dem Gras geparkt waren.

Aus dem Nichts tauchte plötzlich ein Mann neben ihr auf.

»Was machst du denn hier, Kleine?«

Es war Krueger. Mary fühlte, wie ihr eiskalt wurde. Selbst ihr Verstand war wie erstarrt. Eine Ruhe vortäuschend, die sie nicht im Geringsten verspürte – was sollte sie bloß sagen? –, sagte sie: »Ich bin bloß vorbeigekommen, um meinen Hund zu holen.«

Das schien sogar Krueger lustig zu finden. Doch er stellte sich ihr in den Weg, und jedes Mal, wenn sie sich ein wenig nach links oder rechts bewegte, tat er es ebenfalls. So ungefähr musste das Kätzchen sich gefühlt haben.

»Hm, das scheint ein Missverständnis zu sein, meine Kleine. Ich glaube, der Hund da gehört Buck Follett. Mich würde auch interessieren, wie du überhaupt hier hereinkommst, nicht nur du, auch seine Frau. Ich kann mir vorstellen, dass Buck das alles höchst interessant finden wird.« Sein Lächeln blitzte im Dunkeln auf wie eine Messerklinge.

Mary hörte ein leises Knurren. Sie konnte das Knurren *fühlen*, denn der Erdboden unter ihr schien davon zu erheben. Jules stürzte auf Krueger los und schlug seine Zähne tief in Kruegers Schulter. Der Mann schrie auf, doch sein Schrei ging als einer von vielen zwischen den aufgeregten Stimmen aus der Scheune fast unter.

»Jules«, sagte Mary. Der Hund folgte. Er ließ Krueger los, wich zurück, blieb jedoch angespannt neben ihr stehen. »Sie scheinen sich nicht leicht Freunde zu machen, Dr. Krueger.«

Ein Taschentuch an Schulter und Hals gepresst, schrie Krueger sie an, während er auf den Parkplatz zusteuerte: »Den Scheißköter werd ich einschläfern lassen!«

»Au weia«, erwiderte Mary unbeeindruckt.

Er riss den Wagenschlag seines Luxusautos auf, machte den Motor an, ließ die Räder durchdrehen und raste die Auffahrt hinunter. Sie blieb stehen und sah ihm nach und überlegte, wie sie – sie und Marie – Peaceable Kingdom auffliegen lassen könnten.

Jules hatte sich inzwischen ruhig hingesetzt und schaute zu ihr auf.

»Braver Hund«, sagte sie und tätschelte ihm den Kopf.

Als sie Jules gerade im Ford verfrachtete, kam Marie aus der Scheune gelaufen. Die Tür ging auf, und ein Getöse von Stimmen erscholl und verebbte, als sie wieder zuging, wie heranrollende und zurückweichende Wellen. »O, Mann, jetzt aber nichts wie weg hier.« Sie kletterte auf den Fahrersitz.

»Einen Moment noch«, sagte Mary und war schon auf dem Gehweg.

»Mary!«

»Nur eine Minute!«, rief Mary ihr zu.

Der Welpe schien im Dunkel der Boxen ganz benommen, vor

lauter Angst wahrscheinlich. Mary würde es selbst bestimmt nicht anders gehen. Er wehrte sich nicht, als sie ihn hochhob. Butterweich versuchte er ihrem Griff zu entgleiten, als sie mit ihm auf den Wagen zulief.

Marie hatte den Motor bereits angelassen und war mit dem Wagen zurückgestoßen. Mary riss die hintere Tür auf und schob den Welpen in einen der Käfige. Winselnd krabbelte Jules über den anderen Käfig hinweg, um ihn in Augenschein zu nehmen.

»Und was soll das jetzt?«

Mary knallte die Beifahrertür zu. »Du hast dir eine Belohnung verdient.«

»Danke.« Marie gab Gas, warf das Lenkrad herum und ließ Haus und Scheune schnell hinter sich.

Mary erzählte ihr das mit Krueger. »Es muss doch möglich sein, seine Praxis dichtzumachen. Schau dir bloß all die ›vermissten‹ Hunde an. Die hat der denen doch geliefert.«

Marie nickte. »Es wäre allerdings schwer zu beweisen. Zunächst müsstest du nachweisen, dass Jules bei ihm in Behandlung war. Der verwischt seine Spuren vermutlich recht gut.«

Was glaubst du, wieso ich das Foto gemacht hab?, konnte Mary Andis Stimme sagen hören. Sie fuhr hoch. »Die Kamera ist doch im Auto!«

»Was?«

»Andi hat einen Schnappschuss gemacht, von ihm und Jules, zusammen im Peaceable Kingdom.«

»Ehrlich?« Marie klang ganz aufgeregt. »Das könnte reichen... bloß musst du dann noch beweisen, dass Jules für die Kämpfe hierhergebracht wurde. Irgendwie hab ich nicht das Gefühl, dass sich Dewitt oder Kruppa um eine Zeugenaussage reißen. Kein Wunder! Vergiss nicht, die Kämpfe existieren ja eigentlich gar nicht!«

Mary rutschte in ihrem Sitz hinunter. Plötzlich richtete sie sich auf. »Der alte Mann! Asa Stamper! Dem ist doch alles egal außer seinem blöden Hund – der ist doch nicht etwa abgemurkst worden, oder?«, fragte sie.

»Nein. Ich sag dir aber lieber nicht, wie Dixie zugerichtet ist.«

»Der würde sich doch bestimmt an den ›Schwuchtelköter‹ erinnern, den er nicht gegen Mule kämpfen lassen wollte. Der ist zwar alt und beknackt, aber man kann's ja mal versuchen.«

Lachend raste Marie die pfeilgerade Straße hinunter.

Mary lehnte sich wohlig zurück. Sie drehte den Kopf zum Beifahrerfenster hinüber. Das Mondlicht war so hell, dass die Stoppelfelder wie mit Schnee bedeckt aussahen. Die winterlichen Berge kamen ihr in den Sinn, Andi in ihrer Hütte. Andi wäre mit der Arbeit des heutigen Abends zufrieden gewesen, dachte sie.

»Alle wollen dich nach Hause fahren.« Mary schüttelte zwar abwehrend den Kopf, doch war sie in Wahrheit todmüde und recht froh über das Angebot.

»Ich kann mir ja eine Geschichte für deine Haushälterin ausdenken.«

Sie hatte Marie von Rosella erzählt. Inzwischen war es ihr allerdings ziemlich egal, was Rosella sagen würde. Sie machte die Augen zu.

Marie redete weiter über die Reise, über Fahrtrouten und Entfernungen. Für eine Frau, die nie aus dem Haus ging, kannte sie sich mit Landkarten erstaunlich gut aus. (Sie und Andi würden sich blendend verstehen.) Vielleicht lag es daran, dass sie viel Zeit damit verbrachte, über Fluchtwege nachzusinnen. »Wir können früh starten und in einem Stück durchfahren. Dafür ist es nicht zu weit. Und wenn ich müde werde, kannst du mich ja ablösen. Mary?«

Mary schlief mit offen stehendem Mund.

Marie drehte sich zu Jules um. Der saß aufrecht da, hechelte einsatzbereit und sah aus, als hätte er das ganze Unternehmen unter Kontrolle. Der Welpe kläffte.

»Okay, *ihr* könnt mich ja ablösen.«

46

Es waren einige Erklärungen nötig: Rosella musterte die beiden höchst argwöhnisch, obwohl es ihr offenbar leichter fiel, Marie Folletts Anwesenheit zu akzeptieren als Jules, den Hund.

»Du brauchst keinen Hund, du hast doch den Kojoten.«

»Der ist gar nicht meiner, Rosella. Ich werd ihn auch gar nicht lang behalten.«

Rosella rührte gerade eine Polenta an und redete weiter, als ob Mary überhaupt nichts gesagt hätte. »Sunny verträgt sich mit keinem anderen Hund.«

»Sunny ist auch ein Hund. Und überhaupt ist er ja gar nicht hier. Der ist wahrscheinlich die ganze Zeit unterwegs, seit ich weg –«

Rosella hörte auf zu rühren. »Weg? Was soll das heißen, du warst weg?«

»Ich mein die Tage, an denen ich in der Stadt war. Du hast doch wohl nicht erwartet, dass ich die ganze Woche hier im Haus rumhocke?«

»Doch«, sagte Rosella und wandte sich dann Marie zu (die sich taktvoll aus der Kabbelei herausgehalten hatte, nachdem sie festgestellt hatte, dass Kabbeleien hier an der Tagesordnung waren). Nicht unfreundlich und den für Mary reservierten, speziellen sarkastischen Tonfall in ihrer Stimme glättend, erkundigte sich

Rosella, ob Marie nicht vielleicht gern zum Abendessen dableiben würde.

Marie lehnte freundlich dankend ab. »Ich muss heute Abend wirklich wieder nach Idaho Falls zurück.«

»Aber Sie sagten doch, Sie hätten Ihr Auto beim Händler abgegeben.«

»Nein, nicht abgegeben, einfach abgestellt hab ich es, wie ich ja sagte. Und jetzt werd ich mir einen Anwalt nehmen und die Dreckskerle anzeigen.« Marie hatte ein genüssliches Lächeln aufgesetzt. »Da gibt's doch dieses Verbraucherschutzgesetz über Montagsautos, und *der* Wagen ist ein Paradebeispiel dafür. Ich nehme einfach einen Flieger von Santa Fe oder fahr nach Albuquerque, wenn's sein muss.«

Mary lächelte. Maries Worte klangen absolut überzeugend und trafen ins Schwarze. Rosella war nämlich ganz scharf darauf, gegen alles Mögliche ins Feld zu ziehen: gegen die Regierung, gegen Institutionen, gegen die Industrie. Sie stürzte sich geradezu auf Berichte von Leuten, die gegen diese gesichtslosen Vereine ins Feld zogen.

»Verklagen«, sagte Rosella. »Bis aufs letzte Hemd verklagen.« Sie sah um sich. »Wo ist eigentlich der Hund?«

Mary hatte das Kinn auf ihren quer über den Tisch gebreiteten Arm gestützt. »Irgendwo.« Sie konnte seine Krallen auf dem gefliesten Fußboden im Wohnzimmer hören und überlegte, was er wohl von dem Kojotengeruch halten mochte, der tief in Möbeln, Sitzkissen und Kaminvorleger saß.

»Du weißt ja, was dann passiert. Sunny kommt mit seinen Kojotenspezis an und bringt den Hund dazu, dass er mitgeht.«

Mary schnaubte. »Das ist doch verrückt.«

»Du glaubst mir nicht, aber wart's nur ab. Das machen Kojoten nämlich so. Die gehen in die Häuser und bringen die Hunde dazu, dass sie ihnen folgen. Und wenn die Leute ihre vermissten

Hunde suchen? Dann sind sie wahrscheinlich mit den Kojoten abgehauen.« Schniefend ging Rosella zwischen Herd und Tisch hin und her. »Und Andi, wieso ist die eigentlich nicht hier? Ich dachte, die wollte dableiben.«

Mary ließ sich auf den Küchenstuhl fallen und sah an die Decke. »Sie musste weg.«

»Wie ich auch«, sagte Marie.

»Ich kann dich ja zum Flughafen fahren.« Mary stand eilfertig auf.

Rosella wandte sich vom Herd herüber. »Du fährst überhaupt nirgends hin, Miss. Du hast nämlich keinen Führerschein. Los, ruf deiner Freundin ein Taxi.«

Mary zuckte geqäult zusammen. War sie tatsächlich wieder in der Welt von Du-hast-nämlich-keinen-Führerschein?

Sie standen in den von Mary so genannten »Not-so-Badlands«, der gar-nicht-so-öden Wüste, die sich kahl und mit Nusskiefern und gedrungenen Kaktuspflanzen gesprenkelt ums Haus erstreckte, so weit das Auge reichte. Hier draußen war man den Elementen, den gelegentlichen Regenfällen und häufigen Windstößen schutzlos ausgeliefert. Heute blies ein starker Wind, der Maries Haar wie gelbe Gischt um ihr Gesicht wehte. Mary trug ihren schwarzen Hut und hatte die Kordel unter dem Kinn festgeknotet. Trotzdem versuchte ihn der Wind ihr zu entreißen.

»Dürr und kahl«, bemerkte Marie, »aber herrlich.« Die Sonne ging gerade unter und ergoss sich golden über die Berge.

Sie standen neben dem großen flachen Felsbrocken, in den die Säume von Marys Jeans fast eine sanfte Kerbe gegraben hatten. Sie liebte es, sich hier draußen auf den Felsen zu setzen und versonnen die dürre, still vor ihr liegende Landschaft zu betrachten. Die Hände in den Taschen ihres Parka vergraben, sah sie zu den fernen Sangre-de-Christos-Bergen hinüber.

»Marie, glaubst du wirklich, wir schaffen es, dass dem seine Tierarztpraxis dichtgemacht wird?«

»Krueger? Klar. Wenn ich wieder dort bin, werde ich mich drum kümmern. Es gibt doch alle möglichen Tierschutzorganisationen, an die man sich wenden kann. Und Anwälte, die sich darauf spezialisiert haben. Klar, mit dem Schnappschuss und allem wird Krueger bestimmt mit Schimpf und Schande aus der Stadt gejagt. Man muss sich das doch mal vorstellen, ein *Tierarzt*, der für Hundekämpfe Tiere liefert?«

»Die Kämpfe werden aber doch weitergehen?«

»Eine Zeit lang aber jedenfalls nicht.«

»Irgendwann aber dann schon.«

»Wahrscheinlich.«

»Die werden eine andere Quelle auftun.«

»Wahrscheinlich. Bist du eigentlich immer so aufgedreht, wenn die Sonne untergeht?«

Mary lächelte. »Ja.«

Marie sagte: »Da ist noch etwas –«

Mary sah sie fragend an. »Was?«

»Der Bus, von dem du mir erzählt hast, in dem unsere Freundin Andi saß.«

Mary nickte.

»Das war wirklich ein schlimmer Unfall, so schlimm, dass bestimmt jede Zeitung in Idaho darüber berichtet hat und vermutlich auch die großen überregionalen Zeitungen.«

»Vermutlich.« Obwohl Marie sie ansah, drehte Mary den Kopf nicht herüber, sondern hielt den Blick auf die Berge geheftet.

»Sie war in der Bibliothek und hat die Zeitungen durchgesehen.«

»Sie wusste aber nicht, wonach sie suchte. Ich mein, sie hat nicht nach Unfallberichten gesucht, sondern nach Vermisstenmeldungen.«

»Aber diese Anstalt, zu der der Bus die Kinder zurückbrachte – wenn man den Namen weiß, könnte man doch hingehen und herausfinden, wer sie ist und woher sie kommt.«

Mary schwieg eine Weile. »Vielleicht will sie es gar nicht wissen.«

»Ja, das sagtest du schon. Ich rede aber nicht von ihr.«

Jetzt sah Mary sie doch an. Sie hatte eine Zigarette herausgeholt und beugte den Kopf darüber, die Hand über ein Streichholz gewölbt, um die Flamme vor dem Wind zu schützen.

»Von dir rede ich. Willst *du* es denn nicht wissen?« Sie ließ den Wind das Streichholz davonwehen.

Mary betrachtete den Felsen, an dem ein winziger Salamander hinunterglitt. Sie hatte keine Ahnung, was sie sagen sollte, weil sie keine Antwort wusste.

Es entstand eine Pause, bis Marie schließlich fragte: »Wo ist sie hingegangen? Wohin, denkst du, ist sie gegangen?«

Mary blickte zu den Bergen hinüber. »Nach Hause vielleicht.«

Marie schien etwas verwirrt, sagte aber nichts und rauchte schweigend weiter, während beide zu den Bergen hinübersahen.

Sie drehten sich um, als sie Rosella von weitem rufen hörten und sahen, wie sie sie herwinkte.

»Ich glaub, das Taxi ist da«, sagte Mary.

Marie ließ ihre Zigarette fallen, trat sie aus und seufzte. »Komm lieber nicht mit. Ich hasse Abschiede.« Sie umarmte Mary und drückte sie ganz fest an sich.

»Sag mal«, begann Mary. »Gehst du wirklich wieder nach Hause zurück? Zurück zu Buck?«

»Klar.« Auf Marys halb besorgten, halb überraschten Blick hin fügte sie hinzu: »Aber nur, um meinen Hund abzuholen.«

Mary sah ihr nach, wie sie davonging. »*Marie!*«, rief sie ihr hinterher, und als Marie sich umdrehte, rief sie laut: »*Danke!*«

Sie setzte sich auf den glatten Stein und kam sich sehr verlassen vor. Eine Weile sah sie noch zu, wie die Farben über den Bergen allmählich verschwammen und die ersterbende Sonne in ihrem Rücken sich an der Westseite der Sangre-de-Cristos reflektierte. Selbst wenn sie wirklich traurig war, verfehlte das langsam verschwimmende Glühen aus Pink, Gold und Lavendel seine Wirkung nie. Doch nun wurde ihr Inneres von Bildern überflutet – der Schwarze Panter, zusammengesunken auf dem weiten Gelände, die stehenden Wellen des Flusses, der Tiger, erschossen in seinem Käfig, Harry Wines Blut, das Kätzchen, den Hunden zum Fraß vorgeworfen – diese Bilder erhoben sich in ihrem Inneren so trutzig und unverrückbar wie die Berge. Sie würde sie nie wieder loswerden. Sie hielt sich die Hände übers Gesicht, um das Licht abzublocken, so als könnte sie dadurch die Erinnerung abblocken. Doch würden ihr diese Dinge immer im Gedächtnis haften bleiben, sie würden nie ausgelöscht werden. Ihre eigenen Worte an Marie kamen ihr wieder in den Sinn: *Du wolltest es nicht wissen. Aber jetzt weißt du es.*

Jetzt wusste sie es.

47

Mary fand es überraschend, dass die Sensationsgier der Zeitungen im Mordfall Harry Wine schon bald befriedigt war. Nach einer Woche, zehn Tagen war die immer wieder aufgewärmte Berichterstattung über den Mord vorbei, zumindest in der Presse. Die intensive Suche nach Harrys Killer, mit der Mary eigentlich gerechnet hatte, fand nicht statt. Was ihr damals nicht klar gewesen war – jedenfalls nicht während der schrecklichen, blutigen Tat: Es gab überhaupt niemanden, nach dem man hätte suchen können.

Harry hatte zwar jede Menge Feinde, aber Feinde waren noch keine Verdächtigen. Wenn die Polizei Fotos gefunden hatte – von Brill oder einem der anderen Kinder –, geriete Bonnie sicher unter Verdacht. Doch wurde darüber nichts gemeldet. Es gab keine konkreten Tatverdächtigen. Als Mary genauer darüber nachdachte, wurde ihr klar: Wieso sollte jemand Andi oder *sie beide* verdächtigen? Sie waren doch Kinder. Kinder, die an einem seiner Raftingtrips teilgenommen hatten, aber sonst? Es gab keine Zeugen. Und die Leute, die sie gesehen hatten – Brill (auf den man wohl kaum rechnen konnte, wenn es irgendetwas zu bezeugen galt) und seine Schwester Hope –, würden den Mund halten. Und natürlich Bonnie. Reuel hatte Recht: Bonnie würde doch niemanden melden, der womöglich den Mann umgelegt hatte, der sich so lange an ihren Kindern vergangen hatte.

Es war tatsächlich so: Je mehr über Harry Wine und seine Machenschaften ans Licht kam, desto weniger schien man zur strafrechtlichen Verfolgung der Person geneigt, die ihn getötet hatte. Seine Geschäfte mit den Quicks waren bald allgemein bekannt und Jack Kite gelang es, ihre »Wildjagd« dichtzumachen.

Reuel schickte ihr regelmäßig Zeitungsausschnitte. Auch Marie hielt sie auf dem Laufenden. In ein paar Monaten sollte eine gerichtliche Untersuchung stattfinden, die mit Sicherheit das Ende der Tierklinik Peaceable Kingdom bedeutete. Mit Andis Schnappschuss und Marys Beweismaterial und den zusätzlichen Zeugenaussagen einiger Leute, die dabei gewesen waren, als Andi und Mary Jules dorthin gebracht hatten, bestand kaum ein Zweifel, was passieren würde. Die Geschäfte im Peaceable Kingdom waren bereits zurückgegangen – die Tierklinik ging allmählich in Bankrott. Es war nur noch eine Frage der Zeit.

Und dann war da noch die Aussage von Asa Stamper. Allerdings war er der Einzige, der etwas über die Hundekämpfe herausließ. Denn freiwillig würde sich niemand hervorwagen, und

Marie wusste (abgesehen von Buck) nicht, wie die entsprechenden Leute hießen, also konnte keiner vorgeladen werden. Doch die Staatsanwältin, eine zähe Person, war sich sicher, dass sie genügend Beweise in der Hand hatten, um Dr. Krueger, wenn auch nicht hinter Gitter bringen, so doch eine saftige Geldstrafe gegen ihn erheben zu können. Obgleich sie glaubte, dass die Chancen für beides sogar recht gut standen.

Mary musste lachen. Im Geiste konnte sie Asa Stamper hören, wie er im Zeugenstand der Staatsanwältin zurief: »Heben Sie mich hoch, Lady! Heben Sie mich hoch!«

EPILOG

Es war nicht schwer zu finden gewesen: eine Tankstelle mit Kaufladen – es war das einzige Geschäft an diesem Abschnitt der Staatsstraße. Und etwaige Zweifel wären sofort zerstreut worden, als sie hineinging und die Imbisstheke sah.

Mary war schon zwei Mal hier gewesen, vor über einem Monat. Sie hatte ihn beobachtet – Andrew, den »Sandwichmacher« – und darauf geachtet, dass es nicht aussah, als würde sie ihn anstarren. Wie jetzt hatte sie vor der Auslagetheke voller Sandwiches und Salate gestanden und so getan, als müsse sie sich erst noch entscheiden. Er hatte ihr ein Käse-Baguette-Sandwich fabriziert, auf ihren Wunsch mit allem Drum und Dran – mit Relish, Tomaten und Zwiebeln.

Andi hatte Recht: er war der wunderbarste Sandwichmacher.

An diesem Abend stand sie an der Theke und sagte nichts, weil sie ihn beim Sandwichmachen nicht stören wollte. Er war gerade dabei, Aufschnittscheiben und Käse sorgfältig auf Brot zu schichten, als er den Kopf hob, sie sah und lächelnd sagte: »Ach, hallo.«

»Hallo«, sagte Mary. »Kannst du mir wieder so ein Baguette-Sandwich machen wie letztes Mal?« Gleich kam sie sich lächerlich vor: wie sollte er sich nach einem Monat und weiß-Gott-wie-vielen Sandwiches noch daran erinnern?

Er spannte die Hand wie einen Gewehrhahn (die unschuldige Geste ließ sie erschaudern) und sagte: »Käse, ohne Fleisch. Na, klar.«

Während er sich ans Werk machte und sorgfältig Tomaten und Gurke in Würfelchen schnitt, fragte sie ihn: »Hast du vielleicht meine Freundin gesehen, du weißt schon, das blonde Mädchen, nach der ich dich letztes Mal schon gefragt hab? Hast du sie seither gesehen?«

Er schüttelte den Kopf. »Nein. Sie war nicht mehr hier, jedenfalls nicht, als ich da war.«

Nun musste Mary doch lächeln. Da »der Sandwichmacher« der Hauptanziehungspunkt in diesem Laden war, hätte Andi es wohl nur zu seinen Arbeitszeiten hierhergezogen.

Seine plastikbehandschuhte Hand verharrte in der Luft, als hätte er vergessen, wonach er greifen wollte – Käsescheiben? Saure Gürkchen? »Sie war so hübsch …«

Die Vergangenheitsform behagte Mary gar nicht. »Sie *ist* hübsch.«

Er nickte und schob ihr lächelnd das Sandwich hin und sie bedankte sich. Sie würde vorn an der Kasse bezahlen.

Mary verzehrte das Baguette-Sandwich an einem der drei Tische, die man für die Kunden aufgestellt hatte. Aus dem Kühlschrank hatte sie sich eine große Dose Pepsi light genommen. Das Sandwich war perfekt. Es schmeckte nicht nur gut, es war auch einfacher zu essen, weil er es in mundgerechte Stücke geschnitten hatte.

»Wie ist es? Alles okay?«

Er stand neben ihrem Stuhl, die weiße (etwas fleckige) Schürze immer noch umgebunden, in der Hand ein Päckchen Zigaretten und ein Streichholzbriefchen.

»Ein Sandwich-Paradies.«

Er setzte ein breites Lächeln auf. »Genau das hat deine Freundin auch gesagt. Andi. Sie meinte, ich soll ein Lokal aufmachen und es so nennen.«

»Sie hatte Recht.«

Er stand da und wendete das Päckchen Marlboros hin und her, während er gleichzeitig in Gedanken etwas hin und her zu wenden schien. Er wirkte konzentriert, als formulierte er gerade eine Frage, bei der er nicht wusste, ob – oder wie – er sie stellen sollte. Als müsste er sich erst dazu durchringen. Stattdessen hielt er die Zigaretten hoch und sagte (verlegen, als wäre es ihm peinlich): »Ich geh mal kurz eine rauchen. Gail« – dabei nickte er zu der dunkelhaarigen Frau hinüber – »hat was dagegen, dass wir hier drin rauchen.« Obwohl Mary keine kritische Andeutung machte, fühlte er sich anscheinend zu einer Erklärung verpflichtet, zu einer Rechtfertigung. »Es ist wirklich eine dumme Angewohnheit. Ich *hör* auch bald auf damit, weißt du.«

Mary musste an ihre Schwester denken, die es so oft versucht hatte. »Es ist gar nicht dumm. Ist doch nicht deine Schuld, wenn die Tabakkonzerne es drauf anlegen, dich abhängig zu machen. Meine Schwester hat mehr als ein Päckchen am Tag geraucht, bevor sie – aufgehört hat.« Sie wollte nicht hinzufügen, dass ihre Schwester gestorben war.

Beim Hinausgehen sagte er etwas zu der Frau hinter der Registrierkasse, was sie zum Lachen brachte. Ein paar Minuten später hatte Mary das Sandwich aufgegessen und die Pepsi ausgetrunken. Sie hatte sich beeilt, weil sie hinausgehen und sich noch ein bisschen mit ihm unterhalten wollte. Zusammen mit dem Laden war er für sie eine Verbindung zu Andi geworden.

Mary bezahlte und ging nach draußen.

Er stand an einen der Holzpfosten gelehnt, die den Gehweg säumten, und rauchte. Als er sie sah, sagte er wie in Fortsetzung ihres drinnen begonnenen Gesprächs: »Das Problem ist, als Raucher kommt man sich heutzutage fast wie ein Paria vor.«

Sie wollte nicht noch mehr Ignoranz bekunden, indem sie fragte, was denn ein Paria war. »Stimmt.«

Er blickte in den Himmel hinauf. »Was für ein überwältigender Abend.«

»Ja«, sagte sie. Weil sie in dieser Gegend fast immer so waren, hatte sie das Gefühl, solche Abende gar nicht recht schätzen zu wissen. Kühle Luft, aber kein Wind. Über den ganzen Himmel ausgegossene Sterne, als hätte eine Hand eine ganze Schar gefunden – *Ach, sieh mal, wieder ein Eimer voller Sterne* – und sie hochgeworfen. Der Mond, in der Mitte durchgeschnitten, segelte wie eine weiße Eisscholle dahin. Es war ein Abend mit diamantharten Silhouetten.

»Was wolltest du mich denn fragen?«

Er musterte sie überrascht. »Was?«

»Drinnen wolltest du mich anscheinend irgendwas fragen oder was sagen, hast dich dann aber anders entschieden.«

Er nahm einen langen Zug an seiner Zigarette, stieß dann den Rauch aus. »Ich hab mich, glaub ich, gefragt, wieso du nach Andi suchst. Du bist anscheinend eine sehr gute Freundin von ihr, weißt aber nicht, wo sie ist. Da hab ich mich eben gefragt, warum.« Er zuckte lächelnd die Schultern. »Ich mein, haut sie denn einfach so ab?«

»Ja.«

Er warf ungläubig lachend die Zigarettenkippe weg, und Mary beobachtete deren winzigen, glühenden Abwärtsbogen. Am liebsten hätte sie ihm die ganze Geschichte erzählt. Doch das ging natürlich nicht. Den Anfang konnte sie ihm aber erzählen, das mit dem Busunfall und Andis Gedächtnisschwund. Dann merkte sie plötzlich, dass sie weiter ausholte – Harry Wine ließ sie natürlich ganz weg. Bloß dass ohne das Objekt ihrer Suche die Suche selbst ziemlich verrückt und zusammenhanglos erschien.

Ein alter Chevrolet kam angefahren, parkte, der Fahrer stieg aus. Er trug ein dickes Wollhemd und eine Kappe mit Ohrenklappen. Sie unterbrachen ihre Unterhaltung, bis er vorbeigegangen war, wie Leute, die ihre Geheimnisse vor den Vorübergehenden verbergen wollen.

»Was für eine Geschichte!«, sagte er, verwundert den Kopf schüttelnd. »Was glaubst du, was sie jetzt gerade macht?«

»Kojoten retten.«

Er lachte. »Da komm ich jetzt nicht mehr ganz mit.«

»Ich mein –« Aber es war doch egal, was sie gemeint hatte, nur was er gesagt hatte, war wichtig: *Da komm ich jetzt nicht mehr ganz mit.* Sie überlegte, ob nicht alles auf diese gewaltige Erkenntnis hinauslief. Als sie den Mund aufmachte, um es ihm zu erklären, wurde ihr bewusst, dass jede Erklärung nur noch mehr Fragen aufwerfen würde, die vielleicht ihrerseits unerklärbar waren.

Nachdenklich rauchte er wieder eine Zigarette. Dann fragte er sie das Gleiche, was schon Marie gefragt hatte: »Der Busunfall. Wäre es denn nicht ziemlich leicht, dieses Waisenheim ausfindig zu machen? Du könntest doch rauskriegen, wer sie ist, wenn du ein Foto von ihr hast.«

Ich weiß, wer sie ist. Das sagte sie aber nicht, es hätte überheblich geklungen. »Ja, du hast vielleicht Recht.«

Wieder kam ein Auto, ein dreckbespritzter Jeep, über den Kies gerumpelt. Eine wettergegerbte Frau in Jeans sprang heraus und nickte ihnen im Vorübergehen zu. Hierher kamen anscheinend alle allein. Mary fragte sich, ob es vielleicht ein Ort für Einzelgänger war.

»Ich geh lieber wieder rein, falls jemand was will.« Er schnippte die Zigarette weg wie vorhin. »Ich hoffe, du kommst mal wieder.«

Es hörte sich so ehrlich gemeint an, dass Marys Stimmung sich gleich aufhellte. »Mach ich.« Sie streckte ihm die Hand hin. »Also dann, auf bald.«

Nachdem er gegangen war, blieb sie still stehen und blickte hinauf zu den Sandias. Sie würde dort hinaufgehen. Oder auch nicht – wahrscheinlich nicht. Dabei fragte sie sich: Hatte sie etwa Angst? Und dachte: Ja, hatte sie. Und war sich doch unsicher, wovor. Ihr gemeinsames Abendessen im Roadrunner kam ihr wieder in den Sinn – und Darlene:

»*Let's take a kajak,*
To Quincy and Nyack,
Let's get away from it all...«

Der Sandia Crest erhob sich schwarz in der Ferne, beleuchtet vom totenbleichen Mond. Mary erinnerte sich, wie Andi es buchstabiert hatte: *S.A.N.D.I.A.*

Ihr Name lag dort verborgen.